大汉帝国风云

猛子 著

当代世界出版社

大汉帝国风云（二）

——风起云涌

猛子·著

当代世界出版社

图书在版编目（CIP）数据

大汉帝国风云．2/猛子著．－北京：当代世界出版社，2007.1
ISBN 978-7-5090-0166-0

Ⅰ.大… Ⅱ.猛… Ⅲ.历史小说－中国－当代 Ⅳ.I247.5

中国版本图书馆CIP数据核字（2006）第126571号

大汉帝国风云（二）——风起云涌

出版发行：当代世界出版社
地　　址：北京市复兴路4号(100860)
网　　址：http//www.worldpress.com.cn
编务电话：(010)83908400
发行电话：(010)83908410(传真)　(010)83908408　(010)83908409
经　　销：全国新华书店
印　　刷：北京市京宇印刷厂印刷
开　　本：690×970毫米　1/16
印　　张：17
字　　数：260千字
版　　次：2007年1月第1版
印　　次：2007年1月第1次印刷
书　　号：ISBN 978-7-5090-0166-0/I·39
定　　价：25.00元

目 录

人物表

大汉国主要人物：

李弘：本书主人公。

刘虞：幽州刺史。

刘璠 ：幽州上谷郡太守。

王濡：幽州涿郡太守。

何宜：幽州渔阳郡太守。

张纯：中山国相。

箕稠：护乌丸校尉。

鲜于辅：幽州刺史府功曹从事。

公孙瓒：幽州辽东属国长史。

鲜于银：幽州代郡兵曹掾。

阎柔：幽州广阳郡兵曹从事。

颜良：中山国门下督贼曹。

田楷：幽州渔阳郡都尉。

里宋、赵汶、伍召、玉石、田重、郑信、小懒、胡子、燕无畏、雷子等：李弘部属。

拳头、铁钺：代郡马匪，后为李弘部属。

黄巾军主要人物：

张牛角：黄巾军大帅。

张白骑、黄龙、左校、褚飞燕、孙亲：黄巾军小帅。

左彦、黄庭：黄巾军司马。

方飚：黄巾军将领。

上谷乌丸主要人物：

难楼：上谷白山乌丸黑翎王。

鹿破风：上谷乌丸白鹿部落首领。

鹿欢洋、恒祭：白鹿部落小帅。

提脱：上谷乌丸豪帅，石鹫部落首领。

鲜卑主要人物：

魁头：鲜卑弹汉山王庭大帅，云海部落首领，檀石槐之孙。

拓跋锋：拓跋部落首领，西部鲜卑大人。

拓跋晦、拓跋韬：西部鲜卑豪帅。

拓跋貉：西部鲜卑小帅。

慕容绩：金雕部落首领。

熊霸、裂狂风：中部鲜卑大帅。

射墨赐：鲜卑舞叶部落首领。

射虎：射墨赐之子。

射璎彤：射墨赐的侄子，舞叶部落小帅。

第一章

奇袭粮道

熊霸的部队在整个下半夜只进攻了一次。他似乎和守城的田楷非常有默契，一个不攻，另一个在城上命令士卒倒头大睡。虽然南城门方向的战斗异常激烈，报警求援的战鼓声响彻了渔阳城，但田楷坐在城楼上，丝毫不为所动。

熊霸接到慕容绩的命令后，脸上的惊骇之色让站在一旁的乌豹、宇文伤心惊肉跳，知道渔阳的战局出现了意想不到的变化。

“快马告知鹜榔，立即撤退到长青围。”

“宇文伤，你率攻城部队以最快速度撤退到长青围去。”

“乌豹，集合一千骑兵，随我往渔阳城南部接应慕容绩的部队撤退。”

霎时间，各种不同的牛角号声在鲜卑大军的各处响了起来。

田楷站在城楼上，看到的不再是熟悉的敌人即将开始进攻的列队场面，而是鲜卑人准备后撤的频繁调动。他看到一支骑兵大军队列不整，匆匆忙忙地冲进了黑夜里。

田楷笑起来，他举起双臂，兴奋地大叫起来：“援军来了，我们的援军来了。”

随着牛角号声的响起，飞驰的铁骑突然停了下来。他们在各自战旗的引导下，开始面向北方，重整冲锋队列。

李弘立马横枪，站在队伍的最前列，默默注视着前方逐渐接近的鲜卑铁骑。他突然看到了熊霸的战旗。他的心脏剧烈地跳动起来。

他转身高吼：“展开雁行队列，准备迎敌。”

双方相距五百步。这个距离是骑兵开始发起攻击的最佳加速距离。李弘高高举起长枪。黑豹扬起前腿，引颈长嘶，做势准备发起新一轮的狂奔。

号角兵看到李弘举起长枪，赶忙把号角放到嘴边，准备随时吹响冲锋的号角。

就在这时，李弘发现熊霸的部队突然停了下来。

李弘笑了起来。这个熊霸就是聪明。

李弘的部队经过一夜的长途奔袭，人马本来就有些疲惫，加上刚才激烈残酷的一战，士卒们的体力都已经达到了极限，如果再与鲜卑人的骑兵恶战一场，恐怕这支部队即使侥幸赢了，也所剩无几了。李弘这支部队是他好不容易东拼西凑出来的，大家在一起生活训练了大半年，叫他一战拼个精光他是无论如何都不愿意的。

熊霸不愿意再战。他只有一千人马，在主力部队大败、士气低落的情况下，即使交战一场，也是负多胜少。他只要把汉人的追击部队阻一阻，也就算是完成任务了。他料定汉人的突袭部队必定也是不堪再战，他要赌一赌。他赌赢了。

李弘把高举的长枪缓缓放下。他回过头来，看到身后的几个号角兵一脸的紧张，一副全神贯注如临大敌的样子，不由得笑了起来。几个士卒不明白自己的大人怎么这时候还有闲功夫一个人偷着乐，一个个不解地望着他。

“大人真是料事如神。”乌豹看到汉军果然如同熊霸所料，没有主动发起攻势，不由得大为敬佩。

熊霸惨痛地一笑，缓缓说道：“对面就是豹子。”

两次深夜突袭，两次均遭大败，熊霸的心里突然涌出一股怒火。这个曾经像白痴一样的汉人小子，竟然还是一个深藏不露的高手，若早知道他这样厉害，当初不如宰了他。

熊霸不由得想起慕容风。大帅就是慧眼识珠。他一再在自己面前夸奖他，可自己为什么就是一再无视他的存在呢？结果导致再一次大败。

乌豹沉默了。过去曾经是并肩战斗的战友，如今却已经变成了敌人。

他突然想起了铁狼。如果铁狼还活着，他会怎么想呢？他会后悔自己把一个白痴教成了一个可怕的敌人吗？

一轮红日冉冉升起，朝霞映红了半边天。大地上的万物生灵沐浴在金色的阳光下，显得温馨而宁静。晶莹剔透的露珠在刚刚发绿的嫩叶上温驯地趴伏着，享受着初升朝阳的温暖。

李弘在目送熊霸的队伍缓缓离开后，带着骑兵们返回到渔阳城下，在距离战场很远的地方扎下了大营。

李弘和鲜于辅、阎柔三人随即赶到渔阳城内拜见刺史大人刘虞、太守大人何宜。

刘虞高兴地抓住李弘的大手，连声夸奖，并把他介绍给渔阳城太守何宜。何宜是个著名的经学名士，学问高深。他长相儒雅、神态安详，一看就是一个饱读诗书的大儒。这一点刘虞远远不如他，堂堂的刺史大人怎么看都像一个老村夫。

何宜只是微微点点头，算作打招呼。对于他来说，一个小小的军司马，一个曾经是鲜卑人的奴隶、出身低贱的武夫，他连正眼都懒得看，不要说打招呼了。

李弘看到他倨傲的神情，没有太在意。他一个官阶低微的军官，的确没有资格和太守大人相交。

这个时候田楷走了进来。田楷三十多岁，身材高大但不健壮，面色白净。他不像一个军人，倒更像一个做学问的仕子。他在拜见了两位大人之后，随即走到右首几案旁。李弘和鲜于辅、阎柔三人赶忙离席行礼。

田楷连道辛苦，将他们一一扶起。

"你就是名闻北疆的豹子？"田楷用力拍拍李弘的肩膀，赞叹道："当真是一条好汉，百闻不如一见。"

"我幽州出了两位鼎鼎大名的勇士，辽东有白马公孙瓒，右北平有黑豹李弘。一黑一白，足可令胡人闻风丧胆。"田楷转首对坐在上首的刘虞说道。

刘虞连连点头，笑着说道："辽东辽西的乌丸人闻听鲜卑人进攻我大汉，都蠢蠢欲动，意图趁火打劫。公孙大人率部坐镇柳城，弹压乌丸人，也是劳苦功高啊。子民这次领军解渔阳之围，功劳颇大，应当重重嘉奖。"

李弘赶忙说道："下官与鲜于大人、阎大人奉大人之命，用心合作，马不停蹄赶来，幸好没有误事。这次突袭，还是靠各部人马奋勇杀敌。如果说有功劳，那也是他们的。"

刘虞颇为赞赏地点点头："子民说得对。无论守城的将士，还是前来支援的将士，他们的功劳才是最大的。没有他们的浴血奋战，渔阳城早就被鲜卑人攻陷。还有渔阳城的老百姓，他们在守城大战中，也付出了巨大的代价和牺牲。我们应该好好地感谢他们才对。"

"然而……"刘虞语气一沉，立即严肃地说道："渔阳城只是暂时解围。凌晨的突袭，虽然重创了慕容绩的攻城大军，歼灭了他们两三千人，但攻打东城的熊霸部队却安然无恙地撤退而走。熊霸的部队加上逃出的慕容绩残部，除去前些日子他们攻城损失的两三千人，他们的军队人数依然有六七千人，这对渔阳城依旧是个巨大的威胁。诸位对以后战局的发展都是怎么看的？"

何宜神色凝重，缓缓说道："如今卢龙塞方向依旧没有任何消息，估计刘大人那里还没有发生什么战斗，李大人的部队还可以在渔阳继续待上一段时间。但巨庸、涿鹿的告急文书却像雪片似的天天送到。护乌丸校尉箕稠箕大人率部坚守巨庸城已经十余日，面对上谷乌丸豪帅提脱的凶狠进攻，战斗肯定异常激烈，估计情况非常危急。而代郡的援军被鲜卑的拓跋部落大军围在涿鹿城，寸步难行。综观整个战局，若想有所突破，必须击溃敌人的其中一路，方可有效牵制另外一路敌人的进攻。"

"大人的意思是不是让我们先行击溃攻击渔阳的敌人？"田楷问道。

"严正（田楷的字）说得对。我和何大人商议了许久，觉得攻击渔阳的敌人在即将得手之际突遭惨败，其军心士气必定低落。我们若想在整个幽州战场上彻底扭转局势，其突破口恐怕就是眼前的慕容绩和熊霸了。"刘虞捋着山羊胡子慢慢说道。

"双方兵力对比虽然实力悬殊，但我们不得不为之。若想救援巨庸和涿鹿，我们没有兵力，而且远水救不了近火。如今唯一的方法就是在最短的时间内击败慕容绩和熊霸，在险境中求生存。若待慕容绩和熊霸的部队缓过劲来，与从广平赶来的裂狂风援军会合，渔阳必将再次遭到他们的攻击。诸位都是带兵的人，应该在此危难之际为渔阳寻找一条脱困之路。”何宜语调平静地说道。

“现在渔阳只剩下一千五百多名士卒，加上李大人、阎大人和潞城、雍奴的援军，总共不到五千人，而且只有两千多骑兵。慕容绩和熊霸的六七千部队一到平原上，就全部是骑兵，我们全无胜算，何况他们还有裂狂风这个后援。大人，这不是有没有办法的问题，而是根本就不可能的问题。”田楷苦着一张脸，低声说道。

何宜脸色沉下来，不再说话，一个人默默地想着心事。

刘虞转头望向李弘三人。鲜于辅紧紧地皱着眉头，一筹莫展。阎柔的大手轻轻地摸着案几的边缘，一下又一下，一脸的茫然。

李弘从怀里掏出那张绢制的地图，小心翼翼地铺在案几上，仔细地看着。

“子民，你可有什么办法？”刘虞问道。

屋内的几个人立即把目光都盯在了李弘的脸上。

“据两天前斥候的回报，裂狂风的部队已经出了广平，正沿着鲍丘河而下。一旦他们在长青围会合，就有一万两三千人。这和他们最初攻打渔阳的部队人数差不多。这么多人，如果和他们硬拼，自然是自寻死路。如果我们继续坚守渔阳城，即使守住了，却无法从根本上扭转幽州的战局，迟早都是城破兵败的结局。”

“他们遭此重创，退兵不攻的可能性几乎没有。北面拓跋部落和上谷乌丸的提脱大军正在日夜围攻巨庸、涿鹿，两路大军会合渔阳指日可待。广平城已经被他们拿下，粮草中转问题得到解决。而慕容绩只不过是遭到一次挫败，虽然伤了元气但实力仍在，他依旧有机会卷土重来。要鲜卑人放弃这么好的机会，半途而废，想都不要想。”

“那你有办法吗？”何宜看他尽是废话，毫不客气地打断他，严肃地问道。

李弘轻轻地点点头，笑着说道：“给一万多人的骑兵大军提供粮草，可不是一件容易的事。熊霸率先攻下广平，其目的不言自明，就是为了给大军建立一个安全的粮草中转站，为漫长的粮草运输线提供安全保障。”

“你准备袭击广平，截断他们的粮草运输？”田楷立即问道。

“可我们部队人数太少，没有攻打广平的实力。”阎柔接着说道。

“子民的这个主意非常好，我们完全不必进攻广平，只要频繁袭击他们的粮草运输队，就可以让鲜卑人陷于被动，迫使他们撤军。”鲜于辅跟着说道。

“但这个办法耗费时间太长。一旦巨庸被攻陷，敌人就会蜂拥而来，渔阳随时都可能被敌人占据。”何宜冷冷一笑，立即予以否定。

“子民，你有在最短时间内击败敌人的办法吗？”刘虞对这个办法也不以为然。他看到李弘胸有成竹地看着大家，满脸地自信，随即继续问道。

“有。”李弘大声说道。

清晨，裂狂风站在长青湖边上，极目远眺。

此时正值初春，湖面碧波荡漾，一望无际。湖面上的风呼呼地吹着，寒气袭人。

湖岸四周的大树在风中来回地摇摆，刚刚飘绿的枝叶和着风声发出悦耳动听的哗哗声。

刀疤骑着马飞奔而来。

“大人，慕容绩的大军在渔阳城下遭到汉军骑兵的突袭，损失惨重。现在部队已经撤到长青围。”刀疤神情激动地说道。

裂狂风一惊，不敢置信地问道：“老熊呢？”

“他的部队攻打东城门，接到消息后，已经撤回长青围。熊霸派快骑来催我们迅速向长青围集结。他们从渔阳城下撤退时非常仓促，丢弃了大量的补给，急需得到补充。”

“熊霸可说了他们的食物、马草、武器还能支撑多长时间？”裂狂风急切地问道。

“食物已经告罄，马草暂时还能撑几天。一万多匹战马都集中在长青围，如果没有草料，很快就会失去战斗力，到那时他们就是想撤回广平都力不从心了。”

“慕容绩还剩下多少部队？”裂狂风沉吟了一下，突然问道。

“乌蒙和巍然跑得快，抢出了两千多人。金雕、黑雕、骕骦部落损失惨重，基本上已经全军覆没，据说只剩下一千多人了。宇文峒、慕容卫、慕容麟都战死在渔阳城下。

“金雕和黑雕部落完蛋了。这样一来，大帅一统慕容家族的计划估计很快就可以实现了。”裂狂风情不自禁地笑了起来，“去年在星梦原，百战部落的弥加联合两个慕容部落虽然战胜了红日部落的落置鞬谛敖，但弥加的部队遭到重创，百战部落一蹶不振。去年底在卢龙塞，东部鲜卑飞马部落的阙机、木神部落的素利全军覆没。东部鲜卑的四大部落如今三个都实力大损，再也不能和大帅抗衡，只能乖乖地俯首听命了。如今慕容绩和慕容侵一战尽覆，除了向大帅表示效忠以外，他们还能干什么？现在鲜卑国的东部和中部几个大部落都已经被大帅利用各种机会成功铲除和削弱了。大帅现在牢牢地把鲜卑国一半的部落和军队都握在手心里，一切都以大帅马首是瞻。我倒要看看和连还能做到几天的大王？”

刀疤连连点头：“汉人非常厉害。没有他们的间接帮助，慕容绩、慕容侵、阙机、素利这些庞大的部落势力短时间内还真的没有办法摆平他们。”

“大帅非常清楚汉人的实力，虽然他一再对各部落大首领说汉人不堪一击，其实只是想诱使他们出兵而已。大汉国几百年的根基，岂是一朝一日就可以战胜的。许多人过分轻视了汉人，结果自食恶果。卢龙塞大败，如今渔阳城再次大败，都证明了大帅的说法是正确的。汉人的实力的确不可小觑。”裂狂风神情严肃地说道，“卢龙塞的田静，渔阳城的田楷，幽州的刺史刘虞，在辽东他们还有白马公孙瓒，没有一个是好对付的。”

“现在还有黑豹李弘。”刀疤笑着说道。

“是呀，还有豹子。”裂狂风苦笑了一下，随即奇怪地问道：“汉人叫他黑豹？”

“他不是做了个旗子吗？就是我们在画虹原看到的那面。旗子上面绣的豹子不就是黑色的嘛。”刀疤解释道，“熊霸传来的消息说，就是他带着汉人的骑兵在黑夜里发动突袭的。”

“豹子又在渔阳城出现了？”裂狂风惊奇地问道。

刀疤点点头："这是他第二次实施夜袭了。熊霸好像非常生气。"

"这么说汉人已经看破百灵牧场的乌延、魁头的部队是假的了。"裂狂风担心地说道。

"豹子能从卢龙塞率部赶来支援，这说明卢龙塞方向的伪装牵制之计已经就被汉人识破了，也就是说汉人的其他援军还会源源不断地从其他地方赶到渔阳城来。"

"熊霸怎么说？"

"他什么指令都没有传来，只是催我们尽快赶到长青围，把粮草尽早运去。"

"但是现在大帅出兵的目的都已经达到，是不是要撤军了？"裂狂风皱着眉头，竖起三个手指，轻轻说道，"临行前，大帅一再嘱咐，此次出战，不求攻城掠地，只求达到自己的目的即可。我们的目的只有三个：一是利用攻打渔阳城，削弱慕容绩和慕容侵的兵力，为吞并金雕和黑雕部落做准备；二是诱使拓跋部落和他的心腹乌丸人提脱攻打上谷，借机消耗他们的实力；三是重击汉人军队，毁灭性地掳掠汉人财物，为将来侵占幽州做准备。现在这三个目的都已经达到，熊霸不但不着急撤军，反倒要求我们快速赶过去集结，还催粮，老熊的脑子被打傻了？"

"长青围现在有将近七千大军，熊霸就是要撤退，也需要让士卒们吃饱了才行。我们还是以最快速度赶过去吧。明天就能到长青围了。"

红彤彤的太阳挂在艳丽的朝霞上，光彩夺目。沽河静静地躺在平原中央，清澈的河水上漂浮着一层淡淡的薄雾。两岸都是浓密的灌木丛，半绿半黑，悄无声息地卧在沽河身旁。

李弘骑在黑豹身上，一动不动地望着沽河。

沽河的这段河面不是很宽，大约三十几步的距离。十几条木船正在河面上来回忙碌着，把士卒和战马运到对岸。

李弘的风云铁骑在突袭战中大约损失了三百多人，一百多名伤兵还在渔阳城里养伤。他带着一千六百多名骑兵战士昨天下午从渔阳城中穿过，由渔阳城北门外的木桥渡过沽河，急行军一百多里赶到此处。李弘命令部队一边在河边休息，一边趁夜再次渡过沽河。此处距离长青围六十里，距离长青湖八十里。

李弘的思绪又飞回到昨天那间议事的屋内。

他的提议几乎遭到了所有人的一致反对，除了极度渴望胜利的刘虞。

刘虞的压力非常大。马上就要进入春耕季节了，但鲜卑人的入侵似乎才刚刚开始，这让他心急如焚。如果不能在春耕之前赶走敌人，今年幽州的田地将荒芜一片，颗粒无收。没有哪个百姓会在敌人随时冲进家园的时候，还会固守在田地上耕种。下半年没有收成，幽州的百姓将怎样生活，冬天怎么办？没有收成，国库就更加匮乏，幽州未来的经济发展，扩充军备都会成为一纸空谈，他也没脸再坐在刺史这个位置上了。刘虞渴望奇迹，渴望击败敌人。

李弘的建议非常冒险，但非常具有诱惑力。

渔阳太守何宜嗤之以鼻、不予理睬。田楷言辞激烈，希望刘虞放弃这个冒险，还是固守城池为上策。鲜于辅不置可否，他不知道李弘的计策会不会成功，但直觉就是李弘有些一厢情愿，轻视了敌人的智慧。阎柔站在田楷一边，他认为在胜算不大的情况下，倒不如集中力量固守城池，再召唤援军。

刘虞最后还是决定冒险，就像当初在卢龙塞他信任李弘一样，他相信李弘一定会成功。

他对李弘只说了一句话："带你的人出发吧。"

李弘望着自己面前这个瘦弱的老人，望着他脸上深深的皱纹，望着他坚毅眼神内的睿智和信任，突然觉得自己可以为他而死。他激动地跪下给刘虞毕恭毕敬地磕了三个头，然后转身离去。

"子民……"

李弘听到田重在喊他。他敬重田重，所以他不允许田重在私下的时候还喊他什么大人，何况田重还是他的救命恩人。一个打了一辈子仗的人本身就是一个传奇、一个英雄，应该得到所有人的尊重。李弘就像对待自己的长辈一样视田重为自己的亲人。

"对岸还有两三百人，渡河马上就要结束了，你到前面树林里去休息一下吧。"田重关心地说道。

李弘笑笑："老伯，你累了一夜，还是你去休息吧。"

"人老了，睡得少，没什么关系。你是一军主帅，可不能累垮了。"田重笑着说道。

"此次深入敌人背后作战，要的就是灵活和速度，所以保持充沛的体力非常重要。"

"跟着你打仗，惊险刺激，快活。"田重轻声笑起来。

"这次卢龙塞的老兵有牺牲的吗？"李弘问道。

"两个。不过守言的斥候队情况不错，老兵们都活了下来。就是我这把老骨头，总是死不掉。"田重摇摇头说道。

李弘无言以对，默默地看着他。

"我们这次绕到鲜卑人的背后，是不是又要去袭击他们的大营？"

李弘摇摇头，小声说道："是去抢他们的牲畜。"

裂狂风瞪大了双眼，望着气喘吁吁的斥候，大声问道："敌人距离我们多少路？"

"二十里，就在鲍丘河对岸的山口渡。"

"谁的旗号？"

"是豹子的战旗。大约有三四千步兵。"

裂狂风和刀疤交换了一下惊异的眼神，彼此都非常迷惑地望着对方。

"他不是在渔阳城吗？"裂狂风说道，"怎么今天又到了山口渡，那里距离渔阳有一百多里，难道他连夜赶过来的？"

"熊霸派来的人告诉我在鲍丘河对岸确有一支汉人的援军，打着豹子的旗号。弩榔还带人马到渡口布阵阻击过。豹子应该不在这支队伍里，可他们跑到这里干什么？"

裂狂风想了一会，缓缓说道："汉人估计是想趁我军新败，军心不稳之际，悄悄深入到我军后方，与豹子的骑兵前后夹攻，突袭我长青围的部队。"

"极有可能。大人，那你看我们要不要通知熊霸？"刀疤在一旁说道。

"立即派快骑通知熊霸。"裂狂风大声说道。

"命令投鄯部落的小帅梂垲、树梨部落的小帅术言、巨菇部落的小帅必芪，各自领本部五百人马，押运牲畜和草料，一路不要休息，连夜赶到长青围。"

"命令部队立即集结，我们迅速赶到鲍丘河附近设伏。一旦汉军渡河，我们就对其发起攻击。"

裂狂风身后的传令兵立即四散而去。急促嘹亮的牛角号声四下响起。

"已经是下午了，敌人会渡河吗？"刀疤抬头望望蔚蓝色的天空，迟疑了一下，小声说道。

"汉人狡猾，也许会在晚上悄悄渡河。我们以三千五百人在他们毫无防备之下突然袭击，定能全歼汉军。"裂狂风兴奋地说道。

里宋站在鲍丘河边，焦急地望着下游的水面，眉头紧锁。

"军候大人不要着急，按照速度，船只也应该到了。"窦峭低声安慰道。

"里大人，是不是让部队扎营休息？从昨天夜里开始，部队急行军一百多里，士卒们都非常辛苦。"章循在一边问道。

里宋转过身来点点头道："好吧，距离河岸三里扎营休息。还是按四千人的规模多扎帐篷，迷惑敌人的斥候。"

一名传令兵飞奔而去。

"里大人，我们什么时候渡河？"

里宋望望奔流不息的河水，微笑着说道："船只到了以后，命令前卫部队立即渡河，在对岸三里处建立防御阵地。大部队在半夜开始行动。你们看怎么样？"

章循和窦峭连连点头，表示同意。

章循轻轻问道："我们要到什么地方去？现在这里是鲜卑人活动的地盘，隐藏踪迹很困难的。"

里宋笑了一下道："我接到的命令就是赶到山口渡，然后在半夜佯装渡河，牵制敌人。你们不是知道吗？"

窦峭不好意思地说道："这次行动是李大人指挥，我们以为你会有什么其他指令，我们实在搞不清楚自己到底要干什么，所以有此一问。"

"按照我们斥候的回报，裂狂风的军队大约要从这里经过。我们要牵制的敌人，估计就是他的部队。至于下一步怎么行动，我们只有在这里等待李大人的命令了。"里宋沉吟了一下，慢慢说道。

就在这时，突然从对面河岸上飞奔来一骑，速度奇快。

章循眼尖，马上惊叫起来："是我们的斥候，有消息了。"

第二章

因小失大

一轮月牙高悬在漆黑的夜空里，惨淡无光。厚厚的黑云把所有的星星都藏在了背后，就连那轮弯弯的弦月也不时被飞速移动的云块遮挡住了。整个大地都被笼罩在黑夜里，分不出哪里是路，哪里是山。

鲜卑人的先头部队押运着几百辆大车，缓缓地走着。车队的后面是白色的羊群，在黑夜里，显得非常惹眼。几百名骑兵战士高举着火把，走在长长的车队两侧。从远处望去，就像一条细长的火龙。

高大魁梧的榇垲就着身边侍卫手上燃烧的火把，指着笼罩在夜色里依稀可见的一片连绵小山，大声问道：“这是什么地方？”

“回大人，这是陂石山，距离长青围三十里。”一个传令兵大声回答道。

“马上就要到大营了。”榇垲高兴地说道，“传令，部队加快速度，快速通过这片山地，争取在半夜里赶到长青围。”

他没有听到传令兵回答的声音，也没有听到传令兵打马离开的声音，他惊讶地回头望去，双眼立即瞪大了。

传令兵双手紧紧地抓住穿透胸口的长箭，张大着嘴，一脸的痛苦和恐惧。他一声都没有发出来就气绝死去，身体慢慢地仰倒在马背上。

榇垲随即就觉得空气中有东西在厉啸，在撕破空气，黑夜里的风似乎都在躲闪它的锋芒。

榇垲极力睁大双眼扭头向黑夜里望去，希望能找到那个东西。

突然他看见了无数的长箭，像鬼魅一样出现在自己的视线内。他本能地发出一声绝望而无力的叫喊，他想躲闪，但身体却不听使唤地僵硬在马背上。

“噗嗤……噗嗤……噗嗤……”箭镞入体的声音沉闷而刺耳，密集得如同下雨一般。

桋垲和身边侍卫的躯体随着连续飞来的长箭不停地钉入而剧烈地抖动起来，接着惨叫声、尸体坠地声、战马的痛嘶声、士卒们恐怖的叫喊声，霎时间响成了一片，将黑夜的宁静顿时撕成了血腥的碎片。

黑夜里，细长的火龙好像遭到了无数利器的袭击，立即剧烈地扭曲、颤抖起来，接着火龙开始断裂，躯体开始分离，随即就爆裂四散，火光开始杂乱无章满山遍野地迸裂四射开来。

桋垲望着黑漆漆的原野，觉得它就像一头嗜血的猛兽，在残暴血腥地吞噬着无数无辜而弱小的生命。他用尽最后一点力气，高举起双手，放声大吼起来。他有一身力气，他有强悍的身手，却就这样莫名其妙地失去了生命，连一点还手的机会都没有。他不甘心，他觉得自己死得太窝囊了。

一支长箭突然射进了他的脖子，带着一蓬鲜血穿透而出。桋垲摔落马下。

长箭从不同的方向连续不停地呼啸着射向车队两边的鲜卑人，不断地吞噬着生命。

骑兵们稀稀拉拉地分布在车队两侧，由于连续赶路，车队速度又慢，士卒们非常疲劳，许多人都懒洋洋地趴在马背上休息。这突如其来的偷袭，给了他们当头一棒，死伤惨重。侥幸逃过劫难的骑兵们连滚带爬下了马就往车底下躲去。还有一部分士卒惊惶失措不知如何是好，有的打马往黑暗处跑，有的打马往车队的两头逃去。

嘹亮的牛角号声突然在车队两边的小山上响起。

李弘率领骑兵从车队的左侧山上杀出，赵汶率领骑兵从车队的右侧山上杀出。五六十步的距离，从山上跑到山下，转瞬即至。

牛角号声，喊杀声，敌人恐惧的叫喊声，战马奔跑的轰鸣声随即响彻了陂石山。

李弘的战刀从黑夜里飞出，迎面就劈杀了一个仓皇迎敌的敌兵。

雷子飞身从地上捡起一把敌人丢弃的火把，随即在一群士卒的掩护下，沿着车队策马狂奔，一路点燃马车。路上碰见的零星敌兵，不是被奔马撞死，就是被如狼似虎的汉军士卒刀砍箭射，死于非命。

跑到车队四周的其他士卒趁隙纷纷捡起敌人遗弃的火把，任意丢到马车上点燃上面所有可燃的东西。一时间车队里的大多数马车都燃烧起来。尤其是装着草料的马车。火光冲天而起，烈焰腾空。

术言从马车下狼狈不堪地爬出来，在几名士卒的帮助下，慌慌张张地骑上一匹战马往黑暗里逃命。胡子带着一队士卒恰好呼啸而至。双方短兵相接、捉对厮杀。胡子的大刀挥动之间，发出骇人的狂啸。术言突遭袭击，眼见部队损失惨重，自己又毫无还手余地，而粮草也即将不保，激怒攻心之下，武功大打折扣。他全力一刀挡住胡子的劈杀，双腿猛夹马腹，就想从胡子的刀幕下冲过去。胡子顺势抡圆大刀，大吼一声，斜斜地一刀就剁下了术言座下战马的小半个屁股。术言的战马受痛，惨嘶一声飞跃而起。术言惊慌之下没有抓住马缰，随即就被重重地甩出了马背。战马摔落地面不停地嚎叫着想站起来，却终究无能为力。术言的身躯在空中飞舞。一个骑兵飞马驰过，顺势一刀剁在他的身上。术言栽倒地面，立即就被一群飞奔的战马践踏而过。

玉石打马狂奔，燕无畏紧随其后，后面一大群战士高声吼叫着，紧追一批逃兵不放。

必芪回头望着已经燃烧起来的车队，几乎不敢相信自己的眼睛。仅仅不到一盏茶的功夫，整个部队就全军覆没，粮草尽数被毁，如此匪夷所思的事今天终于给自己碰上了。

“射马，射马……”

玉石看到敌人已经越来越接近黑暗，着急地大叫起来。

十几支长箭随着玉石的叫喊飞射而去。必芪的战马轰然倒地，他随着战马高速飞奔而产生的巨大惯性力在地上一连翻滚了十几下才停住。随即他就看见了四只强壮的马腿。他的心沉了下去。

必芪抬起头，看到高大的战马上端坐着一员顶盔贯甲的战将，手上端着一柄长戟，双眼冷冷地盯着他。

必芪的部下看到自己的小帅被敌人用长戟指着，危在旦夕，一个个奋不顾身冲了上来。已经摔下马的，不顾自己的生死往必芪躺倒的方向奔去。没有摔下马的，拨转马头，重新杀了回来。

燕无畏怪叫一声，高声吼道：“杀……杀光他们……”率先高举战刀迎着一个打马杀回的敌兵砍去。

看到自己的部下一个接一个地被敌人杀死，必芪不由得怒火冲天。突然他跃身而起，疯狂地吼叫着，赤手空拳往玉石的长戟抓去。

玉石冷哼一声，双手一送，长戟飞速刺进了必芪的胸口。

骑兵战士们以百人队为单位，分成了十几拨人马，围着长长的车队，来回冲杀。士卒们人人争先，奋勇杀敌，喊杀声惊天动地，不绝于耳。一匹匹战马虽然用牛皮包裹了蹄，用笼子套了嘴，但凶悍的野性在战场上没有减去分毫，它们狂野地奔跑着，肆意地践踏着，好像比自己背上的主人更要勇猛。

鲜卑人被最初的长箭射惨了，许多士卒被无情地射杀。还没有等他们从死亡的阴影和恐怖中惊醒过来，凶神恶煞一般的汉军骑兵突然又从天而降，对他们展开了无情的屠杀。

骑兵突袭的动作和速度太快了，快得让他们除了死亡、逃跑、惨叫之外，没有任何时间任何办法组织士卒进行抵抗、还击。

战刀在飞舞，战马在飞奔，长箭在火光里啸叫。

鲜卑士卒像没头苍蝇一样在战场上四处逃窜，哭爹喊娘，他们不停地惨叫着，或被长箭射中、或被战刀砍杀、或被战马撞击践踏、或被丢进燃烧的大车活活烧死。

走投无路举手投降的鲜卑人同样没有逃脱死亡的命运。汉军士卒已经杀红了眼，根本就无视对方是不是放弃了抵抗，他们只要碰到敌人就挥起武器杀去。

战斗很快结束，除了趁黑逃走了两三百敌兵，其余悉数被歼。李弘命令清查人数，汉军在围歼敌军时牺牲了三十多名士卒，伤了四十多人。牺牲的战友立即被就地掩埋了，伤员由一个百人队护送，连夜赶到今天早上渡河的地方回到渔阳城去。

部队重新集结的号角声在黑夜里响起。

田重望着山谷大坑内的几千只死羊，心痛地连连摇头。

“这么多羊，可以救活多少人。把它们全部埋掉，太可惜了。”

李弘无奈地笑笑，挥手命令士卒们迅速填上土。他站在山坡上，看着死尸遍野的战场，闻着夜风中刺鼻的血腥和燃烧物的焦煳味，他的心突然剧烈地抽搐起来。

战争就是这样，无情无义，血腥残忍。但就是有人喜欢它。

雷子跟在李弘身后，兴奋地问道：“断了鲜卑人的食物和草料，他们会撤兵吗？”

“暂时还不会。如果我们再打他们一下，慕容绩和熊霸恐怕就要逃回广平，而不是撤回广平了。”

李弘和他的士卒们最后望了一眼熊熊燃烧的巨大火龙，然后消失在了漆黑的夜色里。

裂狂风率领部队埋伏在距离鲍丘河十里的昌封屯。这里本来有几十户人家，因为打仗，他们都迁走了。

斥候传来的消息让裂狂风和刀疤都非常兴奋。

汉军在傍晚就开始渡河。但他们只过来了两百人，随即就停止了行动。到了半夜，山口渡灯火齐明，汉军再次开始了渡河。十几条船在鲍丘河河面上往来穿梭，一船船的士卒被送到了对岸。

裂狂风在接到汉军大约有一千人已经渡过河的消息之后，立即率部悄悄地出发了。

在距离鲍丘河五里的地方，裂狂风的部队按照冲锋阵形列队完毕。士卒们静静地坐在马上，等待冲锋的牛角号声吹响。

裂狂风部队的斥候狂奔而至。

“大人，大事不好，汉军发现了我军踪迹，部队已经全部撤离。”

裂狂风几乎不相信自己的耳朵。

“你们不是刚刚向我禀报汉军有一千多人已经过河了吗？这才多长时间，敌人就撤了？”

“的确是这样。刚才汉军士卒还在河岸上列队，一转眼，他们就全部跑到河对面去了。”斥候也迷惑不解地说道。

“你们的观察地点离他们很近吗？”刀疤问道。

“是的。汉人很大意，渡河的时候只安排了几队流动哨，我们可以很方便地观察他们。”

裂狂风和刀疤互相看了一眼。

“看来他们的斥候发现了我们，功亏一篑。”裂狂风叹了一口气，失望地说道。

但他们撤回到昌封屯时，一个斥候飞马赶来。

“大人，汉军再次开始渡河了。”

裂狂风笑了起来。

“你们真的看清楚了？”刀疤有些怀疑他们是不是真的尽心尽力了。

“看清楚了。敌人再次渡河了。”斥候坚决地说道。

裂狂风和刀疤面面相觑，迷惑不解。

如果汉军发现了他们，按照常理来说，是决不会冒险渡河的。现在敌人再次行动，是不是敌人发现先前的情报有误，虚惊一场，既而决定继续渡河呢？

“大人，让斥候再探吧。待敌人全部渡完河，我们再出动也不迟嘛。”刀疤缓缓说道。

裂狂风点点头，示意斥候退下再探。

“不知桫垲他们可到了长青围？”裂狂风总觉得今夜的事有些蹊跷，心里隐隐约约感到些许不安。他突然想到了送补给去长青围的部队。自从入夜以后，就再没有接到他们的消息了。

“这里距离长青围只有一百多里，按照速度，他们应该已经到了。大人不要着急，天亮之前，一定会有消息的。”刀疤安慰裂狂风道。

大约过了半个时辰，斥候飞马来报。

“大人，汉军又撤了回去。”斥候大口地喘着粗气，气喘吁吁地说道。

裂狂风和刀疤同时色变。

“上当了。这是牵制我们主力的汉军小股部队。他们的主力一定已经深入到长青围背后，随时都有可能袭击我们的运粮铁骑。”刀疤惊慌失措地说道。

裂狂风苦笑了一下。

“我们已经四个时辰没有接到桫垲传来的消息了，恐怕他们已经全军覆没了。敌人好狠的计谋，胆子够大。”

“一定又是豹子。这个白痴脑子鬼得很，这种事情也只有他想得出来。”刀疤狠狠地说道。

“大人，现在怎么办？”看到裂狂风呆坐在案几边一言不发，刀疤忍不住问道。

裂狂风无奈地摇摇头，低声说道：“等桫垲的消息到了再说。”

又过了半个时辰，从鲍丘河传来的消息再一次证实了裂狂风和刀疤的想法是正确的。

汉军又开始了渡河行动。

一骑飞奔而至，清脆急促的马蹄声由远而近。

“大人，大事不好了。”斥候很远就高声叫道。

裂狂风和刀疤的心脏猛烈地跳动起来，两人甚至感到呼吸都有些困难。他们神情紧张，一起望向那名斥候。

“发现敌军主力，距离昌封屯五里。”

裂狂风和刀疤相顾愕然。

裂狂风突然意识到自己犯了一个错误，一个不可原谅的错误。

慕容风在自己临行前，一再告诫自己，只要部队达到了这次作战的主要目的，也就等于掌握了战场上的主动权，部队是进是退，完全不必要强行规定，视战局的发展可以自由选择。但有一个原则，就是不能为了一点局部战场上的小利而损害了全局的利益，更不能为了争取一点无关大局的胜利而让部队付出高昂的代价，进而影响整个部队的实力和整个战局的发展。

如果鲍丘河对岸的汉军的确是来袭击长青围大营的，自己或可立上一功。但现在眼前的事实证明，自己的判断是错误的。自己贪图功劳，擅自分兵击敌，上了汉人的诱敌奸计。如果因此导致槺垲的补给车队遭到汉人的袭击，后果将非常严重。大军除了紧急撤退以外已经别无他途。更为可怕的是，战马缺乏草料，上万匹战马的命运岌岌可危。

裂狂风现在只有祈祷槺垲的部队不要出什么意外了。

“大人……”刀疤看到裂狂风情绪低落、失魂落魄的样子，赶忙喊了一嗓子。

现在情况已经非常危急，部队的前后都有大量汉军，一个处理不当就有可能被敌人前后夹攻。本来是准备袭击敌人的，现在反倒被敌人前后包围了。

“我老父曾经说我不是带兵打仗的料，我一直都很不服气。现在看来他是对的。我性急冲动、做事轻率，的确不是带兵的料。”裂狂风泄气地说道。

“大人……”刀疤奇怪地望了他一眼，轻声说道：“战场上的情况瞬息万变，判断失误也是很正常的。为了这么点小事就耿耿于怀，好像没有必要吧？”

裂狂风苦笑了一下。

“我老父能征善战、名震天下。和他老人家比起来，我狗屁不如。如果说不灰心丧气，那是假话。”

“没有什么大不了的，小小挫折而已，我见得多了。要不要和汉人打一场？”刀疤问道。

“算了。敌人有备而来，兵力已经超过我们，打起来损失太大。趁他们现在还没有对我们形成包围，撤吧。”

“往什么方向？”

“往东，到长青湖。然后赶回广平。”裂狂风冷静地说道。

刀疤睁大了眼睛，大声说道：“我们不去长青围？”

“去干什么？熊霸和慕容绩已经从渔阳败退，大帅的作战目的也已经基本达到，长青围的铁骑只要得到食物，立即就会撤回广平。”

“你这么肯定？”刀疤用不相信的眼神望着他，十分怀疑地问道。

裂狂风摇摇头，轻蔑地一笑道：“慕容绩、慕容侵的部队已经基本上没有了，慕容绩这个空架子主帅说话顶个屁用。现在熊霸说撤退，他敢言语半个不字？他和慕容侵现在不是想着去攻渔阳，而是在考虑如何惨淡收场，回到鲜卑后如何保住家族亲人的性命了。”

“可熊霸大人的口信是叫我们赶到长青围的。不去，会不会违反军令？”

裂狂风无奈地笑笑。

“老熊执行大帅的指示从来都是一丝不苟，所以很少出错。他得到补给后就会立即撤军。我们去不去并不是非常重要。”

“如果桬垲他们把牲畜和草料安全送到，我们跑去无非增加食物的消耗而已。”裂狂风迟疑了一下，脸色非常难看地继续说道，“如果桬垲他们被汉军袭击了，牲畜和草料尽数被毁，长青围的大军就会陷入困境。他们只有趁着草料尚能支撑的时候，立即撤退。士卒没有口粮可以杀马解决。这个时候我们跑到长青围去，熊霸不杀了我才怪。”

“杀马？”刀疤心痛地说道：“回到广平要走三天，七千多人呀，那要吃掉多少马？”

裂狂风用力地敲敲脑袋，非常懊悔地说道：“都怪我一时脑子发热，只想着占个便宜立个军功，没想到就上了汉人的当。”

“大人不必如此，虽然我们没有接到桬垲的消息，但也不能因此就断定他们被汉人袭击了。”刀疤赶忙安慰道。

就在这时，一名斥候像箭一般从黑夜里射了出来。

裂狂风和刀疤紧张地望着，心里忐忑不安。

“大人，汉军骑兵全部埋伏在一片小树林里，暂时没有出动的迹象。”

“知道有多少人吗？”裂狂风急切地问道。

“我们不敢靠得太近，不知道具体数目。”

“可看到敌人的战旗？”

“红色的战旗，旗子中间绣着一只黑色豹子。旁边还有两个汉人的字，不认识。”

裂狂风和刀疤同时面色大变。

“你没有看错吧？”刀疤大声问道。

那名斥候摇摇头。

裂狂风立即转身对身后不远处的传令兵叫道：“命令各部，立即向东，往长青湖方向急速前进。”

黑夜里，鲜卑骑兵在各自将官的带领下，非常迅速地离开了昌封屯，悄无声息地没入了无边的黑暗里。

裂狂风毫不犹豫地撤退了。

东方的地平线上，一轮红日缓缓升起。

郑信带着两百名骑兵迎上李弘的大部队。

“大人，袭击成功了吗？”郑信迫不及待地问道。

"成功了。鲜卑人要饿肚子了。"李弘停下战马，大声笑着说道："裂狂风给你吓跑了吗？"

"一个时辰之前，他往长青湖方向去了。"郑信得意洋洋地说道。

"长忆的部队已经到了什么地方？"

"里大人的军队已经全部返回鲍丘河对岸，他自己带着几十骑已经上岸赶来，估计现在到昌封屯了，距离我们大约四五里路。"

"命令各部停下休息。"李弘回头大声对传令兵喊道。

震耳的牛角号声随即响彻了空旷的原野。

熊霸的脸色极度难看。

陂石山的战场上一片狼藉。死去士卒的尸体横七竖八，铺满了车队两边的路上和附近的小山坡上。许多士卒的尸体被战马踩踏得血肉模糊已经不成人形。几百辆大车被大火烧得一干二净，成了一堆堆焦黑的木炭。还有十几辆尚未烧尽的马车依旧在冒着黑烟。刺鼻的血腥味，难闻的焦炭味，呛人的烟味混杂在一起，充斥了整个战场。

战场上已经找不到一只羊，更不要说什么草料了。

"大人，我们是不是立即撤军？"乌豹站在熊霸身后，小声问道。

熊霸叹了口气。

"现在裂狂风没有消息传来，而羊没有了，草料又被汉人一把火烧了，更糟糕的是我们至今还不知道有多少汉军隐藏在长青围后面，如何撤？"

"根据我们斥候的侦察估算，现在渔阳城汉军应该在三四千人左右，加上鲍丘河对岸的援军，他们的总兵力大约有七八千人马。扣除留守渔阳城的部队，他们至少有五千左右的人马可供调度。在这种情况下如果刘虞和田楷倾尽全部兵力，分别从沽河和鲍丘河上游渡河，在长青湖附近包抄围堵我们，切断我们的退路，我们就很难全身而退。"

"大人，我们今天已经断粮了，草料也只剩下三天的存量。如果今天不撤，情况会越来越糟糕。"骛梆站在旁边，焦急地说道。

"在平原上我们鲜卑铁骑无敌于天下，汉人即使在长青湖附近堵截我们，又能怎样？我们一样能杀过去。"宇文伤自信地说道。

熊霸点点头："你们说得也有道理。与其在长青围困死，不如搏一搏，一路杀回去。"

"口粮怎么办？"乌豹问道。

"杀马。"熊霸斩钉截铁地道。

几个人一时间沉默无语。马对鲜卑人来说，是非常珍贵的财产，有时候甚至超过几个普通奴隶的价值。杀马充饥，对他们来说，是很难接受也不愿意去做的事。

李弘躺在草丛里，懒洋洋地晒着太阳。

里宋和章循、窦峭在胡子、燕无畏几个人的陪同下，有说有笑地走了过来。知道鲜卑人即将撤兵远离渔阳城，大家都很兴奋，兴高采烈地像遇上什么喜事一样。

李弘坐起来，招呼他们坐下。

“你们连续打了两场胜战，我们却一场都没有捞到，太不公平了。”里宋笑着说道。

“你们连续两次诱敌，有效牵制了敌人的兵力，功劳很大。尤其这次，没有你们在山口渡大张旗鼓地佯装渡河，裂狂风怎么会上当分兵前来堵截？这次我们能成功袭击裂狂风的补给部队，尽毁敌人的食物和马草，你们的部队当居首功。”李弘大笑起来，竖起大拇指在章循、窦峭两人面前连连摇晃。

“一战未打，却立首功，大人太抬举我们了。”窦峭既高兴，又有点不好意思。

“这是事实嘛。”李弘说道，“功过赏罚要分明，士卒们才会心甘情愿地在战场上奋勇杀敌。”

“大人，我们下一步干什么？”燕无畏问道。

“大家休息好以后，启程往渔阳城方向行军。骑兵在鲍丘河北岸，长忆和两位大人带着步兵在鲍丘河南岸和我们同步行军，彼此都有照应。我们避开大路，小心不要被鲜卑人发现。”

“大人，你不是说还要狠狠敲一下鲜卑人吗？怎么我们不打了，直接回渔阳？”一直站在他身后的雷子忽然问道。

李弘笑着点点头。

“情况有了变化。从各种迹象来判断，鲜卑人可能已经没有食物了。如果他们就在这一两天撤退，我们很难找到什么机会袭击他们。鲜卑人实力强劲，没有十足的把握，谁敢去摸老虎的屁股？”

围在周围的人都笑了起来。

“大人不是每次都把这只老虎打得满地找牙嘛。”胡子钦佩地说道。

“那都是小打小闹、偷偷摸摸暗施诡计。如果有实力和他们骑兵对骑兵，在平原上进行一次决战，那才够痛快。”李弘挥挥手，非常遗憾地说道：“和鲜卑人比起来，我们的实力太弱了。”

“大人，你肯定鲜卑人马上就会撤退吗？”里宋问道。

“我认为是这样。守言的斥候队已经全部撒了出去，这两天一定会有消息传来。”

“原先我们都以为敌人的食物和草料还足够支撑一段时间，总是认为在裂狂风到达长青围后，他们可能还要再次发动对渔阳的进攻。现在看来我们的这个判断是错误的。裂狂风看到自己中了圈套没有便宜可占之后，立即溜之大吉。但他没有去长青围，却直接回了广平。裂狂风为什么不去长青围和主力会合？”李弘说道，“我认为鲜卑人已经决定要撤回广平了。继续占据广平，同样可以起到牵制渔阳郡兵力的作用，依旧可以有效掩护涿鹿、巨庸方向敌人的进攻，所以裂狂风才会毫不犹豫地往长青湖方向撤走。”

“鲜卑人从渔阳城撤离时丢弃了大量的牲畜和辎重，这次我们又毁了裂狂风送来的羊群和草料，即使他们在长青围大营预留了一部分食物，估计也支撑不了多少时间，所以鲜卑人的撤离就是这几天的事情。”

“也就是说，我们可能已经完成了任务。”燕无畏轻松地笑起来，大声说道。

“可能吧。”李弘说道，“我们沿河缓缓而行，一路监视敌人的行踪。一旦发现有机会，我们就打他们一下。”

“如果鲜卑人不撤呢？”章循突然问道。

李弘双手一摊，苦笑了一下说道:“那我们只好继续待在长青湖一带袭击敌人的补给部队，直到他们撤走为止。”

傍晚时分，郑信的斥候队终于传回来消息，长青围的敌人开始撤离了。

“知道他们已经到了什么位置吗？”李弘高兴地问道。

“敌人的行军速度非常快，估计已经越过陂石山，今晚他们可能在蒿子围宿营。具体的消息天黑后就会传来。”

熊霸带着大部队天黑后赶到蒿子围停了下来。

先期到达的乌蒙和巍然急匆匆地飞马赶来，神情非常紧张。

熊霸远远望见，心里一紧，顿时觉得自己的头皮有些发麻。不会又出了什么事吧？

第三章

杀人越货的所在

“慕容绩大人带着部队连夜往长青湖去了。”乌蒙看到熊霸，气愤地嚷道。

熊霸听了后半天没有做声。慕容绩和慕容侵的部落大军在渔阳城下损失殆尽，致使部落实力一落千丈。慕容风早就想吞并两部，重新一统慕容家，碰上这个千载难逢的机会他怎么会放过？慕容绩和慕容侵心知肚明，知道自己上了慕容风的当。但要不是两人利欲熏心，主动领兵出战，哪里会有这等飞来横祸。说来说去，怪不得慕容风，只能怪他们自己太贪婪。虽然等待两个部落的命运已经不言而喻，但谁都要在临死之前挣扎一番，看看可还有起死回生的机会。所以他们急着赶回鲜卑的心情完全可以理解。

“随他们去吧。”熊霸平静地说道。

“可我们刚刚接到裂狂风送来的消息……”巍然紧张地说道，“他们在山口渡附近的昌封屯遭到汉军的前后堵截。”

熊霸脸色大变，立即打断巍然，急切地问道：“裂狂风呢？”

“他带着部队已经越过长青湖，正往广平撤退。”

熊霸长吁一口气，心有余悸地说道：“这个小子倒是跑得快，不错不错。哦，你继续说。”他望着巍然示意他继续说下去。

“裂狂风派来的人告诉我们，汉军在山口渡设了一个陷阱，他们差一点就被敌人包围了。按照他们的估计，汉军人数应该在五六千人，要不然肯定不敢把他们诱进昌封屯，并且试图包围他们。据他们斥候的侦察，半夜突然出现在昌封屯后方的汉军骑兵主力就是豹子的部队。”

熊霸和尾随在身后的乌豹等人面色凝重，隐隐约约感觉到危急四面扑来。

“如果是这样的话，慕容绩大人带着一千多人脱离主力部队，连夜赶往长青湖，一路上就会非常危险。汉军的人马既然没有包围到裂狂风，很有可能会直接插到长青湖方向，切断我们的退路。假如慕容绩大人的部队在长青湖遭遇到汉军主力，恐怕凶多吉少。”巍然分析道。

“梾垲的士卒说，昨夜袭击他们的汉军骑兵打的也是豹子旗号。陂石山和昌封屯两地相距五六十里路，天又黑，他怎么可能在差不多的时间内同时出现在两个地方？”宇文伤大声说道。

“汉人的援兵不是增加了，就是豹子在其中使诈。”鹜梆沉吟着轻声说道。他现在觉得那个披头散发的汉人小子越来越不可捉摸。去年在一起并肩作战时，他还是一个什么都不懂的士卒。可随着时间的推移，这个小子已经成了扎在鲜卑人身上的一根肉刺，看不到，也拔不掉。

“如果袭击陂石山的一路人马也有两三千人，那么现在就至少有七八千汉军部队堵在我们前面。渔阳城在两三天里会突然冒出这么多部队？”乌豹皱着眉头，十分怀疑地说道。

乌蒙同意地点点头：“乌豹说得有道理。也许根本就是汉人在故弄玄虚、虚张声势。”

“现在我们斥候的活动范围都局限在五十里以内，恐怕短时间内很难再有准确消息。这两路人马都已经露面，即使没有这么多人数，折扣之后也应该有个三四千人。”巍然立即反驳乌蒙的说法。

“我今天在陂石山曾经说过，如果刘虞和田楷倾尽全力要和我们决战一场，派出四五千人的部队推进到长青湖附近还是可能的。如今广平城还在我们手上，汉人如果想夺回它，就必须要彻底击败我们。所以我认为，不论是豹子的部队也好，还是准备围歼裂狂风的部队也好，他们都有可能随时出现在我们面前。有可能是夜袭，也有可能在长青湖附近伏击我们。大家还是小心戒备，随时准备作战吧。”熊霸挥挥手，示意大家各回本部，扎营休息。

“大人，我们是不是立即派人把情况告诉慕容绩大人，让他带部队赶回来。”巍然迟疑了一下，小声问道。

熊霸摇摇头，叹了一口气：“算了吧，他是一军主帅，竟然不顾大家的安危，独自带着亲信部队率先逃跑，太不像话了。由他自生自灭去吧。”

郑信气喘吁吁地跑回来，人和马就像从水里捞出来的一样汗水淋漓。他给了李弘一个巨大的惊喜。

“慕容绩和慕容侵带着一千多人脱离了蒿子围大军主力，连夜赶往长青湖方向。”

“熊霸呢？”李弘问道。

“慕容绩离开蒿子围半个时辰之后，熊霸带着部队赶到蒿子围，并且已经扎下了大营。慕容绩孤军先行、势单力薄，我们可以连夜飞奔五十里赶到长青湖袭击他们。子民，这是一个好机会，机不可失啊。”郑信兴奋地说道。

李弘笑着连连点头。

“命令斥候队全力监视蒿子围敌军主力的动静。”

“告诉章循、窦峭，叫他们立即率部返回山口渡，随时接应我们过河。”

“传令各部，立即集结，准备出发。”

急促而嘹亮的牛角号声立即撕破了黑夜的宁静，在鲍丘河边连续响了起来。

李弘在陂石山伏击鲜卑人的运粮车队之后，缴获了六百多匹战马。征得章循、窦峭两人的同意，在潞城、雍奴两地的步兵中抽调了将近五百名士卒临时加入到骑兵部队中，再次将骑兵部队扩充到了两千人。幽州北疆的边郡人基本上都会骑马，这些人虽然缺乏骑兵训练，不懂骑兵的作战方法，但随着大部队冲锋杀人还是绰绰有余的。士卒们也都非常高兴，骑兵的军饷要比步兵高许多，能够加入到正规骑兵队伍里，那也是许多步兵战士的梦想。里宋随即归队。

天上依旧是那一轮弯弯的弦月，但今夜分外的亮丽，清冷柔和的月光轻轻地洒落在广袤的平原上。满天的点点繁星兴奋地眨着眼睛，好奇地窥探着下面灰蒙蒙的大地。

李弘和他的骑兵们沐浴在朦胧的月光下，风驰电掣一般飞奔着。

慕容绩心事重重、情绪低落。他有气无力地坐在战马上，随着大军不急不缓地向长青湖跑去。只要过了长青湖和鲍丘河之间那个狭窄的地带，再往前就是一马平川的大平原了。从那里可以直达广平城，也可以直接赶到白檀城，重回鲜卑国。

慕容绩心急如焚，他想尽快回到自己的金雕部落。自己和汉人前前后后打了几十年的仗，互有胜负，但从来没有这样惨败过。这一次不但败了，而且极有可能把整个部落都赔进去，代价之大，已经超过了自己的性命。

去年在星梦原围歼红日部落的落置鞬谛敖，自己和慕容侵的部队折损了大半。这次本来是想跑到大汉国大肆掳掠一番，以填补去年部落的巨大损失。谁知人算不如天算，就在胜利即将到手的刹那间，随着从黑暗里杀出的大汉铁骑，一切都灰飞烟灭了。

本来失败了，即使是这样的惨败，对自己和慕容侵来说，也还是可以承受的。两个部落联合起来奋斗几年，元气就能恢复大半。但现在不同以往了，雄心勃勃的慕容风已经对他们虎视眈眈、盘算良久。

慕容风和他们一样，都有一个梦想，那就是在有生之年重新统一慕容家，重建往昔鲜卑慕容族的庞大势力。三人各有各的心思，谁都不服谁，个个都想当老大。如今慕容风已经是中部鲜卑的大首领，其实力急剧膨胀，火雕部落已经迅速跃居为中部鲜卑的第一大部落了。

本来金雕和黑雕两个部落就已经渐居下风，部落内许多大帅小帅都明里暗里和慕容风拉关系套交情。现在遭此大败，消息一旦传回部落，部落内部必然会掀起一场狂风暴雨。那些已经投靠慕容风的小部落首领将会趁机脱离他们，转而投入火雕部落。而由此引发的连锁反应将会导致金雕和黑雕部落立即分崩离析。在这种情况下，只要慕容风站出来喊一嗓子，所有人都会冲着丰厚的财物和安全的保障，纷纷投入火雕部落，慕容家族立即就会由火雕部落完成一统的大业。

他们决不允许这种情况出现，所以他们要抢在大败的消息传到鲜卑之前赶回部落，以有限的兵力镇压那些胆敢背叛自己的人。只要部落内部不乱，慕容风就很难找到借口下手。只要慕容风不明目张胆地怂恿纵容自己的部下造反，两个部落就能继续独立存在。

慕容侵驱马赶上来，大声说道："命令部队加快行进速度，尽快越过长青湖。"

"大家伙儿从中午开始撤退，到现在已经四五个时辰没有休息，非常疲劳。现在突然命令他们急速飞驰，恐怕大家的体力难以为继呀。"慕容绩担心地说道。

慕容侵忧心忡忡地说道："裂狂风的部队自从昨夜赶到昌封屯以后，就再也没有消息传来。只有两种情况可能导致裂狂风的斥候传不出消息。一是他的部队已经被汉军包围，无法送出消息；二是他的部队被汉军击败，已经溃逃，没有人送消息给我们。无论哪种情况，都说明汉军主力已经渡过鲍丘河。如果裂狂风已经被击败，那么汉军就很有可能腾出手来，迅速赶到长青围切断我们的退路。"

慕容绩迟疑了一下："裂狂风厉害得很，汉人吃掉他恐怕要很费一番工夫。也许他们还在山口渡附近胶着厮杀。"

慕容侵嗤之以鼻，十分不满地说道："估计的可能性顶个屁用！那只是可能，没有任何意义。最现实的事就是敌人已经在我们前面出现。如果他们要阻击我们，长青湖一带就是最好的战场。而我们如果要摆脱险境，唯一的办法就是以最快的速度北撤。"

"假如敌人已经赶到长青湖怎么办？"慕容绩沉默了半晌，突然问道。

慕容侵面色一变，神态坚决地道："我宁愿战死，也不愿意跪在慕容风的面前向他表示效忠。你愿意吗？"

慕容绩神色一暗，摇摇头，声音低沉地说道："无法接受的耻辱。你说得对，我们就把自己的性命赌上吧。"

"传令下去，如果想活着回去，就加速前进。"慕容绩大声对传令兵吼道。

李弘抬头望望高悬天宇的弦月，心里非常焦急。他无法得知慕容绩部队现在的位置，两眼一抹黑。

他回身对紧随身后的郑信说道："前面就是长青湖了。你的部下为什么还是没有消息传来？"

郑信心里七上八下，担心自己的部下出了意外。他没有回答李弘，神情紧张地东张西望着。

"来了。"郑信突然高兴地喊道。

三骑从远处的树林里飞速射出，迎着汉军的骑兵队伍斜斜地飞奔而来。

"大人，慕容绩的部队已经快到长青湖，距离我们大约十里。"

李弘长长地吁了一口气，紧张的心情顿时消失无踪。

"可发现他们的斥候？"

"来了两个，都让我们宰了。"

赵汶、玉石和胡子三人打马赶来。

"大人，战场摆在哪里？"胡子远远地叫道。

"你熟悉这里，你说说？"李弘笑着说道。

"这地方地形复杂，山林不大却非常多，适合埋伏人马。但是由此往前十几里，都没有开阔地带，骑兵很难展开。"胡子大声说道，"我们以前做马贼的时候，曾经多次猫（黑话，意思是埋伏）在这里打劫往来客商，是个干买卖的好地方。"说着露出得意的笑容。

田重立即在他背后叫了起来："原来长青湖的那些案子都是你干的？你好大的胆子，还敢说出来？"

"我就干了几次。"胡子急了，瞪大双眼叫道，"而且还没杀人。"

"谁能证明？"

"好了，好了。胡子已经弃恶从善，我们就应该既往不咎。"李弘赶忙上前打圆场。周围的人都笑了起来。

"你们怎么看？"李弘望望赵汶、玉石、郑信三人，问道。

"如果地形狭窄，骑兵失去作用，伏击就很可能变成一场遭遇战，我们的损失就大了。"赵汶说道。

"十几年前，我大汉曾经在这里和乌丸人打过一仗。"田重忽然说道，"当时由于乌丸人的骑兵不能发挥作用，他们的损失非常大。我们可以仿效当年大军的做法，弃马不用，以步兵迎敌。"

"步兵迎敌，我们的损失不是更大吗？"玉石说道。

李弘转头看看胡子，笑着问道："可有什么地方，既适合我们的骑兵展开冲锋，又可以束缚敌人的骑兵发挥作用？"

胡子点点头。

慕容绩望着前方黑漆漆的山林，心里犹豫不决。

按照斥候们的侦察，长青湖到鹿亭一段路程非常安全，没有发现任何敌人的踪迹。但慕容绩心里总觉得不安。最早派出侦察长青湖的两名斥候不知为什么没有回来？他们都是部落的老兵，不可能无故逃跑。如果被杀了，为什么在他们后边出发的斥候却没事呢？

慕容侵微微吁了一口气，小声对慕容绩说道："再走十几里，我们就彻底摆脱危险了。只要我们回到部落，任他慕容风如何牛气冲天，我们都有对付他的办法。"

慕容绩勉强笑着点了点头："走吧，到了广平，一切都还有机会。"

部队排成一字长蛇阵形，迅速安静地进入了长青湖和鲍丘河之间的山林地带。一千多人的队伍稀稀拉拉地连在一起有一里多长。慕容绩严令士卒们不准点火照明，大家就着朦胧的月光，小心翼翼地行走在蜿蜒崎岖的小路上。士卒们刀出鞘、箭上弦，一个个神情紧张，不停地四下张望着，时刻保持着高度的警惕，预防被敌人偷袭。

部队行走的速度非常缓慢。

慕容侵十分不满，一脸的不耐烦。他驱马跑到慕容绩身边大声说道："这么走下去，明天早上都到不了鹿亭。有必要这样畏畏缩缩的吗？"

慕容绩不安地望着四周，轻轻说道："小心驶得万年船。这地方地形复杂，山林茂密，一旦中伏，就会全军覆没，死无葬身之地。"

他不再理睬慕容侵，对身边的传令兵大声说道："传令下去，把阵形拉得再长一些。让士卒们打起精神，加强警戒。告诉大家，我们到了鹿亭就立即宿营。"

十几里路，走了大约一个多时辰。

士卒们一路上都处在高度的紧张当中，身心已经非常疲劳。就在这时，他们就着月光，依稀看见了鹿亭标志性的建筑，建在小山丘上的一座小石亭。

不知是谁最先发出了一声欢呼，接着兴奋激动的喊叫声突然就打破了黑夜的宁静。山林里的飞鸟顿时被惊醒，吓得扑簌簌地四处乱飞。

走在最前面的士卒立即加快了步伐，他们驱马急行，急急忙忙地越过小石亭。

一望无际的大平原就在眼前，在柔和而朦胧的月色映照下，显得格外深邃和广袤。

士卒们紧悬的心突然放了下来，漫长的凶险已经艰难地捱过，前面再无恐惧，就像到了家一样安逸。他们高声狂呼，放声大笑，纵马飞驰，无忧无虑地尽情发泄着心中的狂喜。

尚在后面缓缓行走的士卒们再也控制不住已经脱离危险的喜悦心情，他们高兴地叫喊着，打马狂奔。

慕容绩一脸喜色，对着慕容侵笑着说道："我们可以回家了。"

慕容侵哈哈大笑："汉军总算被我们甩在了后面。希望明天他们能挡住熊霸，狠狠地打他们一下，杀杀慕容风的嚣张气焰。"

两个人心情大好，一边轻松地交谈着，一边随着部队加快速度，迅速越过鹿亭。

许多士卒已经下了马，正在等待宿营的号角吹响，他们可以立即躺倒休息。

慕容绩在士卒们期待的目光下，对紧紧尾随在自己身后的号角兵做了一个宿营的手势。

号角声随即响起，低沉而悠长的声音久久回荡在朦胧的夜色里。

不到半个时辰，上千的士卒在空旷的平原边缘处睡熟了。几十个负责警戒的士卒分布在营地四周。他们骑在马上，昏昏欲睡的比清醒的人还多。

一匹战马突然警觉地抬起头，睁大双眼望向平原深处。随即更多拥挤在一起休息的战马好像受到什么惊吓，都惊恐不安地嘶叫起来。然而身心都得到极度放松的士卒睡得太熟了。他们横七竖八地裹着各式各样的御寒衣物躺倒在地上，完全没有察觉到自己战马的异常举动。

忽然，萧瑟冰冷的夜风里，传来了隐隐约约的轰鸣声，声音不大，但越来越清晰。

放哨的士卒立即警觉起来，几个胆大的随即驱马向黑暗的深处跑去。

轰鸣声越来越大，越来越浑厚。地面已经有了明显的震动感。

黑暗里突然涌出了滚滚洪流，像惊涛骇浪一般呼啸而出。

负责警戒的士卒瞪大了双眼，一时间茫然失措，浑然忘记了自己的职责。这是自己人还是敌人？在鲜卑军队控制的大平原上难道还会有敌人？

一个士卒下意识地举起紧紧攥在手上的小牛角号，吹响了报警的号声。

慕容侵年纪较大，一般睡得不太熟。他斜躺在自己的行囊上，抱着双臂，迷迷糊糊地觉得自己的战马好像有什么动静。

他突然惊醒，非常敏捷地跳了起来。

慕容侵看见自己的战马烦躁不安，一双大眼睛惊恐地望着平原深处，好像看到了什么令它们恐惧的东西。接着急促低沉的小号角声、由远及近的轰鸣声，刹那间就传到了他的耳中。

慕容侵的睡意顿时消失，面色大变。他掉头望向平原，恐怖和绝望一时间全部涌上心头，逼得他几乎神经质地放声吼叫起来：

“偷袭，敌人偷袭……”

惊惧而凄厉的叫声霎时撕破了黑夜的宁静，单调而恐怖。

慕容绩蓦然惊醒，几乎是条件反射似的一跃而起，右手顺势就拔出了腰间刀鞘内的战刀。

他睁大双眼，昏头昏脑地吼道：“吹号，吹号，迎敌……”

忽然他看到了慕容侵。慕容侵正在一脚一个猛踢睡在附近的号角兵。号角兵们纷纷站起来，听到慕容绩的叫喊，几乎就是本能地把号角塞进了嘴里，用尽全身力气吹响了集结的号角声。

巨大的号角声就像一块石头丢进了平静的水面，荡起了一圈圈的涟漪。营地里的士卒们不约而同被惊醒，一个个睡眼惺忪地爬起来，晕乎乎地找不到东南西北。

接着慕容绩就看到了从黑暗里突然降临的铁骑，铺天盖地的铁骑。

慕容绩惊呆了。狡猾的汉人出乎意料地埋伏在平原深处，在自己最麻痹的时候掷出了致命的一刀。

他突然愤怒了。你不给我一条生路，咱们就拼个鱼死网破。

他用几乎绝望的声音纵声狂叫起来：“杀……任意搏杀，以命换命。”

敌人来得太突然，距离部队太近，根本就没有时间组织队列，组织防御。要想活命，全靠自己奋斗了。

汉军士卒一声不吭，全身都趴伏在马背上，以战马的极限速度冲向惊惶失措、乱哄哄的敌兵营地。

李弘满脸杀气，气势汹汹，双手端枪，仰首狂吼：“杀……”

“杀……杀光鲜卑人……”胡子纵马狂奔，单手舞刀，回头高吼。

“兄弟们，大汉天威，有我无夷，杀啊……”玉石挺直身躯，舞动长戟，放声大吼。

“杀呀，为死去的弟兄们报仇啊……”田重一马当先，挥动长剑，声嘶力竭地吼叫着。

汉军士卒神情激奋，无不心潮澎湃，纵情狂呼，喊杀声惊天动地，声震云霄。

鲜卑士卒们被汹涌扑来的铁骑吓呆了，他们惊惶失措，心神震慑，恐惧万分，一个个手忙脚乱，大呼小叫地在营地上来回奔跑。各部首领在牛角号声的指挥下，强作镇定，不停地挥动战旗，高声喊叫着召集部下。士卒们或者飞身上马，三五成群聚到一起，或者各拿武器，互相靠拢，紧紧围在一起形成桶形的防御阵势。

快，太快了。

眨眼之间，两千人组成的长方形冲击阵势如同奋力掷出的铁锤一般，发出震耳欲聋的轰鸣声，呼啸着重重砸进了敌人的营地里，发出了一声炸雷般的惊天巨响。

黑豹高高地腾空而起，四肢舒展，跃身跳进了密集的敌兵中间。李弘挥动大枪，连扫带刺，两个返身奔跑意欲躲避黑豹撞击的士卒立时就被结果了性命。

汉军铁骑像秋风扫落叶一般卷起满天的血腥和惨嚎，肆意蹂躏掳掠着铁蹄下无辜的生命。

鲜卑人在奔跑，在惨叫，在空中飞舞，在铁蹄下呻吟。汉军士卒在挥砍，在战马上咆哮。

战场上顿时陷入了激烈的厮杀。

赵汶的战马被几个鲜卑士卒砍断了马腿，战马庞大的身躯轰然倒地，他随着惯性飞了出去。紧随其后的士卒看到军候大人落马，奋力砍杀，酣呼嚎叫着冲了上来，想要保护他的安全。数个鲜卑士卒不顾生死，挥刀剁向摔倒在地的赵汶。赵汶虽然连挡数刀，却终因寡不敌众，被一个鲜卑士卒近距离砍中胸口，立时气绝。准备救他的四个士卒双目尽赤，失去理智地疯狂砍杀，随即被敌人围攻相继死去。

十几骑随后杀来，一拥而上，刀砍马踹，立即将这伙敌人尽数杀戮。伍召挥舞着长戟挑杀了最后一个挡在自己马前的敌人，然后飞身滚下战马，一把抱起赵汶，惨声痛哭起来。

慕容绩带着十几个侍卫且战且走，准备翻越鹿亭，逃进山林。但他们被一路杀进敌阵的斥候队死死地盯上了。郑信冲在最前面，剑剑不离敌人的要害。士卒们成雁行队列死死地跟在他身后左右，后面挤不上前的士卒就不停地对准敌人施放冷箭。

“挡住他们，挡住他们……”看到小懒带着一队骑兵斜斜地杀至，郑信奋力大叫起来。小懒闻声大喝一声，带领骑兵立即和郑信的斥候队把慕容绩和他的侍卫们团团地围住了。

“杀……”郑信怒吼一声，三四十人各举刀枪，从不同角度切入，勇猛地杀了上去。

小懒的长枪突然刺向了慕容绩。

第四章 白马公孙瓒

慕容绩状若疯虎，战刀挥动之间隐含风雷之声、气势如虹。

小懒的长枪突然从人群里杀出，其势若穿石之箭，以匪夷所思的速度，刺向了慕容绩的腰肋。慕容绩全神贯注，正在用尽浑身解数化解迎面劈来的三把战刀，完全没有防备到一把朴实无华的铁枪悄然袭至。

慕容绩挡开一刀，闪过一刀，再一刀迎头剁下，闪电般将一个汉兵力劈马下。长枪就在这个时候刺进了慕容绩的腰肋。

慕容绩亢奋的吼声立即化作了野兽一般的嚎叫。

围在他身边的两个汉兵趁他分神之际，双刀齐出，同时插进了慕容绩的胸膛。鲜血喷射而出。

慕容绩的叫声戛然而止，他睁大一双不可置信的眼睛，死死望着插在胸前的长刀，气绝而亡。

还没有等两个士卒做出进一步的动作，慕容绩的侍卫们已经疯狂地杀过来。战刀飞舞，吼声如雷，两个人立即就被乱刀分了尸，就连座下的战马都遭到连累，死于非命。随即郑信、小懒率领更多的人扑向慕容绩的侍卫，又将他们全部杀尽。

玉石的大铁戟凶狠地刺进敌人的后背，还没有等他抽出武器，一支冷箭突然出现在他的眼前。玉石怒吼一声，丢掉长戟，双腿用力蹬向马腹，仰身从战马屁股上滚了下去。几个围在附近的敌兵如狼似虎一般冲了过来，战刀从各个方向对准尚在地上翻滚的玉石劈头盖脸地剁下。

紧随其后的骑兵来不及反应，战马擦着玉石的身躯一跃而过。

燕无畏看到玉石身处险境，心急如焚，他救人心切，立即展开娴熟的骑术，在高速奔驰当中强行策马横跃，直接撞向围上来的敌人。

玉石狼狈不堪，头盔也掉了。他连滚带爬地站起来，顺势拔出战刀。

燕无畏的战马凶狠地撞飞两人，随即战马的高大身躯就失去了平衡，斜飞着摔倒在地。马背上的燕无畏敏捷地飞身跃起，逃脱了被战马压倒的命运，但随即自己就陷入了敌人的围攻。

玉石和其他的士卒几乎在同一时间杀到。

慕容侵率领士卒们浴血奋战，在抵挡住了大汉铁骑第一轮犀利无比的攻击后，围在他周围的士卒已经基本上被杀死。没有死的，也是伤痕累累难以再战。血肉之躯根本就没有办法抵挡像洪水一样汹涌扑至的汉军铁骑。

"撤……快撤……"慕容侵一边高声叫喊着，一边率先向平原深处跑去。在他的身后，十几个逃脱冲杀的鲜卑士卒歪歪倒倒地骑在马上，竭尽全力打马跟上。

胡子和他的部下们急急拨转马头，呼啸着，像一头头发狂的野牛，穷追不舍。

斜刺里突然冲出一彪人马，飞速射向慕容侵一行逃兵，把他们牢牢地堵住了。慕容侵慌不择路，情急之下，一刀戳向战马的后臀，妄图依靠痛极发狂的战马强行冲出汉军的堵截。一名正在高速飞驰的汉军骑兵首当其冲，被连人带马撞个正着，人飞到空中像石头一样抛射出去，战马打横轰然倒地。

慕容侵的战马也被撞得头破血流，痛嘶不已，但这更增加了它的疯狂。它的庞大身躯略微滞了一滞，随即再度跃起。

木桩愤怒地吼叫起来，他几乎失去理智地从飞奔的战马上滚了下来，对准慕容侵的坐骑抖手掷出了手上的大斧。明晃晃的斧头在半空中急速旋转飞行，划出一道诡异的弧线，摄人心魄的啸叫淹没在战场上巨大而嘈杂的杀声中，没有人发现它的存在。它就像一个嗜血的幽灵，突然露出狰狞的嘴脸，无情地从战马的右后腿抚过，霎时斩下了一只健壮的马腿。

慕容侵的战马立即失去平衡，跃起腾空的身躯伴随着痛苦之极的嘶叫，重重地砸落到地上。慕容侵死死地抓住马缰，抱住马颈，虽然没有从战马上飞出去，但却被紧紧地压在马腹下，半点动弹不了。

胡子如飞而至，血迹斑斑的大刀迎头劈下。

慕容侵躲无可躲，眼睁睁地看着大刀奔向自己。他连叫声都没有来得及发出，一颗大好头颅就离开了脖子，带着一蓬鲜血飞到了半空。

李弘带着上百名骑兵战士，轮番冲击敌人结成的桶形阵势。双方集中在一个狭小的空间内，舍命相搏，血肉横飞。

鲜卑人在遭受了汉军铁骑最初的猛烈冲击之后，损失惨重，士卒们已经肝胆俱裂、士气全无，一个个无心恋战，只想着尽快逃离这个血肉模糊的战场。随着主将的先后死去，没有主将指挥的鲜卑军队像一盘散沙一样，士卒们在经过一阵毫无希望的短暂抵抗之后，立即就被凶狠的汉军包围了。汉军士卒利用人数上的绝对优势，对鲜卑人展开分割围歼。

战场上，厮杀声逐渐稀疏下去。

李弘跪在地上，望着赵汶那张没有血色的面庞，心里一阵揪心的痛，痛得让他无法抑制自己的泪水。他突然失声痛哭起来。

他不知道自己为什么要打这一仗，打这一仗的目的又是什么？鲜卑人已经开始撤离，自己也完成了任务，为什么还要打这一仗？没有这一仗，像兄弟一样天天生活在一起的赵汶，还有许许多多熟悉的士卒，怎么会死在这里，死在这个黑夜里。

他不由得痛恨自己起来。

如果没有自己，这些人也许就不会死在这里。

夜幕逐渐拉开，黎明悄悄来临。

战场上本方士卒的遗骸已经被掩埋，缴获的一部分容易携带的战利品集中捆绑在鲜卑人的战马上。部队在撤退的号角声中匆匆上路，赶往山口渡。

鹿亭的伏击战，汉军损失了将近四百人，军候赵汶阵亡。鲜卑人全军覆没，一千三四百人战死，只有一小部分士卒逃进了附近的山林，慕容绩和慕容侵全部被杀。

李弘的部队在山口渡南岸驻扎下来，部队休整。

熊霸撤离长青围的第三天，鲜于辅带着刘虞的指令赶到了李弘的军中。

“大人命令你们立即赶往上谷郡的居庸。”

李弘和部下们一时无语，大帐内陷入了沉默。

“我军连番大战，部队的损耗非常大，士卒们也疲惫不堪，急需休整。此时去居庸，是不是太仓促？”里宋看到李弘望着案几上的地图半天都不言语，知道他非常为难，赶忙对鲜于辅说道。

“鲜于大人，我们在陂石山和鹿亭两战中死伤上千人，部队元气大伤。现在就让我们匆匆忙忙赶到居庸，是不是有点强人所难。”军候伍召不满地说道。

“我们在这里和鲜卑人拼命，流血死人。你们的人在渔阳城里休息，好吃好喝。现在居庸形势紧张，你们不去，倒叫我们去，这算什么狗屁道理？”燕无畏愤愤不平地说道。

“是不是看我们家大人年纪小，出身差，资历又浅，故意欺负我们？”胡子冷冷地望着鲜于辅，用挑衅的口气不阴不阳地说道。

“卫大人，这话是从何说起？如今胡人入侵，幽州形势危急，大家都是为了大汉国的安危而尽心尽力。这个时候怎么可能为了一己私利而置国家利益于不顾。卫大人你们误会了刘大人的意思。”

“你们是不是看我们过去都是马贼，故意找借口灭了我们？”已经提升为假军候（假军候，汉代军官名）的木桩突然嚷道。

鲜于辅无可奈何地摇摇头，苦笑一下道：“诸位都是大汉国的武人，都是为了保家卫国而流血牺牲。这个时候谁还会去计较你们的出身？现在最缺的就是士卒。刘大人对你们能够在大汉国遇上危机的时候主动从军抗击蛮胡一事非常钦佩和赞赏。你们千万不要误会。”

“诸位看看现在的渔阳，能够去支援居庸城的，除了你们，还有谁？渔阳城里田楷大人的部队加上刘大人从涿郡带过来的援军，只剩下一千多人，还有阎柔大人的几百人。这么多人就是守渔阳都不够，不要说去支援别人了。”

“但我们和窦大人、章大人的部队加在一起，能够继续坚持战斗的也只剩下两千人不到，而且部队的补给也已经全部用完，缴获的许多战马现在都靠吃野草度日。就这样，怎么去打仗？还没到居庸，估计部队就要一哄而散了。”田重缓缓说道。

“临行前，刘大人已经说了，广阳郡、潞城和雍奴三地的步兵任由李大人支配。你们缴获了上千匹战马，可以立即把步兵变成骑兵，实力应该会有所增长。至于说粮草军械，我立即回到渔阳，给你们筹集。”

“子民，你看如何？”鲜于辅问道。

李弘把目光从地图上收回来，笑着说道：“大家都辛苦，而且部队损耗的确太大，我和他们一样，坚决不赞成去居庸。”

鲜于辅面色一沉，胡子和木桩几个不同意的部下立即高兴起来，玉石和郑信他们虽然觉得违抗刘大人的指令不好，但也想不出更好的办法。人和马都没有吃的，能打什么战？

李弘望望胡子他们，继续说道：“诸位是为了什么，甘愿牺牲一切，包括自己的生命来到这里？田静大人、赵汶大人、许多我们的兄弟手足都是为了什么而死？是为了钱财，为了报仇，还是为了自己是一个大汉人，不愿意自己的国家和百姓遭到外族的凌辱和蹂躏？”

大家一言不发，望着李弘。

“如果诸位是因为最后一个原因而来，那就应该放弃一切私利，任何抱怨，所有的不满。因为明天我们就有可能战死沙场。我们会和所有死去的战友一样，平静地离开这个人世。死之前因为知道自己是为了大汉死，死得其所，所以没有怨言，没有遗憾。那么活着的时候，争什么呢？”

“为了死去而活着，所以我们无惧无畏。”

李弘淡淡地说着，心里一片平静。

他的部下呆呆地坐着，一个个沉默不语，各自在心里咀嚼着李弘的话。

“我们去涿鹿。”

鲜于辅吃惊地抬起头来不解地问道：“为什么？”

李弘面现悲凄之色，苦苦一笑道：“知道赵军候为什么会死在鹿亭吗？”

众人睁大双眼，心中十分疑惑地望着李弘，静待他说下去。

李弘慢慢地抚摩着案几上的地图，缓缓说道：“现在回头看，鹿亭这一战，即使我们不打，也无关大局。熊霸已经开始撤离，他的部队已经没有了口粮，只能靠杀马维持。那么为什么我们还会义无反顾地奔袭慕容绩？”

“因为我们是大汉人，所以我们决不允许任何一个敌人践踏我们大汉国的每一寸土地！”

李弘目视帐内的部下，神情坚决，斩钉截铁地说道：“决不允许。”

“赵军候为保卫大汉国而死。敌人还在我们的国土上耀武扬威，还在攻打我们的城池，还在残害我们的百姓。不彻底赶走他们，我们绝不罢休。”

“居庸城的西关座落于两山之间，易守难攻。按照我们最新得到的消息分析，乌丸人提脱只有一万多人，而居庸城内有三千多守军。以一万多人攻打西关，根本就不可能成功。”

“提脱是佯攻。敌人的主攻方向应该是在涿鹿。拓跋部落的部队一旦拿下涿鹿，可以拓展他在上谷郡的领地，逐步蚕食代郡和上谷郡的大片水草丰茂之地，挤压乌丸人进一步南迁，迫使幽州汉人的生存空间更加狭小。”

“慕容风有慕容风的考虑，拓跋锋有拓跋锋的计谋，鲜卑国的两大势力明争暗夺，都想侵占大汉国的土地。现在看来渔阳战场和上谷战场看似联系密切，其实他们各自心怀鬼胎，根本就没有联手的可能。尤其现在慕容风的部队已经撤回广平，他们想继续攻击渔阳已经不可能。拓跋锋得到这个消息后，在计划上肯定要变更。涿鹿马上就会有血战。”

“所以现在看似非常危急的居庸其实坚若磐石，反而暂时情况尚可维持的涿鹿隐含着巨大的危机。”

“呜……呜……”

密集而急促的牛角号声突然冲天而起。

李弘和帐内众人面色大变，几乎不约而同地飞身而起，向帐外冲出。

战鼓声突然像惊雷一般在耳边炸响。

一支骑兵队伍从天地之间飞速射来。

这支军队成战斗冲锋队列一字横排，以排山倒海般的骇人气势汹涌扑来。

大地在抖动，在轻微地战栗。五彩缤纷的旌旗在迎风飘扬。战马在奔腾，巨大的轰鸣声惊天动地。战鼓在吼叫，浑厚的声音直冲云霄。

大营内一片慌乱，各部人马在各种牛角号声的指挥下纷纷列队，集结队形。

李弘和鲜于辅等人纵马出营，向远处眺望。

“白马公孙瓒。”

鲜于辅突然大声叫起来：“是辽东的骑兵，白马公孙瓒来了。”

李弘紧悬的心立即放了下来。

用战鼓指挥部队按常理来说应该是大汉自己的军队。但现在和鲜卑人交战时期，什么情况都有可能发生。自己的部队不就是用牛角号吗？敌人也可能仿效汉军用战鼓。鲜卑人牛头部落的风裂大人就是用战鼓指挥作战。

听到鲜于辅的话，一群人不约而同地松了一口气。

李弘回头望望大营，骑兵尚未集结完毕。他再望望迎面赶来的辽东骑兵，目测了一下双方的距离，知道一旦真是敌人来袭，自己的部队就会像慕容绩的大军受袭一样，根本没有还手的机会。他不由自主地又想起了鲜卑人的黑鹰铁骑。什么时候自己也能训练出一支无敌天下的铁骑呢？

他转目望向郑信。他想问问他，斥候队为什么没有侦察到这支部队？郑信也非常疑惑地回望着他，十分茫然。他没有办法解释。

对面的骑兵队伍速度不减，依旧在狂奔。最前面的中间一排，赫然是一片突出的白马队列。它们漂亮的身姿映衬在蓝天绿地之间，显得格外耀眼夺目。

李弘和他的部下久闻公孙瓒的大名，虽然没有见过他，但听到他的传闻太多了，各人心里都很仰慕崇拜他。马上就要见到名扬天下的人物，大家的心里充满了好奇和兴奋。

公孙瓒字伯珪，是辽西令支人。他出身于当地官宦世家——公孙世家，其父曾经是二千石的中央大员。他虽然有一身本事，但由于母亲出身卑贱，成年后也只能在辽西郡的太守府充当一名书佐，亦即抄写员之流。然而他很快便获得了太守侯安的赏识，被太守大人招为女婿。侯安也是一位名士，为了自己女婿的前途，他把公孙瓒送到洛阳之南的缑氏县，拜大儒卢植先生为师，读书做学问。

公孙瓒在北方长大，他自己是一个慷慨悲歌之士，豪爽而尚武好义，根本就不喜欢读书论经。他不曾把书读通，便告辞卢植回到家乡令支县。不久，他在岳父的推荐下，再次到新任辽西郡太守刘基的下面作了一个上计吏（相当于现在的会计室主任兼统计室主任）。他根本没有文人的气质，干这些事都是用非所长，但也表现得不太坏。

过了两年，刘基因为党锢之祸受到牵连，被押往洛阳。公孙瓒知道刘基被人陷害，出于义愤，他化装成一个仆人，一路跟随保护。刘基在京都洛阳被判流放交州日南郡。那地方处于南方蛮荒之地，传闻瘴气非常厉害。公孙瓒看到刘基无辜获罪，孤苦可怜，乃下定决心亲自护送他到日南郡。两人走到中途，刘基就遇到了赦免的机会。公孙瓒将他送回家，独自一人返回辽西郡的令支县。

因为这件事，公孙瓒的侠义之名传遍幽州北方各郡，声名大噪。不久公孙瓒被继任太守推举为孝廉（孝廉，汉代选拔官吏的主要科目之一。郡国在自己所辖范围的士人中，选孝顺父母、行为清廉者向朝廷推荐。一般是一年荐举一两人。获得孝廉资格者，去京师通过课试后为郎）。这正是大汉官场的正途。由孝廉而被天子召见，留用为郎，再由郎而外放为地方官（或作县令，或作其他长官的属史），逐步升迁，最后由地方官而内调为中央大员。

公孙瓒在为郎期满以后，被派作幽州的辽东属国长史。长史（相当于现在政府部门的秘书长）原是文官，但在辽东却是武官，相当于一郡的都尉。所谓辽东属国，便是散布在辽东郡周围的若干藩属国，亦即大大小小的乌丸与鲜卑的部落。辽东属国长史的职责便是监视这些部落，不许他们造反。大概因为出身的关系，受到的教育和普通士人差异比较大，公孙瓒极端仇视胡人。每次，只要他接到有部落造反的消息，就会勃然大怒，义愤填膺，立即率部去平定叛乱，常常深入边陲，望尘奔逐，日夜继战，好像这些部落和他私人有深仇大恨一样。公孙瓒和胡人交锋，从来都不留活口，尽屠全族，当真是鸡犬不留，其血腥残暴，令胡人闻风丧胆，莫敢捋其虎须。

公孙瓒喜欢骑白色的马，他命令自己的近卫士卒也都骑白马。因此，公孙瓒有一个闻名遐迩的绰号叫白马长史，他的卫队叫白马义从。

公孙瓒的部队军容整齐，旗帜招展，士卒们盔甲鲜明，武器锋利，一看就是一支训练有素、战斗力极强的部队。他们在距离李弘大营约百步的地方缓缓停了下来。

李弘和几个部下面面相觑，自惭形秽。和公孙瓒的辽东兵比起来，自己这支卢龙塞的边军，就像是临时拼凑的杂牌军一样。战马是从鲜卑人手上抢来的。只有一部分军官配有头盔铠甲，大部分士卒都是普通的皮制甲胄，包括李弘自己，他连皮甲都是破的。历经两战之后，原来的骑兵几乎损失了一半，现在都是步兵在临时充当骑兵用。

鲜于辅兴奋地对李弘说道："子民，我们去迎一迎。"

李弘大叫一声："兄弟们，我们去迎接辽东的白马长史。"说完打马率先冲了出去。

对面军队的白马队伍随即做出反应，在一个全身亮银铠甲，头戴银盔，身披白色大氅的军官带领下，旋风一般飞驰而来。

"伯珪兄！想煞兄弟了……"鲜于辅飞身下马，站在距离白马铁骑很远的地方举手大声喊道。

李弘和手下随即跟在鲜于辅后面，纷纷跳下马来。

飞驰的队伍有一百骑，一色的白马白甲，士卒们都高大威猛，气宇轩昂。随着一声呼喝，飞驰的队伍突然就停了下来，显出部队训练得法，战士们都有着精湛的骑术。

"原来是羽行兄，好久不见了。"全身铠甲的军官端坐在战马上，望着鲜于辅笑着说道。随即他飞身下马，大步走过来。

李弘和几个部下目不转睛地看过去。

公孙瓒三十多岁，身高八尺开外，体格健壮匀称，长相俊美，一双大眼睛顾盼生威。大概是多年从军的缘故，他显得非常沉稳和冷静，浑身上下散发出一股浓浓的武勇之气。

鲜于辅和众人赶忙行礼。公孙瓒一把抓住他的双手，爽朗地笑道："半年多没见，你瘦了许多。"

"鲜卑人不断入侵，把我们搞得焦头烂额。伯珪兄能够及时赶来，真是太好了。"鲜于辅激动地说道。

"接到刺史大人的文书，我立即率三千铁骑日夜兼程赶来，这已经是最快的速度了。"

"你们怎么会在这里突然出现？"

"我们抄近路由卢龙塞入关，准备直接到渔阳。途中斥候侦察到山口渡驻有部队，我们以为是鲜卑人，就沿着鲍丘河直接赶来了。"

鲜于辅恍然大悟，笑了起来："原来是这样，把我们吓了一跳。来，我给你介绍，这位就是豹子，卢龙塞的豹子。”

李弘上前一步重新见礼。

公孙瓒非常吃惊地望着，上上下下仔细打量着李弘，笑意慢慢地涌上他英俊的面庞。

“好。没有想到你这么年轻，年轻得让人嫉妒啊。”公孙瓒用力拍拍李弘的肩膀。

两个人差不多一般高大、一般强壮。但公孙瓒一身戎装，看上去就像一个大官，稳重而又不失威严。李弘散乱着一头长发，衣裳破旧，手足无措，怎么看都像一个落魄的武者，而且还是一个憨厚老实好像没有什么经验的年轻武者。

在年长许多且成名已久的公孙瓒面前，李弘显得有些拘谨。他面红耳赤，讷讷无语，只是用很崇拜的目光望着对方。

公孙瓒从李弘的眼中看到了这个年轻人对自己的敬重，让他心里感到非常的舒坦。

大半年来，这个豹子如彗星般从北疆崛起，并且随着胜仗连连，名气越来越响，甚至隐隐有超越自己的势头。这使得一向孤芳自赏的他心里十分不舒服。自己因为母亲出身不好，历经坎坷磨难，付出了远比其他人更多的努力，好不容易才有了今天的地位和成就。然而豹子一个鲜卑人的奴隶，出身比自己差了十万八千里，却因为机缘巧合，一跃而成为卢龙塞边军的军司马。自己努力了十几年，付出了无数的艰辛和血汗换来的东西，被这个鲜卑人叫做白痴的小子轻而易举地就在几个月时间内得到了，虽然从官职上来说尚差两级，但这已经不是一般的幸运，而是令人嫉妒得发狂的幸运了。

在和平年代，大家除非迫不得已，一般都不愿意加入边军。一则边军所处都是荒远边境、人迹罕至之地；二则一旦边境有摩擦，生死没有保障；三则待遇也不好，与中央精锐的北军更是天壤之别。但在战争时期，边军却是最容易得到军功，获得升迁机会的地方。李弘的幸运就是他在最合适的时候、在最恰当的地方加入了边军，并且参加了一场罕见的战斗。现在在那场卢龙塞大战中幸存下来的士卒基本上都成了军官，没有位子的也领着百人队队长的俸禄。

在公孙瓒眼中，上天对同样努力的人从来都不给予公平的机会、公平的回报。

鲜于辅随即把其他几个军候、假军候介绍给公孙瓒。胡子的名气在边疆好像也不小（恶名昭著？），公孙瓒特意和他聊了两句，似乎对他非常熟悉。

公孙瓒和大家寒暄完毕，返身命令部队就地驻扎。

公孙瓒的弟弟公孙越，部下严纲、单经、关靖、邹丹等军司马、军候赶过来和李弘、鲜于辅等人见面。

在公孙瓒的要求下，大家席地而坐，倾听李弘对这几天渔阳城战场上几场战斗的简单叙说。

“现在慕容风手下的第一大将熊霸占据广平，有铁骑上万人。对渔阳来说，不收复广平，它就永远处在交战前线，非常不安全。只有将鲜卑人赶回白檀，渔阳之战才算彻底结束。”李弘最后说道。

“子民的口才很好，交代得非常清晰，仗也打得好，的确名不虚传。”公孙瓒非常欣赏地望着李弘，由衷地赞道。

接着他继续说道：“现在渔阳战场已经处于僵局，要打开突破口必须另想办法。我同意子民的意见，涿鹿战场上的成败，直接关系到整个幽州战局。它极有可能就是我们能否击退鲜卑人的关键。羽行兄应该立即赶回渔阳城，亲自向刺史大人汇报此事。”

鲜于辅点点头：“你们还有什么事要我转达刺史大人？我现在就赶回去。”

“我军急行军十几日，人疲马乏，急需休整和补给。我希望明天就可以得到粮草，另外希望渔阳郡能给我们这些援军士卒送一点慰劳犒赏，最好能多些酒肉。”公孙瓒笑着说道，语气里完全没有商量的意思。

鲜于辅迟疑了一下，神色凝重地点点头。

下午，公孙瓒派人邀请李弘等人赶到他的营寨，大家聚在一起吃肉喝酒，嘴里较量些武艺，谈天说地。

李弘自从主持卢龙塞军队以来，秉承田静的一套治军办法，严禁将士饮酒聚会。胡子等人虽有怨言，但也不好公然违抗军纪。今天逮到机会，好不快活，一个个狂吃猛喝，浑然忘记战争尚未结束。

李弘不喜饮酒。他自从失去记忆之后，好像很难接受这个东西，虽然觉得非常熟悉，但他就是不喜欢，而且酒量不好。北方人善饮，能喝下一坛酒的非常多。李弘试过几次，每次几爵（爵，古代饮酒器具）酒下肚，立即就会酩酊大醉。

公孙瓒似乎格外垂青李弘，殷勤劝酒。

李弘不胜酒力，酒过三巡，话渐渐地越来越多。

“几年前在辽东，大人曾经带着数十骑出行塞下，突然遭到鲜卑数百骑的攻击。大人率部且战且退，到英亭时已经被敌人团团围住。大人临危不惧，手持长矛，酣呼鏖战，连续冲击敌阵，杀伤数十人，最终率部成功突围。大人之勇，鲜卑人至今念念不忘。”

“陈年往事，你是听谁说的？”公孙瓒心中得意，却装作不以为意，随口问道。

“是大帅说的。大帅对你很是忌惮，我在鲜卑时，数次听他提到你的武勇。”

公孙瓒大笑起来。他今天格外高兴，可以得到鲜卑慕容风的夸奖，的确让他感到自己非常有成就。

李弘连喝十几爵之后，当即醉倒，人事不知。胡子几个人在酒宴结束之后，把李弘像包袱一样随便横放在马背上，任他一路狂吐，缓缓回营。

第二天中午，鲜于辅风尘仆仆赶回山口渡。

刘虞已经接受了李弘的建议，命令他率部赶到广阳郡昌平。在昌平接受粮草军械后，立即翻越太行山，到涿鹿会合先期到达那里的代郡兵曹掾鲜于银部。然后一切战事由李弘自行决定，尽快击退鲜卑拓跋部落的入侵部队。

章循和窦峭两人因为手下的士卒已经全部转入李弘的骑兵部队，被刘虞召回渔阳城。公孙瓒部就地驻扎，随时接受军需，待后续援军赶到，再联合进攻广平。

李弘酒醉刚醒，头痛欲裂。心里暗暗发誓，决不再贪杯饮酒，贻误正事。

大军随即开拔。

李弘在鲜于辅的陪同下，勉强振作精神，到公孙瓒大营向他辞行。公孙瓒勉励了几句，亲自将李弘送出营寨。

“伯珪兄，你认为子民此去，胜绩如何？”

望着逐渐消失在视野里的李弘，鲜于辅心事重重地问道。

“子民有打仗的天赋，他对战争全局的理解和掌控非我们所能比及。可惜巧妇难为无米之炊，他的铁骑人数少、实力弱，根本不堪一击。何况他和拓跋部落仇深似海，拓跋锋不可能放过这么好的报仇机会。”

“假如鲜卑人对上谷郡势在必得，拓跋锋有可能亲自赶到涿鹿。以拓跋锋的实力，子民恐怕难逃败亡的命运。”

“涿鹿城根本无险可守。”公孙瓒平静地说道。

“难道我大汉国真的衰落了吗？”鲜于辅无奈地说道。

公孙瓒叹了一口气。

“差不多。去年的黄巾暴乱只是大汉国走向衰落的一个开始。”

“当今天子派皇甫嵩大人、朱俊大人率汉军主力镇压对洛阳威胁最大的颍川、南阳黄巾军；我的老师卢植大人、西凉的董卓大人率军镇压冀州黄巾军。天子还下令解除党锢，动员各地门阀豪强起兵，调动所有力量来对付黄巾暴乱。虽然在去年底平息了三地的暴乱，但大汉国元气大伤。你再看看现在，并州、青州、冀州，黄巾的余孽像雨后春笋一般再次起事造反，此起彼伏，已经愈演愈烈。”

“西凉的边章、韩遂本月初起兵造反，威胁三辅和长安。左车骑将军皇甫嵩大人已经接到朝廷圣旨，率北军离开冀州往长安平叛去了。他一走，冀州的黄巾余孽必将疯狂再起。”

公孙瓒越说越激动：“塞外胡人趁机寇边，屡屡入侵，边郡各地饱受摧残蹂躏。而当今圣上却仍然在洛阳卖官鬻爵，增赋加税，造宫修殿，极尽骄奢淫逸之事；宦官朋比为奸，横征暴敛，擅权祸国。无数忠臣义士空有一身抱负却无用武之地；眼看着贵戚阉宦把持朝政，他们上蹿下跳，轮番折腾，终有一天要将这大好河山付之一炬。大汉国已经摇摇欲坠了。”

鲜于辅大惊失色：“伯珪兄你疯了，这等大逆不道的话你也说得出来。这些事离我们都太远，也轮不到我们这些人操心，还是想办法解决眼前幽州的危急吧。”

“有什么办法，不就是要兵嘛。你要是能变出上万大军出来，大事可定。”

第五章

胡人的野心

大汉国中平二年（公元185年）五月。

天高云淡，风和日丽。

治水河的河水清澈冰凉，在微风轻轻的吹拂下，一路欢快地歌唱着向东南方向流去。两岸的大树和堤岸上已经披上了嫩绿的外衣，显得生机盎然，美丽怡人。

拓跋部落的骑兵排成三个纵队，正在涉水过河，赶往上谷郡的郡治所在沮阳。

拓跋锋缓缓下马，神态安详地走到河边，举目四望。

自从上个月联合乌丸豪帅提脱出兵攻打大汉国以来，部队的进攻一直非常顺利。两族联军在护乌丸校尉的治所广宁城击败了护乌丸校尉箕稠的部队，占据了广宁城。

提脱率领乌丸大军一直追赶箕稠，将他赶进了居庸城。随后他的部队分成两路，以一部佯装主力，陈兵于沮阳，牵制沮阳守军，而主力却对居庸城的西关发起猛攻。

拓跋部落的部队在豪帅拓跋韬、拓跋晦的率领下，顺着仇水而下，一路攻占代郡的马城、桑干，上谷郡的下洛、潘县，围住了涿鹿城。

就在上谷战场节节胜利之际，却从渔阳传来不好的消息。慕容部落的铁骑在渔阳城下遭到惨败，已经失利退回广平城。部队的首领慕容绩和慕容侵两位大人在撤退途中遭到汉军伏击，全军覆没，当场战死。

拓跋锋随即投入主力，猛攻涿鹿城。城中的军民在县令展岱的带领下，誓死坚守城池八日，直至全部战死。涿鹿城随即失守。

拓跋锋十分佩服慕容风的手段，谈笑间杀人于无形之中。现在回过头来看看渔阳失利的后果，令人扼腕叹息的不是几千人的伤亡，而是慕容风利用这场战争轻而易举地就消灭了金雕和黑雕部落，重新将分裂的慕容部落统一了起来，并且基本上把中部鲜卑的反对力量彻底拔除。现在中部鲜卑只剩下慕容风一个人的声音，中部鲜卑的所有部落都控制在他的手里，不但实力剧增，而且对弹汉山来说是一个巨大的威胁，和连现在根本就没有能力对中部和东部鲜卑指手画脚、为所欲为了。

东部鲜卑在卢龙塞失利之后，实力大减，已经失去了和慕容风抗衡的本钱。弥加和阙机等人非常聪明地立即就和慕容风结成了联盟，以慕容风马首是瞻，完全忘记了自己所统率的部落应该对弹汉山而不是对野心勃勃的慕容风表示效忠。慕容风鼓动鲜卑人发动战争，自己却趁机利用战争铲除异己，在中东部鲜卑建立起牢固的联盟，重新拥有庞大的势力，他想干什么？难道他想自己做鲜卑人的大王？

拓跋部落在去年帮助和连肃清弹汉山的奸佞，取代红日部落掌控了西部鲜卑的大权之后，势力急剧膨胀。拓跋锋是一个非常狂热的人，对权利、财富、疆土、奴隶都非常狂热。这次他应慕容风之邀共同出兵入侵大汉国，实施东西两路夹攻，表现出非常积极的态度。

他当然不会听从慕容风的计划，让自己的大军在上谷郡方向实施佯攻，牵制大汉国的兵力。他想占据上谷郡。

他有雄心壮志，他想和檀石槐一样，开拓疆土，带领拓跋部落的人打下自己的一片江山，成立自己的国家。上谷郡这个方向本来是中部鲜卑和弹汉山的势力范围。如果这次趁机会一举拿下上谷郡，自己的势力也就扩充到了弹汉山王庭和慕容风的家门口，可以直接对他们造成威胁。另外，上谷郡疆域辽阔、物产丰富，可以给拓跋部落带来源源不断、取之不竭的巨大财富，这才是一个部落兴衰成败的关键，也是拓跋锋一心想夺取上谷郡的真正目的。

涿鹿城的顽强抵抗，完全出乎他的意外。下洛城、潘县的百姓听说鲜卑人来了，闻风而逃。虽然攻城时也遇到一些抵抗，但完全没有什么威胁。原先以为涿鹿城也会一蹴而就，没想到却碰上了异乎寻常的阻力。拓跋锋的主要目的是想夺取沮阳，占据整个上谷郡。所以他没有把主力全部投上去，造成部队在涿鹿城下耽搁了许多天。

围攻居庸城西关的提脱天天派人催促，希望他尽早结束涿鹿城的战斗，赶赴沮阳战场。他的大军在西关，为了起到牵制作用，连续攻城，已经折损了不少人马。但拓跋锋不为所动，为了减少自己的攻城损失，也为了消耗乌丸人的实力，他按部就班地围城、攻击，意图逐步压垮涿鹿城守军的意志，消耗他们的体力和给养。直到斥候回报太行山方向发现了大汉援军的消息，他才投上主力，以半天时间拿下了涿鹿。涿鹿城内的老弱妇孺早就撤离，留下坚守城池的军队和百姓誓死不降，他们浴血奋战，直到全部战死。

拓跋锋随即留下拓跋韬部守在涿鹿，总领下洛、潘县、涿鹿三城人马。在攻打沮阳期间，拓跋韬的主要任务是保护好主力大军的侧翼，保证从马城、广宁方向运来的军需畅通无阻，从上谷各地掳掠的财物能安全运回部落。至于来援的汉军，他根本就没有放在心上。

让他非常担心的是乌丸人。上谷乌丸有九千余部落，是当今乌丸族实力最雄厚的一支。他们依山傍水而居，以黑翎王难楼为大首领。上谷乌丸和汉人关系一直非常好，曾经数次出兵帮助汉人攻打匈奴人和鲜卑人。汉庭也没有亏待过他们，对他们赏赐颇丰，首领封王，遣公主和亲，在上谷开市。几十年来，彼此相处融洽。

现在的黑翎王难楼在北疆胡族中德高望重、威信极高。他自身就是个名震大漠的勇士，武功高强，手下大小首领上千，军队数万，其实力在北疆首屈一指。他还是一个处世圆滑变通、外交手腕极其高超的部落大首领。无论是已经死去的鲜卑大王檀石槐，还是匈奴大单于羌渠，甚至大汉国的皇帝陛下都是他的朋友，谁都不敢轻易去招惹他。

此次出兵入侵大汉，慕容风就亲自到飞鹰原拜访了难楼，向他告明此事，并希望得到他的帮助。已经六十多岁的难楼，依旧一头黑发，精神矍铄。他望着年纪比自己小很多，头发却已经花白的慕容风，摇头苦笑道："你这疯小子殚精竭虑，一心想占据大汉的国土，害得无数的人血染沙场，抛尸荒野，迟早要遭到报应。自古以来，凡是无端引发战祸，欠下累累血债的人，从来就没有什么好下场。像你这样，双手沾满鲜血的人，早晚要死于非命。"难楼摸了摸下巴："我母亲是大汉的公主，这是天下皆知的事。我是老刘家的亲戚，你要我出兵相助，绝对不可能。你无非想叫我袖手旁观而已。好，我答应你。冲着几十年的交情，这点小事算不了什么。但我要告诫你一句话，这句话我曾经也对檀石槐说过。"

"大王有什么指点？"慕容风恭敬地问。

"匈奴人和大汉国互相打了几百年，匈奴人得到了什么？匈奴人最强盛的时候曾经有二十多万铁骑，但他们现在占据了大汉国一寸土地吗？"

"一寸都没有。"慕容风回答。

"不错，大汉国依旧雄视天下、无人可撼。反观匈奴人，南北分裂，已经没落。南匈奴人俯首称臣，依附大汉，得以进入大汉领土苟延残喘，繁衍生息。北匈奴人呢？先是被大汉人远驱数千里，接着又被你们赶尽杀绝。余众西逃，远离故土，不知所终。"（题外话，关于这支北匈奴西迁后的踪迹，史家多有争议，学术界比较普遍的一种说法是，曾经威震欧洲的"上帝之鞭"阿提拉所率领的"匈人"，就是这支北匈奴的后裔。）

"你难道就不能从匈奴人身上学到些什么吗？"

慕容风傲然一笑，一言不发，告辞离去。

拓跋锋听说之后，更是嗤之以鼻："匈奴人是什么玩意，一群没了志气的野狗而已！怎么能和我们天马的子孙——鲜卑人相提并论？难楼老了，没有胆量了。"

上谷郡的乌丸人还有两大势力。一个是难楼的侄子提脱，他的石鹫部落居住在白山的西麓，和弹汉山的关系非常好。难楼不喜欢他和鲜卑人走得太近，常常斥责他。提脱也是一方豪雄，和许多胡人首领一样，骨子里都瞧不起汉人，时时刻刻都在盘算着掳掠汉人的财富。他对难楼的亲汉政策非常不满，要不是畏惧难楼的实力，他早就挥军南下了。此次他被拓跋锋说动，知道背后有鲜卑大王和连撑腰，而且面对唾手可得的财物，胆气立即就大了。他瞒着难楼，和拓跋锋一拍即合，联军出击。

还有一股势力是居住在上谷郡治水河附近的白鹿部落，其部落首领叫鹿破风。他是难楼最看重的侄子，难楼一直想培养他做上谷乌丸族的新一代黑翎王。但鹿破风似乎根本看不上这个什么部落王，很少到飞鹰原去拜见难楼。他武功在乌丸族里无人可敌，号称乌丸第一高手。曾经有一百多名乌丸勇士不服气，从各地主动跑到治水河找他比试，均遭败绩，一时间轰动北疆。

这支乌丸部落在汉人的帮助下，虽然有一部分人还在坚持从事畜牧业，但很大一部分人已经开始从事耕种和养蚕业，收入和生活水平都得到了极大的提高。他们不但和汉人杂居，而且还互相通婚，模仿汉人的生活习惯，学习汉人的文化语言，彼此之间关系融洽。这个区域已经成了胡人和汉人和平相处、共同生活的典范。许多小部落和败亡的部落族众纷纷长途跋涉赶到这里，加入白鹿部落，寻求一份稳定和可以维持生计的生活。也同样因为这个原因，白鹿部落成了所有仇视汉人的胡人都想铲除的敌人。在他们的眼里，白鹿部落的人背离了胡人的祖志，忘记了世世代代的仇恨，为了安逸富足的生活而出卖了自己的祖宗，自己的兄弟，甚至于自己的民族，是一群十恶不赦的叛徒。

拓跋锋动用了拓跋韬、拓跋晦两个豪帅，一万铁骑，准备袭击居住在治水河附近的白鹿部落，将他们一举击毙，彻底从地面上抹去。然而他的计策落空了。他的铁骑除了烧掉一些草屋外，一个白鹿部落的乌丸人也没有杀死，整个治水河附近的乌丸人、汉人，统统地消失了，所有能带走的东西全部都带走了。

拓跋锋非常生气。一定是黑翎王难楼在第一时间通知了白鹿部落的鹿破风，让他非常从容地组织部落人马全部撤离了。他恨得咬牙切齿，暗暗发誓要报复难楼。

拓跋锋是个典型的北方汉子，身形高大威猛，虎背熊腰，一张紫黑色的脸上却出人意外地透出一股儒雅之气，稍稍掩盖了他眼睛内的暴戾和多疑。

“大人，提脱豪帅派来的信使来了，您要不要见他？”

拓跋锋回过头来，对着拓跋晦说道：“不见了，你叫他回去告诉提脱，明天早上我们在沮阳城下会合。”

拓跋晦中等身材，一张黑里透红的脸庞，一把浓须，一双眼睛总是隐隐约约射出几丝戒备之色，看上去就是一个稳重心细的人。他没有离开的意思，眉头微皱，似乎有话要说。

拓跋锋再次回头，用疑问的眼神望着拓跋晦。

“有事吗？”

“据斥候回报，鹿破风的部队在承山一带出现，被拓跋韬的部队击败逃进了太行山。小帅页石在黄獐山围住了鹿破风的家人。”

“哦。”拓跋锋高兴起来：“抓住了吗？听说鹿破风有三个汉人妻子，容貌都很漂亮，可都抓住了？”

拓跋晦胆怯地望了一眼拓跋锋喜笑颜开的面容，低声说道：“汉人的援军突然出现，把他们全部救走了。”

拓跋锋的脸突然就沉了下来："这么点事都办不好。页石呢？"

"页石的部队被汉军包围，已经全军覆没，一个都没有逃出来。拓跋韬赶去时，汉人早就跑了。"

拓跋锋十几天以来，头一次听说自己的部队受挫，脸上的肌肉不由自主地抽动了几下。他强压住怒火，闷声问道："损失了多少人？"

"六百多人。"

"知道汉军的头领是谁吗？"

"豹子。"

拓跋锋的眼睛里似乎要喷出火来，又是豹子。似乎这个豹子自从离开慕容风以来，就成了拓跋部落的梦魇。先是自己的儿子死了，接着自己的兄弟拓跋柬死了，再接着豪帅拓跋鸿死了，而且每一次拓跋部落的人都被他杀得狼狈不堪。

拓跋锋笑了起来。拓跋晦吃了一惊，诧异地望着拓跋锋。

"大人……"

"好，好，好。"拓跋锋一连说了三个好字。

"我们原来以为幽州刺史刘虞在熊霸大军压境的情况下，即使公孙瓒的辽东援军赶到了渔阳，他的部队在人数实力上依旧处于下风，不会抽调援军赶到上谷战场。现在看来我们错了。刘虞很可能已经看出来我军的目的不是渔阳，而是上谷的沮阳，所以他在渔阳战场形势很不好的情况下，依旧派出援军。"

"豹子带来了多少人？"

"不清楚。我们的斥候没有找到他们。不过据估计，应该在两三千人之间。如果部队人数多，很容易暴露形迹，我们不可能发现不了。"

拓跋锋神色冷峻地望着河面。大军正在渡河，吵吵嚷嚷的，非常热闹。

"如果鹿破风和豹子的铁骑会合，他们就有四五千人，这比我们留在涿鹿的军队多。拓跋韬部三千人已经损失了六百人，人数上我们处于绝对劣势。如果大军的侧翼受不到保护，牲畜辎重的安全得不到保证，沮阳还怎么打？"

"慕容风真是无能鼠辈，自己缩在窝里不出头，却让慕容绩率军，结果在渔阳惨败，还连累了我们。"

拓跋锋越想越窝火，破口大骂。

"大人，沮阳有上谷郡太守刘璠坐镇，守军至少两千人，加上代郡的兵曹掾鲜于银的一千铁骑，共有三千人守城。按我们原来的计划，用一万五千人攻打，大概需要十天左右才能拿下。但现在汉人的援军已经赶到，攻城条件不是很好。我们是不是把留在马城的铁骑拉过来，在涿鹿一带留下足够的兵力以应付汉军？"

"不行，拓跋帷的铁骑绝对不能动。那三千人是我们的后备力量，不到万一决不能动。"

"广宁有舞叶部落射墨赐、天水部落繁埚的三千大军，您也可以调动的。"拓跋晦轻轻说道。

拓跋锋摇摇头，“他们是弹汉山的人，这次出兵无非是为了分到更多的战利品。调他们上前线，需要大王和连首肯。大王不同意，谁敢私自调动。你不要乱出主意了。”

“那……”拓跋晦想说什么，又不敢出口。

拓跋锋冷冷地看着他：“你是不是想说，我们退回涿鹿，坚守治水河以西区域。”

拓跋晦好像惧怕拓跋锋一怒之下杀了他似的，退了一步，低着头没有说什么。

“你且说说看。”拓跋锋指着拓跋晦的鼻子说道。

“大人，占据治水河以西，再逐步挤压代郡的东北地域，把战线稳定在涿鹿，对我们还是有利的。一来我们无需付出巨大的代价，二来可以避免和慕容风大人发生正面冲突，三来一旦我们出兵并州的云中郡，这里完全可以满足我们发动侧击所需要的一切。有了这一块地方已经足够了。”

拓跋锋没有说话。他轻蔑地望着拓跋晦，突然笑了起来。

“为什么不能和慕容风产生冲突？他想要渔阳，我就可以拥有上谷郡。”

旋即又杀气腾腾地说道：“一个小奴隶，能掀起多大的浪？看我这次不抓住他，生吞活剥了。”

“拓跋部落这次出动一万五千人，如果仅仅就占了汉人的五座小城，一片不大的土地，那就太不划算了。大汉国已经行将就木，难道你看不出来吗？汉人已经没有过去那么强大了，他们就像匈奴人一样，彻底衰败了。这次我们机会好，占尽天时地利，失去了，恐怕就再也找不到这样的机会了。”

“你的胆子越来越小，做事越来越谨慎，勇气也越来越少了。你难道真的老了吗？”

拓跋锋望着拓跋晦，嘲讽地说道。

拓跋晦好像毫不在意，固执地说道：“大人，我们必须抽调兵力回到逐鹿。现在攻打沮阳的部队接近九千人，完全可以抽调一千人回去。无论如何我们首先必须确保粮草辎重的安全。一旦粮草出现问题，我军就会遭到……”

拓跋锋再也不能忍受，大吼一声，突然拔出腰间长刀，狠狠地剁了过去。拓跋锋的战刀剁在碗口粗的树干上，发出一声沉闷的响声，大树猛烈地抖动起来。

拓跋晦看到拓跋锋发怒了，没有继续说下去，缓缓退了两步。

拓跋锋吼了一嗓子，剁了一刀，似乎将心中的怒气发泄完了。他慢慢地平静下来。

“十天，最多十天，我们就可以顺利拿下沮阳城，整个上谷郡就是我和提脱的了。只要拿下沮阳，大军马上就可以抽调兵力回头剿杀豹子和鹿破风。”拓跋锋转身面对拓跋晦，依然坚持不分兵。

拓跋晦执拗地说：“现在大军尚余五天的口粮，后续牲畜和草料正从马城运来，估计两天后到达下洛城。这批牲畜和草料对于我们和乌丸人来说，至关重要，不容有失。因此我坚持派兵回涿鹿，这些人几天后就可以和军需一起赶到沮阳城下。”

拓跋锋气恼地盯着拓跋晦，良久无语。

“好吧。”他权衡利弊之后，终于松了口。

鹿破风在胡子的陪同下，带着十几个侍卫，打马跑进了山谷。在胡子的指引下，他看到了坐在士卒中间谈笑风生的豹子。

豹子没有鹿破风心里想象的那样英武威风，眼前是一个普通得不能再普通的战士。如果不是胡子特意指出来，说什么他也不相信那个年轻的战士会是轰动北疆的豹子。在鹿破风所有见过的汉军军官里，他是头一次看见一个每月秩俸千石的官员穿戴朴素——或者说是破旧，更让鹿破风诧异的是他竟然和士卒挤在一起吃饭。在等级制度森严的鲜卑国、大汉国，这种事是不可想象的。有身份地位的人做出这种举动，不但会遭到同阶层人的鄙视，而且会被当作疯子和白痴。你能想象一个太守大人会和家里的奴仆围在一个桌边吃饭吗？

鹿破风和自己的两个部下、身边的侍卫们面面相觑，一脸的惊疑。

李弘在士卒们的提醒下，看到了鹿破风一行人。他赶忙吞下最后几口食物，接过旁边士卒递过来的水囊咕咚咕咚灌了几口，然后急匆匆迎了上来。

鹿破风高大健壮，神态威猛，一张英俊的国字脸，一双犀利的眼睛。他的年纪最多也就三十多岁，也许是很年轻就坐上白鹿部落首领位子的原因，他看上去非常的成熟稳重，从他身上已经看不到年轻人的张狂和冲动。

两个人的双手紧紧地握在一起，彼此都感觉到对方的亲近和真诚。

“感谢李大人救下我的家人，我鹿破风无以为报，自此以后甘愿唯大人马首是瞻，一切听从大人的驱使。”

李弘笑着摇摇头：“大帅言重了。我们在黄獐山伏击页石，无意中救下大帅的家眷，纯属巧合，这是大帅你的运气好，无须感谢。”

鹿破风看到李弘既不恃功自傲，也没有以此开口要挟，心中大为感动。他自小在上谷郡长大，作为部落中的权贵，长大后又是部落首领，经常接触当地的汉人官吏，像李弘这样对自己彬彬有礼，言语真诚，不张嘴要好处的，非常罕见。除了刺史大人刘虞，这还是他第二次碰见。

双方随即各自介绍了自己的部下。李弘对鹿破风的两个手下非常欣赏。体态高大较瘦的叫鹿欢洋，是个神射手，年纪和李弘差不多，是鹿破风的胞弟。身材稍矮粗壮的中年人叫恒祭，一双眼睛充满了灵气。

鹿破风命令手下从几匹无人骑乘的战马上拿下七八个鼓胀胀的布袋，笑着对李弘说道：“大人远道而来，没有什么好招待的，一点小意思，略尽地主之谊。”

“你们部落很富裕吗？”李弘笑着问道。

鹿破风看到李弘笑得很勉强，赶忙说道：“我们部落虽然不富裕，但诸位大人带着援军长途跋涉而来，一定很辛苦。我们……”

李弘摇摇手，打断了他的话。

“都拿回去吧。你们不顾危险，带着许多汉人一起逃离家园，该感谢的应该是我们。从治水河逃到太行山，路途遥远，一路上你们的损失一定非常惊人。拿回去。”李弘斩钉截铁地说道。

鹿破风和他的部下们又一次被感动了。在他们的眼睛里，所有汉人的官吏都是贪婪无耻之辈，他们敲诈勒索、横征暴敛，从来不管他人的死活。而眼前的这位大人是真的廉洁自守，还是如传言所说是个坏了脑子的白痴？

胡子和鹿破风有过几面之缘，算是熟人。他走到鹿破风身边，拍拍他的肩膀道：“老鹿，我早跟你说过，不要自找没趣，你不听。拿回去吧，我们这里的粮食还够用。”

李弘招呼鹿破风、鹿欢洋、恒祭三人和自己的一群部下席地而坐。

“我请大帅来，是想谈谈两军合作，尽早击败拓跋锋的事。”

“按照我们得到的消息，拓跋锋现在正率部渡过治水河。按照他们的速度，明天应该可以到达沮阳。”

“我们最早以为涿鹿可以守上一段时间，拖住拓跋锋的部队。这样我们到了上谷之后就可以在治水河以西展开对拓跋锋的进攻，阻止他们占据涿鹿城，以达到断绝他们赶到沮阳和提脱会合的目的。”

“如今涿鹿已失，沮阳即将被围攻，上谷战局基本上已经陷入绝境。”

李弘看看大家沮丧的脸，突然笑道：“我们还有机会反败为胜。”

大家的眼睛一亮，顿时信心倍增。李弘带领他们在渔阳战场的绝境里取得胜利，已经在部下的心里烙下了对他的绝对信任。他的那张笑脸就是大家获得信心的源泉。

鹿破风三人却心情沉重，觉得前景一片渺茫，毫无取胜的机会。失去家园的痛苦深深地刻在他们的心里，让他们彷徨无计。

“现在的希望全部寄托在沮阳城。如果他们坚持到十天以上，即使拓跋锋、提脱的牲畜和草料尚有存余，他们的攻城器械却必须要补充。没有长箭，他们的攻城损失将会成倍增长。因此，十天以后，敌人的补给能否及时到位，应该是沮阳能否守住的关键。”

“他们的军需运输线路无非两条，一条是从马城出发沿着仇水西岸而下，到下洛、涿鹿，再到沮阳。一条是从广宁出发，沿着仇水东岸，直接运到沮阳。但提脱的出兵并没有得到黑翎王难楼的认可，他要得到大量军需的补充有一定的困难，而拓跋锋的出兵有整个西部鲜卑的支持，他的军需应该相当充裕，所以我们估计敌人的主要军需都是从马城方向运来。”

“我们的斥候全部进入敌人后方，在仇水两岸全力侦察。主力大军秘密潜入治水河上游，等待出击时机。”

“因为服饰头发的缘故，汉人和胡人差距太明显，所以我们的斥候已经不可能深入到敌人后方。斥候方面就由大帅的人负责了。”李弘看着鹿破风问道，“大帅，你看怎么样？”

鹿破风点点头：“大人请放心。”

“我们有三千铁骑，大人的援军有两千，五千人进入治水河上游，恐怕很难不被鲜卑人发现。”鹿破风随即提出了自己的疑问，“而且按照大人的计划，即使我们打掉了鲜卑人的军需，恐怕也只能暂时缓解鲜卑人对沮阳的进攻。大人可有什么其他的计划？”

李弘无奈地苦笑了起来：“没有。现在只能暂时解决沮阳的问题。在上谷战场，我们处于绝对的劣势，无论是军队人数，还是后援补给，我们都无法和敌人相比。大汉国内现在叛乱纷起，朝廷根本没有精力顾及边郡。要想打败敌人，全靠我们自己。”

大家陷入了一片沉默，各人的心里都是沉甸甸的。

李弘安慰道：“现在拓跋锋和提脱好比一条双头蛇，凶猛毒辣，互相呼应，无人可敌。但是蛇都有七寸，那是蛇的致命之地，一击必死。现在我们只要找到他们的七寸，同样可以致他们于死地，反败为胜。所以大家要耐心一点，不要着急，更不要灰心丧气。”

“袭击敌人的补给车队，五千人的确太多了，很难在治水河上游的狭窄区域做到机动灵活。大帅的部队常年在治水河附近活动，非常熟悉那里的地形，所以我想大帅如果能调拨一千五百人，我带六百人组成一营人马潜伏过去，那就非常理想了。不知大帅意下如何？”

鹿破风见李弘一再征求自己的意见，对自己非常尊重，心里很受用，觉得眼前的这个年轻人果然名不虚传，无论才华智谋，还是为人处世，都是那么出色，无可挑剔。唯独遗憾的就是这个人大概在鲜卑时间呆长了，一副不修边幅放荡不羁的样子，而且好像也不懂尊卑礼仪，上上下下没个规矩，估计讨不到上司的喜爱。

“一切依大人的安排行事。”

“大帅统领其余人马，出击涿鹿，牵制留守涿鹿、潘县的鲜卑铁骑。”

鹿破风不自然地看了一眼李弘，小心翼翼地说道：“大人，我还是和你一起去治水河吧，牵制敌人的任务交给你的部下指挥更为恰当一些。”

李弘不解地望着他。

胡子知道鹿破风为难的原因，赶忙解释道：“大人，乌丸人与汉人联合成军，应该由汉人指挥，这是规矩，谁都知道的。”

李弘顿时明白了原因。汉人瞧不起胡人，骨子里就鄙视胡人，认为胡人天生就比自己矮一截，是野蛮人，比自己的奴仆都要低贱。这种根深蒂固的偏见，已经有千百年的历史了，谁能改变？

“什么狗屁规矩。”李弘不由得骂了一句，“命都快没有了，还要什么规矩。”

他转目看看自己的部下，除了胡子、燕无畏、田重、木桩这些出身低贱的人，其他的人，包括里宋、郑信都是一脸的愤愤不平。

“在治水河、涿鹿、潘县、下洛这一带，我们连路都不知道怎么走，还谈什么领军打仗。在这里白鹿部落的人最熟悉地形，当然应该由他们来指挥。在这生死存亡的关头，大家还闹这种意气之争，简直……”李弘看见大家面色不善，把后面的话咽了下去。

玉石鼻子里冷冷地哼了一声，似乎非常不服气。

“玉大人、伍大人、里大人、郑大人随我行动吧。胡子、无畏、老伯、木桩率各部归大帅节制。”

鹿破风知道李弘他们去治水河事关重大，他安排鹿欢洋和恒祭两个部下都跟随李弘的部队一起出发了。

李弘骑在黑豹的背上，望着鹿破风，笑着说道：“大帅要辛苦了。”

鹿破风非常感激李弘对他和白鹿部落的信任，尤其是李弘对他们的尊重。这是他第一次从一个汉人官吏那里得到这种最珍贵的东西。

“谢谢大人的信任。”

“大人临行前，可还有什么交代？”胡子问道。

李弘沉吟了一下，缓缓说道：“你们只是牵制敌人，吸引他们的注意力，不到万不得已，不要和敌人交手。”

鹿破风和胡子几个人连连点头。

半夜，部队走到距离治水河一百里的丹石山，李弘命令部队停下宿营。

一个乌丸人在恒祭的带领下，一路飞跑，找到了睡在马腹下的李弘。

“大人，鲜卑军队突然离开桑干城，朝着我们的方向急速赶来。”

李弘猛地坐起来，睡意顿失。

第六章 水淹七军

“他们也有可能在澄亭转向往潘县？”恒祭考虑了一会儿说道。

“我们距离澄亭多少里？”李弘问道。

“大约三十里。”

鹿欢洋、玉石和几个军候、屯长闻讯赶来。听完乌丸斥候和恒祭的介绍，玉石突然说道：“大人，我们可以在澄亭伏击他们。”

“不管鲜卑人打算干什么，他们只有不到一千人，而且肯定要到澄亭，这是个好机会。”

李弘笑了起来：“我们这趟是去干什么？”

众人不语，脸上都显出惋惜的神色。

“我们是去袭击敌人的军需，是去打他们的七寸。如果我们贪图一时的痛快消灭了这股敌人，我们的行踪马上就会暴露，后面的任务还怎么完成？不要因小失大。”

“命令各部立即启程。恒祭，立即多派斥候到澄亭，监视敌军动向。”

一道闪电突然划过天际，瞬间照亮了整个山野。接着雷声从远处炸响，轰隆隆的声音由远而近，震耳欲聋。

“要下雨了，走吧。”李弘大叫道。

清晨，大雨终于袭来。雨下得又猛又密，好像天塌了似的，没完没了。远处的群山隐没在浓浓的雾霭里，若隐若现。山路两旁郁郁葱葱的树木好像得到了甘露的滋润，突然之间变得更加清新和美丽。浓郁的清香弥漫在水雾里，随风飘荡在空气中，沁人心脾。地面上的小草悄悄地换上了嫩绿色的新鲜色彩，仿若凝脂玉露，让人心醉，不忍触摸。

李弘任由雨水打在脸上身上。他像一个孩子一样，在瓢泼大雨里又蹦又跳，仿佛得了宝似的，大喊大叫，全然没有一个军司马的样子。

他不时地停下来，叫上雷子和几个侍卫观看四周迷人的风景，时不时地欢呼雀跃。他贪婪地呼吸着清新的空气，感觉自己仿佛化作了空气，与眼前的雨水、雾霭、天地浑然成为一体，他陶醉了。

雨越下越大，渐成滂沱之势，巨大的声音渐成轰鸣之音。水珠又大又猛，砸在脸上都隐约生痛。雨水汇成无数道溪流在山野间跳跃。

“大人……”恒祭一连喊了三声。

李弘转过头来，神情兴奋地道：“怎么样？桑干城的鲜卑人到了哪里？”

“他们往潘县方向去了。”

“哈哈……”李弘笑了起来，“正如恒祭小帅所料，鲜卑人在澄亭转弯了。你怎么看上去很紧张，有什么事吗？”

恒祭用力抹了一把脸上的水珠，睁大双眼再次叫道：“大人，这么大的雨，一定会引发山洪，到那时治水河水会暴涨，我们渡河就危险了。”

李弘吃了一惊。他抬头眯着眼睛望着阴沉沉的天。天上黑云密布，厚重而阴霾。

“我们距离治水河还有多少路？”

“大约四十里。”

这时鹿欢洋也急急忙忙驱马跑来。他的意思也是要加快行军速度，抄近路，争取在中午过河。

“你们估计这场雨要下多久？”李弘问道。

两个人茫然地摇摇头。

“北方的雨季一般在七月到八月之间，雨水大，但雨季短。五月份下这么大雨比较少见。”恒祭说道。

“命令军队加快速度，中午务必赶到治水河。”李弘大声命令道。

拓跋韬一把推开护在自己身前的侍卫，从城楼上探身下望。

大雨中，鹿破风的军队耀武扬威地列队于城下，低沉的牛角号声撕破雨幕，四处响起，把巨大的雨声都压了下去。在队伍的最前列，一字跪着十个鲜卑俘虏。

今天，这已经是白鹿部落的人第四次在阵前示威，斩杀鲜卑俘虏了。

随着一声冲天的牛角号声响起，刽子手的大刀劈下，一颗头颅落地，鲜血喷射。褐红色的血液立即融入了雨水里，四处流溢。乌丸人兴奋的吼叫声冲天而起。

“豪帅，我们冲出去，宰了鹿破风这个杂种。”小帅拓跋貉气得额头上的青筋剧烈地跳动着，一张黑脸涨得通红。他昨天奉命带着一千人返回涿鹿，想到自己捞不到攻打沮阳的战功，正一肚子气无处可发。

拓跋韬眉头紧锁，阴沉着一张瘦削的脸，默不做声。

鹿破风的行为大违常理，让他感觉到这其中一定有阴谋。鲜卑人出动一万多大军一路夺城拔寨、势如破竹，横扫整个上谷郡西部。在如此形势下，无论汉人的官府、军队还是百姓，都是闻风而逃。鹿破风的白鹿部落虽然有个三千多人马，但根本无法撼动鲜卑大军。他自己也知道不敌，携带整个部落逃进了太行山。在这种情况下，他突然又下山，联合人数稀少的汉军前来捋虎须，不是发了疯，就是有阴谋。

虽然拓跋锋率主力渡过治水河去攻打沮阳，涿鹿一带只剩下两三千军队，但要对付人数相差无几的鹿破风部，倒也不是什么太大的难事。即使不能歼灭鹿破风，但要把他打痛，赶进太行山还是绰绰有余，所以拓跋韬认为鹿破风一定是想诱他出城，在什么地方伏击自己。他严令手下，不要出城接战。

他想到明天后方的军需就要运到下洛，他的军队要在潘县、涿鹿、治水河边的鹿县一带组成一道防御线，保护全部军需一路平安地送到沮阳。没有什么比这件事更重要，那关系到一万多人的性命。

“豪帅，鹿破风今天是第四次杀我们的兄弟了。你给我一千人马，我一定拿他的人头回来见你。”

“再不出击，城内的兄弟会闹事的。”

“豪帅，我忍不住了，我要带人杀出去。”

拓跋韬的身后围上了十几个大小将领，一个个义愤填膺，怒气冲天，吼叫声几乎把拓跋韬的耳朵都震聋了。

城下又传来一阵密集的牛角号，一阵欢呼，不用看都知道又是一批人头落地了。

城楼上的骂声，吼叫声响成一片，无数的长箭呼啸而去。虽然射不到，但也算发泄发泄愤怒的情绪。

“豪帅……豪帅……”叫声连成了一片。

拓跋韬突然转身，一脸的杀气。部下们立即闭嘴，急切地等待着他的命令。

拓跋韬凌厉的眼神从每个将领的脸上扫过，一字一句地说道：

“谁敢出战，杀无赦！”

众人顿时气倒。

拓跋锋的军队顶着瓢泼大雨，赶到沮阳城下。

提脱在一群将领的簇拥下，站在自己的中军大帐内，幸灾乐祸地望着远处鲜卑人在手忙脚乱地扎营。

“还是大人有先见之明。我们昨天赶到，正好躲过了这场雨。否则就要和鲜卑人一样狼狈了。”一个乌丸人望着正在大雨里忙碌的鲜卑士兵，开心地说道。

提脱得意地笑了起来。提脱个子不高，非常富态，一张圆乎乎的脸上长满了浓密的胡须，几乎看不出来五官的分布。唯独那双眼睛，半眯半合之间总是露出一丝诡异，让人心里非常不舒服。

“拓跋锋在涿鹿磨磨蹭蹭，一座小城打了八天。他想害我，哼……”提脱冷冷一笑：“做人不厚道，总是算计别人，迟早要吃亏。”

“遢结，你马上到拓跋锋的大营，问他要牲畜和草料，最好多送点牛羊来。”

提脱指着一个文质彬彬的中年人说道。

遢结愣了一下，迟疑着说道：“根据我们得到的消息，拓跋锋只剩下了五天的口粮。按照这个天气，他的后续军需能否如期运到都要成问题。现在去问他要牛羊，岂不是……”

“按照事先和他的约定，军队到沮阳之后，军需都由他提供。拓跋锋太算计了，他不想到沮阳后给我们提供牲畜和草料。于是他在涿鹿迟迟不进行决战，拖到现在才赶到沮阳。好了，现在他只剩下五天的食物，而后续军需要在六七天之后才到，自然是不会有牛羊给我们吃，而且理由还冠冕堂皇。这个无耻的小人。假如我们都要相信他，现在岂不是不战自溃了。”提脱阴笑着说道。

“你去要牛要羊，他自然没有。你就代我羞辱羞辱他，然后告诉他，乌丸人没有吃的，只好杀战马，这战马是要还的。还有，乌丸人饿肚子，没有力气打仗，战场自然就不去了。”

大帐内立即爆发出一阵哄堂大笑。

李弘望着汹涌奔腾的河水，耳边听着河水奔雷般的轰鸣声，心急如焚。

雨时大时小，依旧下个不停。

白鹿部落的士兵对治水河地形的熟悉超过了李弘的想象。他们以最快的速度，在山林间飞速行走，终于在中午之前赶到了河边。然而，河水已经上涨，他们错过了涉水过河的最佳时机。

士兵们聚集在河边，望水兴叹。

不久，河水开始暴涨。傍晚时分，山洪终于暴发。其惊天动地，摧枯拉朽之势，令人瞠目结舌。

就在这时，鹿破风秘密安排在仇水河沿岸的斥候暗桩传来了消息。这批人是鹿破风在撤出治水河时留下的，他们一直在给鹿破风提供着最新的情报。

在距离下洛城八十里的箭冠屯发现了鲜卑人运送军需的车队。车队庞大，牛羊上万，有两千多名士兵护送。如果加上车队的马夫和杂役，也有三四千人。

真是幸运。军队刚刚赶到治水河，就传来了敌人军需的消息，好像冥冥之中有老天相助一般。大家都非常兴奋。李弘随即召集大家商议应对的办法。结果一筹莫展，竟然找不到半个消灭这支车队的办法。大家无计可施，满腔的热情顿时凉了半截。

因为山洪暴发，军队一时间根本找不到合适的地点渡河。即使过了河，敌人的军队人数比自己这支军队还多，围歼自然不成。从箭冠屯到下洛一路上没有险要地势，伏击找不到地点。

李弘让大家再召集下级军官议一议，自己一个人走到河边，默默地看着奔腾的河水，想着心事。

“大人……”

鹿欢洋怕他出什么事，和雷子两人跟了上来。

“去年，我在鬼不灵山，被拓跋柬苦苦追杀，最后和他一起坠落悬崖，掉进了濡水河。当时也是山洪暴发，濡水河水位暴涨。我差一点就被淹死了。幸好我抓到一棵漂在河里的大树，侥幸留得一条性命。”

“大人好运气。”鹿欢洋笑着说道，“治水河比濡水河要窄得多，水流湍急。它一路飞奔，由此向东，在煌辰和仇水会合，然后在鹿县它突然向南转了个大弯，直奔广阳郡而去。大人若由此掉下去，恐怕我们到鹿县才能找到你。”

李弘和雷子大笑起来。

“一路上没有河湾吗？到鹿县太远了，我早就死了。”

“我们这里就是一个陡弯，往下二十里还有一个。那地方在潘县上游，过去只要是雨季，那里就要决口，所以当地人都叫它沙口。当初我们白鹿部落迁到这里，年年都要遭受洪涝。堤坝一旦决口，滔滔洪水一泻而下，连绵上百里，一直到仇水河，几乎淹没了整个下洛县。每年发大水都要死许多人，百姓们生活困苦。后来当地百姓在上谷郡几任太守的带领下，年年上堤修建加固，修修停停，停停修修，十几年了，至今尚未全部完工。”

“那像今天这样的大水，沙口会决堤吗？”李弘问道。

“这样的大雨如果下两天，就是不决口，那段堤坝估计也要倒了。”鹿欢洋苦笑着说道，“不过，决口了也没有关系。今年大家为了避祸，都逃到涿鹿一带，很大一部分跟着我们逃进了山里。就是淹，也是淹死鲜卑人。”

鹿欢洋突然眼睛一亮，一拍大腿道：“有了，我们可以掘开沙口，淹死鲜卑人。”

李弘顿时目瞪口呆。

第二天，大雨如注，丝毫没有停止的意思。

上午，涿鹿城外，鹿破风的三千人闲来无事，在大雨里展开了赛马比赛。

中午，治水河北岸的下洛城里，一千名鲜卑士兵飞速出城，到距离县城三十里的坎子岗接应从箭冠屯赶来的军需车队。

下午，治水河南岸的潘县城内，一千五百名鲜卑士兵出城往东，沿着治水河一路疾驰，赶到下洛城对岸的渡口警戒。

几乎在同一时间，距离治水河南岸一百多里的涿鹿城里，鲜卑人突然打开了北门，三千名士兵在拓跋韬的带领下，急速驰出涿鹿城。正在南门赛马的鹿破风大惊，慌忙带着军队快速遁去。拓跋韬接到消息，淡淡一笑，毫不在意。随即他命令拓跋貉带着本部一千人马赶到鹿县渡口，自己率领两千骑兵不慌不忙向治水河方向行去。

下午晚些时候，军需车队在三千骑兵的护送下，浩浩荡荡接近下洛城。

傍晚，雨势渐小，逐渐停止。

就在这时，沙口方向传来一声惊天动地的巨响。

拓跋韬突然听到沙口决堤的消息，胸口如遭重击，一时间头晕目眩，几乎不能呼吸，差一点从马上栽了下来。

“豪帅……”侍卫们大惊失色，手忙脚乱地将他从战马上扶了下来。

拓跋韬勉强稳住心神，指着传令兵，颤抖着声音说道：

“立即赶到潘县城、涿鹿城，命令所有军队，抛弃一切辎重，连夜启程赶到鹿县。”

“快马赶到沮阳，告诉拓跋锋大人沙口决堤，我军所有军需全被冲走。”

“我们立即赶到鹿县，准备渡河撤退。”

半夜里，小雨淅淅沥沥地下起来，好像在为死去的人哭泣一样，幽怨而悲伤。

李弘的军队紧紧跟在从潘县撤退的鲜卑士兵后面，飞速追赶。

战马狂奔在泥泞的路上，溅起满天的黑泥，奔雷一般的马蹄声响彻了漆黑的夜空。马背上的骑士一个个浑身上下沾满了泥巴，融在黑夜里，就像幽灵一般。

“大人，军队右侧有大队骑兵出现。”

一个斥候突然从黑夜里冒了出来，迎着李弘高声大叫。

李弘望着小雨蒙蒙的黑夜，对着斥候喊了一嗓子：“再探。”

随即回头对号角兵喊道：“命令军队，小心戒备，全速前进。”

鹿破风的军队从半夜开始，就跟上了从涿鹿紧急撤出的几百名鲜卑士兵。他们实在不明白，敌人为什么突然放弃涿鹿城，没命一般奔向鹿县方向。他和胡子分成前后两军，他领白鹿部落的士卒在前面，胡子统率汉军骑兵在后面策应，预防被敌人伏击。

下半夜，他接到斥候汇报，得知与自己平行方向有军队在行军，吃了一惊，赶忙带领军队偏离大道，小心前进。

黎明时分，两支军队几乎同时发现对方，原来是自己人，虚惊一场。

鹿破风看到一脸一身黑泥巴的李弘，不禁失声大笑了起来。

“大帅，涿鹿的敌人撤退了吗？”李弘一面催马猛跑，一面大声问道。

“是的，敌人突然弃城而逃。我们虽然不知道原因，但还是追了下来。大人，你怎么在这里出现了？敌情有变化吗？”

“我们反败为胜了。他妈的，真是奇迹，你相信吗？”李弘兴奋地大声叫道。

鹿破风心里一阵狂喜，他猛抽战马一鞭，奋力赶上李弘，几乎是吼着说道：“怎么回事？发生了什么事？”

“沙口决堤了。洪水一泻而下，把敌人的全部军需冲了个一干二净。”

鹿破风瞪大了双眼，几乎不敢相信自己的耳朵。

“沙口堤破了？”

突然他咆哮了起来：“是不是你派人挖的？”

李弘看着他愤怒的双眼，好像要吃人的样子，吓了一跳，本能地连连摇头。

“那道堤坝我们花了十几年的功夫，投入了大量的财物，好不容易才修好，抵挡一般的洪水绝对不成问题，怎么可能会倒？才下了不到两天的雨，会有多大的山洪，怎么可能会冲倒？”

李弘心虚，被他吼得一愣一愣的，不敢作声，只顾低头猛跑。

鹿破风和他的父亲，父子两代人带领族人和治水河附近的百姓，在当地官府的支持下，历经千般辛苦，万般磨难，终于在沙口修成了一条坚固的大堤。那里有他们的血汗和希望。没有想到还没用上几年，就又化作了一场泡影。大堤的倒塌对鹿破风的刺激好像远远大于打败敌人。

鹿破风吼了两嗓子，随即感觉到自己的失态，但他心里的喜悦已经被大堤的倒塌冲得一干二净。他心痛，失望，甚至有点沮丧。

乌丸人、汉人，在这黎明的雨幕里，疯狂地催打着坐骑，用尽全身力气一遍又一遍地呼喊着，庆祝这突然降临的、不可思议的胜利。

鹿破风看到了恒祭。

“沙口堤决口是不是你们干的好事？”鹿破风恶狠狠地望着他，咬牙切齿。

恒祭为难地点点头：“大帅，你冷静一点。鲜卑人占据了我们的家园，如果不赶走他们，我们的日子怎么过？堤坝坏了我们可以修，但家园没了，我们到哪里去？一年四季躲在山里吗？”

鹿破风痛苦地叫起来：“为了修那条堤坝，十几年来族内死了几百人，连我父亲都死在堤坝上，你们……”

恒祭望望四周欢呼的人群，大声叫道：“大帅，我们从治水河逃进太行山，不也死了几百人吗？不要生气了，所有的仇恨我们都应该从鲜卑人身上找回来。拓跋锋失败了，我们马上就可以回到治水河，难道你不高兴吗？”

鹿破风长长地叹了一口气。他高兴不起来，虽然他知道破堤也是无奈之举，打败鲜卑人比什么都重要，但他就是舍不得那条堤坝。他对它有感情。

“鹿欢洋在哪？”鹿破风问道，随即他醒悟过来，“是他带人去沙口堤的？”

恒祭一脸的苦笑。

“主意也是他出的吧？这个臭小子，回头我剥了他的皮。”

他无处发泄，只好猛抽了战马几鞭，回头高吼：

“快啊，赶到鹿县杀光鲜卑人。”

鹿欢洋一连打了十几个喷嚏。

他和三百多名士兵躲在沙口附近的小山上，饱受风吹雨打，冷得直哆嗦。

前面是一望无际的水泽，白茫茫的一片。从缺口处传来的巨大水流声隐约可闻。

“小帅，这场大水两三天差不多能退净吧？”一个百夫长坐在鹿欢洋的旁边，懒洋洋地问道。

“如果今天不继续下雨，估计差不多。希望鲜卑人还能留点东西给我们。”鹿欢洋笑嘻嘻地说道。

那名百夫长不由得乐了。

“你做梦吧。这么大的水，地势落差又大，水流湍急，还能留下什么？牛还是羊？”

“不过这大堤破了，今年要花不少力气修了。”

鹿欢洋立即就换上了一副苦瓜脸。

“你说大帅会不会为了这件事找我算账？”

“当然，你等着挨鞭子吧。”那名百夫长幸灾乐祸地笑道。

拓跋锋一个人坐在大帐内正在享受丰盛的早餐。

突然，拓跋晦一身雨水冲了进来。

拓跋锋的脸色立即沉了下来。他不喜欢自己在吃饭的时候受到打扰，更不喜欢自己的部下未经禀告就闯进他的大帐。他冷冷地瞅着拓跋晦，等着他说话。

“沙口决堤了。”拓跋晦惊慌地几乎是喊着说道。

拓跋锋面无表情、神色冷峻地盯着拓跋晦，慢慢吞下嘴里的牛肉，伸手去拿几上装着马奶的金碗。

“拓跋韬派人传来消息，昨天治水河山洪暴发，沙口决堤，洪水一泻而下。我们的牛羊、草料、辎重在下洛城外全部被洪水冲走，三千多士兵，一千多马夫杂役，踪迹全无，估计也被洪水卷走，生还渺茫。”

拓跋锋脸上的肌肉神经质地抽搐了几下，他就像没有听到似的，一口喝掉碗中马奶，然后缓缓放下了手上的碗。

“大人，我们立即撤兵吧。军中尚余三日口粮，正好够我们撤到广宁附近。迟恐军心大乱，不战自溃啊。”

拓跋锋突然站起，愤怒地大吼一声，双手抓起木几，狠狠地砸向地面。“咔嚓”一声，木几从中折断，几上的木盘、金碗凌空飞起，甩落到大帐四处，食物撒落了一地。拓跋锋犹不解气，奋力一脚踢向地上折断的木几。两截木几飞射而出，碰到结实的牛皮帐篷上，坠落地面。

拓跋晦似乎非常熟悉拓跋锋的脾性，默默地站在一旁，任由他发泄心里的怒火。

“怎么会变成这样？”拓跋锋怒气冲天地叫道。

“治水河下游的水势如何？”拓跋锋稍微平静了一下情绪，转头问道。

“据斥候来报，水位暴涨，已经没有办法涉水过河。留在涿鹿、潘县的军队估计很难全身而退。”

拓跋锋气得再次大叫一声。

一场大雨，仅仅因为一场大雨，一支强大的军队竟然落到如此惨败的境地。

足够大军人马吃半个多月的牛羊没了，军械没了，运送军需的军队被水冲走了，留守涿鹿、潘县加上从代郡桑干城赶过来的军队总共五千多人被困在治水河西岸，随时处在断粮被围的危险之中。

唾手可得的胜利就这样被一场突如其来的暴雨夺走了。

拓跋锋弯腰捡起地上的金碗，叹了一口气。

上午，李弘率领五千大军赶到了鹿县治水河边。

军队不待休息，立即列成冲锋阵列，准备随时对河边的敌人发动攻击。

拓跋韬利用治水河河堤，背靠治水河，组成了一个半圆形的防御阵地。河面上几只牛皮划子在两岸来回穿梭，一只小划子一次只能运两个人。这些小划子本来是斥候队执行任务时用的，现在却拿来做逃命的工具，也算是聊胜于无吧。

李弘驱马走到敌人长箭射程之外的地方，仔细观察了一下鲜卑人的布阵。然后带着雷子和几个侍卫跑回自己的阵前，用牛角号召来各部的军官。

鹿破风看到李弘镇定自若、胸有成竹，非常老道娴熟地派兵布阵，心里暗暗钦佩。自己虽然做白鹿部落的首领已经有四五年了，但论到带兵打仗，在次数和规模上和这个北疆传奇般的人物差距太远。鹿破风知道豹子已经参加过几次上万人规模的大战，驹屯大战，卢龙塞大战，前不久的渔阳大战都是。参加这种规模的战斗，可以帮助一个战士，尤其是一个统军将领积累丰富的战斗经验，迅速提高战斗素养和心理素质。战役和战斗是不一样的。经历过战役的战士对战争的理解会远远超过只参加过一般战斗的战士。一般来说为将者都期盼自己有机会参加这种大规模的战役，以此来提高自己的军事指挥能力，但许多人终其一生都难碰到一次。李弘却在短短的几个月时间内连续经历三次，实在让人羡慕。

“明天还会下雨吗？”李弘等几个军候和白鹿部落的恒祭、两个千夫长都匆匆赶来后，笑着问道。

天上的乌云正在逐渐散去，虽然没有太阳，但也不至于再下暴雨。

大家哄堂大笑。笑声立即驱散了压在各人心头上的紧张。

“明后天大概都不会下雨了。治水河的水位应该在两三天后迅速下降。我们若想吃掉拓跋韬，必须就在这两天。”鹿破风大声说道。

“拓跋韬从军几十年，能征惯战。他今天背靠治水河，摆下这么个半圆形防御阵势，想必就是要死守，坚持到河水下降后涉水而逃。强攻的话，我军伤亡一定很大。”玉石缓缓说道。

“军候大人这么说，莫非有什么妙计？”鹿破风立即问道。他知道面对一班穷途末路的敌人，强攻肯定损失巨大。他也不愿意自己的部下死伤太多。

玉石摇摇头，望向李弘。

“拓跋韬以长矛兵密集布阵在最外侧，以此来对付我军的冲击。半圆阵的两侧是弓箭兵，帮助长矛兵防守。圈内是伺机进行反冲击的铁骑。这种铁桶一样的阵势最是难攻，尤其他们还不需要防备背后，只须全神贯注对付前方就行了。”

“如果我军强攻，恐怕他们没有死绝，我们就已经死光了。”李弘轻松地笑着说道。

大家的脸上神色凝重，都不解地望着李弘。看他那个样子，好像不打了似的。

“我们不打了。”李弘果然如是说道。

大家一片哗然。虽然打起来之后军队损失可能要大一些，但放着眼前的一大砣敌人不打，未免太没有道理了。

“李大人……”鹿破风十分生气地喊道。

李弘一面笑着，一面示意大家不要嚷嚷。

“我军连日在雨水中往来奔波，十分疲惫，的确不宜作战，而且我们轻装简从，没有充足的口粮，没有足够的箭枝，在人数上不占优势，根本不具备攻坚战的能力，所以这一战，我们不打。”

“拓跋韬的军队一直呆在城里，昨天下午才开始活动，他们的体力比我们好，口粮比我们的足，又占据了有利地形，而且他们的士兵都知道此战关系生死存亡，其斗志又旺。权衡之下，不打为好。真要打起来，一旦让敌人翻了盘，那就贻笑天下了。”

“大人莫非另有歼敌妙计？”里宋问道。

李弘摇摇头。

“敌人所有的军需已经被大水冲走，其主力军队得到消息后，必然以最快速度从沮阳撤走。拓跋韬的军队因为不能过河，被困在这里。他们前有大河，后有追兵，外援断绝，粮草即将耗尽，在这种情况下，其士气必然低落。但他们还有一个希望，那就是两三天后，治水河水位下降，他们可以趁机逃脱。我们若想将他们全部歼灭，只要彻底断绝他们的这个希望就可以了。”

“怎么断？”燕无畏随即问道。

“你可以想一想？”李弘笑着说道，“想想看，用什么办法最好？”

“盼望老天下雨肯定是不可能。”燕无畏迟疑着说道，“如果对岸有一支我们的军队就好了。”

“无畏说得对。最好的办法就是让对岸出现我们的军队，彻底断绝敌人过河逃窜的念头。”

“敌人不能过河，我们又有什么办法能过河？”胡子沮丧地说道。

“郑大人不在，莫非大人让他到沮阳搬援军了。”伍召突然大声问道。

“对。伍军候想到了解决的办法。拓跋锋只要接到军需失去的消息，他会在最短的时间内撤退，半点儿都不会耽搁。这个时候，时间比性命都重要。提脱随即就会跟着撤走，今天晚些时候沮阳城下不会再有敌人了。只要沮阳城守军出动一千人连夜行军赶到这里，拓跋韬和他的五千士兵除了投降别无他途。”

李弘双手一拍，冲着鹿破风笑道：“大帅现在可放心了？”

“鲜卑人凶悍，他们如果一定要突围呢？”鹿破风立即问道。

“如果我们有一万人，你认为拓跋韬还会强行突围吗？”李弘问道。

“一万人？”鹿破风惊讶了，“你们还有援军？”

李弘大笑起来。

第七章

变卦的谈判者

拓跋锋的大军来的时候浩浩荡荡，气壮山河，走的时候却像一阵风似的，迅速快捷，悄无声息。

提脱得到拓跋晦送来的消息后，脸上的表情要多难看就有多难看，他难过得几乎要抽自己几个嘴巴。他一直以为自己很聪明，从来不做吃亏的事。没想到这次亏吃大了。天上下了两天雨，自己就亏了个血本无归。这次他胆敢瞒着黑翎王难楼，说服了上千部落共同出兵，联合拓跋部落的军队入侵大汉国。原先以为能赚个饱，没想到一场大雨，一场洪水，将所有的美梦都击了个粉碎。

“是真的吗？”他环顾围在四周的手下，苦笑着问道。

“大人不必在意胜负，老天不帮忙，谁都无能为力。一路上我们势如破竹，攻城拔寨，缴获的战利品颇为丰厚，补偿这次军队的损失还是绰绰有余的。这次汉人得天相助，侥幸保得上谷。下次，他们不会再有这么好的运气了。”遢结站在他身后，小声劝慰道。

提脱不甘心自己就这样双手空空而回。他想起难楼那双鄙视自己的眼睛，心里就冒火。就这样回去，自己肯定要遭到难楼的责难。他想做上谷乌丸族的大王已经很长时间了，如果没有难楼的信任，没有显赫的战功，没有强大的实力，这个大王的位子怎么坐得上去？他这次出兵还有一个不可告人的目的，那就是借助拓跋锋的手消灭白鹿部落，杀了白鹿部落的鹿破风，绝了难楼想立鹿破风为上谷新大王的心思。

现在一切都成了泡影。

看到气势汹汹的汉军和白鹿部落的乌丸人突然像潮水一般退了下去，拓跋韬和几个手下长长地吁了一口气。

“豪帅，对面是豹子李弘的旗号，我们小心他使诈？”小帅拓跋貉指着远处逐渐消失的战旗，大声说道。

豹子的悍勇，对拓跋部落的人来说，是个挥之不去的阴影。部落三位首领的性命，先后葬送在他的手上，其中还包括一位名震鲜卑的豪帅拓跋鸿。

“他的人数和我们相当。他攻我守，他要吃亏的。现在他率部退下，意图压制我们，给我们的士卒制造压力和恐慌。”拓跋韬摇摇头，低声说道，“他很聪明，是个难缠的对手。”

“我们能逃出去吗？”拓跋貉迟疑着，轻声问道。

他是拓跋锋的侄子，非常年轻。拓跋韬看了他一眼，叹了一口气。

“我们要想平安回去，需要三个条件。一是老天帮忙，不要再下雨了，河水在三天内降下来。我们撤退得匆忙，除了常备的干粮，没有其他粮食。三天后我们若能成功渡河，一路上也要杀马充饥。二是希望这几天汉军不要有援军赶来。如果他们有足够的人马，完全可以发动攻势，击败我们。背靠治水河，我们没有回旋余地，战败是迟早的事。第三……”

拓跋韬慢慢转过身躯，指着治水河对岸，苦笑道：“如果沮阳城的守军及时出击，占据对岸，我们就彻底完了。”

拓跋貉心情沉重，望着浑浊的河水，久久无语。

下午，拓跋锋派来的斥候在对岸射来木牍。鲜卑人、乌丸人没有文字，传讯就在一块木板上画上几个符号。拓跋韬看过之后，随手把木牍丢进了河里。

“大人有什么口信？”拓跋貉跟在他后面，小心翼翼地问道。

拓跋韬苦笑。

“大军已经开始撤退。我们只能自生自灭、自求多福了。”

“豪帅，我们可以杀出包围，一路向西进入代郡，再转而向北返回马城。虽然路途遥远，但比守在这弹丸之地要强。”一个拓跋韬的手下突然提议道。

“军队没有粮草军需，后面又有追兵，长途跋涉之后，能有几人返回草原？”拓跋韬反驳道。

“豪帅，我们深入大汉国境作战，为什么牲畜存量这么少？如果我军尚有十日的口粮，也不会这样狼狈？”一名千夫长愤愤不平地说道。

拓跋韬默然不语。拓跋锋执意不听他和拓跋晦的劝谏，一意孤行，结果造成今天这个惨局。人算不如天算，自古亦然。

傍晚，天上下起了小雨。

拓跋部落的士卒在狭窄的防御阵势里轮流警戒，时刻防备远处的敌人突然来袭。轮班休息的士卒躲在帐篷里，大家一堆堆围在一起，呆呆地看着奔腾的河水。虽然距离对岸只有八十多步的距离，近在咫尺，但在士卒们的心里，它却是那样的遥远，难以逾越。

拓跋韬为了稳定军心，将几十名斥候送到对岸之后，立即命令士卒们把几只牛皮划子全部毁了。谁都不准过河、独自逃生。

雨越下越大，大家的心情就像灰蒙蒙的天空，沉重而阴霾。

第二天清晨，拓跋韬迷迷糊糊地刚刚睡着，就被斥候的吼声惊醒了。

他一跃而起，大声叫道："敌人进攻了？"

"大人，汉人的援军来了。"

拓跋韬不知是睡眠太少还是心力交瘁，身躯不听使唤地摇晃了几下，一屁股坐到泥泞的河堤上："多少人？"

"我们不敢靠得太近，从战旗上看，是广阳郡的人马，大约两三千人。"

到了中午，雨虽然停了，但形势却越来越糟糕。

汉人的援军又来了一批，他们的总兵力已经超过了一万，而且，汉军肆无忌惮地把大营扎在了距离鲜卑人防守阵势一百五十步的地方。

看到汉军大营密密麻麻的帐篷，数不清五彩缤纷的战旗，往来奔驰喧哗叫嚣的骑兵，感受着笼罩在战场上空令人窒息的紧张气氛，鲜卑士卒的心理防线遭到了巨大的冲击。面对汉军咄咄逼人的气势，他们一个个面如土色，惊恐万分，士气低落到了极点。

下午，致命的打击终于来临。

对岸的斥候传来最后一个消息后逃之夭夭。

沮阳城里的守军赶到了治水河。

看着对岸一字排开雄赳赳气昂昂的骑兵，拓跋韬再也说不出什么话来。事情的发展都给他说中了。他想到的，汉军也都想到了，而且迅速完成了对他的包围。

现在，他就是一只死鳖。

"大人，我们什么时候发动进攻？"鹿破风高兴地问道。

"进攻？"李弘惊讶地说道，"我们现在五千人不到，怎么进攻？"

鹿破风笑起来："我们伪装援军，源源不断赶到大营，一定吓坏了拓跋韬。只要我们往前一冲，保证杀他个落花流水、片甲不留。"

"大帅着急了。你想报仇？"胡子笑道。

"当然。拓跋韬当时气势汹汹，率部一路杀来，嚣张得很。我们除了卷铺盖逃跑外一点办法都没有。现在他落在我的手上，看我不剥了他的皮。"

大帐内的人都大笑起来。

"恐怕不能如你所愿了。"李弘一边热情地招待大家吃饭，一边笑道。

鹿破风不解地望着他。

"你不吃吗？"李弘问道。

"你这里除了豆饼，就是一锅野菜汤，我有什么可吃的？"鹿破风毫不客气地说道："没有酒，没有肉，实在难以下咽。"

李弘和几个军官面面相觑，脸上都有些挂不住。

“我们不能和你比。你是大部落的首领，天天吃香的、喝辣的、有酒有肉。马奶你都不喝改喝酒了，可见你多奢侈。”胡子立即调侃道，“你们都说汉人富裕。你去看看我们的士卒吃什么？天天吃这个，就已经很有口福了。”

鹿破风摇摇头。

“消灭了拓跋韬，我请在座各位吃一餐上好酒肉，管饱。”

“好哇。”大家都兴奋地叫起来，就连李弘也食欲大动，他指着鹿破风说道：“早知道你这么富裕，上次就应该收下你的礼物，给士卒们加加餐。”

“我一块请了。”鹿破风豪爽地一挥手，“什么时候展开攻击？”

“不打。”李弘说道，“围着他，逼他们投降。”

“把你们辛辛苦苦修好的堤坝挖了个大口子，很是对不住。我又没有什么东西赔给你，就赔给你五千个鲜卑俘虏吧，怎么样？”

鹿破风不好意思地笑了起来。昨天早上他一时失态对李弘大吼大叫，虽然李弘没有介意，但他总觉得有些失礼。

“五千个俘虏，运气好加上一个拓跋韬，能换回来不少东西。你再狠狠宰拓跋锋一刀，保证大有收获。”玉石笑着对他说道，“大帅这次要发财了。”

鲜于银也是渔阳人。他长得清秀，白白净净的面孔，书卷气浓厚。北方人尚武，他也不例外，箭术很好。他出身渔阳官吏家庭，家境比较殷实，自小受到良好教育。鲜于银为人乐善好施，喜交朋友，在渔阳很有点小名气。

郑信赶到沮阳时，拓跋锋和提脱的大军都已经撤走。太守刘璠正在纳闷，不知道发生了什么事，来势汹汹的敌人怎么突然之间走了。接到李弘的来书，刘璠赶忙召集府衙的一班官吏商讨李弘的请求。

一班文人，担心这个，担心那个，最后竟然决定按兵不动，直到探明敌人已经确实撤回边境以后，再做打算。只有鲜于银一个人提出了反对。他认为李弘对战局的说明已经很透彻，现在出兵支援李弘部，赶到治水河阻击鲜卑人撤退，完全正确。但没有人听他的，所以他向太守刘璠提出，由自己率本部一千骑兵前去支援，责任自负。他的军队隶属于代郡，可以不受太守刘璠的指挥。

刘璠非常痛快地答应了。打胜了，功劳他最大，指挥有方。打输了，军队是代郡的，责任由鲜于银承担，何乐而不为。

“郑军候认为河水何时可以退下？”

鲜于银讲话和他的外表一样，文质彬彬，不急不慢。

郑信看看天空，笑道：“快了。我们坚守在这里，彻底断去了拓跋韬的归路，看他还有什么办法逃跑？”

鲜于银点点头，赞道：“李大人计划周全，心思缜密，此计的确是高。能够从容包围，歼灭五千多入侵的鲜卑人，十几年以来，这还是头一次。我能有幸参加，非常高兴。”

郑信笑起来：“汉军这几年给他们打惨了。这次也叫他们尝尝我们大汉铁骑的厉害。”

第三天，拓跋韬的军队开始缺粮。士卒们非常惊慌，一个个情绪失控，到处都是叫声，争吵声，更有甚者，一言不和，挥刀相向。

治水河的水位降得非常缓慢。

拓跋貉和几个军官急匆匆走进拓跋韬的大帐，要求向西突围，逃掉一个是一个。

“谁能逃掉？”拓跋韬冷笑道。

“突围就是全军覆没，一点可能都没有。”

“那怎么办？现在士卒的情绪正在逐渐失控，再不想办法，同样也是全军覆没。”拓跋貉激动地说道。

“水位下降的速度非常慢，这两天即使降下来，也达不到人马涉水渡河的深度。”一个千夫长说道。

“汉军的铁骑就在对岸。如果我们强行渡河，会被敌人的长箭全部射死在河里。我们根本没有办法安全到达对岸。”另外一个千夫长沮丧地说道，“如今东西两面都是死路。早知我们要陷在这样的绝境里，还不如当初直接往西到代郡，或许那个方向才是生路。”

拓跋韬摇头苦笑：“豹子的军队是从潘县方向追来，这说明他们当初就埋伏在潘县上游一带。如果他们在潘县上游阻击我们，或者干脆把南岸的堤坝挖了，我们不是一样死无葬身之地。”

拓跋貉突然惊叫起来：“豪帅，你说沙口的堤坝会不会是他们故意挖断的？”

大帐内一时鸦雀无声。

如果真是这样，这场惨败就不是天灾，而是人祸了。

这时，一个百夫长在帐外大声叫道：“禀告豪帅，汉军从阵外射来木牍。”

拓跋韬看到木牍上的符号，顿时面如土色。

木牍上，秃头的小人儿跪在长头发小人儿的面前。汉军在叫他们投降。

“我宁愿死，也绝不投降。”拓跋貉狂叫着，又蹦又跳，破口大骂。几个千夫长都不做声，有的看着拓跋貉，有的低头沉思。

“你知道我们拓跋部落为什么突然之间成了西部鲜卑第一大部落吗？你知道红日部落为什么突然之间衰落了吗？”看到拓跋貉逐渐冷静下来，拓跋韬忽然问道。

拓跋貉好像叫累了，气喘吁吁地坐在一边不言语。

“如果红日部落的落置鞬谛敖一万大军没有在星梦原全军覆没，红日部落如今依旧是西部鲜卑第一大部落，无人能够撼动他们的位置，包括大王和连都不行。我们吞并了起鸣部落，代替了红日部落，成了西部鲜卑第一。我们为什么可以毫不费力地吞并赫赫有名的起鸣部落？因为他们部落的五千大军全部丧失在驹屯战场上。”

“起鸣、虎、长鹿三个大部落在驹屯战场上各自丧失了五千大军，结果他们被灭了族。你在鲜卑族里还能看到他们的部落吗？”

“大水冲走了我们三千骑兵，现在这里还有五千名士卒。我们可以誓死一战，战死沙场固然光荣，但拓跋部落却就此被歼灭了八千大军，加上一个月来攻打汉军的损失，我们失去了一万军队，和红日部落一样，我们虽然不至于灭族，但已经沦落为一个小部落了。成百上千曾经依附我们的部落将会离去，我们再也召集不到上万的军队，拓跋部落可能就此衰败下去。狂沙部落的日律推演，野狼部落的宴荔游，他们随时可以取代我们的大人成为西部鲜卑的大首领。”

“事实是残酷的。部落没有人口，就没有实力。没有实力，就只能是别人的奴隶。现在，你想明白了吗？”

“我不明白。”拓跋貉气急败坏地叫道，“东部鲜卑的几个大部落攻打卢龙塞失利，损失惨重，他们不就没有灭族吗？”

拓跋韬点点头：“你说得对。可他们哪个部落一次就损失了八千人？飞马和木神都是大部落，损失一两千人他们还是可以承受的。东部鲜卑最大的百战部落在星梦原一战损失四千人之后，元气大伤，没有几年时间根本就恢复不过来，所以，现在整个东部鲜卑没有哪一个部落是慕容风的对手。弥加和整个东部鲜卑现在都听慕容风的。慕容风现在得到中部和东部鲜卑多数部落的支持，他的势力如今在鲜卑无人可及。在这种情况下，保存我们拓跋部落的实力非常重要。”

“说来说去，你无非是怕死，想投降而已。”拓跋貉愤怒地说道。

“为了拓跋部落，我们可以逃跑，也可以投降。虽然名声不好听，但部落的实力还在。难道你的名声比整个拓跋部落的将来都重要吗？”

“大人要花多少财物才能把我们赎回去，你知道吗？部落怎么会不伤元气？”

“只要人在，部落还在，无论多少财物，我们怎么送出去的，都还可以怎么夺回来。难道你连这点信心都没有吗？”

拓跋貉一时语塞，可又找不到反驳的话，气得脸都紫了。

“你想明白了吗？”拓跋韬追问道。

拓跋貉虽然愤怒难平，但也不得不承认拓跋韬说的对。在草原上，弱小的部落常常今天投降这个，明天依附那个，他们也是迫于无奈，为了自己的生存和部落的将来，只能忍辱偷生。这种事他们司空见惯，见怪不怪，可是去投降世世代代都是仇敌的汉人，在心理上他的确不能接受。

望着拓跋韬刚毅的眼神，憔悴的面容，他突然感觉到一个领军者心里的压力和肩上的责任。

一切都是为了部落和民族，为了将来。

突然他心里的疙瘩解开了，他冲着拓跋韬点点头，神态立即平静下来。

“你代表我们，去一趟汉军大营，见见豹子。”拓跋韬缓缓说道。

拓跋貉的心脏剧烈地跳动起来。他睁大了双眼，求助似的望着拓跋韬。

一个人去汉军大营？他连想都不敢想。

拓跋韬的五千大军在被围的第五天放下了武器。

虽然背后治水河的水位已经降了下来，但没有人再去关心。士卒们饥饿难当，一个个盼望着赶紧走进汉军大营，吃一顿热乎乎的饭菜。

鲜于银、郑信带着一千骑兵全部过河，尾随在鲜卑士卒后面，防止出现意外。

拓跋貉引着拓跋韬和几个千夫长走近了李弘的大帐。

拓跋韬看到了李弘。虽然从没有见过，但他一眼就认了出来。李弘披散的长发，高大的身躯，普通的相貌，和善的笑容，破旧的甲胄，在人群中非常不显眼。拓跋貉第一次看到李弘，就把他当作了侍卫，闹了个笑话。李弘与众不同的地方，就是他一头散发，不梳理，也不带冠，放荡不羁，像个疯子一样。

鹿破风坚决反对招待拓跋韬，因为就是他带着鲜卑铁骑，横扫整个治水河，逼得白鹿部落几万人大逃亡。

李弘笑他小气。两军交战，各为其主，各凭本事，谁跟谁都没有私仇。现在对方败了，投降了，给餐饭吃吃，互相认识认识，人之常情嘛。鹿破风很生气，说那你招待他大饼清汤好了。李弘一听急了，泱泱大国，用大饼清汤招待投降将领，传出去太丢人了，一定要鹿破风拿酒拿肉。鹿破风没办法，只好答应，心里暗暗嘀咕，看不出来这人虽然穷得掉渣，但还死要面子。

李弘迎上去，握着拓跋韬的手，笑着说道："你派来的这个拓跋貉厉害，死缠烂打谈条件，你们这哪里是投降，简直就跟投靠我们一样嘛。"

拓跋韬非常尴尬地苦笑了一下。第一次做俘虏，个中滋味只有自己知道。

"大人对我等恩情，日后必当报答。"拓跋韬语调僵硬地说道。

拓跋貉在汉军大营混了两天，好像和几个汉军将领都很熟似的，赶忙给拓跋韬引见。

鹿破风拒绝前来。

拓跋貉其实没有提什么条件。投降嘛，有什么条件好提，但他说了一个让李弘不得不答应的条件。他们是投降大汉国军队，不是投降乌丸人，所以他们五千人应该由汉军看管，而不是白鹿部落的乌丸人。这样一来所有的俘虏就不是白鹿部落的战利品，而是汉军的战利品。随之而来的问题就是如果拓跋锋要赎回他们，不是和鹿破风谈，而是和上谷郡的太守大人谈。以大汉国一贯对胡人的政策，都是用怀柔手段笼络胡人，必然要价较少，大占便宜。尤其现在的幽州刺史刘虞，乐善好施，唯恐怠慢了胡人，更是好对付。拓跋貉的这一着，让李弘始料不及，不禁对年轻的拓跋貉大为钦佩。

鹿破风虽然不痛快，但听说五千多匹战马，所有武器，以及鲜卑人留在潘县、涿鹿的辎重都归白鹿部落，他高兴得嘴都笑歪了。

李弘随即亲自出营，把鲜于银和郑信接了进来。鲜于银的年纪比李弘大几岁，和鲜于辅相仿。李弘听鲜于辅说过他，知道他一些事情。豹子的传闻北疆人人皆知，鲜于银自然不会对他陌生。两人一见如故，彼此都很亲热。

听说和拓跋韬等人一起吃饭，鲜于银兴趣大起。他是代郡府衙的兵曹掾，掌管一郡的兵事，代郡和拓跋部落相邻，他当然想趁机了解一下拓跋部落的将领，尤其还有闻名鲜卑的拓跋四大豪帅之一的拓跋韬。

拓跋锋率领大军回到马城，军队得到军需，终于摆脱了危机。他们的损失最大，五千多人阵亡，五千多名士卒被俘，大量牲畜辎重丢失。

提脱的大军直接退回到广宁。他们忙活了大半个月，除了在居庸城下折损一千多人以外，一无所获。

捷报随即传递到沮阳、居庸、渔阳等幽州各处。

鲜卑人的两路入侵计策彻底失败。虽然他们还占据着边境一带的几个县城，但已经威胁不到幽州腹地了。逃到太行山的白鹿部落和各地百姓开始携家带口，陆续返回家园。逃到居庸和沮阳的各地官员们纷纷带着下属赶回各人的辖区。

李弘的军队、恒祭的军队在鹿县治水河附近的大营里，看守着五千名鲜卑俘虏。鹿欢洋带着三百多名士卒在洪水退后，第一时间赶到下洛城及其周边地区，果然收获颇丰。

太守刘璠根据李弘的战报，重赏了鹿破风和鹿欢洋以及白鹿部落的骑兵们。李弘部也受到了幽州刺史刘虞和上谷太守刘璠的犒赏，从军官到士卒人人喜笑颜开。

拓跋锋以最快的速度，派人请黑翎王难楼出面，邀大汉国上谷太守商谈赎回俘虏一事。

因为涿鹿县城的军队已经全部阵亡，看守鲜卑俘虏的事自然由李弘的军队承担。虽然不少军官士卒都想回家，右北平郡太守刘政也派人来催，但上谷郡太守刘璠还是找借口把他们留下了。李弘的军职太小，又是边军编制，虽然秩俸有千石，但他本人在太守、县令的眼里，远没有郡府府衙里秩俸三百石、四百石的掾属重要。他的军队被撂在大营里，很长时间没有人过问。此时太守刘璠和各地的官吏为了重建家园、恢复生产，无不忙得脚不沾地、日夜操劳，谁都顾不上去慰问一下这支长途跋涉、远道而来的援军。李弘不以为意，他在军营里抓紧时间整军训练，也忙得晕头转向，完全没有意识到当地官吏、官府对他的轻视。

鲜于银的军队不久接到代郡太守刘恢的命令，回代郡去了。

五月底的一天，李弘得到从沮阳传来的消息。

刘虞指挥田楷部、公孙瓒部、阎柔部，在广平和熊霸的军队打了几战，互有胜负。熊霸得知拓跋锋和提脱在上谷战场失利之后，立即领军退回到白檀。渔阳战场遂以汉军彻底击败鲜卑入侵大军而结束。

护乌丸校尉箕稠得知汉军在渔阳战场获得胜利之后，随即在居庸重整军队，率领汉军从居庸出发，准备从胡人手上夺回广宁城。

黑翎王已经和幽州刺史刘虞、上谷太守刘璠商谈好拓跋部落赎回全部俘虏的条件。拓跋部落的军队退出马城，撤回边境，并交纳一定数量的战马和牛羊等牲畜作为赔偿。因为上谷的郡国兵主力已经随箕稠北上，所以押运俘虏到马城的事只有交给李弘的军队。考虑到俘虏太多，路上容易出事，太守刘璠派人与白鹿部落的首领鹿破风商量，准备征用他一千军队协助汉军。鹿破风当即应允，由恒祭、鹿欢洋领一千铁骑相随。

拓跋韬和他的部下虽然都成了俘虏，没有了战马和武器，但由于是整军投降，所以军队的士卒依旧按建制，平静地生活在俘虏大营里，耐心地等待着部落首领派人赎回他们的性命。

李弘接到上谷太守刘璠派人送来的正式文书之后，立即叫来拓跋韬、拓跋貉和几个千夫长，把具体情况告诉了他们，希望得到他们的合作。拓跋韬痛快地答应了。想到马上就可以回家，他们心里都非常激动。

三千名骑兵，五千名俘虏，组成了一个庞大的队伍。他们在李弘的率领下，从鹿县启程，浩浩荡荡踏上了北上马城的征途。

第三天，军队开始渡治水河。

李弘站在大堤上，指着沙口方向，问站在旁边的鹿欢洋，“沙口大堤的缺口已经堵上了？”

“暂时堵上了。到了秋天，要重新修。”鹿欢洋轻声说道。

“听说鹿破风狠狠地打了你几鞭子。”李弘笑道。

“没办法，那是部落数万人十几年的心血，被我三两下就刨了个大口子，怎么会不心痛？我也心痛，让大帅打两下，解解气，也是应该的。”鹿欢洋苦着一张脸，无奈地说道。李弘大力拍了他肩膀几下，表示自己的安慰。

这时，郑信飞马赶来。

“大人，刺史府别驾从事魏攸、功曹从事鲜于辅、上谷郡府五官掾窦弘联袂赶来，急着要见你。”

“知道什么事吗？”李弘急忙问道。

郑信摇摇头。

“看他们的神色，好像有什么急事。会不会是鲜卑人变卦了？”

站在旁边的拓跋韬和拓跋貉脸色大变。

第八章 以胡制胡

大汉国中平二年（公元185年）六月。

魏攸年纪大约四十多岁，身形瘦弱，一张脸平平无奇，给人印象最深的就是那双小眼睛，一说话就眨巴个不停。李弘在卢龙塞见过他一次，知道他是刺史刘虞大人的亲信，说话做事都干脆利索、精明能干。

郡府五官掾窦弘面色红润，圆圆的一张脸，笑眯眯的，看上去非常和善。他是太守刘璠大人的心腹，为人处世很圆滑。他擅长和胡人打交道，在各族中都有人缘，常常出面解决一些棘手的事，在北疆官吏中非常有名。

能够再次看到鲜于辅，李弘心里非常高兴。他在大帐中和三位大人寒暄了一番，立即说上了正题。

"子民，这次和鲜卑人交换俘虏的事，下面的百姓和士卒是不是都有看法？"魏攸笑着问道。

"是的，意见大了。大家都认为刺史大人和太守大人卖得太贱了。"李弘笑着说道。

"那你怎么看？"窦弘立即问道。

"汉胡两族应该和平相处，这样大家才能过上好日子。世世代代地仇杀下去，除了死亡和贫穷，什么都得不到。不论是胡人，还是汉人，持这种看法的应该还是大多数。所以我非常赞成两位大人的决定，双方应该和为贵，不打仗最好。对胡人采取怀柔政策，虽然不能解决根本问题，但总比终年累月的打仗好。让百姓在和平与安宁的环境中休养生息，其实也是我们打仗的最终目的。如果不用打仗就能做到，当然是一件乐事。"

"李大人能这么想真是太好了。"窦弘赞道。

"子民，你认为鲜卑族里，对大汉国威胁最大的是慕容风，还是拓跋锋？"魏攸又问道。

“两个都是，差不了多少。幸运的是，他们两人很不咬弦，这对我们来说是件好事。这次入寇，如果两人同心协力，估计鲜卑人现在已经打到蓟城了。鲜卑国自从檀石槐死后，再也没有人可以完全控制鲜卑三部，其日渐衰落之势已经不可避免。”

“但现在情况起了变化。”魏攸缓缓说道。

李弘吃了一惊：“死了一个？”

窦弘笑着摇摇头。

“根据我们得到的消息，慕容风打算趁着拓跋锋大败之际，联合西部鲜卑的几个大部落，一举歼灭拓跋锋。”鲜于辅神色凝重地说道，“他们计划另立魁头为王，铲除弹汉山的和连。”

“消息准确？”李弘有点不相信地追问道。

“绝对准确。这是从慕容风身边传出来的消息，千真万确。”鲜于辅郑重地说道。

李弘难以置信地摇摇头：“你们真厉害，连慕容风的身边都安排了人，佩服佩服。不过这次的确是扳倒拓跋锋的好机会。趁着他元气大损，军心不稳，喘息未定之际，群起而攻之。好，好办法。大帅出手，就是不凡。”

三个人同时严肃地望着他。李弘立刻感到失言，不好意思地笑笑。

“一旦慕容风得手，整个鲜卑国就是他的天下，他可以为所欲为。”魏攸忧心忡忡地说道，“慕容风对大汉国的野心由来已久，如果他手握鲜卑三部十万雄兵，必会攻击我大汉。以我大汉现在的形势和现状，很难阻止他的进攻。”

“所以，刺史大人和太守大人商量了许久，决定主动和拓跋锋合作，阻止慕容风的计划。”窦弘轻轻说道。

李弘有些头晕了。

“三位大人能不能说得明白些？”

三个人互相望望，好像都不愿意开口。魏攸用眼睛瞅瞅鲜于辅，意思叫他说。

鲜于辅抱歉地冲着李弘笑笑，缓缓说道：

“我们已经秘密联络了拓跋锋，拓跋锋也急切希望得到我们的帮助，我们私下里商定了一个计策，但是这个计策执行起来非常复杂。第一，这件事千万不能让朝廷知道。和胡人联手合作，无论为了什么事，都有私通敌国、背叛大汉之嫌疑。一旦事露，传到朝廷，被别有用心的人利用，大做文章，两位大人和我们就有诛灭九族之祸。第二，双方之间的配合必须默契，不能露出破绽。要想瞒过慕容风在拓跋锋身边的眼线，我们之间要做到天衣无缝，不能有任何的蛛丝马迹被敌人发现。第三，这件事知道的人越少越好，所以执行这个任务的人必须是双方都能绝对信任的。最后一点，也是最重要的一点，我们在保证拓跋部落继续生存的情况下，也要趁机浑水摸鱼，重重打击他们，削弱鲜卑人的力量。”

“刺史大人的意思是让你去。”

大帐内一时间陷入沉默之中。

"我们得到的任务是送俘虏到马城去，不出意外的话士卒们一路上非常安全，但是如果我们参与这个计策，军队就处在非常艰险的环境里，士卒们随时都有生命危险。"李弘考虑了半天，犹豫不决，"战斗已经暂时结束，许多士卒都可以回家了，但此时你们却让我带着军队去参加鲜卑人的内讧，而且还是帮助一个刚刚入侵我大汉、对北疆各地犯下滔天罪行的鲜卑人，这……"

"这让我怎么对部下说？"李弘为难地摊开双手，哭丧着一张脸。

第七天，李弘的军队到达野烽围。

此处原是个天然的好牧场，依山傍水、风景优美，但因为战乱，乌丸人和汉人都放弃了仇水附近的这块宝地。现在这里位于北疆的边境，实在太危险。

郑信按照李弘的安排，连夜跑到仇水对岸，接来一个鲜卑人。

李弘请对方坐下，仔细打量着。这人身躯高大，体格健壮，黑脸膛上一双眉毛像两把黑刷子一样又浓又粗，一脸虬须，厚实的嘴唇，看上去就是个粗蛮大汉，但李弘随即就惊讶了。他听到了一口柔和的很好听的纯正汉语。

"您是豹子大人吗？"

李弘点点头，嘴里说道："你的大汉话讲得非常地道，是自己一个人学的？"

"我父亲曾经被汉人俘虏，在洛阳呆了十几年。我是跟父亲学的。"那个大汉一点都不紧张，很随意地笑着说道。

"能告诉我你的名字吗？"李弘满面堆笑着问道。

"舞叶部落从属于弹汉山王庭，我就是这个部落的首领大人射墨赐。"

李弘更惊讶了。

"你就是鼎鼎大名的鲜卑神箭射墨赐？当年铁狼每次提到你都赞不绝口，说你的神箭之技天下第一。能看到你真的很意外。"李弘兴奋地站起来，围着射墨赐转了两圈，一脸的仰慕之色。

"能得到神箭铁狼的夸奖，实在是我的荣幸。我父亲生前对他的箭术非常推崇，可惜我一直没有机会见到他，现在更是不可能了。"

李弘想起铁狼，心里有些失落。

"你的军队不是在广宁城吗？"

"提脱撤回来之后，广宁就让给他了。我和天水部落的繁埚大人都率部回弹汉山了。"

"刘大人就是通过你和拓跋锋联系的？"李弘奇怪地问道。

射墨赐点点头，好像不愿意说出具体的情况，没有说话。

李弘因为没有了过去的记忆，所以他的脑海里对铁狼最初灌输给他的东西记得非常深刻。他见到自己一直崇拜的射墨赐，自然地就对他产生了很亲近的感觉。

"你参与这事，迟早会被慕容风知道的，将来你在鲜卑怎么混下去？"他关心地问道。

射墨赐感激地冲他笑了一笑，慢条斯理地说道："我答应刘大人是有条件的。"

"什么条件？可以说说吗？"

"等拓跋锋和慕容风的内讧结束之后，我们部落就脱离鲜卑，迁到大汉国居住。"

"为什么？"李弘吃惊地问道。

射墨赐苦笑了一下道："原因很多。过去我们部落在很远的北方草原上生活，檀石槐征服我们之后，大家迁到了弹汉山。不久父亲率部随檀石槐攻打大汉国，战败被俘，音讯全无。部落因此受到排挤，被迫迁到边境居住。在边境生存很困难，这你也知道，没有人愿意帮助我们。父亲回来后，一直想把部落迁到大汉国腹地去。他暗中数次托人找到几任上谷太守，提出迁居要求，均遭拒绝。父亲到死都念念不忘此事。这次刘大人主动提出来，只要我帮助他，就允许我们部落迁到治水河附近居住，地方任选，所以我就答应了。"

李弘呆呆地望着他，担心地说道："你有把握把部落几万人口安全地迁到治水河附近？"

射墨赐摇摇头，神情坚决地道："事在人为，一定有办法的。"

李弘钦佩地望着他："到时候如果需要帮忙，你就说一声。"

射墨赐很感动，站起来要拜谢李弘，给李弘伸手拦住了。

"说说你和拓跋锋的计策，我们怎么配合？"

"可以把拓跋韬叫来吗？"射墨赐问道。

第八天。清晨。

李弘把玉石、伍召、胡子、里宋、燕无畏、木桩、郑信、田重八个军候、假军候以及恒祭、鹿欢洋请到了大帐内。

"大人请我们吃早饭吗？"玉石笑着问道。

"早饭是一定要吃的。另外，我要说一件事。"李弘笑着一边请大家坐，一边说道。"大家可以一边吃，一边听我说。"

等到李弘说完，大帐内鸦雀无声，只有李弘一个人喝稀饭的声音清晰可闻。

"整件事大家都要配合好，不能失败，更不能出差错。利害关系我已经说过了。大家都是兄弟，是兄弟就应该肝胆相照，齐心协力。虽然我们没有什么富贵共享，但我们患难还是可以共享的。"

大帐内哄堂大笑。

居住在代郡的乌丸人、匈奴人非常多，民族混居情况非常普遍。他们以部落散居为主，没有固定的集中居住地区，没有极具威胁性的大部落，没有一呼百应的大首领，虽然这种情况有利于当地官府的管理，却因此衍生了一个问题，那就是代郡的马贼非常多，比大汉的任何一个地方都多，异常猖獗。

进入六月之后，代郡的马贼突然消失了。平常在山野间、草原上横行霸道的大大小小的马匪就像化作了空气一般，无影无踪了。

所有的马贼都被代郡最大的马帮黑风狂的首领拳头召集到了犁谷。

三千多名马贼集中在山谷里，每个大小首领都拿到了一份厚礼。他们被告知，受鲜卑野狼部落的宴荔游大人之邀，前往葬月森林做一笔买卖，事成之后，再送一份厚礼。

“什么买卖？”乌丸人、匈奴人、鲜卑人、汉人等各族的马匪集中在一起，人声鼎沸，大家互相好奇地问着。

野狼部落的小帅旌樾带着一千铁骑突然出现在犁谷。拳头不敢怠慢，赶忙叫自己的副手铁钺出谷迎接。

“叫拳头来见我。”旌樾眯着眼睛，神情倨傲，他用马鞭指着铁钺的鼻子大声说道。

马城是代郡的一个边境县，它位于仇水河西岸，是抵御外族入侵的第一道屏障，地理位置非常重要。

第九天，军队进入代郡马城县境。

望着前面一望无际、郁郁葱葱的森林，李弘不由得停下战马，发出一声由衷的赞叹。

“真是好地方。这就是葬月森林吗？”李弘指着前方，大声问道。

跟在后面的恒祭立即说道：“是的。如果绕过这片森林，需要多走三十里才能到马城，但是如果穿林而过，只要再走六里就可以看到马城了。”

“大家都走葬月森林，除了生意人。做生意的怕自己的货物被马贼劫持，宁愿绕道而行。”鹿欢洋随后跟上来，补充道。

李弘点点头：“葬月，这个名字很好听。森林里的路宽吗？”

“十几匹马并排走都不觉得挤。”鹿欢洋说道。

军队陆续进入森林。

森林里的路虽然坑洼不平，但非常宽，大概经过不少人的修整，路面上连一棵树桩都看不到。大路两旁的树高耸入云、遮天蔽日。阳光透过密密麻麻的树枝树叶照射下来，在绿油油的草地上留下了数不清的斑驳残影。林子里到处都是灌木，各种各样的植物和花草随处可见。鸟儿和小动物们受到惊吓，四处乱窜。由于常年光照不足的原因，林子里弥漫着一股难闻的潮湿和腐气。

森林里的路大约有五里长，大家走走看看，不知不觉就到了尽头。

出了葬月森林，李弘顿觉眼前一亮。

森林内外就是两个截然不同的世界。一个是安静幽雅的月夜，一个是阳光灿烂的白昼。置身于这两个世界的边缘，李弘有一种说不出来的感觉。他想到了生和死，想到了痛苦与快乐。

就在这时，李弘感到了黑豹的不安。

他警觉地四处张望，随即飞身下马，全身匍匐在地，侧耳细听。

突然他从地上一跃而起，用尽全身力气狂吼起来："偷袭，敌人偷袭……"

旌樾看着乱哄哄的队伍，一窝蜂地冲了出去，嘴里还狂呼啸叫着，全无章法，更看不到什么阵列队形。

他瞪着身边的拳头，愤怒地吼起来："你的人都是一群蠢货！拓跋部和汉人的大军还在葬月森林里，你们不听命令擅自发动攻击，想干什么？"

拳头黑着一张脸，理都不理他，冷冷地说道："你如果再说我的人是蠢货，我就带人走路，让你这个蠢货自己去送死。"

旌樾狂暴地叫起来，刷的一声抽出了战刀。两边的侍卫们纷纷喝叫起来，各执武器，做势就要搏斗。双方剑拔弩张、一触即发。

拳头三十多岁，是个匈奴人。他自幼带着族人做马匪，心狠手辣，桀骜不驯，在北疆很有名气。

他止住手下的冲动，指着旌樾的鼻子，轻蔑地说道："要不是看在宴荔游的分上，我今天剥了你的皮。"随即他不再搭理脸色发紫的旌樾，拨马追赶自己的队伍去了。

"小帅……"

"敌人刚刚出林，拓跋人和汉人的大军队还在葬月森林里。这班马贼耐不住性子提前发动攻击，不但暴露了队伍，还坏了我们的大事。大人真是糊涂，怎么可以和这班蠢货合作。"旌樾气怒攻心，犹自大声地叫喊着。

"小帅，我们该怎么办？"他的部下焦急地问道。

"命令军队，沿着森林边缘急速前进，不行就追进葬月森林，一定要杀尽拓跋人。"

李弘带着恒祭、鹿欢洋以及一千白鹿部落骑兵，展开锥形冲锋队列，风驰电掣一般迎向呼啸而来的敌人。

将近三千名马匪气势汹汹地冲过来，铺天盖地。马蹄声震耳欲聋，轰隆隆的巨大声音响彻了森林的边缘。旌樾的野狼铁骑突然超越了大队，他们沿着侧翼，像一支犀利的长箭射向了汉军的腰肋。

李弘大吼一声："左转，左转向北……"

"左翼改前部，立即脱离战场，脱离战场……"

牛角号声猛然响起，低沉而凄厉的声音顿时超越了战马奔腾的轰鸣声，清晰地传到每一个战士的耳朵里。

胡人自小长在马背上，从小到大都在不停地接受着骑兵训练和战火的熏陶，他们稳定的心理素质，娴熟的控马技术和绝对的服从实在是让汉军骑兵望尘莫及。

李弘看着白鹿部落的铁骑士卒们处惊不变、有条不紊，他们依照牛角号声的指挥，在战场上任意驰骋，得心应手，游刃有余。他心里很羡慕。若想让汉军骑兵达到这个水平，恐怕没有长时间的训练很难做到。什么时候自己才能拥有这样的一支铁骑呢？

汉军的突然转向不战而走，大大刺激了偷袭他们的敌人。那些乱七八糟的马匪们以为自己人多，吓跑了汉人，一个个兴奋得叫嚣着疯狂地追了下去。

旌樾的目的不是袭杀汉军士卒，他要杀的是拓跋人，是汉军押送的俘虏。

“告诉那班蠢货，不要再追汉人了，随我们杀进葬月森林，我们按人头给赏。”

野狼部落的号角声惊醒了那些马匪。大家突然想过来，自己是来杀拓跋部落的人的。杀汉人，一点好处都没有，纯粹是白费力气。于是大家呼朋唤友，互相打招呼，纷纷拨转马头随着野狼部落的骑兵杀进了葬月森林。

拓跋人没有武器，没有战马，杀起来就像杀一群小鸡一样酣畅淋漓。大家心里乐滋滋的，一拥而上。

拓跋部落的俘虏们惊惶失措，哭爹喊娘，像潮水一般疯狂地沿着森林中间的大路转身就逃。

双方的距离越来越近，眼看就要追到可以射击的范围。

就在这时，路边的一棵大树突然轰然倒下，几个追击的士卒措手不及被砸个正着，当场死于非命。高速奔驰的队伍突然停了下来。森林的入口处，士卒们还在往里蜂拥而来。

旌樾一手拉住扬蹄耸身而起的怒马，一手握着马鞭指着大树大吼：“搬开它，搬开。”

最前排的十几个铁骑士卒飞身下马，合力抬起巨木将它移到路边。葬月森林的大路上人喊马嘶，叫骂声冲天而起。后面的士卒受到前面铁骑的阻碍，又不知道发生了什么事，担心自己杀不到人，取不到人头，焦急地破口大骂。

拳头带着自己的黑风狂马帮骑兵冲进了森林。

旌樾回头望着路上的士卒越来越多，越来越拥挤，愤怒地骂了几句。在巨木被士卒们移动到大路中间时，他已经按捺不住火烧一般的心情，怒咤一声，率先打马飞奔而出。

拓跋人的逃亡速度太快了，他们像受惊的兔子一样，以匪夷所思的速度狂奔着。

野狼部落的铁骑在前，铁钺带着马帮匪众在中间，拳头的大军队在后，大家神情激奋，一路上急速飞奔，喊杀声不绝于耳。他们的先头军队已经深入森林一里多路，而大队人马的尾部还在森林外面狂奔追赶。

李弘的军队看到敌人突然放弃追击，立即调转马头，后队变前队，返身倒过来开始追击敌人。拳头听到禀告，冷冷一笑，大声说道：“告诉后队，全速前进进入森林，我倒要看看他汉人敢不敢追进来？”

旌樾军队离拓跋人越来越近了，他仿佛看到手无寸铁的拓跋人在铁蹄下惨嚎，在战刀下亡命，他的双眼内充满了残忍，他好像已经闻到了熏人欲呕的血腥，手上已经沾满拓跋人的鲜血。

就在这时，又一棵大树在巨响声中轰然倒塌，旌樾的视线立即被它挡住了。

这次更多的士卒不待旌樾叫喊，一个个滚鞍下马，慌慌张张地跑过去，手忙脚乱地移动大树。这棵大树离地尚有半人高，士卒们不好出力，虽然抬树的人越来越多，但大树移动的速度却非常慢。

旌樾狂怒不已，他拔出战刀，左挥右劈，大喊大叫，嘴里骂骂咧咧。整个追击队伍再次停滞下来。拳头的军队全部进入了葬月森林。李弘带着白鹿部落的骑兵战士正在高速飞驰，很快就要接近森林。

“杀，随我杀过去，呼嗬……”旌樾挥舞着战刀，声嘶力竭地叫道。

“呼嗬……呼嗬……”士卒们齐声呼应，巨大的叫喊声直冲云霄，回荡在森林深处。

“杀……”旌樾看到大树移开，回身举刀再次狂吼，一马当先冲了出去。追击队伍再次启动，密集的马蹄声逐渐汇合成奔雷一般的轰鸣，响彻了葬月森林，似乎要把这片巨大的森林拦腰劈开一般。

拓跋人恐惧的脸就在旌樾的眼前摇晃，狂奔的身躯就在咫尺之外，马上就要展开杀戮的刺激令旌樾热血沸腾，他疯狂地吼叫起来。

李弘率领的铁骑在距离葬月森林大道五十步的地方突然停下。

“杀……”李弘高举手中钢枪，纵声高呼。

十几把冲锋的牛角号声同时吹响，激昂嘹亮的号角声冲天而起。

森林深处几乎同时响起冲锋号角，声音由森林边缘一直延续到森林中间，似乎有几百把号角在同时吹响，低沉的声音差不多掩盖了森林里几千匹战马奔腾的轰鸣声。

旌樾遽然一惊，他从飞奔的战马上突然直起身躯，抬头四望。

满目都是枝叶茂密的参天大树，郁郁葱葱的灌木，闻到的都是潮乎乎的空气。

身后士卒惊诧的叫声传进了他的耳中，他闻声向前望去，前方一直没命一般逃窜的拓跋人突然就像炸了营一样，轰然四散，向大路两边的树林深处逃出。

恐惧的念头从旌樾的脑中一闪而过。五千名拓跋人，怎么追到现在还没有杀死一个？这些人为什么到现在才逃进树林？而且是在牛角号响起来之后？突然有几百把牛角号在森林里响起，难道拓跋人的大军早就埋伏在这里？前面一直逃窜的拓跋人难道是诱饵，他们的目的是想把我们全部引进森林？

突然他想到了一个致命的问题。他看到汉军逃窜，以为跟在后面的拓跋人手无寸铁，他只要一冲就可以结束这些人的性命。他完全忽视了一个问题。跟在拓跋人后面的汉军军队为什么一直没有看到？难道他们在第一时间就沿着林中大路落荒而逃？

他意识到自己可能陷进了敌人的埋伏。他想命令军队停下来。

事实上已经根本不可能。军队纵形一字排开，长达一里多路，命令传达要一定的时间，即使前面停下来了，但后面的军队不知道，依旧狂奔而来，拥挤在一块，不但调不了头，还会成为敌人攻击的靶子。只有冲，一直往前冲，依靠速度冲出敌人的伏击。

他张口准备叫喊。

他看到了拓跋韬。顿时张大了嘴，惊呆了。他不知道发生了什么，事情为什么会变成这样？这和临行前宴荔游大人的交代差得太远了。

宴荔游叫他和拳头一起，带人埋伏在葬月森林附近，击杀拓跋人的俘虏。这样一来，拓跋人不但损失严重，大汉人也没有办法兑现承诺，对双方都是个打击。他以为这个任务太简单了，完全没有放在心上。

看到拓跋韬本身并不值得惊奇，惊奇的是看到腰系战刀、手拿弓箭的拓跋韬。

“放……”拓跋韬大吼一声，长箭呼啸而出。跟在他后面的几十名战士对准飞奔而来的敌人同时射出了手中的长箭。几乎就在同一时间，大路两旁的密林里飞出了无数的长箭。

刺耳的啸叫声被巨大的牛角号声和战马的奔腾声所淹没，它们无声无息地突然出现在林中大道上。

奔袭的敌人被眼前的长箭惊呆了。

他们茫然地望着，手足无措，脑中还没有弄明白怎么回事。

“噗嗤……噗嗤……”长箭及体的声音不绝于耳，伴随着密集的惨叫和恐惧的吼声。战马乱窜，互相冲撞，它们痛苦地嘶叫着，漫无目的地奔跑着。

马匪们都沉浸在杀人领赏的兴奋心情里，完全没有料想到死亡离自己这样近，来得这么突然。

他们以自己特有的狡猾和凶残，全然不顾生死，疯狂地往两旁的树林里跑。但是长箭太过密集，死得更快。往前、往后跑，密密麻麻全部都是自己人，一点缝隙都没有。

长箭疯狂地呼啸着，任意吞噬着无辜的生命，根本就没有停下来的意思。

敌人纷纷中箭，死伤惨重，没有任何还手的机会和时间。

旌樾奋力一刀，磕飞敌人的长箭，用尽全身力气吼了一嗓子：

“冲，冲出去……”

号角兵举号狂吹，还没有吹上几声，已经身中三箭，仰面跌到马下。

旌樾带着极度恐惧的士卒开始再次加速前冲。

拓跋韬冷笑一声，回头喊道：“建起路障。”

大路两旁同时有七八棵大树先后倒下，发出轰然巨响，立刻把大路堵了个严严实实。

旌樾从嗓子眼里发出了一声绝望的嚎叫。

在不远处的一棵大树上，一个拓跋部士卒的长箭已经瞄准了他的咽喉。

第九章

真真假假

长箭厉啸而出，刹那间射穿了旌樾的脖子。

旌樾在马上抖动了一下，接着双手张开，战刀脱手，身躯滚落地面。随后奔驰而来的战马从他的躯体上飞一般地践踏而过。

拳头看到长箭如蝗而来，几乎本能地从马上飞身跃下，一猫腰躲到了战马的侧腹，紧张地四处寻找逃生的机会。作为马匪头子，他多次被官府、部落的人围剿，成功逃生的经验非常多。但这次他也畏惧了。看到头上呼啸往来的密集箭雨，听到周围痛苦的惨叫呻吟，他不由得毛骨悚然、手脚冰凉。死亡的阴影笼罩在他的心里，让他感到窒息和绝望。

大约过了一盏茶的功夫，密集的箭阵突然停了下来。

受伤的人大声惨叫着，有的在地上滚来滚去，痛苦不堪。活着的人躲在战马或者死尸的下面，动都不敢动。空气中迷漫着浓烈的血腥味，除了伤者的叫喊，战马的嘶鸣，战场上一片死寂，再也听不到一丝声音，甚至连林中小虫的叫声都没有，显得非常的诡秘。

死一般的寂静。

惨烈的死亡气息笼罩在血腥狼藉的战场上，散发出一股令人窒息的恐怖。

大路两旁的树林里没有任何动静，那些埋伏在林子里的人好像凭空消失了一样，寂静无声。

一个趴在地上的士卒鬼头鬼脑地抬起头，四处看了一下，小心翼翼地挪动身躯，准备移到一个更好的地方。

“咻……”

一支长箭突然从树林里射出，发出一声异常可怕的凄厉尖啸，准确无误地将那个士卒钉在了地上。

“火……”不知道哪个士卒突然发现横在大路上的大树被敌人点燃了，而且大树已经开始燃烧起来。随即整个大路两旁的灌木丛都开始陆续被点燃。由于是夏天，林中潮气重，树木水分多，一时难以烧成大火，但呛人的浓烟已经冲天而起，慢慢地弥漫到整个战场上。

“走水啦……”

敌人恐惧而无助的叫喊声此起彼伏，惨叫声顿时充斥了整个战场，甚至有胆小的士卒已经抵受不住死亡的恐惧，失声痛哭起来。

忍受不了的士卒纷纷站起来想逃跑，但随即就被更多的长箭射死在路上。

葬月森林里一时间成了恐怖的屠宰场，数千士卒的性命随时都要失去。

“降了，我们降了……”拳头眼看被敌人死死包围，前后左右都没有出路，而敌人又有放火烧林的打算，心里大惧，赶忙叫喊起来。

“你们这些蠢货，都给老子大声叫啊，再不叫就要烧死了，叫啊……”他不停地吆喝着，催促附近的手下放声大叫。

先是一小伙人喊，慢慢的变成所有活着的人都在声嘶力竭地叫喊着，希望求得一条性命。

喊声终于有了反应，大路两旁燃烧的灌木立即被扑灭了。

幸存下来的人看到希望，喊得更加有劲了。

“所有人放下武器，高举双手，依次走出树林。谁敢反抗，全体格杀。”

林子里突然传出呼叫声，好像是一班人在齐声高吼发出的，声音巨大，立即就把敌人凌乱的叫喊声压了下去。

几个胆大的士卒立即丢掉武器，解下背在身上的箭壶，高举双手，提心吊胆地慢慢走到路边。

看到躲在林中的敌人信守诺言，果然没有发动攻击，士卒们立即争先恐后地站起来，丢掉武器，一溜小跑往树林外逃出。他们知道林子的外面，刚才故意逃跑的汉军现在一定堵在大路入口，出去一个，捆绑一个。

拳头看到了铁钺，他紧张地四处望望，小声问道：“那个蠢货呢？”

“旌樾被拓跋部的人射死了。”铁钺赶忙凑到他身边，小声道。

“拓跋部……”拳头吃了一惊，“你怎么知道？”

“旌樾的侍卫刚才告诉我的，他们是被拓跋人堵在前面的。拓跋人全部有武器。”

拳头往树林深处小心地看了一眼，气愤地低声说道：“他妈的，拓跋部怎么会和汉人合作。我就奇怪了，没有七八千人，哪里有那么密集的箭阵。这里难道有什么古怪？”他转动着一双狡诈的眼睛，疑惑不解。

“肯定有古怪。宴荔游那个老鬼是不是骗了我们？”铁钺点点头，一边跟在前面的士卒后面小步走着，一边说道。

“宴荔游没有理由骗我们。”拳头摇摇头，随即痛心疾首地说道，“我们这下完了，三千多人都葬送在这里，刘恢那条老狗估计牙都要笑掉了。”

“他娘的，这个豹子就是厉害，连拓跋锋都要吃瘪，何况我们。当初叫你不要答应宴荔游，你不干，一定要和豹子较量较量。这下好，几乎所有的兄弟都叫你较量光了。”铁钺不满地望着他，气呼呼地道，“一盏茶的功夫，四千人就让人家一锅端了。这打的什么仗？”

拳头不服气地哼了一声，不再做声。

一个时辰之后，两千四百多名俘虏被捆得结结实实的，由两条特长的绳子串在一起，想逃都没有办法。还有四百多名伤者被抬出了森林。他们躺在地上，不停地大声呻吟着。草地上，缴获的武器堆得像小山一样，缴获的战马由白鹿部落的人集中在一起。

李弘十分不解地看着胡子和燕无畏押着两个大汉朝自己走了过来。

左边的大汉一看服饰就知道是个匈奴人，三十多岁，中等个，一张饱经风霜的长脸，一双狡诈的眼睛。正是这双眼睛，让他看上去整个人都显得非常危险，让人不由得产生十分戒备的心里。另外一个人年轻多了，矫健灵活，一张脸充满朝气。

现在两个人看上去都很沮丧，没有什么精神。

“大人，我们抓到拳头了，这是他的小老弟铁钺。”燕无畏指着两人说道。

李弘恍然大悟。

代郡太守刘恢重金悬赏捉拿的两个人，今天一起抓了个正着。代郡的马贼多如牛毛，但这两个人却是名气最大的，做了不少坏事，民愤较大。

两个人一起抬头望着李弘。看到他如此年轻，两人的眼睛里都露出不可思议的神色。铁钺的眼神里甚至还有几丝钦佩。

“你是豹子？”拳头不客气地问道。

李弘点点头，笑着说道：“刘大人知道抓住了你们，一定很高兴。”

“被你抓住，自然免不了一死。不过我这小弟年纪轻，跟着我没几年，一直没做过什么坏事，希望大人能留他一条性命。”

李弘惊讶了，他注意地看看拳头，然后严肃地说道：“如果一个月之内，你能说服这些人全部改恶从善，加入汉军抵抗胡人的入侵，我就免了你和铁钺的死罪，让你们戴罪立功。”

拳头吃了一惊，他几乎不敢相信自己的耳朵。

“你能做主？”

“我有右北平郡太守刘政大人的授权，可以以卢龙塞边军的名义招募士卒。短期内我们还有战斗，如果你们立了战功，我自然可以替你们向代郡刘大人求情，免了你们的罪责。”

“你没有骗我们？”铁钺紧张地问道。

“知道他们是谁吗？”李弘指着胡子和燕无畏说道。

两个人摇摇头。

李弘笑起来，对胡子和燕无畏调侃道："两位的名气看样子没有他们的大嘛。"

胡子不服气地冷笑一声，指着自己的鼻子，恶狠狠地说道："你们知道胡子吗？"

拳头和铁钺顿时愣然。铁钺有点不相信地问道："你就是燕山的胡子老大？"

拳头赶忙说道："久仰，久仰。"他双手被捆着，只好以目示意自己的敬仰之情。随即转头问燕无畏："不知这位兄弟是……"

"他是燕无畏，就是燕山小鸟。"胡子看到拳头表达了对他的尊敬，心情大好，立即介绍道。

李弘头一次听到燕无畏的外号，闻言放声大笑。看到燕无畏一脸的恼怒，李弘赶忙飞身上马，一路大笑着打马而去。

燕无畏怒视着胡子，大声叫道："不许喊我小鸟。"

胡子知道燕无畏讨厌人家喊他这个外号，自知失言，赶忙连连道歉。

李弘带着雷子、玉石，三个人一路疾驰，飞速赶到距离战场五里之外的森林边缘。

拓跋韬和他的五千大军骑在战马上，威风凛凛、列阵以待。

看到李弘飞奔而来，拓跋韬和拓跋貉两人打马迎上。

"谢谢大人赶来相送。"拓跋韬感动地说道。

"相交一个多月，不管怎么说，我们也算是朋友。临行前来送一送，也是应该的。"李弘笑着说道。

"我代表所有士卒，感谢大人对我们的仁慈。如果没有大人的仁心，我们早就葬身于治水河了。"

拓跋韬和拓跋貉站在李弘面前，给他行了半个礼。

李弘赶忙伸手拦住。

"如果不打仗多好。"李弘轻轻说道。

拓跋韬和拓跋貉默然无语。两人看着李弘，相视苦笑。

"能和大人并肩作战，这是我一生最值得骄傲的事。"拓跋韬缓缓说道，"感谢大人的信任。"

李弘笑笑，分别和拓跋韬、拓跋貉拥抱了一下。

"预祝两位弹汉山之行旗开得胜。"

田重看着葬月森林里燃烧起来的大火，心痛地说道："好好的一片森林，让我们烧个精光，实在太可惜了。"

李弘无奈地摇摇头，轻声说道："老伯不必太在意。林子烧掉了，还可以再长。如果不烧，问题就麻烦了。拓跋人的五千俘虏突然没有了，跑来袭击的三四千敌人也没有了，别人怎么想？只要稍微有点头脑的人都会看出来这里面有鬼，再仔细推测一下，不难发现拓跋人和我们之间有瓜葛。一把大火烧过去，所有的人，所有的痕迹，所有的疑点都灰飞烟灭、无影无踪了。”

“五千名俘虏被一把火烧了个精光，将来即使有什么说法，以此障人耳目，别人也没有办法说我们里通外国。刘大人非常担心计划被朝廷知道，惹来诛杀九族之祸。现在可以派人告诉他，什么后患都没有了。”

田重笑起来，指着李弘的脑袋说道：“你胆大包天，该掉脑袋的应该是你啊。”

李弘望着面无人色的马城县令柳洮，沮丧地说道：“如今拓跋人的俘虏被敌人一把火烧死在葬月森林里，我们没有办法兑现承诺，只有反回了。”

“没有把俘虏交给拓跋锋，那要惹多大的麻烦你知道吗？他恼羞成怒之下，一定会攻打马城。”柳洮恐惧地说道。

“这马城是我大汉的国土，即使不用俘虏和他交换，我们也要夺回来。拓跋锋假若敢来送死，我们就和他斗一斗。”李弘严肃地说道。

“李大人，我刚刚从鲜卑人手里接过马城。城内没有居民，没有粮草，没有士卒，我们怎么和拓跋锋的大军作战啊？”

“我不带来了三千人吗？”李弘奇怪地问道，“你的马城还有四百多守军，这么多人守一座小城，怎么不行？”

“没有粮食。仓库里的粮食都让鲜卑人抢走了。我们本来就没有什么吃的，你的军队一下子来了这么多人，更是解决不了。”

李弘脸色大变，他急忙问道：“你们不知道我们要来吗？”

“知道。但是从郡治高柳送来的粮食太少，还不够我们马城士卒吃半个月的。”柳洮气愤地说道。

这时雷子急匆匆地走进来。

“大人，拓跋部落的使者来了。”

李弘和柳洮顿时紧张起来。

拓跋部落的使者怒气冲天，拂袖而去。

李弘坐在案几旁边微笑不语。

柳洮紧张地在屋内走来走去，不停地说道：“不得了，不得了，拓跋锋要来了。”

李弘看着柳洮恐惧的样子，实在忍不住，笑着说道：“大人，你看这样如何？你带上府衙里所有的人，还有马城的守军，立即赶到高柳去。见到太守大人，告诉他马城的现状，向他催要粮食。一旦粮食备齐，就让马城的守备军队送过来。我率军在这里抵挡拓跋锋，将功折罪。”

柳洮眉头一挑，神色大为激动，赶忙说道：“那就辛苦军司马大人了。”

李弘在城外目送柳洮等人离去。看到他们的身影逐渐消失在视野里，李弘轻轻地笑了起来。

“雷子，通知胡子带上所有俘虏，立即进城。”

雷子答应一声，打马绝尘而去。

“守言，那个拓跋部的人呢？”李弘问郑信道。

“在驿馆里。”

“立即带他来见我。”

夜晚的马城分外宁静。

城南葬月森林的大火还在熊熊燃烧，烈焰不时地腾空而起，火光映红了整个半边天。炙热的空气笼罩在马城上空，使得城内的温度显著提高，好像提前进入酷暑似的，闷热难当。

“要是下一场雨就好了。最好像我们在治水河碰到的那场大雨。”李弘站在城墙上，望着远处的大火，十分焦急地说道。

“大人还记得卢龙塞梅山上的那场大火吗？”郑信笑着说道，“比起这场火，要小多了。”

“葬月森林方圆十几里，树大林密，烧起来气势当然要比梅山的那场火大。还好这几天风不大，要不然火势更是惊人。为了迷惑敌人而烧掉这么大一片森林，实在划不来。马上下场雨就好了。”

郑信望望天，摇摇头说道：“恐怕很难如大人所愿。”

玉石急匆匆地走过来。

“拓跋锋的特使带来了消息。”

“拓跋锋怎么说？”李弘关切地问道。

“牛羊和草料已经上路，明天晚上就可以送到。”

“他的大军队什么时候越过边境？”

“四天后一定赶到。”

李弘长吁一口气，如释重负地笑道：“和敌人偷偷摸摸地合作，就像做贼一样，心里七上八下的，唯恐别人知道了。现在好了，大事已定，就看拓跋锋的手段了。”

得知大汉国背信弃义，拓跋部落的俘虏都被烧死在葬月森林，拓跋锋勃然大怒，他不顾部下的死命劝阻，亲自率领一万五千大军，越过边境，直扑马城。

拓跋人将马城的北门和东门团团围住。南门和西门方向由于森林大火，军队很难靠近，只好派出小军队监控，防止城内的敌人趁机逃窜。

拓跋锋以北门作为攻击重点，布下攻击阵势，准备第二天开始强攻。

望着城下一眼看不到边密密麻麻的帐篷，数不清五彩缤纷的战旗，一个又一个整齐威武的骑兵方阵，声震云霄的吼声，牛角号声，城上士卒的脸色非常难看。

李弘指着城下拓跋人的军阵，笑着说道：“如果敌人攻城，我们能守多长时间？”

“一个月肯定不成问题。”伍召说道，“马城位处边疆，当初筑城时考虑到防止胡人入侵，城墙全部都是用大石砌成，高大坚固，易守难攻。我们现在加上俘虏有五千多人，按道理绝对没有被攻破的可能。”

“那你为什么说只能守一个月？”鹿欢洋不解地问道。

“拓跋锋比鬼都精。他假装不知道我们俘虏了两千多敌人，送来的食物只够我们三千人吃一个月的。现在五千多人吃，能坚持一个月不错了。”田重摸着小胡子，摇着脑袋无奈地解释道。

“大人向他要军需的时候为什么不说清楚？”胡子诧异地问道。

“我的确没有说。按计划他们根本就不应该存在。拓跋韬对我接受敌人投降一事很不理解，他认为这些人的存在对我们很危险，对整个计划的执行具有相当的威胁性。他坚决反对我这么做。所以这些俘虏，拓跋锋的确不知道。如果知道了，恐怕一只羊都不会给我们。”李弘不急不慢地解释道，“不过，在当时的情况下，继续杀下去没有什么道理。现在边军人数不足，多招一点兵对我们还是很有好处的。”

“拳头和铁钺同意我的提议吗？”李弘问胡子道。

“能够不死，谁都愿意。麻烦的是野狼部落的四百多名俘虏，杀不得，又放不得，如果的确不需要，就早点把他们杀了，剩一点粮食。”

李弘摇摇头，指着恒祭和鹿欢洋道：“交给他们。杀不得，一定要劝降。实在不行，一年半载之后，等局势稳定了再放了他们。”

胡子怪笑了一下说道：“大人，这会给我们带来麻烦，杀几百人有什么了不起。”

“是呀，大人，骑都尉公孙瓒大人在辽东曾经一次屠杀乌丸族响铃部落三千多人，无论男女老幼，一概不留。杀掉了可以省去许多麻烦。”玉石上前一步，郑重说道。

李弘看看自己的部下，个个都是一脸不屑的神色，包括田重，都是很不理解的样子。对于他们来说，好像杀几百人就像杀一只小羊一样微不足道。

“不能杀。”李弘坚决地说道。

夜里，李弘被一阵阵的雷声惊醒了。

他高兴地一跃而起，欢呼一声，大声叫道：“雷子，上城墙，我们上城墙看看去。”

李弘带着几个侍卫刚刚冲出县衙，大雨已经从天而降。

负责夜间巡视的小懒在城墙上远远看到，赶忙迎了上来。

“大人……”

“来看看下雨。大火好像小些了嘛。”李弘亲热地拍拍小懒的肩膀，然后一起走到城墙边上看着仍旧在肆虐燃烧的葬月森林。

“如果连续下两天，大火可能就要熄灭了。”小懒笑着说道，“只是下这么大的雨，不知道鲜卑人还攻不攻城？”

“他们一定不会进攻的。”李弘自信地说道。

“真的？”小懒半信半疑地望着他。

“老兄弟了，还骗你干吗。”李弘大笑起来，一把搂住小懒的肩膀，突然惊叫起来：“你小子好像长高了。”

这场雨时大时小，一连几天，丝毫没有停下的意思。

葬月森林的大火已经熄灭了，空气中的烟尘味已经越来越淡，浓烟伴着雨雾，弥漫在森林上空，袅袅婷婷，仿若仙境。森林的中间被烧毁了巨大的一片，几乎是整个森林的一半还多。

拓跋人果然没有进攻，他们天天躲在帐篷里，悄无声息。每天只有巡逻的骑兵围绕着马城四周往来奔驰，他们频繁地进出大营，时刻戒备观察着汉军的动静。

马城无战事。

李弘和拳头、铁钺谈了一次，两人心悦诚服，愿意带着代郡的一班马帮兄弟加入边军。

四百多名野狼部落的士卒根本就不听乌丸人讲话，他们很瞧不起白鹿部落。恒祭和鹿欢洋气得差点要杀了他们。李弘知道情况后急忙赶到了俘虏营。站在这些俘虏面前，李弘一时间也不知道说什么好。他突然想起来慕容风，慕容风招降俘虏的办法简单直接，效果好，给李弘的印象非常深。

“你们有两条出路。一条是马上拉出去剁了，第二个就是跟着我，可以不用做奴隶，但必须为我卖命，向我效忠。”李弘大声吼道。

“立即选择。”

鲜卑俘虏心中大惧。这次汉人手下留情，没有赶尽杀绝，已经让这些鲜卑人看到了生存下去的希望。原先他们以为汉人会和他们的部落首领谈判，用他们换回一笔财富。现在看来错了。既然看不到回家的希望，那就只好先留下性命了。这些人在草原上习惯了杀人、被人杀、自己的部落被吞并、做战俘、做奴隶。他们中的许多人其实都是一些小部落的士卒，他们的部落被野狼部落打败、吞并、掳掠之后，他们就成了胜利者的战利品，好听一点叫奴隶。只要不死，跟什么样的主人对于他们来说其实不是十分重要。只要能生存下去，其他的以后再说。

豹子的威慑力比乌丸人不知道强多少，鲜卑人很明智地选择了跟随豹子。

李弘随即召集部下，商议整编两千多降兵的问题。军队人数扩充到四千四百人，建制自然要变动。

玉石他们几个军候对李弘招降鲜卑人加入汉军表示了自己的异议，虽然没有明确表示反对，但也和反对相差无几。看到部下言辞激烈，甚至怒气冲天的样子，李弘一直微笑不语，直到大家叫累了，他才开口说道：

“你们对胡人的仇恨和不信任由来已久、根深蒂固，对这事表示反对无可非议，我也理解。”

“也许是我失去记忆的原因，我从记事开始就在鲜卑族里，对他们没有什么仇恨，也没有什么成见，我有许多朋友都是鲜卑人，慕容风大帅，铁狼，他们甚至还是我的师父。虽然现在是敌对双方，但我依旧尊敬他们，也常常想起他们。”

李弘的脑海中突然闪出一个白衣如雪的美丽身影，他想起了风雪。

“胡子、木桩当时带到卢龙塞的队伍里就有两百多鲜卑人、乌丸人，如今他们都分布在各位的军队里，大家不是相处得非常好吗？”

“现在拳头、铁钺的马帮里，匈奴人、鲜卑人、乌丸人更多，大家既然能认可他们，为什么就不能接受野狼部落的四百多人呢？”

大家互相看看，没有做声。

“将来让太守刘政大人、刺史刘虞大人知道了军队里有这么多胡人，恐怕是件很麻烦的事。”玉石慎重地说道。

李弘笑笑，不在意地说道：“将来的事将来再说。如果太守大人、刺史大人反对，给他们一点盘缠，让他们回家就是了。拳头你们也是这样，我已经和你说过，将来我向上呈书，你们都在葬月森林里一把火烧掉，不在人世了。如果将来你们没有出路，好歹可以用另外的身份想办法谋生，不至于被官府追缉。也算是从军一场、为大汉国出力应该得到的报酬。”

拳头和铁钺心里十分感动，觉得这个豹子就如传言所说，果然是条汉子。两人赶忙跪下，给李弘行礼表示感激之情。李弘赶忙扶起他们，同时对大家说道：“我在鲜卑就是奴隶，出身低贱。我对待他们没有高低贵贱之分，一视同仁，大家都以诚相待，互相信任，当然可以在一起相处。如果你们实在反对，就把他们另编一队，我来带，做我的亲卫屯。”

玉石、伍召、里宋几个强烈反对的人听到李弘这么说，心里虽然十分不痛快，但也不好做得太过分，只好勉强同意。

胡子、燕无畏随即又反对把他们编成亲卫屯，说这太危险，一旦出了意外李弘的小命就完了。几个人吵吵闹闹的，把李弘的头都弄大了。

李弘将军队扩充为五曲，分为前后左右中，每曲七百人，依旧领三屯，每屯人马比过去稍微增加了一些。郑信的斥候屯扩充为两百人，田重的后卫屯扩充为三百人。野狼部落的四百多名俘虏在李弘的坚持下，还是编成了亲卫屯，由李弘亲自率领。

玉石、伍召、里宋、胡子、燕无畏为五曲军候，雷子、小懒、木桩、铁锤、拳头为五曲假军候。铁钺代替雷子成了李弘的侍卫头领。

“明天大家出南门，直接开始对战训练。尤其是我们从渔阳带来的军队，许多都是步兵临时充当骑兵的，需要加大训练量。”

拳头和铁钺大吃一惊，奇怪地问道：“我们不用守城了？”

“守城任务就交给乌丸人吧。”李弘笑着说道，“他们可以把拓跋人打得狼狈而逃。”

拳头和铁钺瞪大了双眼，不可思议地望着李弘。

难道他真的是白痴？

第十章

义助舞叶部

攻城大战终于拉开了序幕。

北门战场上，喊杀声惊天动地，牛角号声直冲云霄，长箭在天上呼啸，战刀在城墙上闪烁，骑兵方阵在城下往来飞驰，扬起的尘土遮天蔽日。从远处看，马城城墙上浓烟滚滚，人头攒动，激战正酣。

南门战场上，两支骑兵正在展开激烈厮杀。代表各种信号的牛角号声此起彼伏，不绝于耳，五彩缤纷的各色战旗迎风飘扬，往来移动。战马的嘶鸣声，惊雷一般由远而近的奔腾声，士卒们狂热的叫喊声，各式各样武器的碰撞声，充斥了整个战场。

战斗由上午一直持续到傍晚，双方各自收兵回营。

随即拓跋人的斥候像疯子一样在方圆十里之内搜寻、残杀他们遇上的对方的斥候，下手绝不留情，好像要断绝汉人和外界的一切联系，誓死屠城。

马城县令柳洮赶到高柳城，向代郡太守刘恢禀报军情。刘恢知道经过后非常气愤，大骂李弘无能，拒不发兵发粮。兵曹掾鲜于银一连数天上门请援，均被刘恢拒绝。

护乌丸校尉箕稠听到这一消息，大为兴奋，立即挥军赶到广宁城，攻打乌丸人提脱的军队。现在提脱的右面，拓跋锋的军队突然再次出兵攻打马城，左面黑翎王根本不会支持他。他在左右两翼均无保护的情况下，只好独自承担来自大汉军的猛烈攻击。

六月中旬，鲜卑大王和连依照惯例，离开弹汉山往西部鲜卑巡视各部。第一站，就是虬邑部落。虬邑部落突然造反，部落骑兵围攻和连的亲卫铁骑，双方大战。和连的军队逐渐抵挡不住，就在他们面临崩溃的危急时刻，拓跋韬的骑兵突然出现，五千大军杀入战场，成功救出和连。拓跋韬随即率部护卫和连，急速向拓跋部落的领地靠拢。

在游云原，拓跋韬的军队被野狼部落和风溪部落的部落联军堵截，拓跋韬几次率部强行突围均被击退。不久虬邑部落的骑兵追了上来。三部落的军队随即把他们团团围住。就在他们准备发动强攻一战而定时，却遭到了拓跋锋一万大军的夜袭。部落联军的八千大军几乎被全部歼灭。

几乎在同一时间，红日部落的落置鞬落罗，野狼部落的宴荔游，狂沙部落的日律推演各率部落大军，联合西部鲜卑两千多个大小部落，集结大军三万人，突然发动了对拓跋部落的全面进攻。

拓跋部落的豪帅拓跋晦率部奋起反击，且战且退。

豪帅拓跋帷紧急召集一千多个大小部落，在虎狼草场集结了一万人，摆下决战阵势，誓死一战。

游云原大战结束之后，和连和拓跋锋马不停蹄，率部火速赶往虎狼草场参加决战。

西部鲜卑的内战全面爆发。

此时，马城的"战斗"正进行得如火如荼，交战双方战局胶着，每天打得热闹异常。

此时，一直藏在幕后的慕容风终于按捺不住，走到了前台。他怀疑拓跋锋的手上还有后援，自己的情报一定不准确。如果双方再打下去，对谁都没有好处，对鲜卑国更是个巨大的损失。这不是慕容风所要的结果，更不是这次叛乱的目的。

他果断地站出来，出面斡旋。

经过慕容风的多方协商说服，和连终于在慕容风和落置鞬落罗的强大势力面前妥协，他同意了慕容风的一个和平解决此事的折中方案。

将西部鲜卑一分为二。北部三分之二的疆域依旧为西部鲜卑部，南部的三分之一疆域划出，另外成立一个北部鲜卑部。西部鲜卑大人为落置鞬落罗，北部鲜卑大人为拓跋锋。自此以后，各部大人一职可以继承。如果没有特殊情况，弹汉山不再有权利指派人选。

弹汉山王庭的权利在慕容风的精心策划下，遭到了毁灭性的打击。鲜卑国本来就没有什么真正的国家形势，它是一个松散的部落联盟。鲜卑大王只不过是个名义上的统治者。各个部落如果听他的，他就是大王。不听他的，他也就是一个普通的部落首领。

檀石槐在的时候，鲜卑国的部落联盟最为牢固统一，大王的权利非常大。檀石槐死后，和连虽然经营不力，但也可以勉强维持。如今给慕容风这么一改，弹汉山王庭就是想勉强维持现状都不可能了。

慕容风和落置鞬落罗都是一方霸主，势力庞大，手握重兵。现在他们公然联合起来，逼迫和连重分鲜卑各部，其践踏王权的行为已经到了极致。尤其重要的是各部鲜卑大人一职可以继承，也就等同于告诉弹汉山，鲜卑四部的内部事务已经不是弹汉山王庭说了算，这地方是我们四家的了。在鲜卑四部随便哪一部做大人一职，其手中的权力，统御的疆土，军队的数量，都远远大于弹汉山王庭。现在慕容风和落置鞬落罗、东部鲜卑大人弥加临时组成的同盟，势力之大已经无人可以控制。在这种情况下，和连若想把这个大王舒舒服服地继续做下去，最好的办法就是妥协，依靠唯独支持他的拓跋锋，有条件地妥协。大家如果闹翻了，打一战，最多鲜卑分崩离析，对几个大部落联盟来说没有什么损失，但对和连，对弹汉山来说，却是灭亡的结局。

和连现在终于知道慕容风的厉害了。慕容风在鲜卑，除了檀石槐，没有人可以对付他。

在虎狼草场的谈判开始之后，马城的战斗停了下来，但拓跋人丝毫没有撤军的意思，依旧把马城围得像铁桶一样。

李弘趴在草地上，闻着小草的清香，感受着泥土的气息，心里一片宁静。

"大人，有个叫拓跋貉的要见你。"

李弘顿时笑了起来。拓跋貉能平安回到马城，证明鲜卑的内讧已经结束。对大汉国来说，北疆边郡的百姓估计有几年平安日子了。

他翻身坐起来，望着草地上正在演练阵法的骑兵们，兴奋地大声叫道："你看，你看，他们的阵势转起来了。"

铁钺眼皮都没有抬，很是不屑地说道："练了二十多天，这帮兔崽子再转不起来，回去当步兵算了。"

李弘摇摇头，挺身站起来，笑着说道："你们自小在马背上长大，当然不知道他们从步兵改成骑兵的难处。还好，二十几天的苦练总算有些成果。"

拓跋貉胡子拉碴的，一副风尘仆仆的样子。

"大人好。最近辛苦吧？"拓跋貉迎上来，笑嘻嘻地问道。

李弘一边下马，一边也笑着回道："天天带兵训练，真刀真枪的，你说累不累？你们的军队在北城门练得也辛苦，天天从早上打到下午，估计士卒们都要哭了吧！"

拓跋貉大笑起来："我们有收获。下次攻打马城，估计一天就可以拿下。"

"你别吹了。"李弘忍俊不禁，伸手轻轻打了他一拳："一天？你做梦吧。"

两个人像老朋友一样并肩走在草地上，一边聊着，一边笑着。

"这么说，这次鲜卑内乱，最大的赢家是鲜卑四部的大人了。"李弘听完拓跋貉的介绍，随口说道。

"我觉得只有慕容风才是赢家。虽然慕容风意图把拓跋部落和和连大王一起解决掉，可惜他高估了自己，棋差一着，没有料到拓跋韬豪帅的军队一直悄悄埋伏在虬邑部落附近。和连不死，他就没有另立大王的借口，也没有消灭我们的理由。"

"你的意思是说，如果和连死了，他就嫁祸给拓跋锋？"

"虬邑部落本来是依附我们的，这次给慕容风说动偷偷投靠了他。和连如果被虬邑部落杀了，所有的部落都可以借着为大王和连报仇的名义，攻击拓跋部落。所以我们得到消息后，为了保密，连和连都没有透露，直接把队伍就拉到虬邑部落。说起来，我们这支奇兵才是这次保住和连和拓跋部落的第一功臣。”

“那你一定高升了？”李弘高兴地问道。

“我现在是拓跋部落最年轻的豪帅。”拓跋貉兴奋地说道。

“恭喜，恭喜，也恭喜你们大人。他比过去更风光了，权力可以一直继承下去，其实他现在就是北部鲜卑的大王。”

拓跋貉点点头。

“估计慕容风想破了脑袋，都不会想到我们会结为联盟，一起对付他。”

李弘笑着连连摇头：“你千万不要这么想，永远都不要。和连就是个例子，他以为自己的心计是鲜卑最厉害的，百般算计大帅。现在你看看，和连差一点就被慕容风杀了。”

李弘停下来，郑重地对拓跋貉说道：“我们是朋友，所以我给你一个忠告。在鲜卑，最好做慕容风的朋友，绝对不要做他的敌人。假如做了他的敌人，会死得很快。”

拓跋貉尴尬地笑笑，连连点头。

“大帅看到拓跋韬，立即就会猜出个大概。说你们从大火里逃出性命，骗骗一般人可以，骗他，就是笑话了。何况这件事有上万军队参与，瞒是瞒不了多久的。”

“你是事情的直接执行者，你会不会受到什么牵连？”拓跋貉担心地问道。

“不会。这件事虽然疑点很多，但双方都是敌人，找不到确实证据。我可以自圆其说。当然，我把你们一把火烧掉了，这个失职之罪还是要背的。”李弘笑起来。

拓跋貉知道他厉害，这点小事肯定能搞定，随即不再放在心上。

“大人派我来，一是为了传达撤退的命令，二是让我代表他感谢你，过去我们彼此之间的仇恨就此一笔勾销。”

李弘很感慨地摇摇头。仇恨怎么可能会一笔勾销呢？只怕将来要越结越深。

“如果你还有什么要求，我可以帮你转达。”

“有。”李弘赶忙说道，“我需要食物，需要军需，需要给士卒们发军饷。你们的人我都放回去了，但拓跋锋给我们的东西呢？便宜不能让你们全占了。”

拓跋貉笑起来：“已经都安排了。按照谈好的数量，我这次把上等皮毛、绢布和一些金银贵重物品都带来了，夜间我派人送过来。至于牛羊等牲畜，目标太大，上次说好不再提供了。你们没有吃的了吗？”

李弘点点头，无奈地说道：“那我明天派人到你们营地里去抢一些吧。”

“今天午后就来。明天我们就要撤军了。另外，和你告个别，将来有机会，我们再见面。”

李弘点点头，笑着说道：“如果有合适机会，我请你喝酒。”

望着拓跋貉逐渐消失的背影，李弘心里有点失落。

“这小子运气真好。在治水河没有被你杀了，现在时来运转，做上豪帅了。”铁钺不服气地哼了一声，小声说道。

“大人，你还在看什么？”铁钺看见李弘站在原地，半天没有动静，赶忙凑上来小声问道。

“我在想，我能有机会请他喝酒吗？”李弘说道。

铁钺笑起来，随口说道：“估计难。这些鲜卑人天天念叨着大汉江山，时刻想着占几块地方。仗是有的打，酒嘛，估计是没有机会喝了。”

李弘摇摇头，苦笑了一下说道：“去把郑军候找来，说我有事找他。”

鲜卑人的大军撤走了。马城随即恢复了往日的宁静。

李弘派人快马到代郡的郡治高柳城报捷，同时请马城县令柳洮赶紧带人回来。因为他的军队很快就要回到涿鹿了。

军队的军营一直扎在南城门外，准备随时开拔。李弘一个人坐在帐篷内考虑了很长时间，然后走进了亲卫屯的营地。

两名屯长赶忙将他接进帐篷。这两名屯长原来是野狼部落骑兵军队的百夫长，虽然年纪不大，但胡人上马就是士卒，他们从军已经不少年了，资历很老。

高大魁梧、长脸、一脸短须、看上去很凶狠的大汉叫弧鼎。高大健壮、英俊的脸上长着一双充满灵性的大眼睛、寡言少语的年轻人叫弃沉。

李弘示意两人坐下，随意聊了几句，把发生在鲜卑的事对两人简要说了一下。

“估计最近几年边境的冲突要少些，打仗的可能性也不大。所以我想了许久，觉得还是放你们走妥当一些。你们在大汉国人生地不熟，一旦我有个什么意外，或者死了，你们的遭遇就难说了。”

弧鼎和弃沉面面相觑，一脸的疑惑。

“大人的意思是要我们回鲜卑？”弧鼎问道。

李弘点点头：“是的。如果你们都像我，孤身一人无牵无挂，死在哪里都一样，当然无所谓。但是如果家里有母亲，有亲人，心里总是牵挂着，留在这里就是一种痛苦。边境没有战事了，你们都回去吧。”

弧鼎和弃沉大为感动，一起趴伏在地上，对着李弘一个劲地磕头感谢。

李弘赶忙把他们扶起来，笑着说道：“我曾经在鲜卑做过奴隶，什么事都知道。你们愿意回去的就回去吧。如果不愿意回去，就和我在一起，大家像兄弟一样，有难同当，有福共享。还有伤兵，要回去的也把他们一齐带走。”

第二天，弧鼎和弃沉送走了一百多人。田重安排后卫屯给他们配了马、食物，任由他们离去。

李弘看到大部分人留下了，心里一热，眼眶有点湿润。留下来的都是部落内的奴隶，说白了都是和李弘一样，孑然一身、孤家寡人。他们都是部落之间互相打仗时被俘的士卒，家人在战乱中都死了。有家谁不回？是没有家啊。

晚上，李弘留在亲卫屯，和鲜卑士卒一起吃饭。大家在一起胡吹。

“你们知道我回到大汉国后，印象最深的是什么事吗？”

没有人知道。大家都望着他，听他继续说。

“就是卢龙塞的伙饭。头一次我一口气吃了两大碗，两大碗啊。我从来没有吃过那么好吃的东西。”

田重看着李弘夸张的表情，白痴的样子，实在忍不住，放声大笑起来，嘴里的食物喷得满地都是。

铁钺也觉得李弘太夸张了，随即跟在田重后面大笑起来。

鲜卑人很奇怪。他们虽然没有吃过米饭，但看到李弘的样子，相信一定好吃极了，但另外两位大人为什么笑得那么辛苦呢？

李弘望着田重，十分不解地摇摇头。

这时郑信急匆匆地跑了进来。

“大人，舞叶部落有人求见。”

李弘的心突然沉了下去。

舞叶部落一定出了问题，否则只有一面之缘的射墨赐绝不会派人来找自己。

大汉国中平二年（公元185年）七月。

射虎跪在地上，眼泪流个不停。

他的年纪大约十六七岁，一张略显稚嫩的脸，一双非常突出的浓眉，眉毛下有一对明亮的眼睛，看上去虎头虎脑的。

李弘把他拽起来，笑着道：“别哭了。上次和你父亲见面时，我就答应过他。只要舞叶部落有困难，我一定帮。”

“传令，军队立即集结，连夜渡过仇水河，赶到边境羊角山。”李弘转头，大声对铁钺说道。

“集结亲卫屯，立即随我出发。”弧鼎和奔沉赶忙跑出去集合队伍。

“老伯，你带后卫屯暂时驻守马城如何？柳县令一到，你立即率部出发。”

田重一边点头一边问道：“我直接回涿鹿吗？”

“是的，我们在涿鹿会合。还有将近四百名伤兵，他们都愿意加入汉军，你把他们一起带上。我们掩护舞叶部落安全撤进边境后，马上就会赶过去。”

“大人……”田重看到李弘讲完之后，急匆匆地就要走出帐篷，赶忙喊了一嗓子。

李弘奇怪地望了他一眼。田重压低嗓门，小声说道：“子民，那批东西有十几马车，我们后卫屯人少，恐怕不安全。”

李弘知道他指的是拓跋人给的财物，看到田重神神秘秘的样子，李弘失声笑了。

“谁知道？没事，没事。”

“不行。一旦出事，刺史大人怪罪下来，我们都要掉脑袋的。”田重瞪大眼睛，一把抓住李弘的胳膊，好像怕他马上要跑掉似的。

“好，好。你说怎么办？”

“叫小懒带一屯人马和我一起走。”

军队赶到羊角山已经是下午。羊角山的前面就是一望无际的大草原，那里是鲜卑人的地方。没有军命，大汉国的军队是不能随意出入的。

李弘命令全军休息。郑信的斥候队立即深入鲜卑国境，探察舞叶部落的位置。

射虎也要跟去，被李弘拦住了。

“你不要着急。你父亲应该有办法脱身的。”李弘把射虎拽到自己身边，笑着安慰道。

“我出来五天了，按照他们的速度应该已经赶到滴水围。我走的时候，父亲一再对我说，只要部落人马赶到滴水围，他就派人在羊角山等我们。现在这里没有人，部落一定出事了。”射虎心急如焚，泪水不由自主地淌了出来。

李弘不知道怎么安慰他，他心里也非常焦急。虽然他和射墨赐只有一面之缘，和舞叶部落更没有什么交情，但这件事关系到大汉国的信义，关系到舞叶部落两万多男女老少的性命。大汉作为一个威震四海的帝国，如果连一个投靠自己的小部落都保护不了，不但会失信于这个部落，更会让所有前来依附的弱小民族或部落感到寒心。

李弘考虑了很长时间。他现在怀疑舞叶部落已经遭到了鲜卑人的追击和围攻。他准备率部深入鲜卑国境展开救援行动。

李弘命令手下请来玉石、伍召、里宋等几个军候级军官。他把自己的猜测和想法说了一下，然后征求大家的意见。

玉石的脸立即拉了下来：“大人，我们和鲜卑人之间的战事已经结束了。如果为了这么一个小部落而出兵鲜卑草原，一旦双方交战，可能会引发鲜卑人的报复。他们若再次挥兵南下入侵，这个祸可就闯大了。”

“舞叶部落从属于弹汉山，如果射墨赐率部脱离鲜卑入汉，从鲜卑人的角度来说就是背叛。现在舞叶部落还是弹汉山的下属，我们贸然入境，助其脱离，是不是有点多管闲事，没事找事。”伍召立即接上玉石的话，补充说道。

“我们这么做的确不合适。一来没有哪位大人的指令，二来没有可以依据的公文。无故越境作战，不但违反军纪，而且违反国法。一旦追究下来，就是株连九族之祸。大人切莫拿大家的性命开玩笑。”里宋十分严肃地说道。

李弘和一班跃跃欲试的人顿时傻了眼，一个个浑身冰凉，哑口无言。

玉石哈哈一笑，指着胡子、燕无畏几个人说道：“叫你们跟我学学国法军纪，你们一个个跑得比兔子还快。哼，不是里大人说，恐怕你们的脑袋不是丢在战场上，而是掉到刑场上了。”

拳头撇撇嘴，一脸的不屑，大声反驳道：“你们无非怕死而已，何须找许多借口。”

铁钺脸上那个招牌式的坏笑突然一现，声音不大不小地嘀咕道：“没有人告密，谁知道？”

玉石猛地站起来，指着铁钺叫道："你什么意思？"

铁钺丝毫不惧，大声叫道："没有人说出去，谁会知道我们越境作战？就是现在，整个边郡又有几个人知道拓跋人已经从马城撤走了？谁知道我们已经停战？"

胡子一把拉住玉石，笑着劝道："他们刚刚从军，有些事不清楚，你不要生气嘛。大家都是兄弟，以后还要在一个战场上拼命，何必为了这件事动了肝火。不过，我觉得小铁说得也有道理。你说是不是？"

"你……"玉石给他气得一翻眼，一屁股坐到地上懒得说话了。

"大人，你拿个主意，我们都听你的。"高大威猛、胖乎乎的铁锤推了一下坐在旁边的李弘，小心翼翼地说道。

"我们原来马帮的兄弟誓死跟随大人，请大人拿主意。"拳头大声喊道，那语气明显就是怂恿的意思。

伍召忍不住了，他指着拳头叫道："拳头，现在大家都是隶属右北平郡卢龙塞的边军，都是大汉的兵，没有什么马匪、马帮。军队里实行的是连坐制，你一个人犯了法，我们都要受到牵连。你被砍了头，我们也要掉脑袋，你不要在这里捣乱行不行？"

拳头吓了一跳，不做声了。

里宋望着李弘脸上犹豫不决的神色，心里暗暗叹了一口气。

"大人，你还是想越境？"里宋问道。

李弘点点头。

"前面有两三万无辜牧民，他们没有决定自己命运的权利，他们想到大汉国来，无非就是想过上安定温饱的日子，这有什么罪过？他们和我们也没有仇恨，我们为什么见死不救？如果他们是大汉的百姓，我们救不救？"李弘猛地站了起来，"大汉的百姓是人，他们难道就不是人？我要带军队过去。不管你们答不答应，也不管你们去不去，我都要带人过去。"

"大人，你理智一点好不好？大家一起从卢龙塞出来，风雨同舟，你怎么可以这样说。如果你一定要去，我们跟着你就是，但我们不明白，一两万鲜卑人和我们四千多同胞手足，到底哪一个更重要一些？"玉石气呼呼地说道。

其实不论双方是否处于交战状态，军队只要走进鲜卑人的国境，都是违反军纪。他们从来没有接到可以越境作战的命令。也许越境后，可以帮助舞叶部落顺利地脱离大草原，大家都平安无事。但是假如和鲜卑军队相遇，引发双方大战，其后果就难以预料，不可控制了。将来追究罪责，死了的人反正已经死了，无所谓，活着的人可就要受罪了。玉石他们从军已久，知道其中的厉害，所以极力反对，但是大家战友情深，叫他们看着李弘独自去冒险，谁都做不到。

李弘很感激地望着玉石和一干部下，大声说道："兄弟们当然更重要，但是我们从军干什么？不就是为了保护弱者吗？无论是什么人，只要他需要我们的帮助，我们该帮的就要帮一把。这难道有错吗？"

大家都沉默不语，望着眼前神色坚定的李弘，有无奈的、有钦佩的、有崇拜的、有感激的，各人想着各人的心思。

李弘看到大家不再提出反对意见，心里大喜，笑着道：“半夜出发，明天凌晨可以赶到滴水围。”

木桩怪叫一声，痛苦地喊道：“又是半夜，让不让人活了？”

大家先是诧异，接着哄堂大笑起来。

伍召狠狠地踢了一脚自己的副手，笑骂道：“你一个人去死好了。”

李弘目送自己的部下一个个跃马离去，心里一阵激动。有这些生死相依的兄弟，也不枉自己来到这人世走一趟。

远处的地平线上突然冲出来一匹飞驰的战马，接着十几匹战马接二连三地冲了出来。

李弘的心剧烈地跳动起来。

舞叶部落的迁徙大军在滴水围被魁头的军队追上了。

射墨赐用五百多部马车、牛车围成了一个防御阵势。部落两万多人全部挤在这个狭小的空间内。没有人恐惧，也没有人哭泣。草原上的人对这种打打杀杀已经麻木了。除了小孩、老人，部落内所有能动的人，包括女人，全都拿起了长矛，举起了弓箭。生命不是靠谁赏赐的，而是要靠自己去争取。

此处距离大汉国边境八十里。

射墨赐差一点就成功了。舞叶部落一直靠近边境生活，他们的栖息地距离大汉边境有四百多里。这次行动虽然他们的动作很快，但部落人口太多，行动缓慢，终究还是慢了一步。

大王和连西巡之后，弹汉山王庭就由他侄子魁头留守。魁头得到舞叶部落准备南迁入汉的消息，大吃一惊。这个先例可开不得。他连夜率一千铁骑南下追赶，一路上召集天水部落、朱夏部落、白鲭部落共六千大军，分两路铺天盖地一般向边境包抄了过去。

在滴水围，魁头指挥军队将舞叶部落团团围住。

他独自一骑跑到舞叶部落的车阵附近，大声叫喊射墨赐出来答话。

魁头年轻，二十多岁，无论身材相貌都没有什么出众的地方。唯独那双眼睛，大概因为长年累月挣扎在弹汉山的权利漩涡中，显得晦涩难明，无从揣摩到他的喜怒哀乐。

他驱马走近射墨赐。两人相识多年，彼此十分熟悉。射墨赐还教了他几年的箭术。此时，说什么都迟了，都没有用了。背叛已经是事实，束手就擒是死，顽抗到底也是死。无论是谁，就是和连，也救不了舞叶部落的男男女女老老少少了。

“你要怎样？”射墨赐笑了笑，平静地说道。

魁头默默地望着他，叹了一口气，想说什么，却又无从说起。

他突然大吼一声，狠狠的一鞭抽在马臀上。鞭声清脆，战马吃痛，狂嘶一声，绝尘而去。

魁头当天没有进攻。虽然三个部落的大帅叫嚷着要求发动进攻，但魁头坚决不同意。

他命人快马告知和连，希望得到和连的指示。此时和连正在虎狼草场和三大部的首领争吵得不可开交。

魁头的考虑有他的道理。此时舞叶部落人人怀着一颗必死之心，一旦交战，必定以命搏命，至死方止。军队和这种疯子作战，伤亡必定惨重。以六千人攻之，最后能活下来多少士卒，不问也知。所以魁头准备围上他们几天。

魁头想磨磨他们的锐气，折磨折磨他们绷紧的神经，让那些贪生怕死的人感到有求生的可能，然后动摇他们必死的决心。时间长了，舞叶部落的人在强大的死亡压力面前，肯定有人要背叛，要崩溃，最后可能还会导致内讧，不战而溃。

魁头一拖就是三天。

在弹汉山脚下，在鲜卑境内，在自己的草场上像春季狩猎一样围杀手中的猎物，这个感觉实在太好了，轻松愉快。舞叶部落的战士和牧民们现在就像是一只只待宰的猎物，毫无生存的希望。

舞叶部落的人在死亡面前，没有像魁头想象的那样脆弱。他们顽强地坚持了下来，并且保持着高昂的斗志。

射墨赐的话给了他们最后一个希望。大汉国的豹子要来救他们。

说这话的时候，射墨赐自己都觉得这是一个自欺欺人的谎言，但他和所有人一样，宁愿相信这个谎言，相信这个奇迹能够发生。这是那天晚上豹子答应他的。

今夜的天空没有月亮，没有星星，漆黑一团，伸手不见五指。草原上也没有风，虫儿在草丛中懒洋洋地吟唱着。魁头的大营一片寂静，只有围绕大营的十几处篝火在夜色里闪烁着妖艳的光芒。

射墨赐跪在草场中间，把头埋在草里。

魁头只围不攻的办法，让他的精神压力越来越大，他感到自己已经逐渐支撑不住快要崩溃了。此刻，他内心里充满了痛苦和绝望，他感觉自己心里的最后一点希望也正在被这无边的黑暗肆意吞噬。

他喃喃自语，祈祷父亲的在天之灵保佑舞叶部落。

他忽然感觉到地面上有轻微的震动。

射墨赐骇然坐直身躯，抬头望向天空。

地面的震动感越来越强烈，车阵中的战马开始不安地嘶叫起来。

射墨赐突然狂叫起来：“阿爸……”

第十一章

战利品

李弘在接到斥候们的禀报之后，立即召集军候们布置夜袭魁头大军的计划。

听说鲜卑大王和连的侄子魁头在滴水围，军候们就像野狼看见了猎物一样，一个个眼睛发光，浑身充满了杀气。玉石几个人好像全然忘记了下午的争执，连拳头对他们的调侃都置之不理。魁头的诱惑力远远大于大汉军纪。

魁头的军队只有六千人，虽然人数稍占上风，但在有心算无心的情况下，五千骑兵可以把六千个毫无防备的鲜卑人杀得片甲不留。

尤其现在魁头的军队在弹汉山脚下，鲜卑境内，他们认为天底下最安全的地方。因此他们绝对不会想到，有一支胆大包天的汉军，竟然胆敢一夜之间奔袭百里偷袭他们。

在大汉国的历史上，深入敌境实施突袭行动的战例屈指可数。一旦成功，这将是一场名扬天下、载入史册的战斗。

李弘第一次可以随心所欲地指挥一支真正意义上的骑兵大军进行作战，这让他兴奋不已。

五千骑兵，这是他梦寐以求、渴望骑兵军队达到的人数。有了这支军队，他可以实现自己在脑海里想了千万遍的各种各样的骑兵战术、骑兵阵势。对于他来说，五千人的骑兵军队是他实现自己梦想的最佳作战单位。这个理念完全来源于慕容风当年所授。

李弘胸有成竹地命令胡子和燕无畏的两曲军队一千四百人为突前军队，大军的左翼是恒祭和鹿欢洋的一千白鹿部落骑兵，里宋的一曲骑兵加上郑信的斥候屯共一千骑兵为大军右翼。后军是玉石和伍召的两曲军队一千两百骑。（玉石的副手假军候小懒领一屯人马和田重的后卫屯留在马城了。）李弘亲自率领亲卫屯居中指挥。

军队到达滴水围之后，以密集的三角锥形阵展开冲锋。

李弘说得很明白，夜间天黑，军队人多，一旦被敌人冲散，就难以再次集结。如果不能快速展开对敌人的第二次冲锋，军队恐怕要遭到敌人匆忙集结后的反扑。所以各部要紧紧地抱成一团，互相支援补充，务必保持冲击队列的完整性，保持冲击的极限速度，不能给敌人以任何喘息的机会，要连续给敌人造成毁灭性的打击，争取在最短的时间内彻底击垮敌人。

魁头心情不好，晚上一个人喝着闷酒，想着心事，很晚才昏沉沉地睡下。

慕容风和弥加都拍着胸脯承诺，这次一定让他坐上鲜卑大王的宝座。结果这次依旧空口讲白话。和连在那么险恶的情况下，倚仗拓跋锋的帮助，有惊无险地脱困而出，这不能不说是个奇迹。他怨恨自己，虽然有弥加，甚至有慕容风的帮助，但他却错失机会，不能问鼎王者的宝座。那个位置本来就是他的，现在却被一个杀害自己父亲的恶人牢牢地霸占着。

追根究源，都是因为自己没有实力，事事都要仰仗别人的鼻息、他人的恩赐，结果事事被动，至今一事无成。他曾经非常希望得到射墨赐的帮助，万万没有想到，他不但背叛自己，竟然还要背叛鲜卑族。难道自己在鲜卑国，就这样没有人缘，没有威信，得不到部落首领们的拥戴？他找不到答案，也不知道自己的将来是什么？

他迷迷糊糊地被人叫醒，耳边传来惊天动地的轰鸣声、叫喊声、牛角号声，仿佛天都要塌下来似的。随即他感到脚下的地面在剧烈地抖动，他有些心慌意乱。魁头下意识地认为这是舞叶部落的人在进行突围大战。

他感觉自己的太阳穴还有一点涨痛，口干舌燥的。他无力地挥挥手，艰难地睁开眼睛。

他看到了一张恐怖的脸，一双瞪圆的眼睛。他吓了一跳，立即清醒了许多。

“发生了什么事？”他问道，“舞叶部落的人开始突围了？”

“大人，汉人的骑兵打进来了，我们快逃吧。”他的侍卫长大声吼道。

魁头一时没有反应过来。汉人？汉人怎么会在这里？

本来也是，自落日原大战后，汉人已经很长很长时间没有主动进攻过任何一族胡人了。他们除了被动挨打就是派人送贵重财物，送公主和亲。胡人都已经忘记了，汉人也会主动打他们这件事。这些年来，他们从来不在边境上设置警戒哨，在他们的意识里，只有自己可以随意入侵大汉朝、肆意掳掠，汉人只有忍痛挨打，四处流窜的分。

“汉人骑兵？”

魁头突然反应过来，他一跃而起，大声叫道：“汉人怎么会出现在这里？”

他的几个侍卫趁机一把架起他，也不说话，一窝蜂地急忙往帐外跑去。

魁头和侍卫们冲出了大帐。魁头惊呆了。

在远处微弱的火光映照下，魁头看到整个大营已经乱成了一锅粥，混乱不堪。

鲜卑士卒们狼奔豕突，哭爹叫娘，四处逃窜。他们有的赤着身子，有的裹着一件毛皮，有的拎着弓却没有箭，有的抱着空空的箭壶，基本上看不到有人拿着武器。他们恐怖地叫着，撕心裂肺地喊着，在漆黑的夜里惊惶失措，恐惧万分，像潮水一般叫嚣着向后营冲去。

黑夜里，一支巨大的铁锥挟带着震耳欲聋的轰鸣之声，以排山倒海一般的气势，一路疯狂地咆哮着，摧枯拉朽一般杀了进来。

在这支汉军队伍里看不到火把，看不到旗帜，更看不到任何有生命的颜色。有的就是恐怖的黑暗，犹若嗜血猛兽的黑暗。他们张开了血盆大口，肆意摧残着生命，摧毁他们遇上的一切，无论是人还是战马，无论是帐篷还是大车，只要他们冲过的地方，立即就被夷为平地。

五千人组成的大铁锥，其雷霆万钧般的重重一击，立即将鲜卑大营砸了个粉碎，化为一堆齑粉。

李弘头一次居中指挥，他被汹涌的铁骑裹在队伍中间，完全失去了方向，失去了意志，甚至失去了听力。他立即就后悔了。他手上的长枪除了高高举着之外，什么都碰不到，还生怕一不小心伤了自己人。早知道在队伍中间这样狼狈，除了跟着跑以外，无所事事，还不如换别人在这里指挥，自己到前军一马当先，酣呼杀敌，岂不是痛快多了。

胡子、燕无畏、拳头、雷子过去都是被别人追着杀，难得今天酣畅淋漓，一路狂呼着追着鲜卑人杀。四个人浑身血迹，杀得手都快软了。

“痛快，痛快啊。”拳头一边舞动手中双刀，一边狂呼乱叫。

胡子一刀劈下，一刀两命，嘴中大声喊道：“拳头，你杀了多少？”

拳头哪里记得，根本就不管它，随口叫道：“一百，一百……”

魁头吓得肝胆俱裂，面如土色，两条腿不由自主地软了。他根本不知如何是好，刚才的睡意早就无影无踪了。在毫无防备之下，面对杀来的如此血腥的铁骑，鲜卑人根本就没有反抗的余地。要说不恐惧，那真是笑话。

几个侍卫不管三七二十一，架着他一路狂奔，碰上碍事的，劈头就是一刀，毫无怜惜之意。

一个侍卫看到附近有一名百夫长骑着一匹马慌里慌张地跑了过来，抬手就是一箭。马上人应弦而倒。几个侍卫大吼着冲了上去，一连劈杀了几个准备抢马的士卒。两个架着魁头的侍卫随后赶过来，连举带推将他弄上马。

“大人，你自己保重了。”一个侍卫随手把自己的战刀丢给魁头。还没等魁头反应过来，又有两个侍卫同时举刀砍在马臀上。战马受到剧痛，惨嘶一声，奋力一跃而起，一路横冲直撞，狂奔而去。

魁头心中大为感动，骑在战马上扭头向后望去。

黑夜里，汉军的冲击阵势已经形成了一道巨大的黑色飓风，由于毫无阻力，已经越来越快，越来越疯狂，越来越血腥。魁头的侍卫们就像风里的树叶，挣扎了几下之后，瞬间就被狂风席卷而去，再也看不到一丝痕迹。

魁头不知道是被吓坏了，还是太恐惧，他神经质地大喊大叫起来，手中的战刀疯狂地挥舞着，把挡在自己马前的士卒杀得鬼哭狼嚎四散奔逃。他要逃，他要逃离这个血腥的地方，他要保住自己的性命。他在巨大的轰鸣声即将接近的一刹那，逃进了黑暗。

汉军骑兵的速度太快了。

李弘大声叫喊着，一遍又一遍，但战场上的声音太大了，根本就没有人听见。所有的士卒都在疯狂地叫喊着，根本就没有人注意李弘在干什么。

李弘急得差一点要拿枪捅了号角兵。他突然看到一直跟在身边的弃沉身上有一个黑色的牛角号，心中大喜，伸手就拽了下来。弃沉一惊，转头看去。

李弘高举号角，用尽全身力气吹了起来。

聚集在周围的号角兵终于从杀声中惊醒过来。他们以最快的速度吹响了变阵的号角。

胡子、拳头和所有前军的士卒突然发现前面没有了敌人。除了黑暗，什么都没有。

“左转，前军左转……”胡子纵声大叫起来。牛角号声随即冲天而起。

汉军的前军铁骑已经完全冲出了敌营，他们听到号角声立即控制马速，斜转马头，开始了转弯，军队在此起彼伏的号角指挥下，有条不紊，迅速而又整齐地开始了变阵。左右两翼和中军继续奔驰，后军尚在敌营展开血腥屠杀。

大军由铁锥变成了弯弯的牛角，由牛角又快速变成铁锥。

“加速，加速……”李弘大声叫喊着，心里得意万分。他的军队在马城强化训练的结果终于完美体现了出来。军队在很短的时间内完成了铁锥阵形的调转，并且保持了速度。速度，保持速度才是骑兵制胜的唯一法宝。

天太黑，战场太乱，汉军的攻击速度太快，这一切造成了鲜卑大军不可挽回的惨败。他们已经失去了重整军队的任何机会，甚至连任何反抗的机会都没有。鲜卑士卒们在汉军铁骑的来回攻击下，死伤惨重。侥幸逃进黑暗里的士卒不辨方向，一路狂奔而去。远离战场，其实也就是远离死亡。

射墨赐喜极而泣。

两万多名舞叶部落的人全部集中在一起，他们在车阵内欢呼雷动，喊叫声顿时撕破了黑夜的宁静。

两千多名战士立即上马，在射墨赐的带领下，冲出车阵，杀向了血肉横飞的战场。

他们的迅速加入，终于导致了弹汉山六千鲜卑大军的彻底崩溃。

“右转，右转……”李弘高高地站在马背上，一手拉着马缰，一手握着长枪，一边大声吼着。

他看到舞叶部落的人搬开车阵，大队骑兵杀进了敌营的右翼，心中顿时大定。自己的军队已经踏平鲜卑人的中军大营，现在该是冲击敌人左右两翼的时候了。但是军队只能攻其一翼，假如敌人的另外一翼军队在混乱中展开反扑，自己的侧翼必将受到打击。所以李弘一直在观察攻击的最佳方向和时机。只要敌人任何一翼军队有迅速溃散的迹象，军队即可展开对另外一翼敌人的攻击。

射墨赐适时率部杀出，对准敌人混乱的右翼狠狠地砍了下去。右翼是白蜻部落的士卒，他们在经历了最初的慌乱之后，刚刚开始在牛角号声的指挥下，摸黑进行集结。憋了一肚子火气的舞叶部落士卒，好像下山猛虎一般，呼喊着，劈杀着，尽情地发泄着心中的愤怒和仇恨。面对黑夜里疯狂飞驰的战马，寒光闪闪的战刀，敌人恐惧了，他们一触即溃。士卒们根本不作抵抗，一哄而逃。

汉军的骑兵随即平行转向，气势汹汹地杀进了敌人的左翼。

天水部落的繁埚大人在汉军刚刚开始杀入大营的时候，尚能从容面对。他召集士卒快速集结，心里想，即使打不过还可以跑。但士卒们乍逢袭营，心慌意乱，像没头苍蝇一样到处乱窜，根本就没有心思整队迎敌。好不容易把大家集中到一起，队列还没有站好，汉军就已经杀过来了。他的军队只有一千五百多人，排成密集阵形也没有一路呼啸而来的汉军阵势强大，迎上去也是自取死路。他看到军队已经没有撤离的希望，随即命令手下吹响任意杀敌、死命阻击的号角，自己带着亲随，一溜烟地逃进了黑暗。

他的士卒们看到由五千多人组成的巨型铁锥阵，像惊涛骇浪一般轰然冲来，早就吓得面无人色，发一声喊四散而逃，再不回头。

汉军骑兵紧紧地抱成一团，铁锥阵形发挥了巨大的威力，他们在滴水围战场上纵横驰骋，所向披靡，肆意杀戮。

在内外呼应之下，鲜卑骑兵基本上除了逃亡的，就是立即投降。成群成群的鲜卑人跪在地上，高举着双手，大喊投降。那支从黑夜里突然冲出来的庞大骑兵队伍凶狠残忍，嗜血好杀，已经吓破了他们的胆。他们完全失去了反抗的意志，只想战斗早一点结束，黎明早一点到来。半个时辰不到，鲜卑大营已经荡然无存。战场上血流成河，尸横遍野，惨不忍睹。

在黎明即将拉开黑幕的时候，分散队列、任意杀敌的牛角号声在战场上四处响起。汉军的铁锥阵形突然就像被什么东西砸开了一样，霎时四分五裂。各曲军候随即带着自己的军队杀向了漫无边际的大草原。

射墨赐望着眼前的战场，感觉就像是做了一场梦。他看到自己的儿子完好无损地飞奔而来，泪水终于忍不住夺眶而出。

李弘坐在草地上，望着地平线上冉冉升起的朝阳，心里一片宁静。他什么都不想。他只想看看日出，闻闻小草的清香。他已经开始厌恶看到战后的血腥了。

连番大战，连番袭击伏击，他看到的都是这一切，他逐渐开始感到厌烦。

朝阳下，草原上白色的小花像雪片一样洒在碧绿色的草地上，美丽至极。他突然不可抑制地想起了风雪。

里宋骑在一匹高头大马上，旋风一般飞驰而来。

"子民……"

里宋大声喊着，飞身下马。他看到李弘郁郁不乐的样子，赶忙走到他旁边坐下，关心地问道：

"你怎么了？打了胜仗也不高兴吗？我没看到你，还以为你受伤了呢？吓了我一跳。"

李弘无所谓地笑笑："长忆，我们损失大吗？"

"真是奇了，这两次运气特别好。上次在葬月森林，我们连皮都没有蹭破一块。这次，我们消灭了鲜卑人的六千大军，才损失了三百多人，简直就是奇迹。"

"应该没有六千人吧？鲜卑人最后跑掉了多少？"李弘问道。

"估计有一千多人。夜里天太黑了，实在没有办法全歼他们。"

"你知足吧。若不是天太黑，敌人互相间不能照顾，估计我们的损失也不会像现在这样小。"李弘笑道。

"鲜卑人死了三千多，被我们俘虏了一千五百多人。现在俘虏正在帮助掩埋尸体。可惜魁头和几个部落首领全部逃跑了，一个都没有抓到，否则靠他们就可以狠赚一笔。"里宋很遗憾地说道。

"长忆，你现在胃口越来越大了。我们缴获了那么多武器、战马，发大财了，你不要贪心了。"李弘失声大笑起来。

"哦。说到这事我要提醒你，你可要为我们大家留一点底子。现在北疆连战告捷，除了广宁那一块，已经没有什么战斗了。一旦幽州没有战事，刺史大人、太守大人为了节省开支，可能马上就要削减军队。你现在到处招兵，再过几天又要给裁掉，我看你怎么对大家交代？还有，那些鲜卑人，当初你让他们跟着你背叛鲜卑，过一段时间又把他们赶回去，行吗？所以我们一定要留一点，将来散伙的时候，也可以分给大家，改善改善他们将来的生活。"

里宋说到这里，压低了声音："你可千万不要上那些当官的当。这些东西到了他们的手上，将来你连一个子儿都要不回来。我们在战场上拼命，流血流汗，士卒们死了一批又一批，我们得到了什么？连军饷都不发。仗打赢了，功劳都是他们的，升官也是他们的，赏赐也是他们的，我们死去的士卒拿的一点抚恤还不够他们吃一餐饭的。这些你都知道吗？从卢龙塞一起出来的两千多人，现在还剩下多少？加上受伤的，也只有八百多人了。回去后，我们要从这些战利品中拿一部分钱财给他们的亲属。"

李弘好像没有想到这个问题，脸上显出吃惊的神色。

"我们几个军候私下里都在议论这事。你可要慎重对待。那些当官的，需要我们上战场的时候，都来低声下气地巴结我们。一旦我们的利用价值没有了，他们立即就会翻脸不认人。喂，我说子民，你在听我说吗？"里宋看他魂不守舍的样子，赶忙问道。

李弘点点头，说道："上次在葬月森林缴获的战利品，还剩下一些武器战马，这次也都是武器战马，这些东西一时很难处理，你说怎么办？"

"老伯已经带回去的就交给白鹿部落的鹿破风暂时代管着，这里的就卖给射墨赐，他肯定高兴得嘴都笑歪了。”

“合适吗？”李弘担心地问道。

“他们本来正在愁着不知道怎么报答你的恩情。现在行了，互利互惠，皆大欢喜。”

“我是说，瞒着刺史大人、太守大人，留下所有的战利品，合适吗？”

“如今这个世道，当官的没有一个好东西。你不要被刺史大人的外表所蒙蔽。他在蓟城住的是全城最大的房子，家里的妻妾孩子穿的都是上等料子做的衣服，有钱得很。如果他是一个清廉之官，以他那点秩俸（刺史权利极大，但只是六百石的官），养活一家人已经不错了，哪里还有钱置房子、买料子。他的钱从哪里来的？无非就是有钱的人送的。那些门阀、名门望族、巨商大贾，为什么要送给他钱？”

李弘听呆了：“你怎么知道？”

“他来幽州上任时，校尉大人去给他送礼。我是校尉大人的随从，我当然知道。”

李弘一时间心乱如麻，再也没有心情听下去。

“好了，好了。知道你不喜欢听，不说了。当初要不是刘大人为了照顾公孙瓒，毫无道理地把我们调到上谷战场，我们还没有这么多好处可捞呢。说起来，还要谢谢他。”

“对了。”里宋想起什么，赶忙调转话题道：“刚才守言说，他们的斥候抓到一个乌丸人，是提脱派来找魁头的，好像要传递一个什么口信，叫你回去审一审。”

李弘就像没有听到一样，躺倒在草地上。

“随他怎么办。我要睡一会。”

其实他没有丝毫睡意，脑子里翻来覆去都是里宋的几句话。他知道里宋不会骗他。他和里宋之间的友情一般人很难理解，别人哪里知道里宋的命还是自己救的。

他一直在想着刺史大人刘虞。在里宋没有说那几句话之前，刘虞就是他心目中的偶像，一个几乎完美的人。

刘虞干瘦的脸，打着补丁的衣服，一双最普通不过的布鞋，像刀刻一般印记在他的脑海里。刘虞公正廉洁、忧国忧民、德才兼备，他的口碑之好，天下皆知。他为了幽州百姓殚精竭虑、呕心沥血，他所做的每一件事都实实在在，利国利民。他能够赢得幽州百姓的交口称赞，万民称颂，都是他辛勤努力的结果。就是这样的一个人，还有如此不可告人的一面？

刘虞也收重礼，也收受贿赂？李弘几乎不敢相信自己的耳朵。如果连刘虞都是这样，那大汉国还有什么清官，还有什么人敢自称清廉？

他本来想做一个廉洁自律的人，但现在看来，迫于形势和事实，他也不得不做一个贪官中饱私囊了。虽然他觉得自己可以视金钱如粪土，可以连秩俸都贡献出去，但他的手下怎么办？跟着他吃饭的人怎么办？赵汶已经死了，他死的时候，拿的还是一个屯长的两百石秩俸。谁会记得他？谁会感激他？姬明死了，抚恤金还没有自己一个月的秩俸多，小雨怎么生存？无数个像小雨这样的军属，他们失去了亲人，失去了生活来源，他们怎么生存？

士卒死了，可以再招。军官死了，可以再提拔。但从来没有人为他们的现在、为他们的将来考虑。现在士卒们没有军饷拿，那些太守大人说什么国家有难、国库空虚，那为什么他们的秩俸从来不见少？他们家的饭桌上从来没有断过酒肉？战死了，没有抚恤，说的还是同样的话，他们连一丝惭愧，一丝内疚都没有。难道我们这些人天生就比他们下贱，就该死吗？

他一直认为刘虞不是这样的人，现在看来自己错了。他是做样子给大家看的。刘虞说国库匮乏，要大家自力更生，要大家为了大汉无私奉献。他自己却住大房子，家里人吃香的、喝辣的、穿好的，讲一套，做一套。虽然说人都有私心，他为了幽州百姓也劳心劳力、百般操劳，但他要求别人做到的自己却首先没有做到，那么，他算不算得上是一个好官呢？但事实却是，刘虞现在就是幽州最好的官。

李弘把头死死地埋在草地里，心里一阵阵地痛。

他极力不去想这些烦恼的事，他竭力让自己去想风雪、想小雨、想铁狼、想公孙虎……他迷迷糊糊地睡着了。

“大人，大人……”

李弘缓缓睁开眼，发现太阳已经高悬在半空，快到中午了。

弃沉看到他醒来，马上说道：“舞叶部落已经启程了。大军队尚在滴水围待命，几位大人问你什么时候出发？”

李弘突然想起来一件事，着急地问道：“阵亡战士的遗骸要运回大汉国，他们知道吗？”

弃沉疑惑地摇摇头。

“走，快走。你应该早一点喊我起来。铁钺呢？”

“郑大人喊他审乌丸人去了。”

弧鼎把黑豹牵过来，交给李弘。李弘想起早上里宋跟他说过这件事，他当时没有放在心上。

李弘一边上马，一边问他：“审乌丸人，喊铁钺去干什么？”

弧鼎笑起来：“听郑大人说，他有让敌人开口说真话的绝招。”

玉石和一班军官们都很感动。虽然李弘的年纪比他们小一些，但他有些事做起来，就是让人服。三百多名阵亡士卒的遗骸已经埋好了，但李弘二话不说，动手就开始刨坟。

“我们都是兄弟。活着，要把人带回大汉国；死了，要把尸体带回大汉国。决不能把他们抛弃在异乡他国，决不。”李弘大声吼道。

当年在卢龙塞，田静曾经对他说过，他今生最大的愿望就是打回落日原，把散落其上的汉兵遗骸运回国。这句话对李弘的印象特别深，以至于根深蒂固，成为他的一个信条。

当太阳西下，黄昏降临时，李弘的大军赶回到羊角山。大家随即在李弘的带领下，把阵亡士卒的遗骸埋葬到山上。

晚上，舞叶部落的首领射墨赐在大帐设宴，感谢李弘的援手之情，表示以后无论发生什么事，只要李弘有用得着舞叶部落的地方，尽管开口，舞叶部落即使赔上整个部落，也在所不辞。李弘相信射墨赐的话。过去铁狼对他的评价非常高，李弘从心里就相信这个与众不同的部落首领。

现在的问题是舞叶部落虽然进入了大汉国境，得到了汉军的保护，但他现在却属于非法入境。至今，射墨赐手上没有大汉地方官吏允许他们入境居住的文书，他得到的仅仅是两个大人的口头承诺。上谷太守刘璠、刺史大人刘虞，一个都没有派人和他联系，好像根本就把他忘记了。

其实舞叶部落的这次整体迁移，在时间上和两位大人的承诺有很大的出入。两位大人希望看到鲜卑国这次内讧后的结果，如果一切如愿，自然答应射墨赐的要求。但是现在鲜卑国的消息估计还没有送到两位大人的手上，但射墨赐却已经得到和连、拓跋锋、慕容风要对付他的消息。他在这次事件中所起的作用是穿针引线，各方的秘密他都知道。舞叶部落已经处在非常危险的境地，他不得不带着部落赶快逃离。

李弘和部下在席间都建议射墨赐暂时将部落迁到野烽围。野烽围位于仇水下游，牧场大，现在也是一块无主之地，它距离代郡的马城、上谷郡的广宁城都比较近，是在汉军的有效保护范围内。向南可以和白鹿部落建立良好的关系，彼此间可以互相照应。李弘和射墨赐第一次见面就是在野烽围。同时部落要立即派人到沮阳、蓟城拜见两位大人，赶快把定居的事商议好。

射墨赐面有难色，似乎有什么难言之隐。

第十二章

舞叶归汉

“大帅，有什么事你就说，看我们能不能帮你。”李弘马上说道，“大家都是朋友，有过性命之交，你不要为难，直接说吧。”

坐在他旁边的里宋猛地一转头，恶狠狠地瞪了他一眼。李弘吓了一跳，知道自己说错了话，但他又不知道什么地方说错了。他迷惑地望着已经换上一副笑脸、乐呵呵地看着射墨赐的里宋。

射墨赐犹豫了半天，缓缓说道：“我父亲为了能将部落迁入大汉，曾经拜会过边郡的几任太守大人、幽州的刺史大人，父亲为此几乎花光了部落内所有的财产。”

李弘吃惊地抬起头，他不知道还有这样的事。他的部下们却像没听到一样，神态自若。

“我们部落本来就不富裕，几次礼一送，就很穷了。你知道，给这些大人送礼，送轻了还不如不送。”

李弘摇摇头，他不知道说什么。但他总算晓得了一件事，他的记忆丧失得太厉害，虽然现在看上去就像没事儿人一样，但他把过去所有的事情都忘记了，包括这人世间肮脏龌龊的事。

大汉国在很久以前就开始鼓励和允许胡人内迁，让胡人和汉人在一起居住，改善和提高他们的生活水平，以达到消除和减少边境冲突的目的。但是胡人内迁，牵涉到许多复杂的问题，土地、人口、赋税、文化、民族关系、边境安全，方方面面太多了，根本就不是一句话就可以解决的事。部落迁移不是大家赶着牛羊，唱着歌，找个地方竖起帐篷就完成的事，那是胡人在草原上放牧，而不是部落大迁移。部落的迁入和安居是一项工程，是非常复杂的事，需要很长时间才能完成。

一般来说，边疆大吏都不愿意做这种出力不讨好的事。做好了，没有功劳，相反怨言四起，因为利益受到损失的人更多。没做好，胡人闹事或者跑回去了，不但要撤职查办，严重一点还要坐牢杀头。所以这内迁胡人的事，除非皇上下圣旨，否则谁都不会去做。

如果要把舞叶部落迁入大汉国，牵扯的事情太多，仅人口一项就不仅牵涉到他们自己部落内的几万人，而且还牵涉到周边地区的十几万人。办好这件事所需要的花费将是一个庞大的数字。边疆各郡的财政从来都是入不敷出，根本就没有多余的钱做这种事。

胡人想迁到大汉，首先必须要征得边郡太守的同意。这要送巨额的礼物。不送礼给边疆大吏，他首先就不会同意你迁入。他同意了，还要他给你出力，给你上下打通关节，给你到皇帝那里讲好话。送礼送少了不行，人家给你卖力，给你跑腿，车马费要，上下打点的费用也要。所以这是个无底洞，多少钱都填不满。大汉的官吏都说胡人顽驯不化，不愿意归顺，其实根本就不是这么回事。想内迁的胡人部落的确不多，但还是有。然而他们即使想迁，也要迁得起呀。那可是一笔巨资啊。有了这笔钱，还迁到大汉国干什么？在大草原上已经是富得冒油了。

虽然这次两位大人为了大汉国的整体利益，迫于形势答应了舞叶部落的要求，但那也只能表示两位大人同意了他们迁入的请求，其后的具体工作他们愿意去主动安排，愿意出力去上下奔波操劳，至于办成这件事的钱还是一定要舞叶部落出的，他们不会私人掏钱帮忙做的。

“所以我们需要大量的财物，需要你们的帮助。”射墨赐几乎是哀求道。

现在放在大营里的战利品、战马、武器、辎重，都能卖到好价钱，都能换回贵重的珍宝。只不过那都是汉军的战利品，如果李弘不给，他也没有办法。

李弘和部下们面面相觑，相对苦笑无言。这都是什么世道，一个比一个穷，那到底谁有钱呢？

里宋早知道事情会变成这样，他有些恼怒地瞪着李弘，恨他没事找事，好好的对射墨赐说什么生死之交，还要帮他。

李弘看着射墨赐那张英雄气短、十分沮丧的脸，心里不忍，赶忙说道：“大帅，那些战利品都交给你吧。你想怎么处理都可以。希望你们能在大汉国找个地方安居下来，大家都能过上好一点的日子。”

里宋和其他几个军候顿时目瞪口呆。

李弘现在知道得罪部下是什么滋味了。

回到军中大帐，大家都黑着脸，没有一个高兴的。拳头和铁钺虽然心里对李弘的做法非常不满，但刚到军营不久，还不好把愤怒摆在脸上。其他的人就不行了，个个怒气冲天，恨不得把李弘吃下去。

射墨赐厉害呀，他哭丧着一张脸，就把李弘给骗了，把所有的战利品都要去了。大家冒着生命危险深入敌境奔袭强敌，好不容易占了一次大便宜。本来大家都以为可以多分一点财物，谁知让李弘一句话全部送人了。

“白痴，大白痴。”里宋终于忍不住，大声叫起来：“兄弟们流血流汗不说，还有那么多人埋在黄土之下，难道都不如一群胡人吗？”他神情激动，情绪有点失控。在李弘的部下里，也只有他敢这么肆无忌惮地对李弘大喊大叫。平时他温文尔雅，今天却仿佛吃错了药一样，让大家惊诧不已。

李弘默默地坐在大帐的一角，任由里宋高声怒骂着。拳头、铁钺张大了嘴，几乎不敢相信自己的眼睛，在李弘的军队里，还有下属敢和上司这么对着来的？玉石、伍召、郑信几个人却幸灾乐祸，大感解气。

里宋发泄了一阵，情绪渐渐平静下来。

“我们说好的事，你为什么失信？”他气恨难消，愤愤不平地问道。

李弘笑起来：“气发完了？如果不解气，可以拿刀砍我两下。”

“砍了你又怎么样？东西都给你做人情了。将来大家散伙的时候，各自拍拍屁股、空手走人就是了。”里宋叹了口气，无奈地说道。

“谁说空手散伙了，我们可以把拓跋锋送来的东西扣下嘛。”李弘突然小声说道。

大家吃了一惊，奇怪地望着李弘，好像不认识他似的。

“这批战利品太多，我们全部吞下去，肯定会落人口实。但拓跋锋给我们的东西只有几个人知道，那东西又曝不得光，将来刘大人怎么用，谁知道？长忆说得对，军队一旦裁减，我们这些人没有根基，没有家室，没有门路，现在有用的时候混口饭吃，以后仗打完了迟早都要滚蛋。大家跟着我，辛苦一场，凭什么让别人把我们所有的功劳都拿去。所以我打算把它们全部吞了。”

里宋和玉石等军候更加吃惊了。这个小子变化也太快了吧。而且一张口，就是狠的，全吞了，胆子也太大了。不过要是全部吞下来，那就发了。

“好小子，你怎么不早说，害得我嗓子都喊哑了。”里宋狠狠地打了李弘一拳，气愤地说道。

“怎么做才能瞒住刺史大人呢？”玉石问道。

“叫弧鼎和奔沉带着鲜卑人在半路上打劫，你们看怎么样？”胡子立即出主意道。

“你还就是个马贼。跟着大人当了几个月的官兵，打了这么多战，还是马贼那老一套，你能不能改一改？”伍召没好气地调侃道。

大家大笑起来。

“大人有什么主意？”伍召问道。

李弘笑起来，憨憨的样子，一脸无辜地说道：“拓跋貉不是在虎狼草场吗？谁在马城看见他了？”

大家一愣，随即明白过来，大帐内立即爆发出一阵哄堂大笑。

“你想耍赖呀。”

李弘把心情愉快的部下们送出大帐，独自留下了郑信。

“听说你抓了一个乌丸人的俘虏，还专门叫铁钺帮你审讯，可问出了什么重要情报？”

郑信马上从怀中掏出一块木牍递给李弘，同时说道：“那个人起先嘴硬，什么都不肯说。后来听几个黑风狂马帮的士卒说，铁钺对死硬的敌人有一套办法，所以就把他请去了。”

“他是提脱军队的一名千夫长，从广宁赶来。由于鲜卑国的情况发生变化，拓跋锋暂时无力东顾，造成占据广宁的提脱非常被动。现在渔阳方向，慕容风的军队已经全部撤回，上谷、代郡方向拓跋锋的军队也已经回到鲜卑境内，唯独他的白鹭部落还在大汉境内负隅顽抗，所以他想联合弹汉山的魁头，击败前去攻击他的箕稠部，以达到长期占据广宁的目的。”

“他是不是疯了？”李弘惊讶地说道，“现在幽州战事已经基本接近尾声，他还在广宁硬撑着干什么？我看他是找死。”

“据那个千夫长说，提脱的目的不是占据广宁，而是上谷乌丸的大王宝座。”郑信笑着说道。

“大王宝座？就是鹿破风嗤之以鼻的东西？”李弘笑着说道，“提脱想用什么办法抢到大王的宝座？”

“击败箕稠后，上谷就基本上没有力量可以和他对抗了。在这种情况下，汉庭可能给上谷乌丸的黑翎王难楼施加压力，让他劝说提脱从汉境撤军。提脱这个时候就可以要挟难楼，要不把大工之位将来传给他，大家就撕破脸拼个鱼死网破。”

“那他联合魁头是什么意思？魁头从中能得到什么好处？”

“魁头在弹汉山被压制得很厉害，一直是英雄无用武之地。提脱和他的关系不错。现在提脱一个人对付不了箕稠，如果这个时候魁头帮了他一把，将来魁头有什么事请提脱帮忙那就好办多了。而且假如提脱做了上谷乌丸的大王，又是弹汉山的邻居，这对魁头的势力发展极其有帮助。假如将来魁头和和连发生抢夺王位的大战，有提脱这个坚强后盾在后面，也是一大助力嘛。”

“两个人谈好了吗？”李弘问道。

“已经谈好。魁头答应歼灭舞叶部落后，立即率部赶去支援。具体的作战方法都有了，就是没有定下具体实施的时间。”

“哦。”李弘警觉起来，“细节知道吗？”

“提脱的军队八千多人一部分守在城内，一部分驻扎在城外，遥相呼应。箕稠的五千大军一直找不到有效的攻击办法，在丰屏围停滞不前。两支军队接触过几次，因为彼此力量相当，都不敢过分纠缠。此次提脱准备以全部主力赶到丰屏围，主动寻找汉军交锋。而魁头率援军从汉军背后突然发动攻击。在汉军猝不及防阵脚大乱之时，前后夹击，全歼汉军。”

李弘仔细看着摊在案几上的地图，半天没有做声。

“子民，你是不是又想打一战？”郑信坐到李弘身边，小声问道。

李弘点点头，随即又摇摇头。

李弘突然想起了赵汶。

如果军队不在鹿亭袭击慕容绩，赵汶就不会牺牲。那次袭击打或者不打，其实并不影响渔阳战局的发展。现在也是这样，自己的军队帮助舞叶部落脱离鲜卑国，已经多打了一战，万幸的是没有太大的损失。如果加入广宁战场，势必就要和提脱的军队进行决战，不是攻城战就是平原上的骑兵对决，这两种打法都是损耗性的战斗，军队的伤亡会非常惊人。自己好不容易拼凑的这么点人马，不能就这么毫无意义地打光了。从卢龙塞带出来的士卒已经死去一半多了。

“你怎么了？不打，还是不好打？”郑信问道。

“我想起了赵汶。”李弘把手上的地图一推，小声说道，“他本可以不死的。都是因为我，非要连夜奔袭，结果害得他命丧鹿亭。这次如果我再自作主张，出兵丰屏围，估计损失会更大。”

李弘叹了一口气，接着说道：“提脱知道魁头被我们意外地击败之后，他在广宁战场上，已经无法取得对汉军的压倒性优势，在这种进退两难的情况下，他坚持不了多久，自会撤军而走。我们参加不参加广宁战场，不会影响到整个大局的。而且，幽州未来的几年内应该没有什么战事，我们完全没有必要在这个时候，再让战士们失去宝贵的生命。”

郑信好像不认识李弘似的，看了他好半天。

“子民，你是名扬北疆的豹子，你是手执战刀一路杀到这里的，怎么突然失去了勇气，变得胆怯起来。你到底怎么了？”

李弘低着头，不做声，脑子里想着赵汶，心里不由自主地竟产生了一丝畏惧。

“子民……”郑信用力推了他一下，大声劝道，“你怎么不想想小刀、大头？不想想田静大人、王进大人？他们是怎么死的？为国捐躯，这是荣耀。他们死的时候，赵汶死的时候，可曾有过怨言，可曾后悔过当兵？”

李弘突然想起了铁狼，想起了公孙虎，想起了姬明，心里愈发地悲伤。他再也没有心思听郑信说下去，一个人走出了大帐。

射墨赐担心鲜卑人卷土重来，一大早就来向李弘告别，准备率领部落继续南下往野烽围暂住。李弘担心他们路上遭到汉人的非难，引发不必要的误会，特意派了一个屯长带着人马陪同他们一道南下。被俘的一千五百多人和几千匹战马成了舞叶部落的战利品，在舞叶部落骑兵战士们的看押下，跟随而去。

大军队留在羊角山，继续监视鲜卑人的动静，防止他们重整人马后继续追击而来。

李弘默默地看着舞叶部落的迁徙大军慢慢消失在视野里，心里很高兴。从此以后，几万人可以在大汉国安居乐业，想想都让人觉得很幸福。他转身上马，准备回营，却看见自己的部下一个都不动。

“听说大人要带我们去打提脱，什么时候行动？”玉石严肃地问道。

“兵贵神速，此事不可拖延。”伍召随即接上说道。

李弘愣了一下，知道郑信一定不死心，联合各位军候前来请战了。

他狠狠地瞪了一眼郑信，笑着说道：“此事时机已经错过，出兵已经不合事宜。”

“为什么？”里宋说道，“我们昨天才袭击的魁头，难道今天提脱就会接到消息？滴水围距离广宁将近三百里，按道理消息应该还没有传到广宁。我们完全可以冒充魁头的军队急速赶到广宁。”

李弘望望大家，苦笑了一下，再次说道：“时机已经错过。没有绝对把握，不能出兵。”

“大人，你还记得在山口渡大营，你是怎么对我们说的？”胡子一反常态，大声叫道：“你说因为我们是大汉人，所以我们决不允许任何一个敌人践踏我们大汉国的每一寸土地。难道你已经忘记了吗？我们从大燕山带出来的兄弟，我们从渔阳带出来的兄弟，现在还剩下多少？难道他们的仇不报了？”

“即使我们全部战死，也是为了大汉国而死，死而无憾。”伍召缓缓地说道。

李弘心里非常感动，他翻身下马，大声叫道：“来。你们说说，怎么打？”

大家看到李弘同意了他们的请战，欢呼一声，纷纷下马聚到李弘的身边。

“我们昨夜在一起合计了一下，认为此战歼灭提脱的可能性还是很大的。”玉石代表大家，向李弘讲述他们的计划，“提脱的意图非常明显，他准备和魁头二人在丰屏围对汉军实施前后夹击。”

“我们从郑大人的斥候屯里找一个聪明伶俐胆大心细的斥候，冒充魁头的信使，到广宁告诉提脱，魁头已经同意并和他约定攻击时间。攻击当天，他的军队在丰屏围和箕稠大人的军队正面迎敌，我们的军队假冒鲜卑人从他们的侧面杀出，然后趁敌人全无防备的时候，突然杀向乌丸人。此举出其不意，必能收到奇效。”

“同时，我们快马通知护乌丸校尉箕稠大人，告诉他拓跋锋已经撤军，我们在回涿鹿的途中捉到提脱的信使，得知了提脱和魁头的计划。现在魁头的军队已经在羊角山被舞叶部落和我们联手击败。这么说当然是为了不让他知道我们越境作战的事。他的官大，可以因为此事随时下令抓捕我们。我们把计划告诉他，为了能打败提脱，收复广宁，我想他肯定会同意这个计划的。一旦成功，他不但可以洗刷自己被敌人打败赶到居庸的耻辱，而且还会因此立功受赏。”

“说完了？”李弘问道。

玉石点点头，恭敬地说道：“大人打仗，每每都是以奇兵制胜，用兵犹若羚羊挂角，无迹可寻。我们都非常佩服，自感望尘莫及。所以这个计划的不足之处，还请大人指教。”

李弘笑起来，指着玉石道：“你也会阿谀奉承了。我没有你说的那么厉害，只不过考虑问题比你们更周全一点而已。你们这个计划有几个不能确定的因素。这几个问题不解决，这个计划就有缺陷，也就是说，不能执行。”

“首先我们怎么肯定魁头和提脱之间没有密切的联系？如果提脱知道了魁头在滴水

围惨败，我们这个冒充的计划就被会敌人看破利用，他们如果将计就计，战败的就是我们。”

“其次，护乌丸校尉箕稠大人我们谁都不认识，他凭什么相信我们送过去的消息？即使他相信了我们的身份，他又凭什么相信我们的计划？这可关系到他五千大军的存亡问题，他岂能不考虑周详、再三思量？如果是敌人的奸计，他的军队就有全军覆没的危险？”

“我们是右北平郡卢龙塞的边军，这里我的官衔最大，也就是个秩俸千石的军司马，和一个秩俸两千石的护乌丸校尉比起来，小得可怜。他身边像我这个秩俸等级的军官有好几个。按大汉军律，军司马无权单独带兵出征，更无权指挥一曲以上的人马。现在我能带军队指挥打仗，纯粹是因为战事危急，刺史刘大人临时授命的一个权宜之计，说起来都是违法的。在这种情况下，我一个小军司马建议一个校尉大人如何作战，这岂不是以下犯上、自取其辱。他不派人拿我就很给刘大人面子了。”

“最后一个问题就是兵力问题。校尉大人的军队以步兵为主。根据我们的消息，他从居庸、沮阳带走了三千步兵、两千骑兵。以这种军阵组合，在平原上和提脱的八千骑兵作战，根本就没有胜算。一旦配合上出现失误，我们不能及时赶到，他的军队就有可能被乌丸人重击。我们即使准时赶到，以三千多骑兵偷袭八千人的军队，最后必将陷入苦战。在平原战场上，即使偷袭敌人，也会演变成一场血战。这次能够打败魁头，不仅仅是幸运，更重要的是得益于舞叶部落的适时出击，造成了对敌人的内外夹攻。这种好事一辈子也就这么一次，不会再有第二次了。我们的军队拼光了，大家觉得很高兴是吗？”

一群部下沉默不语，各人都在思索着李弘的话。

“我个人认为以最小的代价歼灭最多的敌人才是上上之策。如果我们战胜了敌人，自己也折损大半，下一战怎么打？不打了吗？这个计划我也考虑过，破绽太多，无法执行。”

“大人，您有什么妙计？”燕无畏问道。

“暂时没有。现在还找不到敌人的软肋，无从下手。大家一定要打，必须耐心等一段时间，寻找恰当的时机。”

“守言，你的斥候屯立即深入广宁一带侦察。玉石，你去丰屏围，和校尉大人取得联系，得到他的确认和信任。雷子，你去马城，尽快叫老伯和小懒他们动身，赶到野烽围和我们会合。”

“三天后，我们去野烽围。”

提脱很快得到了魁头在滴水围全军覆没的消息。

他的部下们立即像炸了锅一样，纷纷跑到他的大帐内，要求撤回白山。现在局势非常明了，鲜卑人已经全线溃败，汉军的豹子军队甚至深入鲜卑国境开始反击了。乌丸人独自留在大汉国境，守着广宁、宁县两座没有多大作用的小城，能坚持多久？趁着汉军喘息未定，豹子的军队尚在野烽围休整之际，早日撤出才是明智之举。

提脱转着一双阴险的小眼睛，好整以暇地望着部下在自己面前大吵大叫，一副很不以为然的样子。

“怕什么？慌个鸟？你们无非惧怕遭到箕稠和豹子的两路围攻而已。豹子的军队现在有多少人？”

坐在下首的遢结赶忙答道：“据说他的军队在马城损失惨重，估计还有一千多人，这就是他的全部所有了。”

他的话立即遭到一片谩骂。

遢结高举双手，示意大家听他说完。

“鹿破风的军队估计在一千人左右。按道理，两千多人的军队袭击魁头的六千大军自然不够。但他既然能获胜，这其中肯定有什么诀窍？”

“我认为舞叶部落在那种生死存亡的情况下，射墨赐倾其所有至少可以组织一支将近五千人的军队。他们趁着魁头轻敌之际，和汉人里应外合，能够打败魁头也在情理之中。”

“打败六千人，也不是一件容易的事。估计豹子和射墨赐的军队损失都很大。以豹子现在的实力，他不可能赶到广宁战场参战，除非他马上得到援军。所以短期内，我们不可能遭到箕稠和豹子的同时攻击。大家无须过分担心。”

提脱冷冷一笑道：“遢结的话大家都听明白了？我的目的还没有达到，大家耐心一点，再等等。回到白山，少不了大家的好处。”

射墨赐的使者赶到沮阳、蓟城，分别拜会了上谷郡太守、幽州刺史。他们得到了暂住上谷郡的汉庭文书。至于来自洛阳京都的正式文书，还需要等待漫长的一段时间。

现在整个幽州都已经知道鲜卑国发生了叛乱并且得到圆满解决的事。刘虞和刘璠两位大人看到鲜卑国四部鼎立，鲜卑大王的权利被极大削弱，心里大喜，嘴都笑歪了。

鲜卑国陷入了四分五裂的境地。现在鲜卑四部都忙着划分权利，重建自己的势力，互相间争得不可开交。在这种情况下，不要说联合出兵入侵大汉已经成了梦想，就是他们自己都要互相小心戒备着对方。而这一切的始作俑者却偏偏就是一心想重建强大鲜卑国的慕容风。理想和现实的巨大差距，让这个满怀雄心的鲜卑强者感到自己已经力不从心，再难力挽狂澜了。

不久，关于慕容风和汉人秘密勾结，阴谋策划推翻和连，分裂鲜卑的消息慢慢地在北疆传了开来。而舞叶部落的突然背叛和定居大汉，似乎为这个传言做了一个不容置疑的注脚。幽州的报捷文书和各地官吏的秘信像雪片一般飞向洛阳。

矛盾的焦点慢慢地集中到幽州刺史刘虞的身上。

第十三章

护乌丸校尉

就在这个时候，刘虞突然病倒，而且是整日卧床不起的重病。在幽州战事尚未结束，百废待兴的情况下，他不能处理幽州政务，等于给急需治理恢复的幽州雪上加霜。刘虞随即上书朝廷，请辞幽州刺史一职，回家养病。他命令手下以八百里快骑将自己的文书送达京城洛阳。此时，鲜卑国慕容风和幽州大员互相勾结的事情尚未在洛阳士大夫中传开。天子随即御批，准其所请让刘虞回青州老家养病。

同一时间，上谷郡太守刘璠以自己年老多病，难以继续在上谷郡主持军政为由，告老还乡。

刘虞在辞官之前，说服右北平郡太守刘政，迁升李弘为卢龙塞边军的别部司马。

这别部司马一职和军司马的秩俸是一样的，但职权要大一些，他可以和都尉、校尉一样领军出征，有独立的军事指挥权，而且他可以率领一部人马，按照正常的边军建制，就是两曲人马，大约一千两百多人。而且别部司马有个特权，他可以依据具体情况便宜行事，统领更多的人马，三曲甚至四曲以上。像李弘现在统率四千多人，就有五曲多人马了。但别部司马仍然是低级军官，无权设立下属掾史，比如管理兵事器械的兵曹掾史、主管禀假禁司的禀假掾史，还有主管军法违纪的外刺、刺奸等。

刘虞同时利用手中的权力，和刘璠两人在辞官之前，联名向朝廷举荐李弘为上谷郡都尉。

过去那个都尉是当今朝廷司徒大人的侄子，从任命那天开始就没有看到过人，至今那个都尉是什么模样两人都不知道。这次鲜卑入侵，仗还没有打，一纸公文就把他“调”走了。边郡的都尉一般的世家门阀子弟都不愿来做，这里离中原太远，荒凉、危险、没有油水，生活条件差。在这里任职的大部分都是边郡当地人，或者得罪了朝中权贵被贬到这里的，再不就是挂个名，等待升迁。

刘虞知道以李弘的资历、出身，无论军功多少，想坐这个秩俸比两千石的位子，根本就是不可能的事。以公孙瓒来说，他的家世本就不错，还是当代大儒卢植的门生，军功无数，在北疆声名显赫，但迁升到秩俸比两千石的辽东属国长史一职，前后也花去了他十几年的时间。虽然李弘的机会好，适逢鲜卑人入侵，连番大战，连番大捷，连番建功，在几位边郡大臣的照顾下，飞速迁升到别部司马一职，但这本身就已经是一个奇迹了。许多为官多年的下属已经开始愤愤不平。

这次李弘率部先后参加了渔阳城解围战，陂石山夜袭敌人军需车队，鹿亭伏击慕容绩之战，治水河围歼拓跋韬部，莽月森林一战虽然折损了大量俘虏、造成拓跋锋再攻马城，但随后李弘率部坚守马城二十多天，逼迫拓跋大军无功而返，也算是一场胜仗。在羊角山为救援入汉的舞叶部落，伏击魁头六千大军大获全胜。以上多场战斗加在一起杀敌逾万，俘敌逾万，为击退鲜卑人的入侵立下了汗马功劳，按军功应该大大嘉赏，不然未免太为不公。至于朝廷封赏不封赏，那就不是两个人所能决定的了。秩俸比两千石以上的官员必须天子御批，否则谁都无权任命。

李弘率部退回到野烽围。舞叶部落在仇水河西岸安营，他的军队驻扎在仇水河东。田重和小懒不久带着十几车财物和伤兵赶来会合。恒祭和鹿欢洋告别李弘及一班军候，率部回到治水河白鹿部落。

幽州刺史刘虞一直没有派人来联系他，而上谷郡太守刘璠却已经卸任，正准备告老还乡。新太守不知什么时候才能到，上谷郡的大小事情都由五官掾窦弘在主持。窦弘给他们送过一次军需，然后就再也看不到郡府的人了。

右北平郡太守刘政倒是记着他，派了个下属给他送来升职文书，嘱咐他在上谷好好待着，听从上谷太守的指令，直到把乌丸人赶出广宁为止。李弘率部在幽州战场上连打胜战，给右北平、也给刘政挣足了面子，这让他非常高兴。现在北疆的人都在盛传右北平卢龙塞的边军是一支战无不胜的黑豹铁军，声望已经超过了公孙瓒和他的辽东白马铁骑。

护乌丸校尉箕稠见到玉石之后，非常客气，但言语之间多次露出不愿意李弘部插手广宁战场的意思。广宁是护乌丸校尉的治所，是箕稠管理散居在幽州各郡乌丸人的衙门所在。上次自己被鲜卑人和乌丸人联手赶将出来，被箕稠视为生平奇耻大辱。这个脸面他一定要自己挣回来。虽然李弘的官职比他小，资历更是不能比，但李弘最近一直在打胜仗，这一点却是整个北疆都知道的事实。假如李弘的军队来到广宁，大家一起赶走乌丸人，夺回了广宁，按照现在幽州军民的看法，这肯定都是李弘的功劳，和他箕稠一点关系都没有。这是他心里不能容忍的。

田重从马城带回的伤兵陆续伤愈，编入了各曲军队里。代郡、上谷郡的一些日子越来越难过的马贼，纷纷跑到野烽围投军。军队的人数扩充到了大约五千人。李弘把每曲军队的人数扩大到八百人，辖四屯。斥候屯和后卫屯一样，也扩充到了三百人。这样一来军候、屯长的人数急剧增加，军饷的按时发放成了问题。

李弘和军候们商议之后，开始动用拓跋锋送来的那笔财产发放军饷。虽然食物由舞叶部落和白鹿部落提供，但五千人的军饷不能不发。李弘按大汉的军律足额发放，军候比六百石，屯长比两百石。

到了中旬，李弘觉得士卒们的单兵训练效果不理想，随即邀请白鹿部落，舞叶部落各自出兵赶到野烽围东岸，联合进行战术、兵阵的实战操演。两个部落的首领欣然答应。鹿破风依旧让恒祭和鹿欢洋带着一千士卒赶到野烽围。射墨赐让射虎、自己的侄子射璎彤带着两千人渡过仇水，参加李弘军的训练。

李弘随即带着八千人的大军在仇水两岸，方圆百里的草原、山林里，展开了艰苦的拉练。士卒们被李弘这种新颖别致的训练方法吸引了，大家天天精神饱满、兴趣盎然地参加一个又一个的伏击、冲锋、对阵，没有人觉得辛苦或者疲劳。

un

遢结飞快地跑进大帐，打断了提脱的午睡。

“大人，李弘的军队已经接近宁县。”

提脱猛地站起来，面色大变。

“昨天他不是在牛角山吗？怎么过了一夜他就到了宁县？”

“大人，这十几天以来，豹子军神出鬼没，来往飘忽，行踪不定，实在难以准确找到他们的位置。”遢结为难地说道，“不过，今天所有的斥候都禀报说，豹子军在狐屯出现，距离宁县六十里。”

“宁县一旦丢失，我军最多失去了一条退路，还不至于伤筋动骨，但想继续占据广宁已经不太现实。大人，我们趁早撤军吧？”

提脱的一双眼睛闪烁着诡异的神色，脸上的表情阴晴不定。

“大人，我们就给黑翎王一个面子吧，他老人家已经派人跑了几趟了，早撤迟撤都是要撤的，何不做个顺水人情？汉人对他逼得太紧，他的日子也不好过。现在给他一个人情，将来有什么事也方便些。”遢结小心翼翼，以几乎哀求的语气说道。

提脱冷冷一笑，阴阴地说道：“那个老鬼为什么不干脆一些，直接把位子让给我，不就什么事情都解决了。”

“还是和老头子走近一点吧。等过一段时间，我们再逼逼他。”遢结沉吟着，缓缓说道，“现在的当务之急是解决豹子的问题。”

提脱在大帐内走来走去，焦躁不安。

“大人，和连最近回到弹汉山，已经把魁头监禁了。我们少了弹汉山的支援，做事还是小心一些好。”遢结小声说道，“那个豹子善打夜战。慕容绩、慕容侵都死在鹿亭的夜袭中，魁头这次也差点死在滴水围。鲜卑人统统回家歇着了，我们还守在这里干什么？趁早带着东西回白山算了。”

“我要杀了箕稠那个狗官！”提脱恶狠狠地说道，“我就是走，也要杀掉箕稠。他是个什么东西？竟然敢对老子指手画脚的，抖官威，屁大的事他都要管，还老拿老子当肥羊宰。不杀了他，实在难消我心头之恨。”

“豹子的军队借着训练的名义，不断地接近我们，给我们施加压力，其目的非常明显，就是想赶我们走。他这个办法的确不错。明处有箕稠的五千大军，暗里有他的军队，一明一暗，不打，也能把我们吓走。好，我们就遂了他们的心愿。我们走，不过要显得大难临头，慌慌张张，非常匆忙的样子，把贵重财物都放在大军后面，诱使箕稠上当来追。”提脱仿佛看到箕稠那颗肥胖的头颅已经挂在城头或别的什么地方，冷笑道：“我们在白桦谷伏击他。这次一定要他死得难看。”

箕稠原来是依靠军功逐步迁升到校尉的一个原则性很强的军人。他这个护乌丸校尉比一般的校尉级别要高，甚至比一般的郡国太守的级别都要高。他的职权更大，手下从属官吏众多，在北疆是个很有实权的职位。

箕大人为官比较和善，只要有好处，对待胡人的态度也较为宽容；他有时候也很讲原则，尤其是对自己不喜欢的人和不喜欢的部落。他和大多数汉庭官吏一样，喜欢钱财。但他和一般人不一样的地方就是他不主动伸手要，他喜欢人家巴结他，主动送给他。

他前前后后娶了七房妻妾，家里开销大，靠他的秩俸和收受贿赂自然不够。于是他又经营另外一项副业——上谷郡的所有马帮都要向他定时交纳“孝敬”，否则不出三月，必叫其抛尸荒野。

所以鲜卑人和乌丸人的入侵对他的打击非常大，几个月下来，使他损失了许多钱财。

提脱和他之间的仇恨有不少年了。原因就是箕稠觉得他很富有，每次都暗中指使马匪抢劫他的部落。抢了就抢了，他还欺负提脱。提脱派人跑去告发，他就把人抓起来说是诬告，还要提脱拿贵重东西去赎人。提脱受气不过，就买通刺客去暗杀他，结果差一点把箕稠杀了。于是两人之间的仇怨越结越深。

“你说什么？提脱弃城跑了。”箕稠瞪大双眼，声音大得像打雷。

“是的，大人。今天上午他们突然拔营起寨，匆匆忙忙往白山方向撤离。广宁城里的乌丸人更是惊惶失措，好像大难临头似的，把所有抢来的财物都放到车上，急急忙忙就出城了。”斥候一脸的兴奋和紧张，大声回答道。

箕稠四十多岁，身材臃肿、发福得厉害。一张红润的脸上长满了浓密的胡须。他的眼睛大而有神，面色和善，怎么看都是一个很热心的人。

他摸着浓须想了半天，突然问道：“右北平李大人的军队在什么位置？”

“禀大人，昨天夜里，他们在宁县附近的狐屯突然消失了。”斥候迟疑了一下，小声说道。

“哦？”箕稠笑了起来，“这个豹子大人还真像一只豹子，神出鬼没的。突然消失了？我不是叫你们盯紧吗？”

“大人……”斥候为难地叫了一声，觉得不好开口辩解，于是马上说道，“我们马上再去……”

“算了。他一定出现在提脱的撤军路线上，迫使提脱不得不赶紧弃城而逃。对了，你刚才说什么？他们驻守广宁城的军队走在后面？”

“是的，许多大车，行动比较缓慢。”

箕稠笑起来。

“命令骑兵军队，立即随我出发，追击敌人。”

遢结率领守在宁县的一千骑兵早上就出了城。他们飞速赶往恒岭，往回家的方向飞驰。

昨夜李弘大军的突然消失，让他提心吊胆、忐忑不安。

早在李弘召集大军从野烽围出发的时候，遢结和一些部落首领就不断地提醒提脱，尽早回去的好。但提脱铁了心就是不回去，他非要等到黑翎王松口，承认自己是大王的继承人才行。

其实提脱不愿意撤军还有一个原因，他一直认为李弘没有多少军队，根本就没把他放在心上，他认为这是汉人玩的攻心之术。他和自己的手下算来算去，加上斥候的侦察，最后得出的结论就是李弘的军队最多不会超过四千人，三千多人的可能性最大，而且这其中还有一千鹿破风的军队，一千射墨赐的军队。

豹子非常有耐心，他带着骑兵在仇水两岸方圆上百里的区域四下活动，从来不在一个地方待上两天。这让乌丸人的斥候疲于奔命、很难跟踪。李弘的军队一直也没有出兵广宁的迹象。其实护乌丸校尉箕稠不开口，李弘的军队无论如何也不敢违命，私自进军广宁城。

箕稠吃准了提脱，他知道提脱早晚坚持不住要从广宁滚蛋，所以他根本无意开口求援。五千人在丰屏围耐心地待着，等着提脱滚蛋。

三方到最后还是提脱忍不住，率先有了动静，而且还是在形势不好的情况下。

大汉国边境。栟山。

李弘看见恒祭和鹿欢洋一左一右，毕恭毕敬地陪着一位长者走过来。

这位长者须发皆黑，身形高而瘦弱，额头和眼角处皱纹密布，一双眼睛炯炯有神，脸上总是带着些含蓄的笑意。

李弘疾步迎上去，隔着几步远就开始躬身行礼。

“右北平李弘拜见大王。”

黑翎王难楼急忙抢上几步，一把扶起李弘，连称不敢当。

“百闻不如一见。大人如此年轻，就有这样的成就，真是罕见哪。”

“大王谬赞了。子民一介武夫，没有什么本事，只是运气特别好，又有些蛮力罢了。”李弘笑着，再次躬身行礼感谢黑翎王的称赞。

难楼望着他，面显惊奇之色。他和汉人打交道几十年，第一次看见一个不到二十岁的司马级军官，而且他的出身还是一个从鲜卑国逃回来的奴隶。他上下打量着李弘，几乎不敢相信自己的眼睛，这和他心中所想的豹子差得何止十万八千里。

这个人年轻，虽然已经看不出稚嫩，但那张充满朝气的脸上却掩盖不了他的真实年龄。平凡无奇的相貌，一张国字长脸，浓眉大眼，普通得不能再普通，唯一比较突出的就是他高大威猛的身躯，即使在北疆，像他这样浑身充满了爆炸性力量的武士，也是很难看到的。

李弘随随便便地站在那里，看上去根本不像是一头敏捷狡猾的豹子，倒更像是一头待人而噬的猛虎，扑面而来的就是一股凛冽的杀气，不能不让人心生畏惧。尤其是在他胜仗越打越多、杀人越来越多的盛名之下，更让他增添了不怒而威的气势。如果不是他放荡不羁的长发，脸上豁达洒脱的笑容，眼睛里的真诚和热情，没有人会感觉到他的善良和亲和。

现在难楼发现他还是一个谦逊知礼的人。汉人中孔武有力者骄横无礼的多，学问高深者自命清高的多，像李弘这种看上去勇猛无敌的武人能够做到犹若谦谦君子，彬彬有礼，在汉人中也是非常罕见。

"按照大王的要求，我的军队已经进入埋伏区域。"

"多谢了。大人在乌丸族危难时刻出手相助，这份恩情日后定当报答。"难楼笑着说道。

李弘无所谓地摇摇头："大王言重了。大王为了两族长久的和平相处，毅然出手大义灭亲，这份豪气实在让我等小辈深为钦佩。"

难楼点点头，笑着说道："此战过后，幽州边境短期内将不会再有战乱，百姓们可以过上一段安稳日子了。"

他望着远处的群山，闻着山谷内树木的清香，不由得又想起了让他咬牙切齿的提脱。

黑翎王非常愤怒，他在上谷乌丸人中的绝对权威受到了提脱的公然挑衅，他要杀掉提脱，于是他找到鹿破风。鹿破风立即推荐了李弘。乌丸内部的事情比较复杂，以难楼的德高望重，如果他亲自出面收拾提脱，未免有点说不过去。大小部落的首领们会认为难楼是迫于大汉国的压力，出手镇压部落内部的同胞，这肯定会激起部落首领们的不满，从而引发部落内部的矛盾，严重点可能造成上谷乌丸的分裂，所以必须要借助外力。

大汉国的军队能够歼灭提脱当然最好不过，但箕稠这个人黑翎王十分不喜，甚至有些厌恶。他的胃口之大让难楼有些难以招架。难楼如果要借助他的力量，在时机上、隐蔽性上都不好，而且箕稠本身也没有什么本事，手上的力量更是不堪一击。只有豹子李弘和他的铁骑可以一用。

鹿破风亲自赶到野烽围，和李弘秘密商谈这件事。李弘大喜，满口答应，于是就有了召集大军野外训练的事。具体的军队人数，鹿破风也不知情。因为关系到机密，他也无意了解，对李弘，他是极其信任的。李弘通过军队拉练这种办法，迷惑麻痹敌人，意图敲山震虎，逼迫提脱撤军，从而完成黑翎王安排的伏击消灭提脱的计划。然而，他们还没有伏击到提脱，提脱却已经伏击了箕稠。

箕稠破口大骂，恨不能生吃了提脱。他的军队追上了敌人的车队，却被保护车队的乌丸骑兵缠住，更糟糕的是车队里什么财物都没有。他们上了提脱的当。

“鸣金收兵，鸣金收兵，撤……撤……”箕稠气急败坏，怒声狂吼。

然而已经来不及了，提脱的伏兵从白桦谷的两侧高地上同时扑了下来，几千个骑兵像黑色的山泥倾泻一般，汹涌澎湃，铺天盖地席卷而下，其声势之大，令人魂飞魄散，肝胆俱裂。战马的奔腾声惊天动地，士卒的喊杀声震耳欲聋，白桦谷突然之间颤抖起来。

箕稠毕竟久经沙场，知道眼下要想保命，当务之急就是要逃出敌人的包围。他心内虽然惊骇不已，脸上却没有丝毫惧色。他狠狠地朝草地上吐了一口吐沫，脸上的肌肉神经质地扯动了几下。

“击鼓，击鼓……”箕稠纵声狂吼。

战鼓擂响，声若奔雷，密集而狂烈。心慌意乱的士卒们正不知如何是好，突然听到激烈的战鼓声，立即精神大振，急速向箕稠的中军聚拢。

“密集布阵，密集布阵……”箕稠再次狂吼起来。

“弓箭兵居中，长矛兵在外，结阵……”

“左翼为前部，急速移动……”

箕稠身边的旗语兵高举不同颜色的大旗，轮番摇晃，向各部骑兵发出一道道指示。

汉军的骑兵在生死关头，表现出高度的战术素养。他们临危不乱，在各自战旗的率领下，迅速完成集结，并且开始了移动，虽然速度没有起来，但他们的战马已经开始奔跑了。

巨大的牛角号声突然破空而出，激越高昂，撼人心魄。敌人发起了冲刺。

乌丸士卒神情兴奋，面对着处于劣势的汉军，他们士气如虹，一个个纵声高呼，呼嗬声直冲云霄。

“急速前进……”

“士卒们……杀啊……”

箕稠高举长刀，纵马狂呼。战鼓狂暴地吼了起来。

士卒们受到战鼓的激励，无不心潮澎湃，同声应和：

“杀……啊……”

双方瞬间接触。战场上爆发出一声巨响。

提脱的八千人大军中，有一千人在宁县，由遢结率领他们撤退。途中他们将会合先期撤出押运财物辎重的车队一千人，一同赶回白山。现在围攻箕稠的军队只有六千人。六千铁骑围攻两千人的汉军，在人数上占有绝对的优势。

战马的撞击声，长箭的呼啸声，士卒的狂吼声，战鼓的重击声，牛角号的凄厉声，混杂在一起，响彻在战场的各个角落。

犀利的长枪长矛互相穿透了对方的身体，士卒们纷纷摔落马下，随即他们就被冲上来的战马肆意践踏而死，中箭的士卒在临死之前掷出手上的长矛、战刀带起一蓬又一蓬的鲜血在空中飞舞。

乌丸人的凶猛攻击给汉军造成了巨大的伤亡。汉军拼死迎敌，几乎寸步难行。随着两侧汉军士卒不断阵亡倒下，阵形的侧翼越来越薄，随时有可能被乌丸人冲破。一旦阵势被拦腰截断，汉军就会被分割包围。

箕稠的战斗经验就是大家生存的机会，他居中策应，大声地指挥部下从容应战。

“后军收缩，中军补充两翼，把敌人挤出去。”

“命令前军，杀，一直往前杀……”

“弓箭兵支援前军，齐射，连续齐射……”

前军的士卒只有一个念头，那就是杀死对方，一直往前杀，直到前面无人可杀为止。长矛兵和战刀兵相差半个马位，互为补充。大家舍命相搏，没有畏惧、没有退缩，他们的眼睛里只有敌人，武器上沾满了敌人的鲜血。弓箭兵的齐射立即发生了效果，前军突击的速度猛然加快。乌丸人发现了异常，立即展开了反击。他们在大军队的支援下，三五成群，拦截、突击、包抄、围杀，以大量杀伤汉军士卒为目的，虽然在步步后退，但每退一步，汉军的士卒就要减少几个。

提脱站在山谷的上方，笑容满面，心里好不得意。他暗暗念叨道：箕稠，今天不把你剥皮抽筋，从此我就不进大汉国。

“大人，看不出这个胖子指挥军队还很有章法，短时间好像拿不下来。”

提脱点点头，对手下说道：“这两千人是他的老本，他在草原上横行这么多年，仗的就是这支军队。上次打广宁，他宁愿弃城而走，都舍不得动用这支军队来守城。”

“把这么好的骑兵当步兵用，的确太可惜。”

“不过和我们的骑兵比起来，他这支军队还是差一点。”

“他现在采取密集布阵防守，我们的优势很难发挥。大人，你看他的突击箭头还在猛烈前冲，我们是不是从两翼抽调人手加强正面的阻击？”

提脱摇摇头，坚决地说道：“集中兵力打他的两翼，截断他的阵势。阵势一破，他就完了。”

“命令两翼后阵骑兵，列队齐射，给我射死那个死胖子。”

第十四章
复仇之战

箕稠猝不及防，连中五箭，幸好他皮糙肉厚，没有伤到要害。但周围的侍从、传令兵却倒下了一大片。

“命令军队，收缩……”

“后军进入两翼，中军补充前军，杀出去……”

“大人，撤除后军，我军防守就有了破绽。”他的一个部下大声提醒道。

箕稠痛得整张脸都变了形，他恶狠狠地瞪了对方一眼，疯狂地叫道：“两翼都要破了，还要后军防守什么？挡得一会儿是一会儿，带上亲卫屯，我们赶到前面，撕开敌人的阻击，冲出去。”

在战鼓的指挥下，正在阻击敌人的后军士卒立即撤入阵势中间，随即一分为二，补充到伤亡严重的两翼战场上，已经被压得变形的两翼再次反弹起来。乌丸士卒被连续击杀，不得不缓缓后退。

突击军队伤亡严重，几乎停滞不前。就在这时，箕稠带着二百人突然冲了上来。他的亲卫屯实力雄厚，士卒们身高马大、英勇善战。他们怒吼着，就像出笼的野兽一般，在危急的时候发动了最凌厉可怕的一击。

提脱面色大变，惊叫起来：“不好，箕稠变阵了。命令左翼军队立即抽调兵力投入正面阻击，快。”

汉军的防御阵形变成了锥形突击阵势，他们像榫子一样，顽强地深入，前进的速度陡然加快。

箕稠在十几个士卒的保护下，勉勉强强坐在战马上，血流如注。他咬牙坚持着，亲自督阵在第一线。

缺口突然被打开。

汉军士卒发出一声欢呼，挟带着已经昏迷在战马上的箕稠，蜂拥而逃。提脱气得破口大骂，打马跑下山岗。缺口随即被疯狂的乌丸人堵上了。箕稠逃走之后，汉军失去指挥，很快就被杀戮一净。战斗结束。

此役箕稠的骑兵军仅仅逃出了百十骑，余众尽没。乌丸人付出了将近千人的代价，大获全胜。

遢结在柏岭和满载财物辎重的车队会合后，率领两千骑兵，一路向白山方向飞驰。

按照正常速度，他的军队可以在稍晚的时候到达桓岭。翻越桓岭，就是边境。过了边境，就万事大吉了。

斥候接二连三地飞马回报，桓岭没有人迹，一切安全。

遢结回头望望身后绵延不绝的小山小岭，长长地吁了一口气。总算马上就要走出汉人的地境，心里感觉踏实多了。

“命令大家走快一点，我们到桓岭宿营。”

郑信一路小跑，找到了在山谷内洗马的李弘。弧鼎和弃沉带着十几个亲卫屯的士卒正在附近的草地上睡觉。

“守言，你跑什么？”李弘看到他大汗淋漓，笑着问道。

“子民，事情有些蹊跷。”郑信小声说道。

李弘闻言赶忙丢下黑豹，走到郑信身边。

“提脱的撤军路线是从白桦谷、枫谷、榉山、小熊山最后回到白鹫山。这是黑翎王给我们的消息。”

“但是，射璎彤刚才告诉我，他们的斥候发现遢结押着车队往恒岭方向去了。”

李弘疑惑地望了他一眼，没有做声。

“从恒岭到小熊山的距离要比黑翎王告诉我们的那条撤军路线近得多。我们现在在榉山埋伏，假如提脱从恒岭撤走，我们想追都来不及。我怀疑黑翎王的消息是假的。”

李弘笑笑，不置可否。黑翎王为了协调两方行动，秘密入境到榉山和李弘见面，仔细商谈其中的细节。他有亲信在提脱身边，情报准确，应该不会出现这样大的失误。

“黑翎王的军队在境外小熊山，距离恒岭一百三十里。明天遢结军队越过恒岭，就出了大汉的国境。黑翎王可以率部赶到边境，吞下这批东西。”

“你为什么要这么想？”李弘奇怪地问道。

“那是一笔巨大的财富，为什么不抢？黑翎王这次利用我们干掉提脱，部落内部难免有人闲言碎语不服气。他只要拿点东西堵堵大家的嘴，立即就能平息这场风波。有了这笔巨额财富，什么事搞不定？”

“如果提脱的大军今夜也到恒岭呢？”李弘问道。

郑信不屑地一笑：“子民，我们打赌，提脱不会到恒岭。黑翎王一定把我们卖了，谁伏击谁还说不一定呢？他的目的无非是想铲除追随提脱的一些小部落，所以无论是我们伏击提脱，还是提脱伏击我们，他的目的都能达到。因为这是一场势均力敌的血战，双方都会死伤惨重。我们好歹重击了提脱，报了他入侵之仇，而提脱则实力大损，自然打不过黑翎王。”

“如果黑翎王出卖了我们，提脱就会知道我们在桦山。他已经决定撤军了，为什么还要来和我们决战？他难道不怕自己实力受损，遭到黑翎王的算计？”李弘笑起来，指出郑信的猜测里有漏洞。

郑信皱着眉，摇摇头道：“乌丸人的事，的确搞不懂。反正我觉得这里头有鬼。”随即想起什么补充道：“我军的具体人数一直是个机密，各军队也是分开行动。敌人怎么估计，也不会想到我们有八千人。这也许就是提脱想和我们打一战的原因。”

李弘大笑起来，用力拍了一下他的肩膀，说道：“你说得非常有道理，这里头有鬼。记住回头要重赏舞叶部落的那名斥候，他的这个发现太重要了。”

郑信大喜，立即问道：“是不是同意我的推测？”

李弘点点头，严肃地说道：“大汉国的东西岂能让这些强盗抢走，我们今夜袭击恒岭。”随即对弧鼎和弃沉喊道：“去把各部军候、恒祭小帅、射璎彤小帅请来。”

郑信笑起来：“子民，你不怕提脱的军队今夜也赶到恒岭？”

“一锅端了更好。”

黄昏时分，军队收拾好行装，不慌不忙地上路了。李弘、郑信、铁钺带着十几个侍卫驻马停在路边，正和射虎、射璎彤说着什么。

这时鹿欢洋打马跑了过来，笑嘻嘻地问道：“大人，今天夜里我们训练什么？”

“夜袭。”李弘笑道，“也许我们能碰上提脱的大军队，你可要小心。”

鹿欢洋大笑起来，和射虎、射璎彤一起纵马而去。郑信望着他的背影，低声对李弘说道：“黑翎王连鹿破风都骗，他的王位到底想传给谁？”

“当然是他的儿子。”李弘平静地望了他一眼，继续说道，“你难道没有看见鲜卑各部的大帅都在这么做吗？”

郑信恍然大悟，连连点头。

半夜，军队到达距离恒岭十里之外的一片小山区里。

今夜，半边圆月在云层里闲庭信步，柔和的月光轻轻地洒在大地上。星星都躲了起来，偶尔有几颗从云层的间隙里探出头来，眨眨眼睛又顽皮地跑开了。

汉军的斥候像黑夜里的幽灵一般，纷纷散了开去。

李弘接到白桦谷的消息后，愤怒地跳了起来。他狠狠地踹了身边的小树几脚，差一点就要破口大骂。他不是骂提脱，而是骂箕稠。在这么好的形势下，竟然还中了敌人的诱敌之计，被人家打了个伏击，全军覆没。这有点太窝囊了。

“箕稠大人有消息吗？”郑信立即问道。

“没有。乌丸人大获全胜，都在欢庆胜利。战场上没有俘虏，汉军士卒全体阵亡。如果校尉大人没有逃出去，估计也……”

郑信摇摇手，示意斥候不要说了。

“他们现在的位置？”

“柏岭。乌丸人的大军下午开始从白桦谷出发，黄昏时在柏岭宿营，方向是恒岭。三十里范围内都有他们的斥候在活动，我们按照军候大人的要求，不敢靠得太近，以免暴露了自己。”

郑信满意地点点头，叫他下去休息。

侦察恒岭的斥候们纷纷返回。敌人没有发现汉军，他们正在休息。两千人分散在车队的前、中、后三段，没有结成防御阵势。乌丸人大概以为自己已经到了家门口，非常麻痹大意。

李弘立即命令军队出发，要求各部悄悄潜行至车队附近，然后以迅雷不及掩耳之势，迅速解决敌人。

玉石和射璎彤、射虎一队，伍召、里宋、燕无畏一队，胡子、恒祭、鹿欢洋一队，分别对付看守车队的三处敌人。李弘自己带着亲卫屯、后卫屯、斥候屯随后掩进。

溘结从睡梦中惊醒。

还没有等他睁开眼睛，自己就糊里糊涂地被一班舞叶部落的士卒连踢带打，揍得鼻青脸肿，差一点被打死了。

恒岭的袭击战还没有一盏茶时间就结束了。

敌人大部分都躺在帐篷里睡觉，一小部分站岗放哨的也靠在马车边睡得香喷喷的。已经到了家门口，这么安全的地方，谁还会想到被汉军袭击？除了一部分站岗放哨的士卒被袭杀之外，其余的全部在睡梦中做了俘虏。溘结不知道是怎么回事，一直强忍着疼痛不敢大声呻吟，生怕惹恼了对方被一刀砍了。

李弘带着队伍还没有走到恒岭，就接到报告，恒岭的袭击战已经结束了。

李弘笑起来，对身边的田重说道：“老伯又要受累了。那么多战利品，够你们后卫屯忙一阵子的。”

田重喜笑颜开，脸上的皱纹好像都没有了。

“跟在子民后面打仗，才知道打仗是怎么回事。我从军四五十年，真是白干了。”

恒祭和鹿欢洋在俘虏中找到溘结，看到他的狼狈样子，不由得放声大笑。溘结看到他们，就像看到救星似的，连声大叫起来，“大王在哪里？大王在哪里？”

恒祭摇摇头，同情地看了他一眼说道：“你找大王有什么用，还不是一样掉脑袋。”

“我是大王的人，一直给大王提供消息。不信我们一起去找大王对质。”

恒祭和鹿欢洋交换了一个诧异的眼神，十分狐疑地望着他。

“我们凭什么相信你的话？”鹿欢洋问道。

溘结摇晃着已经逐渐肿大的脑袋，大声说道：“你们不是和豹子的军队埋伏在榉山吗？怎么跑到恒岭来了？”

恒祭和鹿欢洋大吃一惊。溘结知道这个机密，说明他真的是大王难楼的人，而且还是难楼很信任的人。

“相信我了吧？”遢结得意地问道。

两人连连点头。

“那还不把我放开，带我去见大王？”遢结看到两人没有放人的意思，赶忙喊道。

恒祭望着他抱歉道：“大王不在这里，豹子李大人在这里，所以我们无权放了你。”

遢结吃惊地喊了起来：“是他？他不是在榉山吗？”

鹿欢洋警觉地望着他问道：“豹子为什么不能到恒岭？你和大王有什么约定？”

遢结犹豫了一下，然后说道：“都是一家人，告诉你们也没有什么关系。大王和我已经约好，明天在边境的那一边劫夺车队。这件事肯定要瞒着汉人，如果让他们知道了就很麻烦。你们不在榉山设伏，却跑到这里来袭击我，说明豹子已经知道了这件事。”

恒祭和鹿欢洋脸色大变。

鹿欢洋吃惊地说道：“你们竟然敢算计李大人？”

恒祭也连连摇头，怒气冲天地说道：“我们在榉山伏击提脱大军，流血流汗，你们却在一边谋夺提脱的财物，你们……”

遢结冷笑一声道：“为什么不行？汉人贪得无厌，不知道要了我们多少东西。这点东西算什么？你们都是大王的部下，不要站错了队，帮助汉人啊。”

恒祭和鹿欢洋顿时无语。

遢结接着问道：“提脱的军队可有什么消息？”

“提脱的大军已经赶到柏岭，根本没有到枫谷。他今天上午就可以赶到这里。”

遢结顿时目瞪口呆，面无人色。

恒岭沐浴在淡淡的月光下，好像披上了一层薄薄的轻纱，美丽而又非常宁静。

李弘慢慢地走在草地上，来回踱步，心里委决不下。

提脱的军队就在五十里外的柏岭，到了早上，一旦侦察到汉军的踪迹，他的军队轻装疾行，随时可以追上来。汉军带着这么多东西走，速度缓慢不说，而且还会严重影响军队的机动性。双方一旦接触，就是一场大战，根本难以避免。

军队从昨天黄昏就开始连续行军，到现在都没有休息，士卒们已经很疲劳，如果要进行一场血腥厮杀，体力上恐怕难以保证。此地都是丘陵山区，大家地形不熟，而且也不合适骑兵展开队形。如果和敌军纠缠在一起陷入混战，伤亡一定巨大。

虽然提脱的军队昨天在白桦谷打了一战，但他以六千人围攻两千人，在占据绝对优势之下，军队的伤亡不会太大，士卒的体力消耗也有限，更重要的是他们还在柏岭休息了一个晚上，军队的战斗力已经基本恢复。如果他们看到自己辛苦了三四个月的成果被洗劫一空，其愤怒可想而知，在这种情况下和其对战，的确不利。

玉石、伍召一班军候飞马而至，射璎彤、射虎、恒祭、鹿欢洋随后也赶到。

李弘立即征求他们的意见，是战还是不战？若战，就是一场苦战；若不战，则用不战的办法迎敌。出乎李弘的意料，大家一致要求在恒岭和敌人决战一场，死亦不惜。

“大人，这次外族入侵，从卢龙塞开始。是我们卢龙塞的边军打响的第一战。今天，我们在恒岭结束，由我们卢龙塞的边军完成最后一击。想想，这是一件多么激动人心的事情，大人难道不激动吗？”

小懒大声喊道。

李弘的心突然剧烈地战栗起来，他想起了田静、姬明，泪水忽然就涌了出来。

“你看看，看看这支边军，卢龙塞的老战士还有几个？大人，报仇哇！”小懒再次吼叫起来。

里宋、郑信、田重的眼眶湿润了，一个个战友的音容笑貌像闪电一样从脑中飞过，他们不由自主地握紧了拳头。此战之后，很难再有机会讨回血债了。

“打。”玉石吼道，“我们八千人，狠狠地杀他一场，也让胡人知道，汉人的疆土不是他们想来就来、想走就走的地方。”

“大人，大燕山的兄弟已经在渔阳去了一半，今天，就让另一半葬在这里吧。这地方风景不错，是个埋骨的好地方。”胡子哈哈一笑，朗声说道。

李弘悄悄转身，伸手抹去眼泪，心里涌起誓死一战的决心。

他望向射璎彤、射虎。射璎彤二十多岁，容貌清秀，射术高超。他和弃沉一样，都不爱说话，但比弃沉显得更内向一些。他看到李弘询问的眼神，立即拉着射虎单腿跪下，大声说道：“舞叶部落已经发过誓，只要大人吩咐，即使粉身碎骨也在所不辞。”

李弘赶忙把他们兄弟拉起来，用力拍拍两人的肩膀。

恒祭和鹿欢洋对视一眼，也单腿跪了下去。恒祭沉声说道：“大人拯救白鹿之恩，今生今世难以报答。临行前大帅说了，一切以大人马首是瞻，誓死相随。”

李弘俯身把他们拉起来：“好，今日血战恒岭。”

提脱真正愿意撤军的原因是因为黑翎王要对付他。黑翎王不动声色地召集了一万大军，埋伏在小熊山。

提脱等的就是这个机会。他买通了族内几个有影响力的大首领，相互间早就约定，只要黑翎王亲自出面对付他，和他对垒草原，他们就转而支持提脱，逼迫难楼让位。难楼老了，不但胆小，而且还总是巴结汉人，奴颜婢膝，实在有辱乌丸人的脸面。

难楼联合汉军豹子军队准备对付他的秘密，提脱也知道。难楼的亲信已经有好几个都转投了提脱。新主子大方，舍得赏赐，他们当然也要尽尽心。提脱自然不会愚蠢到继续走榉山回家。但他对所有部下都说自己要走榉山回家。他命令遢结护送车队从恒岭走，却没有告诉他自己也要从恒岭越境回去。现在双方的叛徒太多，有些事只有自己知道最安全。他虽然相信遢结，但他不相信遢结手下的人。直到白桦谷伏击之后，他带着军队往恒岭方向行军，大家心里才有数。

提脱这次入侵大汉朝掳掠的所有财物他都没有运回白鹭山，他等的就是这一天。在大草原上，不费一兵一卒，突然就把那个死老头整成一只死鳖，他想想都要笑出声。当了大王，不能没有表示，当然要重重赏赐有功之臣。这批东西就派上用场了。

他躺在兽皮上闭目沉思，仔细推敲着在反叛难楼事件中可能发生的每个细小环节。他不想因为小事出错，导致功亏一篑。

大帅参矜飞步冲了进来。

“大人，大事不好，遢结和车队在恒岭遭到汉军袭击。”

提脱心里一抖，浑身立即冰凉。

他猛地睁开双眼，望着一脸惊慌的参矜，问道：“消息怎么来的？”

“从恒岭逃回来的士卒说的，千真万确。汉军突然出现，遢结和他的军队措手不及，被围歼覆没，大部分士卒都做了俘虏。估计是豹子军干的。现在斥候已经出动，军队正在集结。”

提脱慢慢地站起来，神色有点紧张地说道：“这个豹子自从到了上谷战场，我们的霉运就没有间断过。他难道真如传言中说得那么厉害吗？”

“我们得到的消息是他的军队埋伏在榉山，怎么突然出现在恒岭？走恒岭这条路线是我们临时定下的，怎么会泄露？”随即他摇摇头，眼睛内露出丝丝杀气，“不想许多了。你知道这批东西对我的重要性，一旦失去，意味着什么你也知道。遢结死了不要紧，那批东西千万不能丢，否则这次就彻底完了。”

“汉军的人数不多，抢了东西以后肯定要往距离他们最近的宁县方向逃窜。我军在柏岭，他只能取道狍子沟回宁县城。我率三千人往狍子沟拦截他们。你带两千人急速赶到恒岭，仔细查看现场之后，立即从后尾追。要快。”

“大人，这时候分兵出击好吗？假如敌人比我们多怎么办？”

“除非豹子能让死人活过来，否则他就不可能有那么多军队。箕稠已经大败而逃，自顾不暇，剩下这么一支小军队，怕他个鸟！”提脱不屑地说道，“他们一旦逃进宁县，据城坚守，我们一时半刻根本攻不下。我们没有军需，只带了三天的干粮，三天后只能撤回。到那时我们两手空空，损兵折将回到白山，事情就相当复杂了。为了拦住他们，只能这么办。难道你有什么别的办法吗？”

参矜不好意思地摇摇头，低声说道：“豹子军神出鬼没、速度极快。假如他先逃进宁县，我们就毫无办法了。不如直接回家吧，虽然两手空空，但大人的实力犹存。”

提脱恶狠狠地瞪了他一眼，一双眼睛恨不能杀了他：“此次出征，耗尽了我们所有的储存，如果失去了战利品，我们就一贫如洗，除了每人一匹战马，什么都没有了。就这样回去，还有什么实力犹存？立即就会被难楼一扫而空，留下性命就不错了。”

“汉军押着俘虏，带着大车，速度不可能很快，我们来得及。恒岭和狍子沟相距五十里左右。你务必记住，一定要和我保持联系，一旦有事立即支援，保证万无一失。和白桦谷一样，我们争取在狍子沟再伏击他们一次。”

“我们一定能夺回来。”提脱望了参矜一眼，安慰他道。其实他也在安慰自己。

豹子随意一击，就把本来形势一片大好、前景光明的提脱送进了绝境。这恐怕是李弘永远都想不到的事。

李弘把战场选择在恒岭的入口处。

这里有超长距离的斜坡，适宜骑兵冲刺。但这个斜坡不是很直，而且多树。李弘命令士卒们把树尽数伐去，拓出一片巨大的空地。

在这片入口的两侧，都是丘陵小山。虽然隐藏军队较好，却不利骑兵展开，无法运用骑兵的速度进行冲击。

小山环抱的草地方圆两里左右，一直延伸到另外的一片小山区里。

李弘站在斜坡顶部，想起了马嘴坡。那是他第一次参加大军队的战斗，当时自己非常紧张，慕容风还教自己如何调整情绪。命运就是这样捉弄人，现在大家却成了敌人，连好朋友都做不成了。

风雪，他又想起了风雪。不管怎么说，风雪都是自己的朋友。虽然自己再也看不到她，但总是想起她，想忘都忘不掉。如果再有机会见到她……

"大人……"

铁钺的声音突然在他耳边想起。李弘吃了一惊，从风雪的笑靥里蓦然惊醒。

"大人，斥候来报，乌丸人兵分两路，一路往北，一路往恒岭而来。"

李弘笑了起来。

"好，如我所愿。提脱怎么都不会想到我们要在恒岭和他决战。"

"往北？往北是什么地方？"李弘问道，"是狍子沟吗？"

铁钺点点头："正是。大人，那是我们回宁县最近的一条路。提脱大概想到那里堵我们。"

"提脱很有头脑，也很果断，厉害。"李弘笑道，"可惜他们这些人总是认为我们没胆，不敢和他们决战，结果导致判断失误，想不败都不行。命令斥候密切注意北去敌人的动向，防止他们突然杀回来。"

上午，提脱的斥候们突然疯狂运转起来。他们一拨又一拨地进进出出、川流不息，消息一个接一个地传了回来。

大帅参矜带着两千骑兵正飞速奔驰而来。

"大帅，我们的斥候进不了恒岭。"一名小帅打马跑到参矜旁边，大声叫道。

参矜闻言眉头紧皱，半天没有做声。

"我们一直接近不了恒岭，进去的斥候没有一个回来。我怀疑恒岭上有埋伏。"

"祟幼，你用点脑子好不好。如果敌人在恒岭设伏，当然希望我们尽快赶去，还杀斥候干什么？故意告诉我们那里有埋伏，叫我们不要去吗？"参矜轻蔑地说道。

祟幼有些心虚，没敢吱声，等着大帅继续说话。

"汉人抢了我们的东西，跑都来不及，还会在恒岭设伏？我们有五千大军，他们想伏击我们，除非是想找死。"

"命令军队加快速度。"

"大帅……"祟幼大声喊道，"我们还是派一支小队先去看看吧。"

第十五章 遭遇决战

李弘望着身边的黑豹，又想起了慕容风，心里顿时觉得很牵挂。他想再次看到慕容风，看到他温和的笑容，听到他低沉的声音。失去记忆的李弘，把刚刚记事时最美好的记忆牢牢地刻在了心里，把铁狼和慕容风当作了自己的亲人。这是无法理解的一种感情、一种亲情。

慕容风站在马嘴坡上指挥战斗时，自己很羡慕，盼望着有一天自己也能像他那样，镇定自若地指挥千军万马冲上战场。现在美梦成真，他真的站在高坡上，指挥身后的八千大军。他忽然觉得自己没有辜负慕容风的谆谆教诲，他把慕容风交给他的知识都领会了，也都用上了。他觉得自己真是天才，过去在鲜卑，慕容风夸他是天才时，他还认为是慕容风调侃他。现在看来，大帅就是大帅，他说的话从来都不会错。

乌丸人的两百铁骑像旋风一般冲上山冈，他们惊呆了。

在山岭上，由上千部大车密密麻麻排成了一个巨大的长方形车阵，纵深三排，距离竟然达到了百步。车阵内稀稀拉拉有上千名汉军，正持弓而立，严阵以待。当头一人却是一个花白头发的老头。

田重看到乌丸骑兵出现在山冈上，抬手朝天射出一箭，纵声大吼："擂鼓……"

车阵内鼓声轰然震响。

乌丸人脸色大变，呼啸一声，拨转马头顺着来路如飞而去。

远处树林内的李弘微微一笑，大声叫道："列阵……"

牛角号声冲天而起。

乌丸骑兵大吃一惊，纷纷回头望去。恒岭掩藏在树木之中，杳无人迹。他们估计是车阵中的汉兵所吹，没有在意，依旧打马疾驰而去。

树林内，密密麻麻的骑兵陆续走出，开始在车阵前面列队。两千舞叶部落的鲜卑骑兵，两千汉军骑兵。李弘率领亲卫屯排在最前列。铁钺高举血红的黑豹风云大旗，弧鼎高举黑色汉字大旗，弃沉高举红色李字大旗。

李弘吸取上次教训，再也不居中指挥了。他要做突前军队的箭尖。不过这次军队在狭窄地带上作战，不进行阵势作战，自然也不需要居中指挥了。

参矜听到骑兵们的描述，心里疑惑不定。汉军还在恒岭，车队也在恒岭，是不是说所有财物也在恒岭？汉军想干什么？

“大帅，我们杀过去吧。”祟幼兴奋地叫起来。

汉军想和我们决战？参矜脑中的这个念头一闪而过，随即想到，这些人是不是在故意拖延时间，掩护其他的人撤退？赶去侦察的铁骑并没有看到车中的东西。大车都是空的。一定是这样，这些狡猾贪婪的汉人怎么舍得放弃眼前成堆的财物？他们想摆个破阵势来骗我，诱我上当，给其他的人争取时间溜走。

“快马通知大人，我们在恒岭发现一部分留守汉军，正在剿杀。战斗结束后，我们立即追上去。”

“各部骑兵，列队，准备冲锋……”

奔雷一般的马蹄声，激昂的牛角号声，伴随着地面的剧烈震动越来越近。

“呼嗬……呼嗬……”乌丸人的吼叫声突然从远处响起，在山岭之间久久回荡。

李弘高举长枪，身后的号角兵随即吹响了冲锋的号角。战鼓也随即在车阵里擂响。恒岭霎时间被一股浓浓的紧张气氛所笼罩。大战即将开始。

乌丸人的身影出现在地平线上，接着各色战旗跃入汉军士卒的视野内。

李弘转首高吼：“强汉天威，奋勇杀敌，杀……”

身后的士卒高举武器，同声呼应：“杀……”

更多的士卒听到喊声，人人神情激奋，无不竭尽全力，纵声狂呼：“杀……”

杀声直透云霄，仿佛要把恒岭震碎一般惊天动地。

李弘轻踢马腹，黑豹开始迈步，开始小跑，开始奔驰……

士卒们一字排列，紧随其后，打马前进。

恒岭的山坡上突然风起云涌，汉军士卒像潮水一般，呼啸着；像波涛一般，掀动着；像飓风一般，怒吼着。战马奔腾的轰鸣声越来越大，越来越响，终至于淹没了士卒们的呼喊声。

参矜的心脏剧烈地跳动起来，他发现眼前疯狂涌来的汉军根本就不止上千人，而是几千人。

“中计了。”这是他惊愣之后的第一个念头。汉军什么地方都没去，就埋伏在恒岭等着他们。

“撤退？”第二个念头浮上心头，来不及了，军队的速度已经接近了极限，而敌人已经像闪电一般射来，根本没有回头的余地。自己的后军还在山岭后面疾驰而来，想退都没有路。

“求援？”这是他第三个念头。自己有两千精骑，对付一群汉人的骑兵，虽然人数上占了劣势，但支撑几个时辰应该没有问题。实在不行的话，还可以突围。只是若想夺回自己的东西，打败汉人，必须要有支援，要提脱的主力军队及时赶到恒岭来。

“立即通知大人，汉军主力在恒岭，速来救援。快，快……”参矜回头对身后的传令兵狂叫起来。一名传令兵突然加速，斜向向军队的侧翼靠去，准备脱离大队，拨马回头。

“命令后队加速，向中军两翼靠拢，军队列锥形阵势迎敌。”

汉军的铁骑在加速。

李弘听到乌丸人的牛角号声密集响起，警觉地抬头看去。敌人的后军突然加速，并且迅速向军队的中军两翼靠拢，逐渐形成一个攻防兼备的锥形密集阵势。

李弘心里暗暗地叫好，胡人的骑兵素质实在令人惊叹，他们在高速行进中从容变阵，士卒们一个个舒展自如、处惊不乱。汉军士卒的确和他们有差距。如果汉军士卒训练不出来，不如直接用胡人组成一支骑兵军，这样要省事多了。李弘正在想着，忽然发现乌丸人的变阵已经基本上完成了。

他大吼起来：“前军密集集结。后军两翼出击。”

要正面应战锥形阵势的箭头，挡住敌人的榫头嵌入，就必须用铁板去抵挡。只要狠狠地砍掉他的箭头，锥形阵势的攻击就会瓦解，剩下的也只有防守了。

“加速，加速……”李弘声嘶力竭地大吼起来。

玉石、小懒、胡子、拳头、燕无畏的三曲铁骑吼声雷动，他们紧紧地聚在一起，组成一道道毫无缝隙的铁板人墙，以接近极限的速度奔驰起来。

射璎彤、射虎各自率部突然从左右两翼冲出，像两支离弦的长箭，射向了锥形阵势的两条斜边。

汉军的冲锋大队形成了三支箭头，凶猛地扑向了敌人。

双方的距离越来越近，相差一百二十步。

参矜舞动长刀，正准备命令士卒上箭，他的嘴巴张开了，却没有喊出声音。他看到了满天的黑云，满天的长箭。

他突然觉得自己非常愚蠢，莫名其妙地掉进了敌人挖好的陷阱里。一个死亡的陷阱。

山岭两边的树林里射出了无数的长箭，它们就像一片巨大的黑云，突然降临在恒岭上空，长箭在空中飞行着，发出刺耳的凄厉啸叫，尖锐的声音回响在士卒耳旁，直接钻进了他们的心底。死亡临近的恐惧让他们浑身战栗起来。

“举盾……”参矜终于吼了出来。

牛角号声冲天而起。

长箭从天而降。

士卒的惨叫，哀嚎声，尸体的坠地声，战马的痛嘶，扑倒声，马蹄从肉体上践踏而过的沉闷声，长箭击在盾牌上的劈啪声，顿时交织混杂在一起，血腥而恐怖。

对面的汉军像决堤的洪水一般汹涌澎湃，气势汹汹地杀了过来。

参矜愤怒了。不论敌人有多少，他都不管了。汉人，他要杀尽眼前的汉人，杀尽那些投靠汉人的胡人。他已经无所畏惧。

“全速前进……”他转头大叫起来，“全速，越过箭阵……”

乌丸人顶着箭雨，踩着伤亡士卒的躯体，狠命地驱打着战马，几乎飞一般地杀向汉军。

李弘长枪前指，纵声狂吼：“杀……”

接触。巨响。

李弘随着黑豹高高跃起的庞大身躯，奋力刺出长枪，一名乌丸士卒惨哼一声，溅血的身躯从战马上腾空飞起，重重地摔落到地上，接着就被无数只飞腾的马蹄淹没了。

敌人的箭头轻易地就被折断了。

弧鼎和弃沉带着凶狠的亲卫屯士卒跟在浑身溅血的李弘后面，一路酣呼鏖战、无人可敌。李弘的长枪就像嗜血的幽灵，肆意吞噬着一条又一条鲜活的生命。玉石、小懒的军队在左，胡子、拳头的军队在右，燕无畏领着士卒紧随在亲卫屯后面，大家密集地聚集在一个狭窄的空间里，就像一柄无坚不摧的铁锤，疯狂地挥舞着，疯狂地砸着，把乌丸人的箭头很快砸成了齑粉。

射璎彤和射虎的军队随即冲进了敌人锥形阵势的中间，犀利无比地钻进了敌人的心脏地带。

祟幼战刀飞舞，连杀两骑，接着他就碰上了弃沉。弃沉被鲜血喷射了个满头满脸，看上去凶恶狞狰，他像猛兽一般低低哼了两嗓子，身形随着战马飞扑而来。两刀相错，发出一声刺耳的金铁交鸣之声。祟幼从来没有被这么狠的一刀劈过，这一刀沉重无比，他心口如遭重击，张嘴喷出一口鲜血。跟上来的一个鲜卑战士再劈一刀，祟幼再挡。他感到自己头昏眼花，好像要坚持不下去了。两把刀几乎同时从前方剁了下来。祟幼奋尽余力，大喝一声挡住一刀，跟着一颗头颅张大着一张嘴飞了起来。战马继续冲出了十几步之后，马背上的无头尸体终于坠于马下。

箭阵停下来之后，两边的小山上密密麻麻地冲出来数不清的汉军，他们好像没有穷尽似的，不停地从小山上涌出来。虽然距离只有一百多步，但因为山丘上高低不平，骑兵无法展开速度，他们冲到战场上的速度并不快。但他们已经无需速度，他们只要堵住乌丸人的后路，然后加入围歼敌军的战斗即可。

参矜几乎是惨叫着，闭上了自己的双眼，他惊呆了，豹子的军队一下子冒出来这么多人，几乎有上万的军队。这仗还有什么可打的？情报？这都是什么狗屁情报。早知道这样，不如回白山。他不由得想起早上和提脱的争执。

提脱他想干掉黑翎王，他要贿赂大汉的官，要回报帮助他支持他的人，所以他要这批巨额的财物。而自己在乌丸人的这场权利斗争中会捞到什么？除了赔上部落的士卒，部落的财产，什么都捞不到。提脱答应他们这趟入侵大汉的报酬，到现在都没有兑现。如今看上去，不但自己小命难保，恐怕提脱也难逃一死。

是不是黑翎王秘密派出军队支援豹子呢？这个念头刚刚闪过参矜的脑海，他顿时恍然大悟。胡人，到处都是髡头胡人。一定是黑翎王知道了提脱的计划，他为了除掉提脱，直接派出军队加入了豹子的汉军，务必要将他杀死在汉境。这样乌丸内部帮助支持提脱的人就不会怀疑是黑翎王从中做了手脚。乌丸内部也不会因此而产生内讧。黑翎王根本就不是埋伏在小熊山，汉军也不是埋伏在榉山，这一切都是阴谋。

一个惊人的想法忽然出现在参矜脑海中，我为什么要陪着提脱死得不明不白？

参矜猛地睁开双眼，大声吼道："吹号！我投降！参矜降了！"

乌丸人的牛角号声呜咽着，像哭泣一样低沉无力地吹响了。

李弘大喝一声，竭尽全力收回刺出的长枪。弧鼎和弃沉大声叫喊着，亲卫屯的士卒们纷纷停下手上挥舞的武器。射璎彤和射虎两支攻击军队的前方忽然就失去了敌人。乌丸人迅速后退，集结到参矜的战旗下面。

乌丸士卒看到铺天盖地的汉军，嚣张的气焰早就烟消云散，本来以为今天必死无疑，没想到他们却听到了投降的号角声。没有人会放弃求生的机会。他们在参矜的指挥下，一个个眼明手快，纷纷丢下武器，跪在了地上。

谁都想不到，参矜竟然命令投降。

一场刚刚开始的血战，忽然就结束了。

李弘和身边的铁钺、弧鼎、弃沉面面相觑，觉得有点太突兀，太不可思议了。

刚刚冲上来准备展开血腥厮杀的恒祭和鹿欢洋恨恨地骂了两句，随即各自率部打马狂奔，一路畅通无阻地冲到了敌阵中间。

伍召、里宋、雷子的军队还没有接触到敌人，战斗就结束了。他们惊喜地驻马而立，指挥手下严阵以待，防备敌人使诈。

参矜看到了恒祭。他是鹿破风手下的小帅，互相之间都认识。参矜举手喊了起来。

"大帅很识时务，很果断嘛！"恒祭冷冷地笑了一下，调侃道。

参矜毫不畏惧，反唇相讥。

"白鹿部落什么时候成了汉人了？杀自己的族人很快活吗？"

"你们一路南下，自己的族人还杀得少吗？老子活劈了你！"鹿欢洋看到他很鄙视自己的样子，火冒三丈，举刀就要剁下。

"大王的军队是不是入境了？"参矜没有理会鹿欢洋，一边解下战刀扔到地上，一边大声问道。

恒祭戒备地望着他，奇怪地问道："你问这个是什么意思？"

"汉军根本就没有这么多人，一定是大王的军队过来了。你们联手要消灭提脱，是不是？"他自作聪明地说道。

恒祭笑了起来，不置可否。李弘军队的秘密他当然知道一些，那都是不能露光的事，随敌人怎么想好了。

“把他捆了！”鹿欢洋大声叫道。

提脱接到斥候的回报，心里犹豫不决。

狍子沟方向没有任何敌人的踪迹。

难道自己判断错了，汉军向榉山方向去了？不可能，从榉山走，不但要走回头路，而且一路上都是山路，速度更慢。

“再探，向恒岭方向继续探查，扩大范围。”

中午，军队到了狍子沟。

狍子沟安安静静，没有人烟。

小帅然颓驱马走到提脱身边，轻声说道：“斥候已经向前三十里，依旧没有看见敌人。会不会汉军没有从这个方向走？如果他们从这里走，我们的斥候早就应该发现了。”

“大人，豹子的军队会不会还在恒岭？”千夫长邪祝说道，“那小子神出鬼没、诡计多端，魁头在鲜卑国境内都被他杀了个落花流水。我看我们还是直接杀向恒岭吧。”

提脱心里明白情况有些不对劲，但他还是对自己的实力充满信心，他不假思索地点点头道：“命令军队速度快一点，我们去恒岭。”

下午，他们接到了参矜的消息，军队正在攻打恒岭。

“参矜危险了，他们遇见的肯定是汉军主力。”提脱惊呼起来。

提脱后悔莫及。自己一着急，立即分兵围追堵截，没想到还是中计了。敌人就是要他们分兵，然后利用自己的优势兵力逐个击破。

“急速，急速杀向恒岭。”提脱脸色大变，声音都有点嘶哑了。

如果参矜的军队在恒岭被打了一个伏击或者被两倍于他的兵力围攻，都有可能被歼灭。汉军在恒岭上突袭一次、伏击一次，就把自己的四千人马吞噬了，这个豹子真的有这么厉害吗？如今，即使自己的军队杀败了汉军，夺回了财物，那又怎么样呢？自己一万多人马出来，只剩下两三千人回去，根本就无力招架难楼的围攻。没有实力，再怎么富有也是他人的口中之食。

提脱一时间心急如焚，恨不能肋生双翼飞到恒岭。他不停地催促着，额头上冷汗冒个不停，浑身上下不知不觉让汗水都浸透了。

“大人，你不要着急，事情也许没有你想象的那么严重。箕稠的军队厉害吧，训练了许多年，我们还不是很轻松地就把他们消灭了。汉人的军队太脓包，没有多少战斗力。即使有什么事，相信参矜大帅也能顶得住。只要他坚持到我们赶到恒岭，汉人就休想活命。”

千夫长键乘的安慰非但没有减轻提脱的忧虑，反而让他更加绝望了。汉人的军队里有白鹿部落的乌丸人，有舞叶部落的鲜卑人，有大批投军的马贼，没有战斗力？怎么可能。

接着，他们碰上了参矜的传令兵。汉军的主力果然全部在恒岭。

然颓、邪祝、键乘三人欢呼起来，神情大为兴奋。提脱的心却沉了下去，面无表情。他现在非常后悔，后悔没有听谧结的劝说，后悔没有在情况最好的时候，大摇大摆地凯旋而归。现在，他把难楼逼得忍无可忍，跳出来要和他对决。他的目的是达到了，但他却把自己推进了绝境里。

提脱的大军一路不停，中间就在狍子沟稍稍歇息了一下。士卒们在马背上颠簸了一天，一个个体力不支，疲惫不堪。就在他们距离恒岭十里左右的时候，他们抓住了一个汉军的斥候，而且还是一个乌丸人。在反复的威逼利诱之下，那人终于开了口。

谧结被俘，参矜已经投降，豹子的八千大军就在恒岭上埋伏着，正张开血盆大口等着他们。

八千人？提脱和他的手下们面如土色、呆若木鸡。

“你敢骗我们……”键乘指着俘虏，愤怒地喊道。

“没有，的确没有。鲜卑人的舞叶部落有两千人，白鹿部落有一千人。豹子在马城和拓跋锋的军队一仗都没有打过，他把突袭我们马贼的俘虏全部招进了军队，加上鲜卑俘虏，他的军队已经扩充到八千人。千真万确，你们赶快逃吧，否则……”

他看到提脱杀气腾腾的脸、恶狠狠的眼睛，吓得根本就不敢说下去。看着部下惊骇的眼神，提脱感到一股寒气从背心直冲到脑后，他的心脏猛地跳了几下。

“大人，士卒们今天急行军一百多里，个个都很疲惫，而汉军以逸待劳，体力充沛，两军相遇，我们……”

提脱摆摆手，示意然颓不要再说下去。情况很明显，若战，覆灭之局。汉军不仅仅是八千人的问题，还有英勇善战的鲜卑人和乌丸人，即使参矜的军队现在还在，也不可能打败汉军，更不要说抢回东西了。

他突然狠狠地打了自己一下。箕稠，都是因为自己想杀了箕稠，才招致今日之祸。如果没有白桦谷之战，大军就会和谧结会合同时到达恒岭，今天就已经过境了。豹子就是想堵截偷袭自己，也是有心无力。他后悔啊，一招错，满盘皆输。为了杀一个仇人，竟然把自己的一切都输掉了。

“大人，如果决定不战，我们可以直接从这里去榉山，由榉山过境，您看呢？”邪祝小声问道。

提脱沮丧地点点头。回去？回去也是死路一条。如今自己实力俱损，只能任由黑翎王宰割了。他难过得差一点要哭出来。这是什么事，就因为临走时打了一仗，所有已经拿到手上的权势和财富就赔了个精光，如今看上去还要赔上自己的部落和自己的性命。天理何在？

提脱撕心裂肺地吼了起来，“撤，撤回白鹭山。”

他痛苦，他后悔，他要疯了。

太阳西斜，黄昏将临。

里宋听到报警的牛角号声急促而猛烈地响了起来。

他大吃一惊，丢掉手上吃了一半的干粮，放声大吼："准备作战，准备作战……"

在同一个地方袭击同一个对手，对方不可能没有警觉。李弘为了防止提脱的军队突围而逃，特意安排里宋的军队守在去榉山的路上，伍召的军队守在返回柏岭的路上。只要发现提脱的军队前往恒岭，他们两支军队就尾随在后，早早卡住敌人的退路。然而，提脱却选择了逃跑，立即逃跑。这一点，李弘和他的部下们都忽略了。这个可能性太小，偏偏这个最小的可能性变成了现实。

汉军仓促应战。

八百人排成密集整形，守在山凹里。他们刚刚列队完毕，乌丸人就杀了过来。

"弧形结阵，挡住敌人。"里宋看着蜂拥扑来的敌人，冷静地说道。

"命令士卒们，上箭……"

"放……"里宋大吼一声，长箭呼啸而出。

"放……"同一时间，键乘高举战刀，放声狂吼。

双方密集的长箭在空中凄厉地啸叫着，互相交错而过。"唰……"几乎是一个声音，长箭砸向双方密集的人群。

汉军高举盾牌，迎向空中。乌丸人为了加速，完全放弃了防守，他们高呼着，悍勇无比地冲击、射击。

"噼噼啪啪……"长箭凌空射下所带来的巨大冲击力，砸在密密麻麻的盾牌上，狂暴而粗野。许多士卒给这一阵密集的攻击撞得手臂酸痛，盾牌几乎都要用双手去顶。许多长箭穿透盾牌面射伤了执盾的士卒。有不慎中箭者惨嚎着坠落马下，有中箭的战马在阵中痛嘶蹦跳。

敌人接二连三地中箭，纷纷栽到马下，更多的长箭随着他们的叫喊射向空中。盾牌突然撤下，汉军的长箭随之呼啸而去。

双方很快接触。

"杀……"里宋长枪一摆，率先刺向一柄飞跃而来的战刀。激战开始。

乌丸人的冲击力甚是可怕，仅仅第一轮的冲击，汉军的弧形阵列就被他们狠狠地削去了一层。汉军后排的士卒对着敌人任意射击，闭着眼睛都能射中密密麻麻扑上来的敌人。前排的士卒被战友的鲜血刺激得疯狂了，他们只知道杀死对方、报仇、再杀死一个，浑然已经忘记了自己的生命。乌丸人要生存，冲出去才有活下来的机会。他们舍生忘死地冲上来，前赴后继，决不退缩。自己死了，也要给后面的士卒争取一条活路。双方很快杀疯了。

战友和敌人的尸体就在脚下践踏，断肢残臂就在自己的眼前飞舞，鲜血就在空中溅洒，吼叫声就在耳畔回荡，杀……没有退路。不是死在敌人的刀下，就是砍死对方，再迎上一个。

战刀同时捅入对方的胸膛，那激烈的吼叫既是痛苦的，也是快乐的。同归于尽未尝不是精疲力竭之后最好的结局。

铁锤的砍刀沾满了敌人的鲜血，他浑身浴血，已经看不出相貌。战马早就倒下，他抡着砍刀坚守在最前面，周围的战友不停地倒下，后面的士卒不停地补上缺口。

不需要呐喊，也不需要鼓励，杀，杀到最后一个人也要杀。

一个敌人的百夫长临死之前终于一刀砍在了铁锤的大腿上。战刀深入骨肉之间，竟然就那么颤抖着横在了腿上。眼看键乘又杀将过来，不把这个巨汉清除掉，键乘感觉自己就是把再多的士卒填进去，都难以迈进一步。

铁锤狂吼一声，撕心裂肺的疼痛让他再也坚持不住，身体摇了两下，单腿跪了下来。键乘打马飞来，顺势一刀劈下。铁锤再吼一声，突然站起，侧身让过战马的撞击，奋力一刀剁在了战马的颈子上。键乘的战刀划过铁锤的胸膛，鲜血四射。战马惨嘶，马血喷射，庞大身躯打横飞起，撞飞了几对正在搏斗的士卒，倒在了地上。键乘被甩了出去。还没有等他站起来，几把战刀不分先后几乎同时劈了过来。键乘哼都没有哼一声，命丧当场。

跟在键乘后面的乌丸士卒围住铁锤，刀枪齐下。铁锤的胸膛被破开，鲜血在往外喷射。他怒睁双目，吼声连连，战刀依旧飞劈而出。敌人的长枪刺进他的身体，战刀剁在他的肩上，长矛穿透他的腰肋，他的战刀却砍飞了最后一个扑向自己的敌人。

铁锤轰然倒下。

几个敌兵心有余悸地望着，好像惧怕他会再跳起来一样，一脸的恐惧。铁锤的部下惨烈地叫喊起来，个个红着双眼杀了上去，几个敌人立刻就被剁成了肉泥。

第十六章 胜利与牺牲

弧形阵列纹丝不动，虽然它变薄了，但却顽强地坚持着，任敌人的重锤连续砸下。

提脱望着死死堵在出口的汉军，面如死灰，脸上的肌肉不停地抽搐着，身上的冷汗随即冒了出来。

“再组织一次冲击，以锋矢阵列冲杀它的正中。把弧顶破开，这个阵势就守不住了。”提脱转首望着邪祝，指着激烈厮杀的战场说道。

邪祝立即打马离去，组织突击军队的人马。

里宋拖着一条受伤的腿，对着号角兵狂吼道：“吹号，吹号，找援兵。伍召，伍召在哪？”

他现在盼望着伍召的军队赶快出现。他们两地相距五里左右，伍召的军队应该赶到了。如果再没有支持，他的军队士卒一旦死去大半，这个地方就彻底守不住了。好像是呼应急促的牛角号声，战鼓声突然在远处山林中冲天而起。

伍召，伍召来了。他是一个标准的大汉军人，他不喜欢胡人的牛角号。虽然不敢公开反对李弘的这项改革，但他可以阳奉阴违。他的军队一直带着战鼓，只要有机会，他都用战鼓指挥一切。亲切的战鼓，里宋大笑起来。

汉军士卒精神大振，牛角号声同时响起，激昂、嘹亮的号角声响彻了山谷。

伍召一马当先，出现在敌人右侧的一片山林里。他为了赶时间，带领军队抄近路扑了过来。

“好，长忆的军队还守在路口。”他高兴地大叫起来。

木桩手执大斧，出现在山林的另外一侧。

“兄弟们，杀，杀下去……”

木桩高举大斧，纵声狂呼。

"杀……"伍召挥动长戟，纵马冲出。

"杀……"八百名士卒齐声高吼，声震云霄。

战马纷纷冲出山林，一个个像下山猛虎一般，狂野凶悍地杀向乌丸人。

守在路口的汉兵顿时欢声雷动，士气大涨。

"兄弟们，杀，杀！……弟兄们，用劲儿杀呀！……"

里宋手举长枪，纵声狂呼。士卒们齐声呼应，杀声四起。

提脱的大军就像被人拦腰一棍击中，身体立时弯了下去。

提脱大声叫起来："命令前军避开敌人的冲锋，让他们进来。"

"然颓，你组织后军，从敌人的左翼展开攻击。我组织人手对他们的右翼展开攻击。我方人多，占据绝对优势，吃掉他们，以最短的时间吃掉他们。"

然颓望着面色苍白的提脱，小声提醒道："我们应该以突围为主，和这群敌人纠缠，不但损兵折将，也会耽误突围的时间。"

提脱的眼睛内闪出一丝无奈，他苦笑一下缓缓说道："敌人卡在路口，军队难以展开，只能一点一点地消耗他们，直到他们死光了，路也就出来了。如果让这两支汉军会合，我们就再也冲不出去，只能死在这里了。"

"恒岭的汉军主力很快就会赶到，争取时间吧。"

伍召八百人的骑兵队伍就像平地上刮起的一股飓风，呼啸着摧枯拉朽一般杀向了敌人。

乌丸人的骑兵在牛角号声的指挥下，纷纷向两边作鸟兽散，气势汹汹扑上来的汉军竟然没有碰上一个接战的。

伍召非常清楚自己的任务：堵住敌人，等待主力赶来围歼。

所以他立即看出敌人的意图，对方似乎想把自己的军队围在敌阵中间，不让自己和里宋的军队会合。

"右转……右转……"伍召高声吼叫起来。

木桩听到号角声，一拨马头，率先转向杀向敌军。汉军的骑兵随即转了个圆弧，斜斜地杀向敌人的主力中军。

提脱心里暗暗地赞赏了一声。这个领军的头脑清醒，不错。

"迎上去，堵住敌人，堵住……"提脱大叫一声，率先杀了过去。

木桩的大斧呼啸着抡下，连人带马一起劈倒。乌丸人在生死关头，毫不畏惧，他们利用人数的优势，开始奋力杀进汉军阵内，试图展开分割、包围、围歼的战术，在很短时间内吃掉这股敌人。但是八百人，巨大的一团，很难一下吃掉。这就好像啃一块巨大的骨头，任你的嘴再大，想啃下点肉是非常困难的。

木桩的杀伤力太大，周边的敌人很难近身。只要被他的大斧扫到，立即毙命了账。汉军士卒尾随在木桩身后，两侧长矛掩护，外侧战刀清敌，后面长箭遥击，大家配合默契，一路如入无人之境，势如破竹，所向披靡。提脱看到了这个箭头的威力，立即吩咐一个百人队队长，不惜一切代价，杀掉那个执斧冲击的大汉。

木桩突然之间就像撞到了一堵墙上，任他如何飞斧劈砍，竟然不能再进一步。

“杀，杀……”他狂躁地喊着，斧子抡得更快了。敌人的尸体转眼之间在他的马前趴下了一大片。

木桩感觉自己太累了，手都杀酸了。他稍稍喘了几口气，手上的大斧慢了下来。几个乌丸人趁机连续和他对砍了几刀。就在这短短的一瞬间，三个乌丸人突然跳下战马，冲进了木桩的战马附近。

木桩蓦然觉得不对，他手上用力，狂吼一声，大斧回撞，斧柄尖尖的尾部竟将一个乌丸士卒活活挑杀，另外一个敌兵随即被跟在木桩后面的弓箭手射杀，只有一个冲到了他的战马旁边。战刀抡起，鲜血四射，一只马腿竟然被活活斩下。

剧烈的疼痛刺激得战马仰首痛嘶，一跃而起，随即撞在对面扑上来的两名敌骑身上，轰然倒地。斩去马腿的士卒跟着就被冲上来的汉军骑兵一矛挑杀。被撞倒的敌骑人死马折，接着就被冲上来的战马肆意践踏得血肉模糊。

木桩猝不及防，被摔得七荤八素，眼冒金星，完全找不到南北，但他死死抱住自己的大斧，躺在地上奋力劈扫，准备在士卒们的掩护下站起来。

乌丸人全然不顾生死，一窝蜂地冲了上去，个个挥动战刀朝地上的木桩砍去，拼死要杀了他。汉军士卒更加疯狂，大家狂吼着，打马直撞上去，以自己的身躯去抵挡敌人砍向木桩的武器。一时间，在这个狭窄的空间内，血肉横飞，各式武器尽展夺命之术，双方士卒你撕我咬，马上马下纠缠一起，拥挤得密不透风。

远处的提脱嘴角掀起一丝冷笑。

“射，密集齐射……”他指着那个死亡的空间，大声吼道。

乌丸士卒毫不犹豫，即使里面有一半是自己人，但为了杀死敌人，没有一个人犹豫，随着提脱大手挥下，长箭像下雨一般近距离地射向了那片狭小区域。

正奋力杀过来救援的伍召怒睁双目，几乎是歇斯底里地狂吼起来：“木桩……木桩……”

没有人幸免。长箭密密麻麻的，把所有能够接触到的物体都钉满了，就像一个巨大的刺猬卧倒在战场上。

突然，在刺猬的身上，一个结实的大汉站了起来。

木桩身中十几箭，浑身血迹。他拄斧而立，在战场上显得威风凛凛。

提脱气得怒骂一声，高声大叫：“射……射死他……”

无数的长箭呼啸而起，像一片巨大的黑云砸向了木桩。

木桩高举右臂，用尽最后的力气高声狂吼：“杀……”

长箭临体。数不清的长箭穿透了木桩，将他和那只刺猬紧紧地钉在了一起，成为一个不可分割的整体。

“杀……”伍召睚眦欲裂，举起长戟，就像一只被激怒的猛虎，带着士卒们疯狂地杀向敌人。

然颓带着后军的士卒跟在汉军后面，凶猛地扑杀。他们人多，汉军人少，汉军士卒不断地有人栽倒马下。

然颓看到木桩死去，高兴地大叫起来：“敌首死去，敌首死去，大家杀啊……”

不远处一名汉人的百人队队长鲁垦曾经是木桩手下的一名马贼。他看到木桩壮烈死去，心里正悲伤着，听到然颓这么一叫，回头一看是一个乌丸人的首领，不由得怒气上撞，大声叫道：“兄弟们，杀死他，杀死他……”

周围的士卒回头看到然颓，就像老虎看到猎物一样，一个个眼睛发光，咬牙切齿，立即随着鲁垦脱离大队，杀了过去。

“为军候大人报仇……”

“杀……”

士卒们高呼着，像疯子一般冲向然颓。然颓大吃一惊，本能地欲向后退。后面的乌丸士卒正在前冲，挟带着然颓越来越接近汉军士卒。

鲁垦连杀两个敌兵，已经和然颓非常近了。他突然丢掉手上战刀，从马背上高高跃起，扑向了挥刀刺向自己的然颓。

然颓的战刀戳进了鲁垦的胸膛，穿透而过。鲁垦却一把抱住了然颓，将他从马上硬生生地撞了下来。

士卒们吼叫着，迎着敌骑一拥而上。双方士卒各举武器，你来我往，纷纷坠落马下。然颓一把推开鲁垦的尸体，刚想站起来，却被一匹战马践踏而过。他惨叫一声，重又栽倒地上。他的侍卫们纷纷围了过来。一个坠落马下的汉兵突然手执长矛，鱼跃而起，手中长矛顺势插进了然颓的咽喉，接着他被敌骑撞得腾空而起，鲜血在空中飞舞。

邪祝的突击骑兵再次发起了对里宋军队的攻击。

弧形阻击阵地的士卒已经越来越少，大家在里宋的指挥下，逐渐后退，缩小阵势。他们唯一的希望就是伍召的援军迅速杀出敌人的包围，赶到这个路口，加入防守队列。否则，随着士卒们不断倒下的躯体，这个阵势随时都有可能瓦解。

伍召的军队陷在乌丸人的包围中，死伤惨重，但他们紧紧地抱成一团，坚决地杀了过来，离里宋的军队越来越近。

里宋和士卒们竭尽全力在死守。没有人了，就直接驱赶战马去撞击。倒下了，只要还能动，就坚决挥刀砍向敌人的马腿。长箭没有了，就杀进敌阵在敌人身上拔。阵势的任何一个地方被敌人突破了，里宋就带着最能打的战士补上去，即使拼光了，也要把敌人赶出阵势。

里宋身中数刀，双腿都已受伤。他浑身浴血，有气无力地趴在马背上。前面战友们在吼叫，战刀在飞舞，敌人在连续不断地倒下。对面六七十步的地方，伍召的军队正在奋勇杀来，厮杀声清晰可闻。片刻之间，他的头上又连中两刀，一刀在后脑，一刀在脸上。他大叫一声，倒伏在马上，把大刀抛得很远。他的耳膜上还在响着刀剑声和喊杀声，而他自己像做梦一样，模模糊糊地觉得自己仍在战斗，仍在呼喊。不过，他又模糊地知道自己受了重伤，躺在地上，血正在向外奔涌。

他慢慢地控制不住自己的身体，摔落马下。随即他看见士卒们手忙脚乱地把自己抬起来，听到士卒们在叫喊自己。他努力想睁开眼睛，眼皮却不听使唤，他极力想让士卒们放下自己到前面去杀敌，却发现自己说不出一句话来。

渐渐的，他发现自己的身体越来越轻，伤口也不再疼痛，肌肉也不再酸胀，接着自己好像一片羽毛似的，飞了起来。

他突然睁开了眼睛。

残阳如血。

大家把他放在一块平坦的草地上。

一个士卒仔细看了一下伤口，失望地摇摇头，对站在旁边的屯长范昊小声说道："军候大人的要害处被敌人砍了两刀，失血又多，估计支撑不了多久。"

范昊痛苦地咬咬牙，望着里宋期待的眼神，突然单腿跪下，大声叫道："军候大人，我们走了，你保重。"

士卒们齐齐跪下给他行了个礼，然后返身上马，义无反顾地冲向了杀声震天的战场。

里宋看着战友们在鏖战，在厮杀，慢慢地闭上了眼睛。

最后一刻，他好像看到了自己的母亲，慈祥地唤着自己的小名，他奋力地喊了起来："娘……娘……"

伍召挥动长戟，连刺带挑，勇往直前。

"杀……杀……"士卒们状若疯狂，紧随其后，竭力杀敌跟进。

邪祝无力地回头看了一眼杀到自己后面的汉军，心里恨恨地骂了一句。这个时候了，还让敌人的援兵杀过来，是不是大家都想死在这里。他的突击士卒们立即腹背受敌，陷入混战。没有了后面弓箭的掩护，前排士卒和汉兵的肉搏立即演变成以命换命的死战，不死不休。双方士卒纷纷栽到马下，死伤惨重。

弧形防守阵势立告瓦解。这个时候，如果没有汉军堵在中间，乌丸人在突击军队的前导下，可以迅速破开阵势、冲出堵截。他们努力了一个多时辰，最后却功亏一篑。

伍召奋力高吼："兄弟们，我们杀到了，杀到了，继续杀……"

跟在他后面的士卒立时神情亢奋，浑身再度爆发了无穷的力气。杀，杀过去。

邪祝仰天长嚎，自感无力回天，几乎要一刀杀尽眼前所有的人。战刀左右劈杀，连斩两名汉军士卒。

伍召快马杀到，长戟横空而至。邪祝奋力挡开，虎口巨震。伍召长戟顺势斜拉，再削其臂。汉军士卒趁隙一拥而上，将邪祝周围的士卒砍了个一干二净。伍召和邪祝在狭小的空间内刀戟连续猛撞，金铁交鸣之声不绝于耳。邪祝想逃，却被伍召的长戟死死地缠住了。

“杀……杀死他……”伍召再攻一戟，纵声狂吼。

跟在他后面的士卒一时插不上手，也挤不进两人的战圈，只能干瞪眼。一个士卒情急之下突然脱手掷出手中长刀。战刀呼啸着，冲向了邪祝。邪祝慌乱之间未免有点手忙脚乱，又要防止伍召的长戟，又要架开敌人掷来的战刀，速度立即慢了下来。一直在附近张弓以待的几个士卒几乎不分先后，同时射出了手中长箭。邪祝大吼一声，眼睁睁地看着自己身中数箭，翻身坠落马下。

提脱望着自己的突击军队被汉军包围，连连摇头。都说汉人的骑兵怎么差劲，今天碰上的却是一支不要命的汉军。他们一路横冲直撞，以几百人的生命作代价，硬是撕开了乌丸人的围截，杀到了路口方向和自己的军队会合。

自己一两千人都没能挡住他七八百人，想想都生气。

他抬头望望天。夕阳已经西沉，暮色降临，黄昏将过了。

提脱默默地望着来路，一脸的紧张和无奈。他闻到了一股浓浓的死亡气息。

援军来了，敌人的疯狂进攻被击退了。两百多名血迹斑斑散落在各处的士卒，一个个神情兴奋、欢呼不停。

地面上密密麻麻都是尸体，狭窄的空间内几乎没有落脚的地方。

伍召带着两百多名战士驱马驰进路口。两支军队的士卒汇聚到一起，激动得大吼大叫。

伍召没有看到里宋，也没有看到铁锤，他大声叫起来：“长忆，长忆……”

“大人阵亡了……”范昊从人群中走出来，低声说道。

“铁锤呢？”

“阵亡了。”

伍召心里一痛，胜利会合后的喜悦顿时不翼而飞。

提脱望着尸横遍野的战场，突然叹了一口气。

“大人……”他身后的侍卫看到他意志消沉，小心地喊了一声。提脱转首望去。

“大人，天快黑了，敌人的主力马上就要到了，我们……”

提脱点点头，表示他明白。

“命令军队，以两百人为一队，组成五队，轮番突围。”

牛角号声划破越来越暗的暮色，再度回荡在山林之间。进攻开始。

伍召从里宋的遗体旁边站起来，悲痛欲绝，他大声吼道：“擂鼓迎敌……”

李弘带着亲卫屯飞奔在最前面。射璎彤和射虎的鲜卑骑兵紧随其后。

他心急如焚。里宋和伍召的人马加在一起也只有一千六百人，对付几乎已经疯狂的三千乌丸人，凶多吉少。

军队的速度已经到了极限，但李弘还是嫌慢，不停地催促手下，快点，再快点。

提脱指挥军队轮番攻击，一方面保证了冲击力，一方面也保证了体力。汉军精疲力竭，疲于应付，死伤惨重。

伍召的长戟已经折断，改用战刀，和士卒们顽强地搏杀在第一线。

李弘隐隐约约听到了从战场上传来的牛角号声，双方士卒的喊杀声。

高兴地狂吼起来："他们还活着。好样的。"

"吹号，吹号。"

"亲卫屯随我冲锋。射璎彤从敌军的左翼包抄，射虎从右翼包抄。务必全歼敌军，击杀提脱。"

提脱的心脏剧烈地颤抖了一下。他抬头向后方望去，眼睛里闪过一丝绝望和悲哀。

汉军主力军队增援的牛角号声和战马奔腾的轰鸣声越来越清晰，越来越猛烈。

乌丸人恐惧了，慌乱了，进攻得更加疯狂。不要提脱发出号令，所有的士卒，大约一千多名士卒全部自觉地投入了战场。只有杀死挡道的汉人，才有活命的机会，才可以逃生。杀，杀出去。

突然之间，坚守路口的汉军遭到了前所未有的猛烈攻击。

乌丸人完全放弃了对自身的防护，他们疯狂地挥舞着武器，毫无章法地一路杀进。挤不上前的士卒对准汉军阵地，肆意发射长箭。

伍召声嘶力竭，大声指挥着士卒们阻击，反冲锋，再阻击。大家用刀砍，用枪刺，用箭射，用战马组成一道又一道的障碍，迟滞敌人的攻击速度。

弧形防守阵势完全崩溃。

范昊和几个士卒被一群敌人围住，大家尚在拼死搏斗。一阵密集的长箭射来，无论敌我双方，统统都被射死在阵前。乌丸人疯了，拦路的战马被这群如狼似虎的疯子一阵猛砍，全部倒在了血泊里。伍召大吼一声，亲自带人冲了上去。

李弘带着亲卫屯士卒出现在战场上。

"杀……"李弘高举长枪，纵声狂呼。

"杀……"铁钺、弧鼎、奔沉带着士卒们吼声如雷，像狂暴的飓风一般，冲进了敌人的阵中。

射璎彤、射虎各带军队，沿着战场的边缘，风驰电掣一般冲向路口。

堵住敌人就是胜利。

提脱在一班侍卫的护卫下，跟在突击的士卒后面，等待着冲破汉军的阻击，冲出包围。

后面的喊杀声惊天动地。

提脱就像没有听到一样，静静地坐在战马上，没有任何表情。

一天的时间，战局就来了一个大逆转，提脱觉得不可思议。他想不明白，事情怎么会变成这样？自己到底什么地方做错了？汉军为什么在毫无希望的情况下突然战胜了自己？

提脱想到逃回白鹫山以后等待自己的悲惨命运，霎时间心如死灰，再也没有活下去的兴趣。

伍召陷入绝境，他和十几个士卒一起，被十倍于己的敌人团团围住。任他武功再高，面对蜂拥而来的敌人，面对凶悍得几乎疯狂的敌人，他也只有招架之功，毫无还手之力。临死前，有一群敌骑从他的面前奔过，他从地上抬起短剑，用力向敌人掷去，恰好刺中了敌人的头部。敌人大叫一声，栽下马去，“老子又赚了一个！” 伍召在喉咙里骂了一句，倒下去死了。

乌丸人再次被密密麻麻的战马排成的路障挡住了逃跑的路。

李弘的亲卫屯士卒们勇不可挡，他们像一把犀利无比的战刀，横扫千军，一路毫无阻碍地杀到了汉军的阻击阵地附近。

李弘手上的长枪左右飞舞，铁钺的战刀在咆哮，弧鼎的狼牙棒在怒吼，弃沉的长矛在呼啸，紧随其后的鲜卑士卒发挥了他们野狼部落的群攻优势，三五成群，各成阵势，搏杀残命，无所不用其极。

射璎彤和射虎几乎在相同的时间赶到了路口，舞叶部的鲜卑人爆发了。面对肝胆俱裂、精疲力竭的乌丸人，他们强悍的战斗力被彻底完全地激发了，他们开始了对乌丸人疯狂的屠杀。

提脱没有跑，他挥动战刀抵挡两下之后，任由鲜卑人举起血淋淋的战刀，把自己剁于马下。

李弘看到了伍召，看到了里宋，看到了铁锤，更看到了全身插满长箭，挺身而立的木桩。

他愤怒了，他抱着里宋的尸体仰天狂嚎。

“杀……杀……一个不留。”

李弘被悲痛蒙蔽了心灵，被仇恨蒙住了双眼，他疯狂地咆哮着，杀进了敌群。

长枪插进敌人的胸口拔不出来，他丢掉长枪再用战刀砍杀，战刀剁在骨头上拔不出来，他捡起地上的长矛再杀。

汉军肆意杀戮，不留俘虏，同样也激起了乌丸人的凶性。反正都是死，不如拼个你死我活，杀。

乌丸人看到了李弘，看到了那个疯子一样的披发大汉。李弘的血腥和凶残让乌丸人更加暴虐。一班乌丸战士迎着李弘冲了上来。李弘随即被团团围住。

铁钺、弧鼎、弃沉大惊失色，带着亲卫屯拼命地杀上去。

李弘的长矛挑飞敌人，随即再一矛将敌人连人带马穿了个透，然后他抢过敌人的战刀，连续斩杀三名大汉。更多的武器扑向他。

李弘连声怒吼，大发神威，再杀三人。终于他被一支长箭射中，接着被一刀剁在背上，随即被一柄狼牙棒扫中，身体飞离战马，在空中旋转着，重重地摔在地上，人事不知。

黑暗将最后一丝光亮吞噬，黑夜终于来临。

战事结束，这个没有地名的小地方在吞噬了四千多条人命之后，重归宁静。

汉军负责阻击的一千六百人几乎全部阵亡，坚守在最后一个路障后面的一什人马幸运地活了下来，二十七人，只活下来二十七人。

由于李弘痛失战友，失去理智，命令部下全歼敌军，提脱的三千人马无一幸存，全部战死。

李弘躺在山坡上，缓缓睁开双眼，他看到了郑信，看到了田重，看到了玉石、胡子，看到了自己所有的部下，除了已经失去性命的。他再也忍不住，失声痛哭起来。悔恨像毒蛇一样钻蚀着他的心，让他无法原谅自己。

里宋死了，这个同生共死的兄弟死了。木桩、铁锤死了，他从大燕山带回来的几个马帮首领只剩下胡子了。他们在最危险的时候义无反顾地帮助自己救下风雪，这份情义他还没有报答，他们就死了。才失去赵汶，伍召又死了。他们忠心耿耿地跟着自己四处征战，什么都没有得到，都离自己而去。

“子民……”田重伸手拍拍他，想安慰两句，终于忍不住老泪纵横。

玉石和郑信交换了一下眼神，他们站起来对大家招招手，意思是既然李弘醒了，没什么事了，大家各忙各的去吧。看到李弘痛苦不堪的样子，大家心里也不好受。大家眼圈红红的，各自散了。只有田重独自一人坐在李弘旁边，陪着他。

李弘哭了一阵，心情平静了许多。一下子失去四个战友、四个朋友，这是李弘战前想都不敢想的事。战争的残酷，虽然他不是第一次认识，但一次战斗就失去四个好朋友，却是他第一次遇上。尤其是里宋的死，对李弘的打击还是相当大的。两人的友情开始于卢龙塞外的草原上，是生死之交。失去记忆的李弘对自己认识的第一个大汉国人，有着太深的记忆和感情。

李弘伤得很重。刀伤还好一些，但那拦腰一棍伤得他不轻，他根本就不能站立，只能躺着。李弘想起来他和里宋的约定，慢慢地对田重说道：“老伯，我和长忆说好的，谁先死，另外一个就把他埋在卢龙塞外的山上。我现在不能起来，你能帮我做这件事吗？”

田重苦笑一下，道：“此去卢龙塞一千多里，路途遥远。天气越来越热，遗体保存不了那么久。还是先埋在这里，等以后大人有了空闲，再来把长忆的坟迁到卢龙塞吧。”

李弘伤重，军队的大小事情就全权委托玉石处理。现在整个军队里，熟悉军政要务的，也就玉石一个人了。其他的部下不是过去身份太低就是马帮马贼出身，都是门外汉。玉石顿时忙得连睡觉的时间都没有。

第三天，军队回到宁县城外驻扎。

李弘的边军军队在恒岭之战中损失了两个整曲，军队剩下三千多一点人马。舞叶部落和白鹿部落的士卒折损较少，加在一起伤亡三百多人而已。乌丸人的三千四百多名俘虏被关押在大营内，等待处理。

第四天，玉石带上一部分缴获的战利品，亲自到广宁见护乌丸校尉箕稠。

箕稠伤得很重，正准备回沮阳养伤。他愁眉不展、非常沮丧。不是因为重伤，而是因为他的骑兵军队在白桦谷被全歼，此事上报朝廷之后，轻则革职查办，严重一点要降罪坐牢。就在他心事重重，打着派人到京都贿赂宦官权臣为自己开脱罪责的主意时，玉石来了。

听到玉石的详细禀报，箕稠立即忧愁尽去，兴奋地连声叫好。提脱被消灭，乌丸人被歼灭，立下这等大功，上报了朝廷，还有什么事不能揭过去的？他是幽州护乌丸校尉，李弘的仗又是在自己辖区打的，无论如何自己都有一份功劳。

玉石后面讲的话更是让他高兴得恨不能从病床上跳起来以示祝贺。

玉石说仗是打胜了，但都是在箕大人的统一指挥下获胜的。尤其箕大人亲自率部在白桦谷诱敌，差一点命丧白桦谷，居功至伟。正因为箕大人在白桦谷拖住了提脱的主力，李弘部才得以趁机夜袭恒岭，堵住了提脱的归路。然后在箕大人的英明指挥下，托皇上洪福，我汉朝大军在恒岭全歼提脱八千大军，斩杀提脱及其部下多人。箕大人战功卓著。说完立即拿出早已写好的报捷文书呈送给箕稠过目。

箕稠心花怒放，身上的伤痛都忘了。他没有想到豹子李弘竟然这么乖巧伶俐，举手之间就把这么大的战功让给了自己，还给自己送来了大量的战利品。

一个年轻善战的军官能够做到这个样子，真是前途无量啊。箕稠兴奋之后默默地想道，他这么不遗余力，慷慨大方地帮助自己，想从我这里得到什么呢？李弘已经是卢龙塞边军的别部司马了，再往上升职仅靠军功是不行的，他是不是希望自己在这个事情上帮帮忙呢？

随即他想到了北疆的防务问题。自己的主力骑兵已经全军覆没，剩下的三千步兵是居庸、沮阳的郡国兵，他们马上要返回各自的驻地。自己伤重马上要回到沮阳医治，幽州边境现在一没有主将二没有军队，几个县城的防务形同虚设，要想重新把边境几县恢复到过去的样子，护乌丸校尉治所必须要有重兵坐镇。现在李弘受伤不能行军，军队刚刚经历大战，必须休整，不如让他们暂时驻扎广宁，由李弘暂时代理行使护乌丸校尉的职权，不是一举两得的事情吗？

他把自己的想法告诉了玉石，希望他能代表李弘答应下来。至于右北平郡太守刘政处，他自会派人去说明原委。玉石立即答应下来。箕稠这个主意也没有什么私心，纯粹是出于现实考虑。边境的县城百姓都逃离了家园，如果没有重兵驻防，谁敢回来？

没有百姓回来，边境几个县怎么恢复正常的生产生活秩序。

玉石接着提到乌丸俘虏的处理问题。箕稠笑着说道："我走之后，护乌丸校尉府的大小事情都由别部司马大人处理。这个事你们自己看着办吧。另外，回去告诉子民，他的心意我领了，日后我自会尽力报答，替我谢谢他了。"

箕稠经历大悲大喜，此刻有说不出的轻松愉快。

第三天，他带着大量的财物以及三千步兵回沮阳养伤去了。到了沮阳，他亲自写了报捷奏折命令快骑送到京都洛阳。上谷郡府和幽州刺史府接到箕稠的文书之后，纷纷上书报喜。

朝廷接到边境报捷、幽州战事已经彻底平定的消息之后，很是高兴了一番。各方势力在这件事情的态度上倒是异乎寻常的统一，认为应该重重嘉奖。

关于鲜卑国慕容风和幽州大员互相勾结一事虽然在洛阳盛传了一阵子，但因为鲜卑国已经战败撤回草原，幽州刺史刘虞和上谷郡太守刘璠分别辞官，这个传言已经没有什么实质性意义，随即烟消云散。

朝堂之上，为新任幽州刺史人选和上谷郡太守人选大家争执一番以后，各有定夺。这个时候，大将军何进请奏，迁升卢龙塞边军别部司马李弘为上谷郡都尉。箕稠是大将军何进一系的人，他在给何进的书信中着重提到了李弘，认为此子虽然出身低贱，但武功高强、谋略出众、才堪大用。虽然因军功在一年左右的时间内已经迁升到别部司马一职，但在剿灭乌丸叛乱之战中，再立大功，论功行赏，应该迁其为都尉。何进想拉拢李弘，在北疆边军中培植自己的势力，而且一个边郡的都尉在他的眼里，还不如自己府上的一个掾属，做做顺水人情也未尝不可。

谁知此奏一出，立即遭到了许多人的反对。大家吵成一团，无非就是出身低贱，不是名门士族，是半个蛮子等等，全然忘记了李弘的战功。大臣们激烈反对，站在天子身边的宦官张让就不高兴了。出身低贱，我不也是出身低贱。你们这些人到底是骂我，还是骂那个从鲜卑族逃回来的奴隶？他就在天子耳边嘀咕。朝堂之上有一些出自汉室宗亲的大臣，和刘虞、刘璠交情不错，也知道上次两人曾联名举荐过，于是趁此机会出班请奏，详述刘虞、刘璠的举荐，李弘的战功。天子奇怪了，我大汉北疆还有这等英雄？朕怎么没有听说？何进赶忙出列，添油加醋一番。反对的大臣也不含糊，抬出大汉律法、祖宗规矩。举荐的宗亲也不示弱，列举先朝旧历、前朝英雄。大家吵得不亦乐乎。

此时，对这些朝堂上的闹剧毫不知情的李弘，已经和黑翎王派来的代表在商谈赎买俘虏的事了。

右北平郡太守刘政知道李弘又打了胜仗，很高兴，派人送来了一点食物，美其名曰犒劳将士。至于李弘的军队什么时候回卢龙塞，刘政让他听护乌丸校尉箕稠的命令。只要上谷郡的边境安全了，随时可以回到卢龙塞。

上谷郡的太守还没有上任，暂时行使职权的五官掾窦弘再一次派人前来道贺，这次干脆什么礼物都没有，一张嘴说了几句就走了。

幽州刺史府的功曹从事鲜于辅代表幽州刺史府前来祝贺，也是两手空空。

李弘勉强可以站立行走，听说鲜于辅来了，一定要出大营辕门迎接。

弧鼎拗不过他，只好背着他走出辕门。鲜于辅远远看见非常感动，赶忙下马急步走来。

"羽行兄……"李弘大声叫道。

"子民……"鲜于辅抓住李弘的手，有些激动地说道，"听说你受伤了，怎么样？你还好吧？"

"好，快好了。"李弘笑着说道。

"这是奔沉、这是弧鼎，都是鲜卑族的勇士，是我们亲卫屯的屯长。"李弘指着他们给鲜于辅介绍道。两人赶忙给鲜于辅见礼。

"这就是鲜于大人，我的好朋友。"

两人寒暄两句之后，随即准备进大营。

鲜于辅看到奔沉准备背李弘走路，赶忙拦住他，笑着对李弘说道："我背你吧。"

弧鼎和奔沉惊讶地望着鲜于辅。李弘笑笑，趴到鲜于辅的背上，由鲜于辅背着慢慢向大营内走去。

"两位刘大人弃官而走，丢下幽州一个烂摊子，把魏大人和窦大人忙坏了。窦大人前两天派人来问我，你缴获了提脱的战利品，为什么不如数上交？没法子，只好给他拿走了上百车。"

鲜于辅笑起来："我来，也是问你这个富有的豹子军要钱要物的。现在幽州国库不仅仅是匮乏，而是一无所有。战后，幽州需要开支的地方太多了，你必须要上交战利品。"

"我知道。拓跋锋……"李弘压低嗓门刚想说那笔巨额交易，鲜于辅立即打断了他。

"大人病重，已经回青州老家。慕容风恶意传出的消息因为大人的离去而突然失去了作用。这件事仅仅是传闻而已。大人希望你能组建一支无敌于天下的骑兵，镇守在边关，保卫我大汉国土从此不受侵扰。"

李弘叹了一口气："刘大人好大的气魄。"他突然想起里宋曾经对他说的话，他真的不明白，哪一个才是真正的刘虞呢？

"组建骑兵的办法我倒是有，但没有建制。幽州刺史府或者郡府必须给我建制才行。"

"给你建制就要给你军饷、军备。现在哪里有这笔开支？"

"你给我建制，其他的事我自己处理。不论回卢龙塞也好，还是留在上谷，我只要有建制就行。但是，我只负责把它们组建起来，至于将来这支骑兵何去何从，幽州刺史部必须给个说法。如果它一直保留下去，开销可是非常惊人的。"

"将来再说吧。现在幽州必须要有这样一支军队威慑胡人，争取时间恢复幽州的元气。如果让胡人每年都这样没完没了地寇抄边境，幽州的百姓还活不活了？增加建制的事我去和窦大人、箕校尉谈谈。如果不行，就等新上任的刺史大人来了再说吧。”

“不过。”鲜于辅继续笑着说道，“边郡条件得天独厚，有草场可以喂马、放牧，唯独装备和军饷开支很难节省。你可以模仿胡人的办法尽量节省一点，比如轻骑兵可以不穿甲胄，更不要奢侈到用铠甲了。军队多装备长矛、长戟，少用长刀长剑，这也是节省的办法嘛。”

李弘在他背上叫起来：“这么省下去，全改步兵算了。”

鲜于辅大笑起来：“好吧，随你随你。你先把军队组建起来，驻扎边境，让境外胡人不敢稍动。先把今年的收割季节度过去，让幽州百姓能够吃饱肚子。还有，你现在名气大、战功卓著，有些事可不能私作主张，给人抓住把柄。”

李弘哈哈一笑，没有放在心上。田重和燕无畏听说鲜于辅来了，赶忙跑到大帐。几个人曾经一起参加百灵牧场的夜袭，战友情深，一起聚聚，叙叙往事，非常热闹。

提脱的全军覆没，让难楼心神不安。虽然他吞并了白鹫山的几百个部落，把提脱的势力基本上铲除了，但他一点都高兴不起来。豹子李弘的厉害令他寝食不安，他不知道逼结被李弘拿住之后，是否透漏了他们之间的秘密。一旦他们之间的协定泄露了，对他来说，是件非常尴尬的事。假若李弘像箕稠一样贪婪，或者像公孙瓒一样残暴，他和他的部落就麻烦了。

李弘一直没有和他主动联系。白鹿部落的鹿破风倒是派人跑了两趟，言语之间隐约有责怪黑翎王欺骗他的意思。难楼假做不知，指望李弘过一段时间率部返回右北平的卢龙塞，他就可以和箕稠商谈赎回俘虏的事了。

结果他又失算了。箕稠的军队在白桦谷打光了，边境战事稍歇又不稳定，他正好又负了重伤，干脆找了个借口回沮阳养伤，把护乌丸校尉府的事情都丢给了李弘。难楼无奈，只好硬着头皮派人到广宁。李弘没有他想象的那样刁难，也绝口不提当初联手对付提脱的事。他只是给了个建议，让难楼考虑好之后再答复他。

难楼听完手下的转述，几乎不相信自己的耳朵。

第十七章

西北将倾，黄巾再起

李弘想利用上谷郡胡族众多的优势，组建一支骑兵。

现在白鹿部落可以长期提供一支千人的军队，舞叶部落因为滴水围大战收留了许多俘虏，他们也可以长期提供一支两千人的军队，如果加上这次三千多人的乌丸俘虏，那么就可以在上谷组建一支六千人的胡族骑兵大军。他们骑术精湛、战术素养高、阵势熟练，这些都是汉人骑兵所没有的优势。与其辛辛苦苦地训练汉人骑兵，成效不理想，倒不如直接招收这些在大汉国土上居住的胡族居民。说起来，他们也是大汉人，只不过民族不同而已。

这支队伍据守边疆，防范境外胡人入侵，其实也是为了自己的部落、自己的家族亲人。像这次白鹿部落，被拓跋锋追杀得逃到太行山，损失惊人。许多零星散居的牧民都给入侵者杀了。这都是血的教训。在大汉国边军势弱的情况下，自己保护自己，这是唯一的办法了。

李弘想得很简单，他认为只要给这些胡人和汉人骑兵一样的待遇，平等地对待他们、尊重他们，让他们知道这样做纯粹是为了保护他们自己的家族亲人和财产，他认为完全可以得到他们的忠心和拥护。实在不行，散伙就是，最多损失一点钱财，对大汉国也造成不了什么危险。

他的建议就是这些上谷郡白山乌丸的俘虏可以放回去，无条件放回去，什么都不要。但他们必须加入大汉边军的骑兵军队，也就是风云铁骑军。他们将来的待遇和汉人骑兵一模一样，有军饷，有假期。如果不同意，全体格杀。

难楼思忖：这个豹子果然和传闻一样，不是疯子就是白痴。这么好的条件还考虑什么？从来没有听说过大汉朝还给胡人士卒发军饷。不过一想到给李弘抢走的大量财物，难楼就心痛。这个白痴以为自己富了，想这么个短命的主意，随他去败家好了。等他这笔钱财完了，我看谁会给他军饷？没有军饷，答应的事兑现不了，这支骑兵立马就会散伙。

难楼立即答应。不久，李弘释放了298结和参矜等一批部落首领。

鲜于辅走了。他基本同意李弘的做法，在边境局势不稳，无兵可用的情况下，这的确是一件一举多得的好事。首先有接近一万大军镇守在边关，这对境外胡人的威慑力是不言而喻的。其次边郡部落的胡族士卒参加汉军，稳定了汉胡两族百姓的关系，有利于边郡经济迅速从战后的萧条中恢复过来。等待幽州各地的局势彻底稳定下来，这支军队将如何存在发展，将来再说。至于建制，因为幽州还在战争后期，他到沮阳先和窦弘商量，如果上谷郡能够解决，那就最好。如果不行，他回到蓟城后，可以在新刺史未到达幽州之前，说服一班刺史府官吏，授权李弘临时组建风云铁骑军。

窦弘听到这个建议非常高兴，有一支近万人的骑兵驻扎在边境，暂时还不需要从上谷郡开支军饷，好事啊。不过没有太守，他无权决定这么大的事。所以他马上找到护乌丸校尉箕稠。箕稠的伤势因为耽误了治疗，现在反而严重了。窦弘还没有说完，他就连连答应，就算是上谷边军编制，统统由别部司马大人全权处理。

八月上旬，李弘接到箕稠派人送来的授权扩军的文书，立即着手组建工作。三千多俘虏立即整军，和三千多汉军骑兵同时训练。征得舞叶部落和白鹿部落两位大人的同意，他们的三千骑兵军队不久也加入了风云铁骑军。李弘随即凑足了一万人，军队开始重新整编。

李弘重建五曲军队，每曲辖三屯，每屯六百人。玉石、胡子、燕无畏、恒祭、射璎彤为各曲军候，小懒、拳头、雷子、射虎、鹿欢洋为各曲假军候。亲卫屯四百人，弧鼎和弃沉为左右屯长。斥候屯、后卫屯各三百人，郑信和铁钺各为军候。因为军队三分之二以上的士卒都是胡人，李弘特别注意军纪，唯恐发生汉人士卒侮辱欺负胡族士卒、导致发生军队内团结问题，特设置了专门管军纪的刺奸一职，由田重担任。由于各曲扩建到一千八百人，李弘命令各曲组建自己的斥候队和后卫队。

军队随即开始了在边境一带的野外实战演练。弹汉山王庭大吃一惊，派驻重兵在边境一带小心戒备。

八月中旬，李弘派出大量人手，用缴获的战利品到涿郡和渔阳两个大郡换回钱财，抚恤可以找到的阵亡士卒家属。由于战事刚刚结束，幽州国库匮乏，而今年朝廷也没有从冀州、青州的税赋中调拨一部分给幽州（过去每年基本上都要划拨两亿钱给幽州使用），所以阵亡士卒的抚恤也就无从发放。李弘惧怕私吞战利品的事被人知道，不敢声张，嘱咐铁钺秘密进行。铁钺虽然年轻，行事却颇谨慎，此事在他和田重两人的亲自督导下，进行得非常顺利。

玉石按照李弘的要求，去了一趟渔阳，拜访渔阳太守何宜和都尉田楷。渔阳郡是幽州仅次于涿郡的第二大郡，人口将近五十多万，远远高于其他州郡（如上谷郡，登记在册的只有七八万人口)。渔阳郡的物产丰富，盛产盐铁，是幽州赋税收入最高的郡。渔阳城和泉州城都产铁，这两地的工匠特别多，打造的武器和铠甲都是上等货。玉石希望得到他们的帮助，在互利互惠的条件下，游说渔阳的门阀富豪，以最快的速度提供一批上等武器。

何宜和田楷等一批官吏收受了玉石送来的好处，自然要费些心力，尽力帮他们低价购买，很快就帮助玉石凑齐了一批刀枪剑戟和足够五千士卒使用的普通甲胄。铁盔和鱼鳞铠虽然好，但太贵，实在买不起。玉石本想给每个军候置办一套，问了价格之后立即闭上了嘴，连看都不看了。

田楷悄悄对玉石说，李弘花重资建立风云铁骑，从目前看对幽州是一件好事，但李弘手上的钱财很快就会用尽，那些战利品无论如何都不够一万骑兵军队的巨大开销。一旦后期上谷郡和幽州刺史部不愿意承担这笔军费，向朝廷又要不到钱，这支军队很快就会解散。军队解散了，这笔钱不就是白花了。李弘为什么要做吃力不讨好的事？玉石无奈地摇摇头对田楷说，估计是大人的脑子坏了，他过去的记忆一直恢复不了，现在做事情也喜欢独断专行，全凭个人喜好。他就喜欢骑兵，将来的事他也不考虑。

八月下旬，李弘突发奇想，命令五曲军队展开步骑对抗演练。三曲军队改做步兵，和两曲骑兵进行平原大战，从中寻找相互克制的办法。士卒们被李弘折腾得苦累不堪、颇有怨言。各部军候也来找李弘理论此事。好好的骑兵，为什么不充分发挥优势，反而弃长取短，训练步兵项目，是不是大人的方法错了。李弘一概不予理睬，依然我行我素，把他说急了，他就问如果发生了马瘟，战马突然都死了，大家怎么办？不打仗了，都逃吗？所以大家都不要吵，回去好好训练，争取上马就是骑兵，下马就是步兵。如果在演习中，步兵战胜了骑兵，有重赏，每人多发一个月军饷。如果骑兵败了，扣一个月军饷，各部军候屯长扣双份。这下军营乱了套，大家各出奇谋，天天都有新招，双方互有胜负，演习越来越激烈，逐渐伤员多了起来。这可把李弘吓坏了，赶忙先发点钱慰劳慰劳大家，稳定一下大家逐渐激奋的情绪。是训练，不是打仗，出了人命就不好了。

月底，上谷太守左膺上任。不久，幽州刺史杨淳到任。

与此同时，坏消息却一个接一个地传到了幽州，让人们感觉到，曾经威临四海的大汉国，好像到了风烛残年一样，越来越脆弱无力了。

头年冬天，西凉北地郡的羌人与枹罕县、河关县（两县均在甘肃的西南部）的汉人，因为不堪忍受当地官吏的横征暴敛，百姓们在没有路的情况下，共同推戴了湟中郡(在青海的东南部)的归化胡人北宫伯玉和李文侯为将军，杀死了护羌校尉泠征，聚众造反。

第二年春，凉州金城人边章、韩遂袭杀金城太守陈懿，紧随其后，率众起事。不久，几只队伍联合在一起，共推北宫伯玉为帅，军队人数达到了二十多万，声势惊人。

四月，叛军在边章的带领下，四处征伐，占据了凉州大部郡县。五月，他们开始进攻三辅。(三辅，是汉朝的三个郡：以长安为中心的京兆郡，长安之右的扶风郡，称为“右扶风”，长安之左的冯翊郡，称为“左冯翊”。扶风的中心是咸阳，冯翊的中心是大荔。) 西凉叛军实力强劲，一路势如破竹、攻无不克。汉军根本没有招架之力，连连败退，长安告急。

天子大惊，急调左车骑将军、冀州牧、槐里侯皇甫嵩西上长安，领兵迎敌。

六月，皇甫嵩到长安，领五万大军和边章、韩遂等军队在三辅之地连续大战。但叛军的实力的确庞大，军队人数太多，任皇甫嵩有天大的本事，也没有办法击退敌人，只能把战线稳定在粟邑、栒邑、漆县、云邑、 陈仓一线。至八月，北宫伯玉粮草不继，领军退回凉州。皇甫嵩率部也撤回到长安。不料他不但没有受到封赏，反而被朝廷借口连战无力，耗费巨大而受到重责，被撤消了一切官职，收左车骑将军印绶，削户六千，更封都乡侯，食邑二千户。

原来，皇甫嵩去年征讨黄巾首领张角军队时，率军从冀州魏郡的邺城经过，看见中常侍赵忠家的住宅非常豪华奢侈，可比王宫，完全违反了大汉律对各类官员建屋的规定，于是愤而上奏天子。天子手上缺钱，看见奏章后大喜，立即没收充公，还把赵忠臭骂了一通。打胜黄巾后，皇甫嵩功勋卓著，被封左车骑将军，领冀州牧，封槐里侯，食槐里、美阳两县，合八千户。中常侍张让认为自己在封赏皇甫嵩一事上出了力，于是派人找到皇甫嵩，问他要钱五千万。皇甫嵩恨其无耻，气怒攻心，破口大骂。皇甫嵩因此和二阉结下仇怨。此次夺官削爵，纯粹就是两人为了报复皇甫嵩而设计陷害的。大将军何进看到皇甫嵩建功后对自己也是不理不睬，非常气愤，在这件事上也起了推波助澜的作用。

皇甫嵩罢官回到洛阳家中。

皇甫嵩前脚刚刚离开长安，北宫伯玉、边章、韩遂等叛军首领立即率十几万大军再攻三辅。马上就要到秋收季节，正是出兵抢粮食的好时候。汉军在荡寇将军周慎、中郎将董卓的率领下，奋起抵抗，终究不能敌，一路退到武功、池阳、万年一线坚守，三辅之地基本失陷。秋粮全部被叛军抢掠一空。可怜扶风、冯翊两郡二十几万百姓不但流离失所，而且还饱受饥饿之苦，惨不忍睹。

同一时间，冀州中山国、常山国、赵国、钜鹿郡、甘陵国黄巾再起，聚众揭竿者不可胜数，小者成千，大者上万。或杀贪官污吏，或占山割地为王，而且愈演愈烈，大有燎原之势。

原来，自今春皇甫嵩离开冀州之后，一直躲藏在太行山中的黄巾余部感觉威胁已除，立即下山继续攻城拔寨、燔烧官府、劫掠聚邑。其中以冀州博陵张牛角部势力最大，部众十几万。中山黄龙、张白骑，常山褚飞燕、孙亲、王当，赵国杨凤、左校等数十股黄巾势力随即围聚在张牛角旗下，聚集五六十万人，他们攻城夺邑、焚烧官府、扫荡各地门阀富豪的坞堡，逐渐形成了巨大的力量。

到九月，秋收将临之际，黄巾军就像突然爆发一样，横扫大半个冀州。各郡县官吏豪门望风而逃，汉军不能敌，只能死守城池不出。

大汉国东西州郡同时大乱，震惊洛阳。

大汉国中平二年（公元185年）九月。

天子以司空张温为车骑将军、执金吾袁滂为副，西上长安，率军剿灭叛军。同时迁升中郎将董卓为破虏将军，与荡寇将军周慎统归张温节制。

朝廷迁钜鹿太守郭典为冀州牧，统领冀州军政，剿杀中山、常山、赵国、钜鹿一带的黄巾军。复迁刘虞为甘陵国(即后来的清河郡)相，率部扑灭东武一带的黄巾军。

车骑将军张温接到圣旨，立即去拜访赋闲在家的皇甫嵩，请教征伐西凉叛军的方法。皇甫嵩虽然受到奸佞小人的陷害，丢官降爵，但他生性豁达，倒也不是太过计较。张温是当朝三公之一，又是当时名重一时的名士，其位高权重，皇甫嵩当然不敢怠慢，热情招待，细说西凉军事。

皇甫嵩当然希望张温打赢这一战，稳定西北局势，让西北边郡的百姓过上安稳日子，所以他事无巨细，一一说到。皇甫嵩一再强调，要想战胜以骑兵为主的西凉军队，汉军没有十万人的军队不行，没有骑兵不行。张温听完之后颇有心得、心领神会，随即他提出希望得到长安前线皇甫嵩旧部的大力支持，并且要求其次子皇甫郦为车骑将军府从事中郎（高级军事参谋），以协调皇甫嵩旧部和留在长安的周慎部、董卓部，齐心协力共同抗敌。皇甫嵩满口答应，并向他保证留在长安前线的军队在其长子皇甫坚寿和麹义等将领的带领下，坚决听命于张温的指挥。

张温是文臣，虽然对领军打仗一窍不通，但他有不少门生故吏非常在行。

儒学宗师亲自授业的称弟子，再传授的门徒就是门生。当时，一大批士人投靠在以儒学起家的权臣门下充当门生，以图被推荐入仕。门生要向老师进财货，为其奔走服役，以君臣父子之礼事宗师，从而形成一种世袭的臣属关系。权臣旧时的属吏和由他们推荐为官者，被称为权臣的故吏。故吏如同家臣，称长官为府主、举主，为其效劳，致送馈赠，甚至生死相依、患难与共。他们之间是臣属关系。府主、举主死后，故吏要服三年之丧，并继续事其后人或经营其家财。当时不少门阀大族利用门生、故吏形成强大的政治力量，左右着当时大汉国的政治命运。

时任议郎的陶谦就是张温的故吏。张温将其招至车骑将军府任司马，随其出征。陶谦出身扬州丹杨郡的小吏家庭，父亲终其一生也不过就是个县令。他幼年失怙，一直是个顽劣小儿，十四岁方才折节向学，以孝廉被推举出仕，历任县令、幽州刺史、议郎。

右车骑将军、钱塘侯朱俊是张温的至交好友。朱俊特意向其推荐了同为扬州老乡的门下弟子吴郡人孙坚。

孙坚是吴郡富春人，其家世代在吴地做官。他少时为县吏，十七岁时就单挑群盗、名声大噪，历任郡县的司马、县丞等职，在当地声望颇高。去年朱俊奉旨讨黄巾，孙坚担任他的佐军司马，随他南征北战，多次立功，被迁升为北军屯骑校尉下的一名别部司马。

张温非常信任朱俊，知道他不是为了什么私心而特意提拔老乡，他推荐的人一定很有能力。于是他奏请天子，征调孙坚为车骑将军府的参军事（也是高级参谋，和从事中郎相当）。

张温同时按照皇甫嵩的意见，准备从北疆幽州各边郡抽调精骑到西凉战场参加作战。他的原意是征调最近声名鹊起的豹子李弘，但这个消息不知怎么被中郎将卢植知道了。

卢植是公孙瓒的老师，这个扬名立万的机会当然要给自己的学生去争取。卢植立即登门拜访。李弘和公孙瓒比起来，无论资历、声名、军级，都差得太远。卢植的这个面子张温自然要给。他立即奏请天子，以八百里快骑上幽州征调，命令公孙瓒调集一万骑兵，务必在十月中旬，也就是在一个月不到的时间内，赶到长安。

公孙瓒一走，辽东和辽东属国，以及辽西三郡就缺少一位强人坐镇边陲、威慑乌丸人和鲜卑人。李弘无疑是最合适的人选，用他就要提拔他为秩俸比两千石的官员。于是朝堂之上再起争吵。以大将军何进、汉室宗亲、中常侍为一方，太尉张延、司空杨赐等名士大臣为一方，各执一词，争得面红耳赤。天子颇有兴趣地看着各位大臣的表演。

按道理，以李弘这种出身低贱，靠军功升职的武人，无论功绩多大，要想升迁到秩俸比两千石的官职上，根本不可能。本朝校尉、都尉都是比两千石的官员，在郡国地方和军队里都是大官了。

统辖军队的将军在汉朝一般很少设置。将军地位尊贵，与将军号少且不常置有关，但更主要是和秦汉以来社会具有浓厚的尚武精神有关。将军掌征伐背叛，非常尊贵，三公等权势尊贵的大臣常常受到天子的嘉奖，他们经常以大将军、骠骑、车骑、卫将军、前后左右将军等重要将军辅政。东汉中前期，度辽以及其他杂号将军秩俸都是二千石，与郡太守地位相等。除度辽外，其他杂号将军一般事罢即撤。度辽将军是朝廷设置在边疆专门对付匈奴人的。将军职位为世人所看重，无论重号将军还是杂号将军，地位都很高。许多文职官僚也常常加重号将军，不统辖军队，只是作为殊荣而加赠。校尉、都尉等军职也是如此。在战争时期，不少官僚都是以校尉、都尉领郡太守职。当然，各种校尉、都尉也不可一概而论。中央军——北军武官五大校尉的地位就比边军的校尉要高，北军武官骑都尉也比郡国的都尉地位要高。

大将军何进的出身也差，他现在虽是皇后的哥哥，但在妹妹没有进宫之前，只是个屠户。所以他对李弘这种人还是抱着同情的态度。他在朝堂之上公开向天子推荐，其实也想看看大家的反应。在当时，出身低贱是件非常可怕的事。这种身份的庶民、贱民在这个国家的最底层，做最辛苦最劳累的事，享受最不公平的对待，永无翻身之日，而且自己的子子孙孙都无法摆脱这种悲惨命运。

大将军和宦官们深知其中三昧，大起同仇敌忾之心，联手反击那些大儒名士门阀出身的官僚。

最后请天子裁决。天子对这个人很感兴趣，听了朝堂上的两次争吵，大概也知道李弘这个人的来龙去脉。既然有战功，而且战功显赫，就应该迁升，但因为从军时间太短，年纪太轻，虽然有大将军举荐，也不应该破例，但皇上却自有主意："这样吧，就做个边军的行厉锋校尉吧。""陛下圣明。"众臣高呼，皆大欢喜。

"行"的意思就是代理，代理校尉自然就是临时的，可以随时撤销，秩俸也是原来官级的秩俸。说白了，啥都没有，和过去一样，但好歹那也是个校尉，干好了，随时就可以转成正职，把那个"行"字去掉，对豹子这样的人来说，这就是个天大的机会。

公孙瓒接到圣旨之后立即整顿军马，但他哪里有一万骑兵，七拼八凑也就五千人左右。洛阳的官僚们根本不了解幽州的现状，狮子大开口，胡乱下命令。公孙瓒无奈，只好在辽东属国强征乌丸骑兵。乌丸人怕他，几百个部落立即集结了五千骑兵，跟随他一起赶往中原。

公孙瓒仇视胡人的秉性在自己迫切需要他们帮助的时候，依旧不改。到了蓟城附近，乌丸人觉得奇怪，跑这么远的路到底去干什么？领军的小帅询问公孙瓒，军队要开拔到什么地方去。本来带人家去打仗，告诉人家也是应该的，又不是什么天大的军事机密。公孙瓒不这么想，他认为是乌丸人起了异心，是来刺探军情，一句话不说，就把人杀了。这个事情一捅出来，乌丸骑兵立刻闹起来。公孙瓒不怕，他眼睛一瞪，立即召集军队包围了乌丸人的大营，把几十个乌丸人的大小首领一齐抓住，当着所有乌丸骑兵的面，一刀一个全给宰了。这下彻底激怒了乌丸人。当天夜里，他们砍死监视军营的汉兵，跑了个一干二净。

公孙瓒傻眼了。现在回头追杀，时间来不及，而且无论追与不追，他都凑不足一万骑兵了。完不成圣旨交代的任务最多革职充军，但是不按军令及时赶到长安，那可是杀头的罪。所以他也顾不上乌丸人了，率领剩余五千骑兵继续赶路。

这消息很快传到幽州刺史杨淳的耳中。刺史大人杨淳刚到北疆，幽州局势不稳，在这种情况下，他不愿意把事情闹大。随即下书辽东属国相，从轻处置，责罚责罚就行了，不要把矛盾激化引发骚乱。

公孙瓒还没过黄河，冀州就大乱了。

张牛角率黄巾军四处抢粮掳掠，看到当地郡国军根本没有抵抗能力，随即发力，开始进攻各郡国主要大城。不到半个月，各军相继攻占常山国郡治真定、中山国郡治奴卢、赵国郡治房子。三郡全境基本上被黄巾军占领。

冀州牧郭典率冀州军和褚飞燕、杨凤部在高邑、瘿陶一线激战。黄巾军眼看攻击受阻，随即撤军，坚守赵国边境。郭典的军队无力反攻，只能死守高邑、瘿陶城，同时快马向朝廷告急，请求援军。

九月底，黄巾军大帅张牛角突然发动了对幽州的进攻。幽州第一大郡涿郡首当其冲，北新城随即被攻陷。

幽州刺史杨淳听说黄巾军张牛角率二十万大军攻打幽州，大惊失色，连夜向各州郡下文征调救兵，驰援涿郡。

草原上的夜色非常迷人。明亮的月亮，闪烁的星星，浓郁的草香，淡淡的泥土气息，昆虫藏在草丛里肆无忌惮地鸣唱着。

李弘躺在一块破旧的牛皮褥上，看着夜空上的弦月，想着心事。

二十多天前，田重突然提出来要回徐无城。

李弘很惊讶，诧异地说道："军队正在仇水附近和舞叶部落的骑兵演练渡河作战，任务重，事情多，你为什么突然要走？有什么急事吗？"

"大家忙得晕头转向，哪里有时间去违纪，现在军队里就我这个刺奸最轻闲。所以我想回去看几个朋友。"田重笑着说道。

李弘望着他，笑了起来："好吧。老人家总是容易想家。顺便帮我带点东西给小雨。"

田重摇摇头，摸着花白的小山羊胡子说道："你干脆陪我跑一趟吧。"

李弘愣了。

他望着田重笑眯眯的脸，看着他花白的头发，心里忽然涌出一股暖流。他就像自己的爷爷，老了，需要照顾了。接着他又想起来一双凄怨美丽的大眼睛。

李弘心中顿时涌起对小雨的思念，强烈而且难以遏制的思念。这是他从来没有察觉，也从来没有感受过的。

李弘立即命令军队停止训练，所有士卒提前发一个月军饷，分三批轮流回家休假，包括白山的乌丸士卒。军营内顿时欢声雷动。

李弘和田重、郑信、燕无畏、雷子、小懒、弧鼎、弃沉一行二十多人随即日夜兼程赶到徐无城。

小雨看到站在门口的李弘，又惊又喜，泪水不由自主地淌了下来。

"我们回家了。"雷子大声叫道。

第十八章
南下讨伐

大家带着小雨，去了一趟卢龙塞，拜祭了田静、姬明以及卢龙塞所有牺牲的战友，告诉他们，仗打赢了，胡人被赶出去了。

李弘一直以为田重的朋友大概也就是徐无城城门口的一班老头，没想到却是徐无城的首富，当地的世家豪门田家。田家世代都是读书人，家里有牧场、有田庄、有作坊。这一代家主叫田行，曾经做过徐无县令。田重和他相交甚深，当年在战场上，田行就是田重从死人堆里背出来的。田重老了在徐无城找了一个看门的差事，闲暇就和老战友走动走动，这次回来就是看他的。

田行在家设宴款待李弘和田重一行，言行里对田重虽然年高，还在报效国家，在战场上厮杀非常钦佩。田行极力挽留他们住在自己家里，有事也好照应。大家盛情难却随即住在田家。

田行有个孙子叫田畴，长相俊美，聪明伶俐，小小年纪学识已经不凡，在徐无城有神童的美誉。他对李弘很崇拜，痴缠不休，要拜他为师学武。李弘非常喜欢他，在徐无城的一段日子里，天天带着他，闲暇也传授他一些武艺。至于拜师，李弘当然不敢答应。

小雨自从李弘回来以后，好像变了一个人一样，天天都很高兴。李弘每天都带她出城游走，有田畴这个小家伙带路，附近的山山水水都被他们跑遍了。

快乐的日子总是转眼即逝。由于到上谷广宁路途遥远，李弘和部下们在徐无城小住了几天后，立即踏上了返回的路。

小雨一路相送，泪水涟涟，惹得大家心里都很难受。李弘一再劝阻，嘱咐田畴多多照顾这个姐姐。这几天他们相处得非常好，乖巧的田畴知道小雨只比他大两岁，改口喊姐姐了。

"你什么时候再回来？"小雨轻轻问道。

李弘摇摇头，望着她清秀的面容，笑着说道："不知道。"

看到小雨脸色黯淡下去，李弘心中不忍，赶忙接着说道："再过几个月我们可能就要回到卢龙塞。年底，年底我回来看你。"

李弘被田重推了几下，惊醒过来。

"你在想小雨？"田重笑道。

李弘不好意思地笑笑，没有否认。

"你对小雨说我们年底回去，你有把握？"

"我随口乱说，什么把握都没有。"李弘苦笑着说道。

田重瞪了他一眼，假装生气地说道："那你不就是骗她？"

李弘笑起来。

"我觉得我们年底可能回不了卢龙塞。"田重随即严肃地说道，"我们从蓟城经过，拜访刺史大人时，他说的情况很严重。现在西凉的叛乱平定不了，冀州的黄巾又起来了。多事之秋啊。"

"皇甫大人被奸佞小人陷害，不能统兵出征，各处的叛乱当然难以平定了。"郑信翻身坐起来，接过田重的话头说道："这样下去，迟早都要出大事。你们说，公孙瓒这次领兵到西凉战场，能不能打胜仗？"

"当然能。"李弘笑道，"公孙大人所带的幽州铁骑可以纵横天下，西凉的骑兵怎么是对手？他一定能凯旋而归。"

李弘一行从蓟城经过，拜见了新上任的刺史大人。杨淳初来乍到，对李弘这个声名大噪的边军悍将非常客气。这个时候李弘才知道自己又升官了——行厉锋校尉。他听到校尉两个字就已经心花怒放了，至于什么"行"不"行"的他并不在意。虽然大家都觉得朝廷对待功臣太过刻薄，但看到李弘很高兴，也不好说什么，免得扫了他的兴。其实在有些州郡里，这个行校尉的头衔还不如别部司马有实权，它是临时官职，随时可以免掉的。幸好李弘在边军，否则他这个官能当多久还是未定之数。

李弘和部下们随即和老朋友鲜于辅聚了一下。鲜于辅特意请他们到蓟城最大的酒楼吃了一餐。李弘头一次吃到这样的美食，赞不绝口。

巧的是，他们再次遇见了公孙瓒。公孙瓒此时正领军奔赴西凉战场。

公孙瓒来蓟城，一是拜访新到任的刺史大人，二是催要军需，三是顺道辞行。假如他在西凉战场上立了大功，肯定要升职，再回到幽州的可能性就不大了。

朋友见面，分外高兴，晚上又到那家酒楼喝酒。

公孙瓒和他的手下都很敬佩李弘。这次在上谷战场，如果说李弘凭运气赢了第一仗，那么死守马城、让拓跋锋一万五千大军无功而返，那可是硬功夫。后来在羊角山全歼魁头六千大军，在恒岭全歼提脱八千大军，那可都是没有运气的血战，其功勋直逼前代先贤。不佩服不行。

公孙瓒直言不讳，他很嫉妒李弘。一年多来南征北战，屡立战功，年纪轻轻就做到别部司马了，而且还是一刀一刀砍出来的，这在大汉国绝无仅有。他拍着胸脯说，如果他有李弘这么多参战的机会，立下如此战功，他现在可能都是将军了。言下之意李弘的战功显赫，但朝廷的封赏却太轻了。如今外戚宦官当道，朝纲毁坏，这也是没有法子的事。

他绝口不提那个什么行校尉的事，在他的眼里，那个官职就是个垃圾，根本不是封赏，而是一种侮辱——对北疆勇士的侮辱。他因此想到自己，同样也是怀才不遇。朝中无人难做官啊。

李弘和公孙瓒两人惺惺相惜，大有英雄相见恨晚的感觉，不停地推杯换盏。李弘不胜酒力，和上次在山口渡军营一样，当场倒在了酒桌上。论酒力他和公孙瓒相比，实在差得太远了。

这次又是公孙瓒掏钱。鲜于辅是穷光蛋一个，李弘更是腰包空空，他的秩俸和上面给的赏赐留一点给小雨，其他的都充公或者赏给了下属，已是腰包空空。看着酒桌上已经没有清醒的人了，公孙瓒哈哈大笑，结账而去。

“伯珪兄就是英雄豪杰，你看他那种气概，走起路来都是威风凛凛。有机会我也愿意跟着他干一番。”李弘想起公孙瓒，依旧是一脸的崇拜之色。

田重大笑起来。他指着李弘说道：“公孙大人临走时说了，你下次一定要回请他喝一餐酒，否则军法从事。”

李弘尴尬地笑了起来：“他说了？反正我酒喝多了，不知道。下次等他在西凉战场打了胜仗，立了战功，升职做了大官，我们还去吃他的。他有钱。”

郑信忍不住摇着头说道：“现在所有的人都说你有钱。你不知道在酒桌上我们多丢人，连酒钱都付不起，只好假装喝醉了敷衍了事。”

李弘大笑起来。

“我有钱？回头我去问问铁钺，他是不是中饱私囊了。”

回到广宁大营，胡子、拳头、射璎彤、恒祭几个军候按照李弘的计划，带着没有休假的士卒还在训练步骑对抗。这些下马骑兵们虽然没有久经训练的步兵那样老练，但基本的布阵，尤其是对抗骑兵冲击的防御阵势却非常纯熟。现在，两千人的密集防御阵势已经完全可以挡住骑兵的冲击了。

李弘非常吃惊，顾不上休息，立即让他们列阵演示。

原来，李弘他们离开军营之后，胡子、拳头他们召集部下，商议破骑兵的办法。他们的手下过去都是马贼，小门道多。大家议来议去，也没有什么好办法，还是按照老套路防守，只不过把武器更新了一下。盾用巨型长盾，矛用巨型长矛，另外辅以长刀手专门剁马腿，弓箭手专门射骑兵，盾阵之前如果再设简单的车阵、铁蒺、鹿砦就更理想了。

李弘非常兴奋，连声叫好，下令重赏。铁钺不高兴了，他说后卫屯为了给他们准备这些武器，四下奔波，找材料，找工匠，士卒们也辛苦。“也赏。”李弘赶忙补充说道。恒祭和射璎彤马上找来了。骑兵们都是轮流做步兵参加训练的，为什么只赏一部分骑兵，另外一部分就没有了。李弘一想也是，自己疏忽了。“统统有赏。”

玉石从渔阳赶了回来，带回来一批精制武器，给胡族士卒配备了一套普通的甲胄。田重看了心疼，开始骂人了：“你们这群败家的，钱要这么像流水一样花下去，到不了年底，大家都要喝西北风了，军队一哄而散的日子就在后面。”

李弘好像没有听见一样，依旧我行我素，整天乐呵呵的，陶醉在万名骑兵对决的训练战场上。大家天天打来打去，边境草原上热闹非凡。

有一天田重把他骂急了，李弘只好装傻充愣，说过一天算一天，哪一天打仗了，不就有钱了，以战养战嘛。胡人都穷，还不是年年靠打仗把日子过下去了。按你老人家这个说法，檀石槐怎么统一的鲜卑？匈奴人怎么和大汉朝打了几百年的仗？

“打！”李弘大叫道。田重差一点气倒。

九月底，先是传来公孙瓒的军队在蓟城附近逃亡了一半的消息。李弘和大家听说之后都很吃惊。西凉战场的事他们也听鲜于辅说了。西凉骑兵骁勇善战，又有羌胡做支援，相当难缠，就连皇甫嵩这样的名将都无法获胜，可见他们的厉害。现在公孙瓒只带了五千骑兵到长安，实力大打折扣，前景堪忧。

随即就传来冀州黄巾张牛角部声势大振，攻城夺郡的消息。玉石等几个老军人立即从中敏锐地闻到了战争即将再次爆发的味道。军队随即针对平原上的步骑对战，展开了非常有针对性的训练，预防不测。

这一天，八百里快骑飞驰入营。

黄巾军北上攻打幽州。李弘和大家面面相觑，觉得这个张牛角真是胆大包天。

“三天后大军开拔。”

“大人，救兵如救火，为何三天后才开拔？”玉石奇怪地问道。

“假期三天后结束，还有几百名士卒没有回来。我们等他们回来了就走。”

“军令如山。大人接到指令的一刻起，假期已经结束，大军应该立即出发。”玉石严肃地说道。

李弘笑着摇摇头，无可奈何望着玉石，几乎是用请求的口气说道：“从义（玉石的字），大家都是兄弟，这次南下去战黄巾，有多人能回来？大家都有亲人，让他们休完假期吧。何况我现在怎么去找他们？三天，三天时间很短的。”

“大人，从义说得对，我们应该立即出发。他们回来后可以追上大军队，并不耽误我们的行程。”田重立即接上说道。

李弘坚决地摇摇头。

“现在军队里胡人士卒有七千多人，尊重和公平对待他们比什么都重要。公孙大人的军队里乌丸士卒为什么会逃走？大家都忘记了么？”

“虽然只有几百名胡族骑兵，但我们在这里等他们回来，会让所有的胡族士卒都感觉到，我们大汉国尊重他们，看重他们的战力，愿意和他们同生共死，士卒们因此会受到激励，他们愿意誓死效命，为大汉国冲锋陷阵。这样的军队才能做到上下同心，拉到战场上才能所向无敌。如果大家各怀异心、离心背德，即使到了战场上，也是一触即溃。我要等他们，我要亲自站在辕门下，等他们回来。”

李弘果然站在了辕门下，翘首以待纵马归来的士卒们。

胡族士卒看到校尉大人如此看重他们，许多人都非常感动，心中都有一股热血在沸腾。为这样的人战死沙场，有什么不值?

最后一天的傍晚，尚有二十多名白山的乌丸士卒没有归队。军队实行的是连坐制，如果一队士卒中有一个违反军纪的，其他的人都要受到连累。李弘几次提出修改，都给军候们顶了回去。现在有这么多人没有回来，同队的士卒们焦急了，他们三五成群地站在大营门口，望着远处。

夜幕降临，这些人依旧没有归队。

李弘心急如焚，内心里隐隐约约有点后悔。他也担心有人不回来了。

如果自己不坚持等他们，或许这件事的影响力要小一些。那么，连坐的士卒怎么办，按律当斩的。

李弘急得在辕门下转圈了。

午夜将临，身为刺奸的田重终于忍不住大吼一声：

“来人啊……”

李弘吓了一跳，赶忙制止亲卫，拉住田重笑着说道：“时辰未到，老伯何必着急。你回去休息吧，我在这里看着。”

田重用怀疑的眼光看着他，十分不信任地说道：“还是大人回去休息吧，我在这里看着。”

突然，李弘听到了从风中隐隐约约传来的马蹄声。他朝身边的弧鼎使了个眼色。弧鼎心领神会，趴到地上侧耳细听。

“大人，他们回来了。好像是一齐回来的。”

李弘一颗心顿时落了下去。

他高举双臂纵声大叫起来：“回来了，他们回来了。”

一时间，大营内灯火通明，欢声雷动。

大汉国中平二年（公元185年）十月。

涿郡是幽州第一大郡，人口有六七十万，几乎占了整个幽州人口的一半。涿郡有七城，现在已失其三。北新城、故安城、范阳城均被黄巾占据。

黄巾军主力正在渡过巨马水，一路杀向涿郡治所涿城。

张牛角是冀州蠡县博陵人，本名叫张焉，字品朴。年轻时曾经贩过私盐，做过山贼，武功出众，好打抱不平，为人豪爽讲义气。因为他贩私盐时总是带着一个牛角号，一有情况就随时用它通知自己的伙伴，所以大家都叫他张牛角，反而把他的本名忘了。他早年就参加了太平道，是教中三十六方大渠帅之一，也是太平道教主大贤良师张角的得意门徒。

张牛角去年随张角在冀州起事，攻烧州郡，屡立大功。张角病死之后，黄巾军主力由人公将军张梁统率固守广宗。当年十月下旬，皇甫嵩率军偷袭黄巾大营，张梁阵亡，三万多黄巾军主力惨遭杀害，五万多黄巾军士卒至死不降投清河而死。张角被剖棺戮尸。张牛角率部突围，逃亡太行山。

随着皇甫嵩和他的军队转战西凉之后，所有逃进太行山的黄巾军余部开始重新集结，实力越来越大。由于张牛角在黄巾军中的威望无人可及，军队的人数又最多，自然成为首领。

张牛角在太行山的几个月中，和部下们也对黄巾军的失败进行了总结和分析。

大家认为，黄巾军起事之后，在各地大方渠帅的指挥下各自为战，既不联系，也未能协调配合。另外黄巾军军队的人数虽然非常多，但绝大部分都是山野村夫、普通百姓，没有受过系统的军事训练，更缺乏战斗经验，所以导致各地的黄巾军陆续被官军集中优势兵力，各个击破了。更可恶的就是各地的门阀宗族和地方豪强们，他们利用门生故吏等各种关系，加上手里有钱财，自己组织军队和黄巾军处处为敌，不但打击和切断了黄巾军的军需，也阻断了黄巾军各支军队之间的联系。这也是黄巾军失败的原因之一。

总结过后，张牛角和大家也商议了许多应对的办法。比如在太行山上展开练兵，加强各支黄巾军之间的联系。

张牛角和黄巾将领们都意识到，如果一味地攻城掠地，没有稳固的地盘，黄巾军很难生存下去。为黄巾军的未来寻找一块生存之地，一直是张牛角考虑的首要问题。至于其他的什么推翻刘氏天下、重建王朝，他都不是十分感兴趣。去年的大失败教训太深刻了。自己没有地盘，生存都有危机，还谈什么其他的东西。

现在黄巾军的活动区域基本上处于中原腹地，比如冀州和豫州。而这两州都靠近司隶、靠近洛阳，黄巾军如果想在这些地方生存，必将威胁到京都的安全。作为大汉国的天子，岂能容忍。所以去年汉军为了确保京城洛阳的安全，首先发动了对颍川黄巾的攻击。颍川黄巾军不久就在长社大败，主帅波才阵亡。随后南阳、钜鹿的黄巾军也先后被歼灭，就是一个很明显的例子。中原腹地并不适合黄巾军的长期生存发展。

经过十几位黄巾军首领的反复磋商，最后大家都把眼睛盯在了并州和幽州上。这两州处在大汉国的最北端，离洛阳很遥远，尤其幽州，距离更是漫长。从目前来看，攻打幽州的条件要成熟一些。

首先，幽州有黄巾军的基础。去年，广阳郡的黄巾军随同天公将军张角一同起事，攻占蓟城，杀死了幽州刺史郭勋和太守刘卫。虽然后来这支黄巾军被消灭了，但老百姓相信太平教，支持黄巾军，属于“熟地”。其次，今年鲜卑人和乌丸人大举寇边入侵，战事才歇。幽州的汉军遭到连番打击，实力剧减。此时攻打幽州时机最恰当不过。

而攻打并州，相对来说要困难得多。首先并州与多个强悍的胡族相邻，胡人年年寇边，不利于黄巾军发展。其次并州军队有一定的数量，实力也很强劲，第三，并州的河西、河东的黄巾军目前尚处于发展初期，无法形成配合力量。

张牛角定了行动计划。先全面开花，攻占中山、常山、赵国，吸引冀州官军的主力军队，为军队筹集足够的粮草。然后佯攻钜鹿，以绝对主力猛扑幽州，争取在大雪来临之前，拿下涿郡、广阳郡、渔阳郡，为明年占据整个幽州打下扎实的基础。

入夏后，军队陆续下山，黄巾军开始展开军事行动，他们攻城夺邑、焚烧官府，扫荡豪强们的坞堡，并且取得了很大的胜利。

张牛角带领黄巾主力在中山国展开行动，褚飞燕率军攻打常山国各地州郡，杨凤则率领大军，在褚飞燕的配合下，迅速占据赵国各城，随即扑向钜鹿郡。

黄巾军在钜鹿起事，也在钜鹿被消灭。今天，他们要在钜鹿为死去的黄巾兄弟们报仇，所以钜鹿方向的战斗一直非常激烈。

新任冀州牧郭典，也就是前钜鹿太守，是剿杀黄巾军的罪魁祸首之一。由于他和钜鹿太守冯翊的共同努力，率军在高邑、瘿陶城坚决阻击，互为犄角，造成了黄巾军攻击受阻，不得不停下来。

与此同时，张牛角率领黄巾军主力黄龙部、左校部、张白骑部十五万人马，突然发动了对涿郡的攻击。北新城、范阳、故安三城相继失陷。

巨马水定兴渡口。

密密麻麻的黄巾军士卒排成整齐的方阵，列队于岸边，等待渡河。

士卒们一律布衣短袍的庶民打扮（汉代规定，百姓一律不得穿各种带颜色的服装，只能穿本色麻布），穿靴鞋，束戴黄巾，手执战刀长矛弓箭等各式武器。各部的军官穿着甲胄，站于队列之前。

“大帅，军队已经渡河三万人。张帅的军队正在追击敌军鲜于辅部。”

张牛角抬眼看了一眼斥候，没有做声。

张牛角中等身材，四十多岁，身躯魁梧，长脸长须，颧骨高耸，浓眉下一双炯炯有神的眼睛。他的身后站着一个二十多岁的小伙子，身材高挑，皮肤稍黑，小圆脸，看上去非常机灵。他叫孙亲，是张牛角手下一名骁勇善战的将领，很有才华。

张牛角望着奔腾的河水，若有所思地问道：

“黄帅的军队距离我们还有多少路？”

“回大帅，黄帅的军队尚在范阳城，并没有出动。”那个斥候赶忙答道。

张牛角浓眉立即紧缩，脸色非常难看。

“再催。命令他务必明日率军渡河，向遒国方向攻击前进，掩护主力军队的侧翼。若再贻误军机，军法从事。”

孙亲赶忙上前一步，小声说道：“大帅，还是让左帅去说一下吧。他们是至交，都是邯郸人，彼此之间给面子。这个时候大家还是不要闹矛盾的好。大帅你说呢？”

张牛角点点头："也好。你去跑一趟，告诉左校、黄龙，让他们明天率部渡河。渡河之后，兵分两路，黄龙攻击迺国，左校深入方城境内，牵制主力两翼敌军，掩护大军攻击涿城。"

鲜于辅疲惫不堪，坐在马上昏昏欲睡。他已经两天没有睡觉了。

由于撤退及时，他的一万军队勉强保留了下来，这是不幸之中的大幸了。这一万人马才组建四个多月，还是他在山口渡和公孙瓒闲聊时，突然想出来的主意。

幽州缺兵。尤其是在去年广阳闹黄巾，今年胡族大举入侵的时候，这个情况尤其突出。

涿郡因为和冀州相邻，刺史大人刘虞的口碑又好，冀州的许多流民跑到了涿郡。涿郡人口本来就多，可开垦土地也少，所以大量流民滞留在涿郡各地，生活很悲惨。

招募流民从军，既可以解决流民多、土地少的问题，又可以解决流民家庭的生活问题。因为当兵可以吃军粮、拿军饷，士卒省一省还可以贴补一点家用。至于士卒多了，军饷怎么解决，刘虞和魏攸、鲜于辅等一班府吏想了许多主意，最后还是决定屯田戍边。

军队屯田周代已有。本朝孝文皇帝采纳大臣晁错"募民徙塞下"的建议，把一些奴婢、罪人和平民迁徙到边塞，将他们以什伍编制组织起来屯田戍边。这些人农忙时屯田，农闲时进行训练，有事则可应敌。这种做法既起到了防御胡族入侵的目的，也起了开发边境的作用，为汉代屯田之先河。到了汉武帝时期，屯田戍边、防备匈奴则成为当时的一项主要国策。自此以后屯田戍边就是大汉国防守边疆的一项重要措施，成了大汉国节省国用，解决边境地区驻军的给养，对付胡族入侵的基本方法。

刘虞决定在人口稀少的代郡、上谷郡屯田。就在他准备实施这个措施的时候，因为生病回家休养，事情随即就耽搁了下来。没想到世上的事情就这么奇怪，还没过两个月，黄巾军突然入境攻打，这一万步兵立时成了涿郡救命的稻草。依靠这一万汉军，加上各城的守军，在涿郡太守王濡、都尉吴炽、刺史府功曹从事鲜于辅的指挥下，竟然也抵挡了二十多天，不但严重迟滞了敌人的进攻速度，也为援兵争取了宝贵的时间。

到军队撤回巨马水时，鲜于辅统计了一下，尚余一万多人，这让他对坚守涿城有了些信心。

援兵？其实幽州哪有什么援兵。公孙瓒走了，辽东铁骑、白马义从不在了，只剩下李弘手上那支才拼凑了两个多月的风云铁骑了。一想起背后的十五万黄巾大军，鲜于辅脑后就发凉。黄巾军真是厉害，怪不得当初以皇甫嵩、朱俊、董卓、卢植几员大将，十万兵马的实力，在平叛刚刚开始时，也连遭败仗。

当时，南阳张曼成的黄巾军率军攻克南阳城，杀了太守褚贡。波才率领的颍川黄巾军连续击败朱俊，并将皇甫嵩围困在长社，要不是波才作战经验不足，差一点就把皇甫嵩一锅端了。广阳的黄巾军就更厉害了，攻破蓟城，杀死幽州刺史郭勋和太守刘卫。钜鹿附近的黄巾军更牛，一口气把安平王刘续和甘陵王刘忠都俘虏了。卢植率军攻打广宗的黄巾军，也屡战不胜，未能得逞。董卓根本就没有胜过一战。

现在这些黄巾军死灰复燃，其实力和作战经验犹胜去年，打起来就更困难了。

鲜于辅有点灰心丧气，一路上督军急行，后面黄巾大将张白骑的军队正在衔尾猛追，一刻不停。

中山国相张纯被黄巾军打得一路逃窜、狼狈不堪。好不容易逃到涿城，张牛角率部又渡巨马水而来。张纯无奈，只得告别涿郡太守王濡，再渡圣水准备逃到蓟城暂住。涿城现在人满为患，可能不久还要破城，不如早点到蓟城安全些。

上个月他还雄心勃勃准备带着军队到西凉战场杀敌立功，没想到这个月就被黄巾军赶得上天无路、入地无门。他现在恨张温恨得咬牙切齿，他的参战要求不但没有得到批准，还被车骑将军张温骂了一通，叫他好好守中山国，没事不要瞎折腾。假如当时去了长安，现在也不会被黄巾军追杀得这样可怜。更重要的是，他丢了中山国，如果不能夺回来，他的脑袋恐怕很难保住了。按黄巾军现在这个发展势头，短时间想打回去，简直就是笑话。

就在这个时候，他在圣水河看到了李弘。

李弘的军队刚刚到达圣水河畔。

一万骑兵大军，在河边排成方阵队列，其气势之雄伟，让人无不产生气吞山河之感。

张纯就像看见了救命稻草一般，领着手下急奔而来。

双方做了一番自我介绍，李弘见对方是中山国相，赶忙以下属之礼见之。他是行厉锋校尉，只个是代理校尉，自然要差上一截。

张纯赶忙谦让，盛赞李弘的少年英雄，随即提出让自己的人马加入李弘的骑兵大军，为剿灭黄巾尽尽中山国的微薄之力。

张纯的目的很简单，跟着这个人，这支可怕的骑兵大军，还有什么事搞不定？他把好几万鲜卑人都打败了，那些实力差得太远的黄巾军自然不在话下了。如果李弘打败了黄巾，帮他收复了中山国，他不但无罪还有功。李弘就是他的救命稻草啊。当然，前提是李弘必须要让自己的军队加入骑兵大军，这样将来上书论功时才有说服力。

他已经没有军队了，只剩下一百多名侍卫和亲兵。但这就够了，因为李弘非常爽快地答应了。

张纯从身后的郡吏中叫出来一个大汉。

“这是我中山国府里的门下督贼曹（主侍从），就让他带着人马跟在校尉大人后面效力吧。”

此人二十五六岁，身材高大健壮，比李弘还高一点，方脸浓眉，相貌堂堂，一双大眼睛里隐含着些许杀气，让人总感觉有点畏惧。

大汉立即单腿跪下行了个军礼，沉声说道：“下官颜良，愿誓死跟随大人，杀敌卫国。”

第十九章
谜一般的安定帅

大帐内，张牛角趴在案几上，就着微弱的烛光，看着一张破旧的绢制地图。张白骑就坐在他旁边。

张白骑原名叫张泽，字子荫，他过去曾经是冀州安平国的茂才（茂才和孝廉差不多，都是郡国向朝廷举荐的人才），很有学问，但他家境贫寒，没有门路，一直得不到任用。张泽善武，好打抱不平，为人仗义，在当地非常有名气。后来遇上张角，加入太平道教。他是太平道教七十二小渠帅之一。因为他喜欢骑一匹白马，所以黄巾军的士卒都叫他白马小帅。

张白骑下午接到张牛角的命令后，停止了追击，将大营驻扎在距离巨马水六十里的三乡坡。

“子荫，斥候的消息准确吗？”张牛角抬起头来，小声问道。

“大帅请放心，我们的军队得到涿郡当地百姓的支持，消息来得快，来源也非常可靠。豹子的风云铁骑军的确已经赶到圣水河边，估计现在正在渡河。”张白骑神色凝重地说道。

张白骑三十多岁，面色焦黄，身体瘦弱，唯独一双眼睛非常有精神，不怒自威。

“我们没有和骑兵作战的经验，军队和他们接触，恐怕要吃亏。”张牛角缓缓说道，“一万骑兵，它的战斗力应该非常惊人。”

“怕什么，过去匈奴人、乌丸人、鲜卑人屡屡寇边，几万甚至十几万铁骑南下，汉军基本上都是死守城池或者闻风而逃，罕见和他们对决沙场的，但最后还不一样被大汉国的军队打败了。武帝时期，将军李陵以六千步卒从大漠回撤，匈奴人八万大军跟随围攻十几日不能破。可见骑兵肯定有骑兵的弱点，步兵有步兵的长处，只要应用得当，完全可以战胜敌人。大帅不要担心。”

张牛角看了一眼信心十足的张白骑，笑了起来。

“子荫好豪气。我们十五万人，对付他一万骑兵，在人数上的确占据绝对优势，虽然装备和实力都差一截，但是消灭他们应该没有问题。现在的关键是时间，我们拖不起。如果想在下雪之前拿下幽州三个郡，这个月我们就必须拿下蓟城。我希望能和他们在涿城直接对决一战，一战定胜负。”

“敌人势弱，他们又非常狡猾，估计不会这么做的。不出意外的话，留在圣水河以西的汉军最多不会超过两万五千人。渔阳郡的五千援军一直留在蓟城，看情形他们对守住涿城没有信心，准备随时放弃涿郡，和我军在蓟城决战。”张白骑笑着说道，“上谷郡的援军很快也要赶到，据安定帅的消息，他们大约有三千多人。黄帅和左帅明天渡河，我军十五万人就全部逼近了涿城。打下涿城，整个涿郡就是我们的了。”

“安定帅的消息还是天天送到吗？”张牛角问。

“非常准时。不过豹子军赶到圣水河的事，他的消息就比广阳那边传来的消息要慢些。”张白骑不服气地哼了一嗓子说道，“大帅不要把希望都寄托在这条线上。现在军队已经打到了幽州，不在中山国，他的作用没有过去那么重要了。”

“他的地位特殊，每次送来的消息都准确及时，谁都代替不了。”张牛角严肃地说道，“务必保持和他的联系。能不能在年底拿下渔阳郡，全靠他了。”

“他在那边是个大官吧？”张白骑迟疑了一下，问道。

“我不知道。他是天公将军的八大弟子之一，现在天公将军不在了，他还能主动联系我们，为我们提供情报，可见他对大师的感情和忠心。”张牛角摇摇头，很钦佩地说道。

“燕子有消息吗？”张牛角接着问道

“褚帅的军队已经到达中山国，十几天之后，就可以到涿郡。估计那个时候我们已经攻打蓟城了。”

圣水河边的草地上，帐篷林立。河面上，风云铁骑军在连夜渡河。

李弘在大帐内设宴招待中山国郡府的一群官吏。虽然没有什么美酒佳肴，但烤肉还是有的。

中山国相张纯是渔阳人。他很有才学，武功不错，诗文也很有名气，在大汉国像他这样文武全才的郡守并不是很多。他为官多年，为政宽和，体恤民情，公正廉洁，口碑甚好，深受百姓的拥戴。

张纯四十多岁，中等身材，比较瘦，大概因为操劳过度的原因，脸色非常差，眼窝深陷，额头上的皱纹也多，一道道就像刀刻一样，看上去既沧桑又苍老。

他好像非常喜欢李弘，和李弘十分的亲近，谈笑间赞赏不止。李弘看到张纯这么欣赏他，虽然有些不好意思，但内心里还是很感激的。两个人感觉彼此都很相投，话就多了起来。

散席之后，李弘陪着张纯在河边一边散步一边继续闲聊。很自然，两个人谈到了眼前的现状。

李弘对黄巾军揭竿而起，反抗朝廷，烧杀抢掠非常反感，他最早接受的就是刘虞、刘政、鲜于辅他们的说法，认为是暴民反叛为祸国家，涂炭生灵。他说得很直接，镇压是正确的，也是必不可少的。当然对于皇甫嵩在下曲阳屠杀十万黄巾降兵，他认为就太过分了。对于李弘来说，慕容风或者刘虞对敌人采取的措施，他最能接受。打赢了就让他们投降，能招为己用的就为自己所用，不能用的就安抚，让他们过上安稳日子，让社会稳定下来。

张纯皱着眉头，说了一番让李弘觉得既新鲜，又需要时间去深思理解的话。

张纯问他，老百姓为什么造反？当然是没有活路了。为什么没有活路？没有吃的没有穿的要饿死了。老百姓终年忙忙碌碌，为什么不但没有吃的穿的还会饿死呢？李弘答不出来。这个问题他倒是没有仔细地想过。

张纯给李弘细细算了一笔账，本朝一个五口人的农民家庭，每年粮食消费约谷一百五十石（汉一石，约为六十市斤）左右，加上食盐和衣服费用，全年最低限度的生活费用约需两百四十石左右，如果一个家庭的收入达不到他们所需要的最低生活费用，他们就不免要陷入饥寒交迫的境地，更不要说维持来年的耕种了。现在一大亩田大约可年产粟三石，一小亩可年产粟两石左右，也就是说，耕种百亩土地的五口之家，全年可收获粮食两百石左右。但是本朝不少农民家庭占有的土地实际上都不足百亩，一般只有几十亩甚至几亩，一年只有一百多石或者更少的收入，扣除各种租税之后，已经所剩无几，根本无法生存。

你知道本朝皇亲国戚、列侯贵族、官僚富豪的收入一年是多少吗？李弘摇摇头。他当然不知道。

皇亲国戚、列侯贵族的收入主要来自各人的封地租税。封邑越多人口越多，租税也越多，有的列侯每年租税收入就达千余万石。至于诸侯王的收入，更是惊人，上亿石的比比皆是。而官吏们以谷物定秩俸，三公秩万石，九卿中二千石，郡守二千石，万户县令六百石，县丞、县尉四百石。门阀富豪们占有的土地，多者达数百顷，甚至千顷以上，他们的收入远远比官吏要高。而且这仅仅是大家都知道的，不知道的就更加不可计数了。和贫苦百姓的最高收入相比，一个小小县丞和他们之间最小的差距都有四五倍。

为什么会这样?

土地，土地都给有钱有势的权贵们占去了。他们在城里有大片的房子，在乡里有数不清的田地。他们拥有成千上万的奴婢和徒附。而农民在丧失了自己的土地之后，多数沦为有钱人的依附农民。他们除了交纳高额地租和服徭役外，还是他们的“奴隶”，现在没有这个说法，大汉国不允许有奴隶，但他们和胡人的奴隶有什么区别？家主让他们死，他们还能活吗?

本朝自和帝以后，皇帝都是幼年即位，由外戚、宦官轮番把持朝政，朝纲日趋腐朽。州郡官职有时一月轮换几次。官吏到任后，就聚敛搜括、横征暴敛、敲诈勒索。自安帝以后，朝廷长期对羌族用兵，耗费军饷高达四百多亿，这一沉重负担又全部落到了百姓的头上。若是碰上灾年，就更惨。田中颗粒无收，大批农民没有收入，只好四处流亡，造成饿殍遍野的惨状，连京师洛阳都有死者相枕于路。但是有钱人呢？他们不劳而获，照样过着豪华奢侈、纸醉金迷的生活。

因为国家财政枯竭，所以经常削减百官俸禄，借贷王侯租税，以应付国家的急需。先帝时期还公开地卖官鬻爵、大肆聚敛。当今天子更加变本加厉，他的后宫彩女都有数千人，衣食之资日费数百金，所以他拼命地搜刮钱财，无所不用其极。他公布卖官的价格，二千石二千万，四百石四百万。甚至不同的对象也可以有不同的议价。既然可以用钱买官，贪污就成了合法行为，官吏一到任，就尽量搜刮。政府为了多卖官，就经常调换官吏，甚至一个地方官，一个月内就调换几个人。为了刮钱，灵帝还规定，郡国向大司农、少府上交各种租税贡献时，都要先抽一分交入宫中，谓之“导行钱”。又在西园造万金堂，调发司农金帛充积其中，作为他的私藏。他还把钱寄存在小黄门、中常侍那里，各有数千万。

皇帝都是这样，何况其他王侯大臣。

造反？这都是官逼民反啊。这几十年来，造反的人少吗？安帝时，青州张伯路率领流民造反，波及沿海九郡。顺帝时广陵人张婴领着一万多人揭竿而起，他们在徐州、扬州一带坚持了十几年之久。十几年前，泰山郡的公孙举纠集流民造反，在青州、兖州、徐州三地连续作战好几年。在南方和西北，还出现了大汉国的百姓和胡族蛮夷联手造反的事。民间曾流行一首歌谣：“小民发如韭，剪复生；头如鸡，割复鸣。吏不必可畏，民不必可轻！”大家没有活路了，所以才要造反。

“我也不愿意看到老百姓造反，我也痛恨老百姓造反，可他们不造反也是死，造反也是死，相比之下，不如造反了。造反后可以杀死贪官污吏，可以杀死家主恶霸，可以烧掉有钱人的房子，分掉有钱人的财产，大家可以暂时吃饱肚子，临死之前也能享受一下生活。”张纯长长地叹了一口气。

李弘惊呆了：“他们不想将来吗？”

“将来？这些人谁有将来？你知道跟随张角的人为什么至死不降，五万人投河而死吗？没有将来，永远都不会有将来。所以他们杀、烧、抢，毁坏一切可以毁坏的东西。因为没有将来，只有今天。”

“那，天子、王公贵族、大臣、大人您，为什么不想办法改变一下？”李弘听得头皮发麻。

张纯几乎咬牙切齿地说：“改？改什么？这就是姓刘的天下，天子说的任何一句话，都是王法。百姓就是贱民，就是该做该杀的种。”

李弘看着张纯愤怒的脸，瞠目结舌，再也不敢说一句话。他感觉眼前的这位大人好像就是黄巾军的首领，他也要揭竿而起了。下意识里，他觉得这不应该是一位刚刚失去辖地的郡国首脑应该讲的话，但这番话对他的震撼太大了。他好像在黑夜里突然睁开了眼睛，慢慢地看清了周围的一切。

他从有记忆开始就是奴隶，只不过他不知道自己为什么是奴隶。铁狼成了奴隶是因为他是战败的俘虏，那自己呢？自己为什么成了别人的奴隶，成了该杀的种。是奴隶、是贱民，就应该逆来顺受，就该杀吗？

李弘看到颜良飞步跑来。

颜良现在成了李弘的侍卫队首领。

李弘把张纯交给他的一百多人单独成立了一个亲卫队，就是随从侍卫队，是主将的亲兵。

现在在大汉国腹地，胡族斥候的发饰衣着太明显，已经不再适合做斥候和随从了，所以李弘把斥候队里的胡族战士全部抽调到亲卫屯。亲卫屯改作黑豹义从营，扩大到将近六百人，直接由李弘指挥。李宏看到公孙瓒的白马义从很威风，心中艳羡不已，现在手下人马多了，便也想模仿成立一支自己的义从军队——只忠于自己一个人，听自己一个人的命令，所以他以黑豹义从命名，这让弧鼎和弃沉这些心地耿直的胡人感动得热血沸腾、心潮澎湃。跟着这样的主子，从此征战四方，也将扬威天下。

颜良心里很敬佩李弘，不仅仅因为他的威名、他的战绩，也因为他的信任。仅仅是一面之交，李弘竟然就放心到把自己的性命和机密都交给自己，这种胸襟和气魄实在不能不让人产生誓死效劳之心。

张纯当时就在现场，听到李弘的安排他也是目瞪口呆，觉得这个豹子和传言中真是非常接近，不是一个白痴，就是一个天才。

“校尉大人，刺史府功曹从事鲜于辅大人到了。”

李弘看到了阎柔。火红色的战马，火红色的大氅，威风凛凛的火烧云。

他惊呼一声，快步走上去，大声叫道：“子玉兄……”

阎柔飞身下马，紧跑几步，用力抓住李弘的大手，连连摇晃道：“子民，你要是再不来，我们就要东渡圣水河了。”

李弘笑起来：“涿城还在我们手上，涿郡也还没有丢失，子玉兄还有再战之力，何来东渡圣水之说？”

“张牛角厉害，黄巾军的确不可小觑。他们有十万人马已经陆续渡过巨马水，后续五万人马正在赶来。和他们相比，我们的实力太薄弱了，根本无力反击。”阎柔有些气馁地说道。

李弘拍拍他的肩膀，安慰道：“总会有办法的。去年，广阳黄巾起事，攻占蓟城，杀刺史、杀太守，声势骇人，你们在刘大人的指挥下，不也是战胜了他们，消灭了黄巾军吗？”

阎柔摇摇头，苦笑道：“去年广阳的黄巾没有这么多人，平民百姓居多，打起来容易多了。现在这支大军，实力和人数都不可与去年同日而语。”

两人正说着话，鲜于辅匆匆走过来。和上次两人在广宁见面相比，他消瘦多了。

“你要注意身体。”李弘关心地说道，“一两个月不见，你瘦多了。”

鲜于辅忧心忡忡、有气无力地挥挥手。

“战局发展太快，我们连战连败，哪有心思睡觉。听说你来了，我和子玉连夜赶来，就是想问问你可有什么退敌之策？”

李弘拉住鲜于辅的手，笑着说道：“你先好好休息一下吧，养足了精神，我们再商议。”

“走，走，进帐，进帐。你的伤完全好了吗？”阎柔问道。

“好了，多了几块疤而已。”三人亲热地走在一起，年长一点的鲜于辅被二人夹在中间。看到李弘，鲜于辅的心情突然好了起来，极度的疲劳好像也减轻了不少。

“要是一直跟着你就好了。”阎柔遗憾地说道，“你到了上谷，打了许多仗，场场精彩、酣畅淋漓。我留在渔阳，只捞了几场小仗打，一点意思都没有。”

李弘不好意思地笑笑。当时渔阳太守何宜坚持要求阎柔留下守渔阳城，阎柔碍于情面，不好推辞，结果错过了和李弘一起北上杀敌的机会。他一直耿耿于怀，至今都颇有怨言。

李弘看到跟在后面的颜良，立即想起来没有给他介绍。

“来来，给你们介绍一下，这是我的新侍卫督曹，他叫颜良，字子善，是中山国郡府的门下督贼曹，今天才到我这里。”

鲜于辅和阎柔停下来朝颜良望去，脸上都显出诧异之色。

颜良没有想到李弘会突然停下来，专门给他介绍两位大人，心里一暖。被自己的上司看重总是一件很令人激动的事。

“下官拜见两位大人。”

阎柔在郡府里是兵曹掾史，比负责侍卫工作的门下督贼曹要大，但差距不大。

他赶忙还礼道：“不敢当，不敢当。现在我们都在校尉大人帐下效力，都是同僚，不必太过客气。”

鲜于辅上下仔细打量了颜良一眼，还了个礼，笑着对李弘说道：“国相大人在吗？”

李弘点点头：“在大帐内。刚才我们还在河边闲聊。”

“他好大方，这等高手都放到你的帐下。你知道颜子善外号叫什么吗？”

李弘摇摇头，望着颜良奇怪地问道：“子善很有名吗？”

阎柔大笑起来。

“颜子善外号叫虎头，善使一把虎头大刀。十八岁的时候，他想出门混碗饭吃，就驮着这把大刀杀遍河北。结果因为太猖狂，手下从来没有适合之人，反而得罪了河北许多成名高手，最后无人要他，落得个狼狈而回。”

颜良面色微红，站在一边神情尴尬。

李弘好奇起来，赶忙追问道："后来呢？"

鲜于辅接着说道："后来他回到常山国老家，帮助当地县里剿匪，曾经一个人一把刀，斩杀一百多名山贼，砍下所有的人头堆到县衙门口邀赏。县令嫌他杀气太重，拒绝把他留在县衙，派他做了个小小的亭长。但颜虎头却从此名声大噪。"

"虎头老弟什么时候跟了国相大人？"鲜于辅转而问颜良道。

颜良恭敬地回了一礼道："去年老家闹黄巾，待不下去，我带着家人逃到涿郡。今年春天看看情况尚可，就准备返回老家。路过奴卢城时，看到中山国募兵，随即就去应征。后来我被国相大人看中，调到府中做了个门下贼曹。"

"原来你这么有名。"李弘赞叹道。

颜良神色更加尴尬，十分不好意思。

鲜于辅和阎柔见过张纯，几个人坐在大帐内，商议军情。

李弘的意见很明确，目前和黄巾军的实力差距太远，正面对阵，毫无胜算。参照去年皇甫嵩、朱俊、卢植几位大帅剿灭黄巾的办法，无非就是先相持，然后以奇计胜之，待军队达到一定数量之后，再伺机与其决战。但是现在连相持都做不到，军队只能一味退却，这个仗就很难打了。

鲜于辅顿时灰心丧气。他沮丧地问道："一点转机都没有？"

李弘紧皱眉头，苦笑道："的确没有。即使有转机，这个转机也要我们自己去创造。要创造这个转机，就要军队。没有军队，说什么都是枉然。"

张纯叹了一口气，缓缓说道："我们现在没有军队了。就是临时招都招不到。"

"为什么？"

"黄巾军每占领一个地方，都向当地百姓开仓放粮，他们很得民心。现在各地百姓都在盼着黄巾军打到自己的家门口，这样就可以烧官府、杀恶霸、抢有钱人、有粮食吃有衣服穿。如今老百姓都站在黄巾军一边，帮助他们，给他们传送消息。现在还有几个人愿意当兵去打他们？除了那些门阀富豪们自己的私人军队。"

李弘一听头都大了。

"大人的意思是说涿郡的地面上已经没有百姓愿意帮助我们了，是吗？"

张纯面无表情。李弘转目去看鲜于辅和阎柔。两个人神色凝重，同时点头。

"不管怎么说，我们必须迟滞敌人的进攻速度。如果能在涿郡把他们拖到下雪，也许情况就会出现转机。"张纯沉吟良久，慢慢说道。

大帐内几个人沉默无声。

"如果上谷郡的鲜于银部三千人及时赶到，圣水河以西我们尚有两万五千人的军队，这其中有一半都是骑兵。我们可以充分利用骑兵的机动性，有效打击敌人的军需线，实施小范围的突袭活动，以达到我们迟滞敌人进攻的目的。步兵据守涿城，一万多人守一座城池，即使黄巾军投入十万人强攻，估计也要打上一段时间吧？"张纯望着案几上的地图，对三人说道。

“冀州战场上我们的军队只能勉强支撑，朝廷的主力军队现在西凉战场上，前途未卜。援军我们指望不上，只能自求多福了。”

“此次黄巾军突然杀入幽州，他们的战略意图非常明显，就是想占据整个幽州。他们想扎下根基，巩固自己的势力范围，为将来占据更大的地盘，夺取更大的利益建立一个稳定的大后方。幽州地处北疆，离中原、离京都都很遥远。这次如果让他们得逞，将来我们想彻底歼灭他们就非常困难了。一旦成为尾大不掉的状态，对幽州百姓，对大汉国，都是一个灾难。”

“所以我们大家都要坚持下去，坚持守在圣水河以西，把黄巾军留在涿郡。只要下了雪，黄巾军的军需就很困难，攻城也就无法继续下去，转机也许就会出现了。去年，几个大帅完成对黄巾军的最后一击，不都是在冬天吗？今年在幽州，也许情况同样如此。”

李弘、鲜于辅和阎柔都连连点头，同意张纯的意见。

他们都很佩服张纯。最早以为张纯迅速无比地败出中山国，是因为他昏庸无能，现在看来不是这样。此人还是有真才实学的，估计还是黄巾军的攻击太猛烈了。他一个中山国能凑出多少军队？没有军队，谁都打不赢敌人。

李弘觉得张纯绝对是一个好官。他在河边的那番话，表明他在感情上很同情黄巾军。黄巾军里的士卒都是普通百姓，如果不是为了活下去，谁会求死去造反？造反是株连九族的罪。张纯对这个黑暗世道的愤愤不平，并不妨碍他继续做朝廷的官，继续拿朝廷的秩俸，继续努力歼灭黄巾军。公私分明、情法分开，这种人肯定是个好官。

四个人随即商量细节。

张纯马上启程到蓟城拜会刺史杨淳。没有援军，但送到前线的军需千万不能出问题。此去蓟城，张纯准备自告奋勇，主动提出承担筹措、押运粮草辎重的任务。进入涿郡之后，已经没有草场，战马的草料全靠后方运输。一旦战马没有草料，李弘的风云铁骑就可以改成步兵了。所以李弘特别重视这个问题。

鲜于辅和阎柔回涿城，向涿郡太守王濡通报张纯和李弘的意见，准备守城大战。

李弘率部游弋在圣水和巨马水之间的大片山林平原之间，对敌人的军需和小军队实施打击，迟滞敌人的进攻速度。

鲜于银部如果赶到圣水河，暂时留在圣水河东岸，伺机而动。

张牛角的军队三天后稳步推进到涿郡城下。

张牛角率领五万人在涿郡西城门扎营。张白骑率军三万驻扎在南门。

黄巾军左校的三万军队渡河之后，迅速向方城方向推进，对主力攻城军队的右翼进行保护。

黄巾军黄龙的三万军队渡河之后快速北上，一天之内拿下了逎国小城。随即大军立即东进，迅速向圣水河进军，准备攻占良乡渡口，对主力军队的左翼实施有效保护。

方飚率领五千大军作为前部，行进在小房山。小房山距离圣水河还有一百里。

他是黄龙的部下，按照要求，明天早上他必须要赶到圣水河。但此地已经是官军的活动范围，所以方飚命令军队小心行动，密切防备敌人的突袭。

方飚接到的消息说，汉军行厉锋校尉李弘的一万骑兵已经渡过圣水河，正在深入涿县一带地域，要时刻防备被他的军队袭击。此人善打袭击战，最善夜袭。

方飚没有放在心上。他正在生气。他是第一个攻进遒国城内的，原先以为可以大捞一笔，没想到还没有走到县衙，黄帅的命令就来了：立即开拔。凭什么自己努力打下的地方，却连一根针都捞不着。

斥候飞一般赶到。

“司马大人，距离我们十里的地方，发现敌人骑兵。”斥候满头大汗地说道。方飚吃了一惊，紧张地问道：“多少人？有多少人？”

“怕是有几千人。”

“命令军队，停止前进，密集结阵，准备阻击敌人。”方飚大声吼道，“派人通知黄帅，迅速向我部靠拢，敌人的骑兵军队出现了。”

鼓声随即敲响。

黄巾军士卒迅速集结在一起，摆下防守阵势。

“司马大人，我们不撤退吗？”这时黄巾军的几个军司马驱马赶来，纷纷询问。

“司马大人，敌人有几千骑兵，我们恐怕对付不了。”

方飚摆摆手，示意大家安静下来。

“黄帅已经料到敌人可能袭击我们，所以跟在我们后面的中军就是全部主力，两万多人都在，现在距离我们十里路。在我们右翼还有三万人，距离我们八里路。我们只要在这里稍稍阻击一下，然后佯装败退，将敌人诱进包围圈，由主力军队去打就行了。”

“我们的右翼怎么会有军队？”一个军司马吃惊地问道。

方飚眼睛一瞪，大声骂道：“服从我的命令就行了，问许多干什么？想死吗？”

李弘看到郑信像发了疯一般冲了过来，赶忙打马迎了上去。

“大人，珀山发现敌军踪迹。”

“珀山？”李弘吃惊地重复道，“珀山不是在黄龙军队的右侧嘛？那里有敌军？”

“对，消息非常准确，是当地的一个里长亲自跑来报告的。我已经派人复核过，大概有三万多人。”

李弘展开地图，脸上显出惊骇之色。

“方飚的位置是个伏击圈。”

“是的。军队必须立即撤退，迟恐不及。”

“撤退。”李弘对着传令兵大叫，“通知各部曲，立即向涿城方向撤退。”

传令兵立即一哄而散，狂奔而去。

李弘和郑信两人互相望着，眼里的恐惧越来越浓。

第二十章
风云铁骑战黄巾

李弘和郑信的第一个念头就是自己的军队内出了内奸，

他们的伏击地点是经过反复磋商和查看地形后确定下来的，知道具体位置的人也就是几个军候，没有其他人。郑信怀疑内奸就在亲卫队里。最近军队除了他们没有新面孔。李弘想想觉得不可能，大帐议事的时候连颜良都不能进，其他的侍从就更没有机会了。

接着他们两人都想到了鲜于辅。

军队出发之前，鲜于辅曾经来过一次。针对黄巾军的进攻态势，他和李弘再一次商量具体的应对办法。在如今这种绝对劣势下，要想反败为胜，将张牛角赶出涿郡，根本没有可能。但想守下去，也是死路一条。必须寻找解决的途经。

李弘一直也在想这个问题，把思路局限在涿郡显然不是办法。黄巾军的战略目标就是占据幽州。他们为了实现这个战略目标做了精心细致的准备。在他们看来，如果倾尽主力攻打幽州，冀州军队肯定会攻打常山、中山两国，断其退路。所以他们先打冀州的中心钜鹿，逼迫冀州军队集中在钜鹿附近和他们决战。一旦形成僵持之局，冀州的局面也就暂时稳住了，再转而集中主力猛攻幽州。这个时候不但后路无忧，而且冀州的军队也无力北上支援幽州。

黄巾军这么做，显然没有在两条战线上同时作战的能力和信心。现在冀州战场上双方的僵持态势正是黄巾军故意制造出来的，也是他们需要的。

要想击败张牛角，突破口应该是在冀州。假如冀州得到兖州、司隶和青州军队的支援，军队达到一定的数量，他们就可以对赵国、常山的黄巾军发动反攻。张牛角如果进攻幽州受阻，而老巢又遭到冀州军队的攻击，在这种情况下他最担心的就是军需。如果军需不能及时跟上，北方的大雪一旦飘下，军队面临的可能就是全军覆没的命运。

唯一的办法就是撤军，撤回常山、中山。撤回去了，不但主力军队没有损失，也巩固和稳定了老巢，明年可以继续再战。

李弘向鲜于辅详细解说了自己的想法。

涿郡方向以守城为主，自己的骑兵军队在野外游击对方，以拖住敌人，把黄巾军留在圣水河以西为主要目的。同时，必须请幽州刺史和涿郡太守、中山国太守三位大人出面，向冀州牧郭典大人求援，务必请求冀州军队在下个月发动对黄巾军的反攻，威胁敌人的老巢和军需。

幽州和冀州的军队如果都能坚持到冬天的第一场雪，战局就会出现转机。大雪来了，黄巾军军需发生困难，攻城就会难以继续，张牛角一定会撤退。这样三方在漫长的冬天里，就会形成僵持局面。明年的事，明年再说了。

假如冀州方面做不到，不能够凑够反击的人马，幽州方面可以考虑放弃涿郡，退守蓟城。

鲜于辅接受了李弘的提议。

也就是在这个晚上，他们和鲜于辅一起，定下了伏击黄巾军黄龙部的计策。同时，李弘建议将已经赶到圣水河附近的鲜于银部三千人马，紧急调到方城。如果伏击成功，他的军队立即南下方城，会合鲜于银部，参与对黄巾军左校部的阻击。

鲜于辅当然不会是内奸。如果他是内奸，估计黄巾军已经打到渔阳了。但是鲜于辅回到涿城之后，会和几位大人商议求援冀州的事，其中必然要提到这次行动。而几位大人身边的郡吏，谁能保证其中没有黄巾军的人。

李弘当机立断，迅速撤离。

撤军的路上，他突发奇想：既然张牛角知道这次计策，注意力都集中在涿郡北边的小房山，为什么不能突袭在涿郡南面的左校呢？左校部正在攻击方城的路上，必然没有防备。

他立即找来几位军候，说了自己的想法。大家仔细商量之后，觉得胜算很大，可以打一仗。只是有几个难点，一是左校军队的准确位置。如果他已经赶到方城，自然也就无从突袭了。二是此去方城三百多里，为了赶时间，必须日夜不停地急行军。如果在这种情况下突袭敌人，士卒和战马都非常疲劳，战斗力肯定要大减，伤亡也会增加。如果伤亡太大，这仗是否有必要打。

李弘认为有必要打，而且必须要打。

打掉左校部，攻打涿城的黄巾军主力侧翼就完全暴露在官军面前，对他们有一定的威胁。方城掌握在官军手里，和涿郡、圣水河西岸的良乡三城互为犄角，互相支援，可以有效迟滞敌人的进攻速度。如果和左校部纠缠在方城，对坚守涿城的官军是没有任何帮助的。打掉黄巾军的左校部对黄巾军攻打涿城影响很大，远远大于歼灭黄龙部。

李弘很幸运。

黄巾军左校军队的行军节奏掌握得非常好，他们一直缓缓而行。左校认为这样可以保证士卒们有旺盛的战斗力和充沛的体力，到了方城之后，可以迅速拿下城池，完成对涿郡的全面包围。

今天，他们赶到了督亢亭，距离方城六十里。

蓝色的天空，干干净净，一尘不染。白色的浮云三三两两，悠闲地飘在空中。花白的太阳娇弱无力，懒洋洋地望着下面一望无际的平原。

督亢亭在幽州很有名气，它是一块巨大的平原，一块膏腴之地。

听说黄巾军要来，地里的庄稼已经被附近的居民收割一空。

左校站在大平原上，放眼四望，心中有一股说不出来的舒畅和欢悦。那种空旷，那种雄浑的空旷，让人心旷神怡，忍不住要放声大喊。

“啊……”

左校终于忍不住放声大吼起来，长期郁积在心中的仇恨和愤怒好像都在这一瞬间突然喷发了。他想起了无数死去的战友，想起了大贤良师张角，想起了飘扬在空中的黄色天字战旗。他竭尽全力地大吼着，任由泪水浸湿了眼眶。

他是一个孤儿，一个乞丐，后来参加了太平道，才知道一个人应该怎样过完自己的一生。庸庸碌碌，乞讨一辈子，最后也是死无葬身之地。举起战刀，和这个从来不知道公平的贼老天做生死搏斗，最后也是死。死，也要轰轰烈烈地死。所以他拿起了战刀，跟随张角走遍了天下。他就是张角身后一个背篓子的药童。

他感觉到大地在震颤，感觉到太阳在抖动，感觉到天空在旋转。

他纵声狂呼起来：“苍天……已死……”

狂风暴雨一般的马蹄声打破了平原上的宁静，也惊醒了沉浸在释放悲痛中的左校。黄巾军的斥候们像惊弓之鸟一般，从大军的后方、从七八个不同的方向，狂奔而来。左校刚刚得到释放的轻松惬意的心猛然之间剧烈地跳动起来。大事，出了大事，这么多斥候同时跑回来，一定出了大事。

左校身材不高但强壮有力，一双沧桑的黑脸上布满了密密的细小皱纹，短须似针，一双忧郁的眼睛里似乎有说不完的悲哀。他默默地站在平原上，默默地望着疾驰而来的士卒，突然感觉到地面是真的在震动，而不是自己的幻觉。

他浑身打了一个激灵，猛地吼了一嗓子：“击鼓，准备迎敌。”

猛烈而激昂的战鼓声冲天而起，响彻了空旷的平原，回荡在空荡荡的天地之间。

“左帅，左帅，敌人的骑兵，敌人的骑兵……”最先到达的斥候浑身汗透，上气不接下气。

左校面色如常，沉声问道：“多少人？”

“数不清，数不清……”

“左帅，敌人的骑兵突然从我们的背后杀了过来……”其他的斥候陆续赶到，一个个面如土色，紧张得都喘不过气来。

“多少人？谁的旗帜？”左校不动声色，再次平静地问道。

“太多了，一眼望不到头，大约有上万人，绝大部分都是胡人，光着脑壳。”

"是豹子。我看到了黑豹战旗。"

"距离我们只有三里，只有三里路了。"

斥候们七嘴八舌地说道。

左校的心突然就沉了下去，一股凉意直冲脑门。豹子？昨天大帅送来的消息还说豹子军在小房山附近，怎么一夜之间他们横跨三百多里，跑到了督亢亭？难道是飞过来的吗？

"你看清楚了？"左校严肃地问道。

几个斥候一起点头，大声说道："左帅，我们的确看清楚了，是豹子的骑兵。"

左校的心随着地面越来越强烈的震动几乎要跳出心脏。骑兵，我们终于要和骑兵对决了。名闻天下的豹子本身就是一团血腥、一把战刀、一个传奇。和这样的人对决，未尝不是一件人生的快事。

左校脸上显出一丝笑意。战，直至战死。

"传令，后军变前军，前军变后军，准备应战。

"三军立即密集布阵，梯次防御，纵深越长越好。"

"后军的长矛兵、盾牌兵立即集结到前军列阵，弓箭兵紧随其后。"

"把所有车辆都推到最前面去，组成车阵。"

战鼓声一阵密似一阵，从大军的各个角落里不停地响起，此起彼伏。各色战旗在空中飞舞，五彩缤纷，让人眼花缭乱。传令兵就像暴雨来临前田野上的飞燕一般，在大军摆下的阵势里进进出出，忙忙碌碌。

左校连续下达命令，一道接一道的命令。

此刻他心如止水，再也不泛波澜。他一直望着大平原上的天际之间，期盼着万马奔腾的壮观场面出现在自己的眼前。

远处的地平线就是蓝色和黑色的分界线，泾渭分明。

下午的风稍稍有些大，寒意十足，旌旗飘扬发出巨大的啪啪声。黄色的长巾不时被风吹到脸上，柔和而温暖，这让左校想起了张角，想起了张角的微笑，想起了他温和的声音。他的心颤栗起来。

张角的死，直接导致了黄巾军在很短的时间内——基本上也就一个月的时间内，快速地分崩离析，然后失败了。他生前想创造一片人间乐土的梦想随着他的死去成了南柯一梦。千千万万的百姓，把全部希望寄托在张角身上的百姓，突然之间再次失去了所有的希望，重新跌回到无边的黑暗和苦难里。

左校抬起头来，望着蓝色的天空，望着无尽的苍穹，眼睛里充满了绝望。

为什么？为什么苍天如此不公？天下这么多的百姓在受苦受难，它为什么视而不见？天下的恶人那么多，它为什么还要保护他们，继续残害可怜的百姓？它为什么还要夺去天下苍生唯一的希望？

轰鸣声渐渐可闻，越来越清晰，越来越巨大。

左校突然猛踢马腹，沿着大军的前沿阵地飞奔起来。

他高举黄色天字大旗，纵声狂呼：“苍天……已死……”

黄巾士卒们同声呼应：“黄天当立……”

声音霎时间响彻平原，响彻天空，传出很远很远。

随之所有的士卒都竭力高呼起来：“苍天已死……”

声震云霄。

天地之间突然冲出一杆大旗，一杆黑色的汉字大旗。它就像幽灵一般，破天而出。

火红色的大旗冲了出来，接着密密麻麻的骑兵战士涌了出来。

“擂鼓……应战……”

左校用尽全身力气挥舞着黄巾战旗，策马狂奔，嘴里不停地高声叫喊着。

黄巾官兵们在主帅的连番鼓动之下，在战鼓的激励之下，一个个热血沸腾、士气如虹、视死如归。

李弘接到斥候的消息，内心狂喜。人要是走运，那运气就像洪水猛兽一样，挡都挡不住。

能够如愿以偿地在督亢亭的平原上截住左校的黄巾军，这本来就是一种奢望。骑兵在平原上可以尽情发挥自己的所有优势和长处，对步兵、尤其是像黄巾军这样缺乏足够训练和装备的步兵，可以尽情地展开攻击和杀戮。奢望能够变成现实，这就是奇迹。

没有哪个疯子会让三万步兵在平原上对阵一万铁骑，除非在绝对没有办法的情况下，现在就是这样。左校已经没有任何办法挽救自己的军队。他通过鼓声告诉士卒们，血战，只有血战才是生存之路。投降？投降还是死亡。皇甫嵩在下曲阳坑杀十万黄巾兵，给大家的印象太深了，根深蒂固。自此以后，谁敢投降？

豹子就像出没于山林之间的野兽，无声无息地出现在督亢平原上，打了黄巾军一个措手不及。黄巾军的将领们都知道豹子以往的战绩，知道他神出鬼没，每次都是以奇袭取胜，以少胜多，所以大家都很小心地防范着。但他还是故技重演，并且一击中的。

低沉的牛角号声在天际之间“呜呜”地响着，激昂而悠长。

李弘的骑兵大军排成整齐的队列，飞速奔驰在黑色的平原上，不急不慢，远远看上去，就像迎面扑来的汹涌波涛，起伏之间发出震耳欲聋的轰鸣之声，其磅礴的气势、雄浑的力量，好像都要随着这惊天动地的一击彻底爆发。

左校面色苍白，无可奈何地望着天地之间黑压压迎面扑来的一团巨大黑云。

风云铁骑没有出现在黄巾军的正后方。他们非常聪明地选择了黄巾大军的侧翼做为冲击的正面。

左校安排在最前面的车阵，纵深梯次防御阵形，随着官军突击方向的改变，变得毫无意义。相反，他们长达一里左右的单薄阵线，成了致命的弱点。时间，时间太少了。敌人出现得太突然，黄巾军根本没有足够的时间进行密集阵形的调整。三万人的大军队不是三千人，说密集结阵就能密集结阵。三万人，仅仅是传达命令都要打马跑上几百步，更不要说命令大家迅速向中军靠拢了。

唯一值得庆幸的是，黄巾军的士卒们面对铺天盖地的敌骑，没有畏惧，没有退缩。他们抱着必死之心，从容面对即将开始的厮杀。敌骑在飞奔，他们在飞跑，以最快的速度在飞跑、靠拢、密集集结。但士卒们也看出来了敌骑的进攻方向是自己的侧翼，一触即溃的侧翼。

死亡的阴影突然之间笼罩在整个平原上。

冲锋的牛角号声撕破了雷鸣一般的马蹄声和敌军阵里浑厚的战鼓声，像一道闪电一般，掠过所有战士的耳畔。

风云铁骑军的战士们就像被人砍了一刀一样，突然之间疯狂起来、咆哮起来，一个个歇斯底里地怒吼着，挥舞着手中的武器，凶神恶煞一般，如狼似虎地扑向平原中间那条颤抖的灰色长龙。

长矛兵在前，战刀兵在后，弓箭兵跟随，大军呈现出一个巨型的雁形冲锋队列，排山倒海一般，轰隆隆地碾压过来。

雁头，犀利的雁头就是李弘的黑豹义从曲。最前面，就是李弘。

颜良还是第一次参加这种骑兵的冲锋。身后是黑压压的潮水一般的士卒，眼中是明晃晃的密密麻麻武器，耳边是巨大的无法忍受的轰鸣，浑身的热血好像都要随着疯狂的吼声喷薄而出。他兴奋得不能控制自己的情绪，不但随着士卒们一起竭尽全力地大吼大叫，还左一下、右一下用力挥舞着自己的虎头大刀。

李弘突然直起身躯，高举长枪，回首对着号角兵狂吼起来："加速，加速前进……"

左校手执长枪，站在中军大旗下，望着越来越近的铁骑，平静地说道："擂鼓。长矛兵上前，弓箭兵准备齐射。"

双方的距离越来越近，脚下的地面已经开始剧烈地抖动了。黄巾士卒们临危不惧，在最后的时间内完成了各部的集结，在长达一里的距离内，形成了三十个密集的千人方阵。虽然方阵和方阵之间没有纵深，没有保护，但他们认为这已经足够支撑一下了，只要不被铁骑在第一时间内冲垮，就有反击敌人的可能。

无知者无畏。这些黄巾士卒都是第一次和上万骑兵军队作战，并不知道成千上万的铁骑狂奔而来所造成的冲击力是多大，其造成的毁灭性又是多大。只有传言，没有亲眼所见，谁会真正地相信呢？

"放……"左校一声大吼，惊雷一般的战鼓声霎时间冲破万马奔腾的轰鸣声，冲天而起。

万箭齐发。

凄厉的报警号角声在同一时间响彻了整个骑兵大军。几乎是一个声音，所有的骑兵战士举起了盾牌，冲在最前面的李弘也毫不例外。此时两军相距一百二十步，这个距离正是步兵的强弓射击范围。强弓巨大，不适合骑兵携带。骑兵战士基本上都是普通的轻型弓，射程在六十步到八十步之间，射程达到一百步的都很少。

密集的长箭所形成的乌云在空中划出一道美丽的弧线，它们凄厉地啸叫着，迎着蜂拥而来的骑兵们射去。霎时，乌云钻入波涛汹涌的浪尖上，化作一团团的水花四射飞溅，随即融入了浪涛中，无影无踪。

风云铁骑三百人一横排，一字排开大约六百步，纵深更长，前后大约相距一千步以上。面对如此庞大的冲击阵势，多少长箭投进去，都是泥牛入海、荡然无存。

铁骑在狂奔，速度越来越快，犹如山崩地裂一般，惊天动地。

"射……齐射……密集齐射……"

左校被眼前排山倒海一般汹涌扑来的铁骑震骇了，平静的脸上终于露出了恐惧，眼睛内的绝望更加强烈。他疯狂地叫起来，一遍又一遍地叫着，额头上的青筋剧烈地跳动着。

下达命令的各色旗帜随着左校的叫喊，疯狂地重复着同一个动作。

各个方阵内的弓箭手神情兴奋，他们飞速地从自己的箭壶内拿出一支又一支的长箭，尽情地倾泻出去。

满天都是密密麻麻的长箭，肆无忌惮的长箭。

风云铁骑给死死地压制在盾牌下面。不时有士卒中箭坠落马下，或者随着中箭摔倒的战马一起飞出去，后面狂奔的战马随即将他们践踏得血肉模糊，再也找不到踪迹。士卒们愤怒了，吼叫声越来越血腥惨烈，仇恨在每一个士卒心中剧烈地燃烧着。

"全速……全速前进……"

李弘全身紧紧地贴在马背上，声嘶力竭地狂吼着，悲凉的牛角号声一遍又一遍地回荡在颤抖的原野上。

冲过死亡箭阵，只有冲过死亡箭阵，才能避免伤亡。当前军的十几排士卒越过敌人的强弓射击范围之后，就轮到他们射击了。此时李弘已经清清楚楚地看到黄巾军的长矛兵们一张张恐惧的脸。

两军相距五十步。

"上箭……"李弘再一次仰身而起，一手举枪，一手举盾，双臂展开，仰天狂吼。长长的号角放声厉叫。

错位狂奔的前两排士卒突然放下盾牌，端起了弩弓，后面几排已经脱离强弓射击范围的骑兵战士们引弓待射。

"放……"李弘纵声狂吼，手中枪盾相击，发出一声巨大的响声。

弩箭撕破空气的啸叫声凄厉而刺耳，它们平行地飞入空中，以匪夷所思的速度射向对面严阵以待的长矛兵们。刹那间黄巾军的前沿阵地上倒下了数百名战士。

长箭呼啸而出。它们掩伏在敌人的长箭下面，发出撕裂心肺一般的厉啸，张牙舞爪地扑向了方阵内的士卒们。

转瞬即至。

战场上好像突然之间失去了所有的声音，战马奔腾的轰鸣声、双方士卒的吼叫声、长箭的呼啸声、战鼓声、牛角号声，全部消失了，归于一片沉寂。

耳中只剩下了撞击声，惊天巨浪撞击在坚硬如铁的磐石上，发出一声震耳欲聋的巨响。

左校看着在空中飞舞的成片成片的士卒，睚眦欲裂，心如刀绞，他们就像狂风中的落叶，又像四溅的水花，无力而无助，嗜血猛兽一般的风云铁骑肆意地吞噬着弱小的生命。

"杀……"

左校高举长枪，带着自己的亲卫屯士卒，义无反顾地冲了上去。即使前面是刀山火海，也要杀上去，不死不休。

战鼓声若巨雷，猛烈而激昂，它就像一个站在空中的天神，鼓舞激励着无数的黄巾士卒，杀，杀，至死方休。

"杀……"

风云铁骑的士卒们纵声狂吼，一个个像下山饿虎一般，带着满天的烟尘，卷入了黄巾士卒的方阵之中。

战马在狂奔，挟带着巨大的力量任意撞击着一切可以碰得到的东西，秋风扫落叶一般，摧毁着一切前进的障碍。

战马上的士卒挥舞着战刀、长矛，任意劈砍挑杀，忙碌得连喘气的时间都没有。弓箭手跟在后面，将一支支犀利无比的长箭任意地射出，面对密集的人群，每箭都能夺去一条无辜的生命。

鲜血在飞溅，残肢在翻飞，尸体在翻滚，战马在践踏。

血肉模糊的战场上，无处不是战刀在飞舞，长枪在厉啸，长箭在呼啸，战马在嘶叫。

武器撞击在一起的金铁交鸣声，士卒们鏖战时的吼叫声，临死前的惨叫声，浑厚猛烈的战鼓声，激越高昂的牛角号声，战马奔跑撞击的轰鸣声，痛苦之下的悲嘶声，各种各样的声音交织在蓝天下、尘雾里，随风飘荡在空荡荡的大平原上。浓烈的血腥味冲天而起，熏得面色苍白的太阳头昏脑涨，躲进了一片厚厚的云层里。

黄巾士卒的密集阵形就像一块铁坨子，长枪兵长戟兵在外，刀斧手在中间，弓箭兵居中，顽强而坚决地承受着一拨又一拨的铁骑凶狠的冲击和砍杀，他们就像矗立在河岸边的坚石，任由奔腾的河水冲刷撞击，我自岿然不动。

铁骑士卒就像狂放的河水、暴虐的洪峰，凶猛地撞击着敌人的阵势，他们一次又一次，疯狂地砍杀着，肆意地吞噬着。前浪刚刚打过，后浪汹涌呼啸而来，一浪高过一浪，没完没了地冲击着，每一个浪头都是雷霆万钧的一击，带走了数不尽的鲜血和生命。

风云铁骑长达千步的纵深队列，像铁耙一样凶狠地、飓风一般地急速耙过黄巾军长龙般的粗壮军势，黄巾军遭到了毁灭性的打击，粗壮的军势开始变得伤痕累累、血肉模糊，随之逐渐失去抵抗力，很快长龙就变成了一条奄奄一息的软龙。

黄巾士卒的防守阵势在无穷无尽的铁骑冲击之下，死伤惨重，渐渐的方形阵势变成了不规则的锯齿状，威力大打折扣，铁坨子变成了沙堆，沙堆慢慢地被河水侵蚀、冲刷，越来越小、越来越单薄，但他们顽强地坚持了下来，阵势没有被冲垮。它还是一条完整的龙，没有被分割、凌迟。

黄巾士卒们瞪大了眼睛，用尽一切办法，全力以赴奋力阻击敌人，他们甚至连呼吸的时间都没有。冲上去，再冲上去，前面的士卒被铁骑无情地卷走了，后面的士卒毫不犹豫地填充上去。

风云铁骑的前军还在狂奔，但他们不是在敌人的阵势里狂奔，而是在空荡荡的大平原上狂奔。后面就是蜂拥而来的中军，大家就是想减速都不行，除非你不想活了。后军现在正在越过黄巾军的阵势，他们在血腥厮杀，喊杀声惊天动地。

李弘回头看看，前军距离战场已经五百步，足够大军保持队列不变、高速转向了。

“左右分开……”

“左右转向……”

“回击……回击……”

李弘竭尽全力地吼叫着，随着他的吼声响起，号角兵用尽全身力气吹响了号角。

第二十一章 初胜黄巾

大平原上，奔腾的铁骑洪流就像被刀劈开一样，突然一分为二，分别向左右方向转向，迅速形成了一把巨大的蒲扇。这把蒲扇的中心是奔腾的洪流，蒲扇的两边是像弦月一样的美妙圆弧。

骑兵战士们策马狂奔，在这两个圆弧里飞速转弯，加速，再加速，然后杀向敌阵。

左校和所有黄巾军的士卒们一样，穷于应付无穷无尽一路杀过来的骑兵，忙得连喘气的功夫都没有。

突然，他听到了士卒们的惊呼声，恐惧的叫喊声一声高过一声。

他猛然抬起头来。

阵中的骑兵还在酣呼鏖战，大军的两侧，前后两侧，却再次杀来数不清的骑兵。

那势头就像两只红了眼的雄师，狂暴地怒吼着，挟带着隆隆风雷，呼啸而至。

“杀……”

因为风云铁骑攻击方向的改变，黄巾军放弃了他们布下的车阵，随后又因为伤亡惨重，军队不断地密集收缩，造成车阵和军队之间的间隙越来越大，最后成了一堆无人过问的废弃物。意欲点燃烧毁，也随着战场上激烈的搏杀变得越来越不现实。

李弘带着黑豹义从、射璎彤、射虎的前曲两千多骑兵从车阵经过，像箭一般扎进了黄巾军的前军。

胡子、拳头和雷子带着两千多骑兵像飓风一般卷起满天尘土，杀进了黄巾军的后军阵地。

燕无畏、恒祭、鹿欢洋的骑兵军队在李弘和胡子率部杀进敌阵之后，没有继续转向，而是立即就地调头，重整队列，返身杀了回去。

玉石和小懒的军队正在黄巾军中鏖战，他们逐渐降速，开始了有目的的围攻。

郑信、铁钺的斥候屯和后卫屯完全降下了速度，他们没有紧跟玉石的后曲杀进敌阵，而是拉开了距离，准备完成对黄巾军的包围。

田重带着号角兵留在了前曲骑兵军的后面。李弘交给他的任务就是登高望远，一旦军队完成合围，立即吹号通知全军展开围歼大战。

几个号角兵按照田重的安排，圈马围在一起。大家架起人梯，仔细观看战场。

“军候大人，敌人正在收缩，还有十几个方阵。”

“燕军候的军队杀回去了。”

“玉军候的军队已经让出了敌人的右翼，军队正在往左翼集中。”

田重大声叫道：“合围完成。”

“下来，都下来。吹号，吹号。命令军队，分割围歼。”

十几把巨型号角同时吹响，苍凉雄浑的声音激荡在杀声遍野的战场上空，直冲云霄。

各部曲的首领立即命令士卒们，对残存的敌兵阵势展开突击，进行撕裂和分割。只要撕开防守，黄巾军就彻底完了。

激战进入了白热化。

黄巾军士卒的凶狠和顽强，激起了所有骑兵战士的凶性，尤其是那些胡族战士，浑然忘记了自己是一名汉军士卒，嘴里骂的都是汉蛮，手上的战刀和长矛毫不留情地蚕食着敌人的生命。

李弘的钢枪已经染红了鲜血，黑黝黝的枪身不停地颤抖着。为了牢牢抓住大枪，李弘不得不频繁地把沾满鲜血的双手放在黑豹的鬃毛上来回擦拭。敌人紧紧地聚集在一起，即使死了，也要倒回自己的阵地，用自己的尸体形成障碍。挑杀，只能挑杀。看看围在敌军方阵外面的骑兵战士，人人浴血，个个都像洗了血水澡，从上到下没有一块不恐怖的地方。

颜良的大刀朴实无华，黑黝黝的，长柄宽背。这是他家最贵重的东西。他父亲生前是常山国府的一名门下亭长（负责守卫工作），死后一贫如洗，留给儿子的也就是这把家传宝刀。颜良凭借这把刀，为自己争下了不小的名气。他一直比较狂妄，因为他太厉害了，长这么大，还没有遇到可以打败自己的人。他本来想找个机会和名震天下的豹子比试比试，但今天一战，突然让他彻底失去了争强好胜之心。

今天，他才知道两军阵前的厮杀是怎么一回事，没有经历的人永远都不会明白。任你武功天下无敌，在几万人的战场上，你也就是一个士卒，一个多杀几个敌人的士卒而已。没有战友之间的互相支援保护，没有大家的齐心协力，没有小队协同作战的战斗经验，没有部曲将领的正确指挥，你就是一死，什么求生的机会都没有。

颜良一路杀来，斩杀无数，杀得他气喘吁吁，手都软了。然后就是他遭殃的时候。

他的战马被敌人砍倒了，他从马背上飞起来，然后重重地摔倒在地，摔得眼冒金星，连大刀都不知道丢到什么地方去了。敌人蜂拥而上，幸亏李弘、弧鼎、弃沉和数十个鲜卑战士奋力营救。接着就是一场肉搏，血肉横飞的肉搏，马上马下杀成一片，只为了救他一条性命。李弘的长枪戳在敌人的身上拽不下来，只好飞身下马，拔刀再战。一个鲜卑战士帮颜良找到大刀，另外一个战士死命拽着他一只脚，将他拖离了狭窄的死亡区域。等他慌慌张张地爬到马上，李弘却陷进了敌人的围杀。

李弘的残忍嗜杀让敌我双方的战士极度恐惧。一息之间，他在一息之间杀了包围他的十七个敌人。一把刀，一柄小斧，两只脚，好像全身都是武器，短短的一瞬间，也就是从他飞身下马，到颜良爬到马背上的一息时间之内，他杀死了十七个人。弧鼎和弃沉刚刚消灭掉眼前的敌人，准备再寻找对手时，眼前已经是空荡荡的一片。黄巾军士卒好像看到鬼一样，拔腿逃回到阵地之内。

颜良、弧鼎和弃沉都惊呆了。传说的豹子原来真是这么厉害。他杀人就像杀小鸡一样，弹指一挥间，灰飞烟灭。

李弘收起武器，从敌兵的尸体上拔下长枪，飞身上马，对着大家狂吼一声："上马……继续杀……"

黑豹义从的战士们在他的带领下，三五成群，组成轮番攻击的箭头，接连撕破了黄巾军的三个方阵。方阵一旦被破开，黄巾军战士彼此之间失去了支援和保护，立即就陷入孤立无援的境地，随即被血腥屠杀。他们坚决不投降，铁骑战士们杀红了眼，问都不问，冲上去就杀。

颜良被震撼了。

他曾经和县衙的士卒们一起去剿匪，前前后后杀了上百人，结果他被人骂得狗血喷头，就差没说他是杀人犯了。现在看看，放眼四处看看，地上血流成河，成片成片的麻衣黄巾战士躺倒在血泊里，残肢断臂随处可见。这一仗打完，三万黄巾军士卒还能剩下多少？他以前杀那么点人算什么？今天在短短的一个时辰内，他杀死的人已经远远超过了一百。

战争，战争原来是这样。

成群成群的骑兵战士就像草原上穷凶极恶的野狼，瞪着一双双血红的眼睛，张着一张张血盆大口，残忍地扑向一堆又一堆的猎物，撕咬、啃杀，无休无止。面对着越来越少、越来越没有抵抗力的黄巾军士卒，颜良已经砍不下去了，但他必须要砍。那些敌人无惧无畏，他们前赴后继，一批又一批勇敢地冲上来，直到全部战死。

黄巾军中军阵地上奔雷一般的战鼓声，自始至终就没有停止过。

战鼓声激烈而雄浑，在血腥的战场上显得无比的惨烈和悲壮。

李弘愤怒了，他被敌兵不死不休的奋战激怒了。这样打下去，自己骑兵战士的伤亡将会急剧扩大。

"命令玉军候、燕军候，集中主力，歼灭敌人的中军。"

李弘催促部曲完成歼灭敌人中军的牛角号声一声高过一声，显得非常焦急。

燕无畏、鹿欢洋、玉石、小懒亲自带着最精锐的骑兵从四个方向同时发动了对敌人中军的凌厉一击。

郑信、铁钺、恒祭组织了两千人的弓箭兵，对准黄巾军中军的中央阵地发动了齐射，连续密集的齐射。

敌人的中军顿时遭到了毁灭性的打击。首当齐冲的就是战鼓队。他们猝不及防，被官军的长箭射个正着，短短一瞬间，二三十个士卒几乎全部阵亡。仅存的几个人勉强支撑了一下，随即被更加密集的长箭钉在了战鼓上。

本来就已经摇摇欲坠的阵势在坚守了短短一段时间之后，随着战鼓声的慢慢消失，立即崩溃了。

左校坚持在第一线，他挥舞着长枪，奋力刺杀冲进阵势的战马，他的侍从们紧紧围在他的周围。有的用战刀劈砍马腿，有的用长枪截杀马背上的士卒，稍远一点的士卒连续射出长箭，任意射杀。

燕无畏带着自己的随从亲兵杀了进来。

他的亲兵都是清一色的长矛，驾驭着奔腾的战马，一路狂呼着，所向披靡。

左校大吼一声，带着自己的部下勇敢地扑了上去。燕无畏的大刀迎头劈下，狠狠地剁在左校的长枪上。左校奋力举枪封架，一声巨响，大刀崩开，燕无畏纵马飞过。左校胸口如遭巨槌，张口喷出一口鲜血。紧随燕无畏身后的士卒看他没有躲闪，顺势刺出了手上的长矛。左校想躲，但身体却不听使唤，燕无畏的那一刀势大力沉，已经伤了他的心肺。他眼睁睁地看着长矛插进了自己的胸膛。

他的侍从们眼明手快，劈手一刀，剁去了矛柄。接着左校被侍从们簇拥着紧急退回阵中。

长矛的铁头带着半小截木柄深深地插在肉里，鲜血不停地喷射出来。侍从们围着他，不停地大声叫喊着。

左校望着蓝蓝的天空，白白的云朵，仿佛看到了大贤良师张角，看到了他柔和的笑脸，听到了他熟悉的声音。

他微笑着、平静地死去。

随着黄巾军战鼓不再敲响，敌人的士气慢慢地丧失了，越来越多的防守阵势被突破，喊杀声再度空前地激烈起来。

从四面八方包围上来的风云铁骑对敌人展开了风卷残云一般的急速攻击。整个战场上到处都是狂野的战马在纵横飞腾，几乎已经看不到完整结阵的黄巾军士卒。即使是这样，残存的士卒们在各自首领的指挥下，依旧坚忍不拔、不屈不挠地战斗着。

他们至死不降。

“命令士卒们喊话，让他们投降，立即投降。”

李弘望着尸横遍野的战场，大声地叫起来。

牛角号把李弘的命令远远地传了出去。其他部曲的号角兵接到消息，马上吹响了暂缓攻击的号声。

此时太阳西垂，黄昏将近。

玉石、燕无畏、胡子、郑信打马如飞而来。

“都还好吧？”李弘极力压制着自己紧张的心情，迎上问道。

他很惧怕，惧怕自己再次失去兄弟。恒岭一战，让他伤心欲绝。战友的逐渐离去，让他再也承受不起那种撕心裂肺的疼痛。如果此战再失去几位兄弟，他不知道自己可再有勇气面对下一场大战。

玉石三人都知道他问什么。

看到李弘担心焦急的神情，知道他在一直牵挂着自己的生命，几个战友都很感动。那种战友间生死相依的情绪深深地缠绕在每个人的心里。

“我们都没挂彩。你没事吧？”看到李弘满身血迹，郑信担心地问道。

“我没事。黄巾军的战斗力非常强悍，大大出乎我们的意外。如果这样打下去，我们很难把张牛角送出幽州。”听到郑信的回答，李弘的心情顿时好了起来。

几个人深有同感地点点头。

“他们愿意投降吗？”李弘问道。

“目前没有人出面回答。黄巾军的士卒被我们的骑兵团团围住，随时可以解决他们。”玉石大声回答道。

“他们没有人放下武器，显然并不打算投降，还是想战死为止。这些人令人敬佩，都是好汉子。”胡子接着说道。

李弘摇摇头，他也不知道怎么办才好？人家不投降，除了再战之外，还能怎么办？

“还有多少人？”

“估计还有三四千人。”郑信小声说道。

李弘吃惊地抬起头来，大声叫道：“只有三四千人了？三万人杀得只剩下这么点人了，你会投降吗？”

燕无畏马上接道：“当然不会投降。”

“怎么会杀死这么多人？”李弘十分不解地自言自语道。

“军队里有七千多胡族骑兵，有鲜卑人、乌丸人、匈奴人、羌人，他们打起仗来就像生死仇敌一样疯狂，比在边境和我们汉军作战时还要凶狠，下手绝不留情的。”玉石叹了一口气说道，“你如果再迟一点下命令，估计战场上已经没有黄巾军了。”

大家没有做声。

胡族和汉人的仇恨由来已久，世世代代，根深蒂固。这种仇恨不可能因为某种原因使他们变成大汉国人而有所改变。这个问题谁都解决不了。

虽然现在因为李弘的个人原因，在各方的支持和帮助下，组建了这支大汉国历史上第一支汉胡混编的风云铁骑军，但如果这支军队换了首领，它还会继续存在吗？显然不会存在，它马上就会消失。没有哪个汉朝官员会把自己的身家性命压在这班胡人身上，也不可能有胡人会把性命交给汉朝官员。现在的李弘，纯粹是个例外。

在胡人的眼里，他是个汉化的胡人。而在汉人的眼里，他是个胡化的汉人。所以两个民族的人在感情上都能接受他。至于李弘，在他的眼里，没有胡人、汉人的区别，只有国家和国家的区别。所以只有他能在感情上平等地对待各族人民，也只有他才能想得出来这种匪夷所思的主意，当然也只有他才能统领这支汉胡混编的军队。

李弘挥挥手，笑着说道："从义，这个话也就我们兄弟之间说说，以后千万莫提，容易引起误会。"

玉石慎重地点点头。

射璎彤、恒祭打马狂奔而来。

"大人，既然敌人不投降，我们还等什么？趁着战士们士气正旺之际，一举拿下吧。"恒祭大声说道。

射璎彤怒吼一声："杀……"

战场上突然传来一声惊天巨响，随即冲锋的牛角号声直冲云霄。刚刚沉寂下来的战场再度杀声四起，战马奔腾的轰鸣声霎时间响彻了整个平原。

李弘望着战场上来往冲杀的骑兵战士，目瞪口呆。

玉石和其他各部军候也不和李弘打招呼，急急忙忙打马离去。

黄巾军士卒们被分割包围在战场上，丝毫没有投降的念头。知道今天再没有活路，他们反而平静下来，只有仇恨在他们每个人的心中剧烈地燃烧着。看到官兵们戒备地围在四周，鲜血淋漓的武器指着他们，士卒们满腔的豪情再度喷发。

"杀……"

不知道是谁突然高声吼叫起来。战意盎然的士卒们同声呼应，义无反顾地杀向了周围的敌人。

风云铁骑的战士们憋了一肚子火，等的就是这一刻。

大家不待冲锋的号角响起，齐齐高吼，纵马飞跃，狂呼着扑向了黄巾士卒。

屠杀，残忍而血腥的屠杀。

势单力薄的黄巾步兵被风云铁骑军的战士们就像割韭菜一样，割去了一茬又一茬，一个个鲜活的生命被无情而肆意地吞噬了。

李弘坐在黑色的土地上，抬头望天，也不知道他在想什么。

田重缓缓地策马而来。

他走到李弘的身边笑道："谁的胆子这样大，竟敢私自出战？"

李弘诧异地望着老头，笑着说道："老伯，你是不是一直没有机会发挥刺奸的威力，很着急？"

田重严肃地点点头："不错。看看这次可能抓到几个违反军纪的。"

李弘大笑起来。

"可能是敌人主动发动攻击的。你不要总往坏处想。"

田重奇怪地看着李弘，十分不解地说道："子民，你好像从来都不愿意惩罚违反军纪的士卒。"

"违点小纪，说说算了。"李弘随意地说道。

"小违纪不处理，军纪就会松弛，迟早都会酿成大祸。"田重紧绷着一张老脸，十分不高兴地说道。

李弘吓了一跳，赶忙说道："对，对。老伯说得对，要重重处理。"

不一会儿，喊杀声越来越小，渐渐的归于平静。

黄昏，夕阳西沉，暮色苍霭，腥风阵阵。

督亢亭的平原上，胜利的号角声此起彼伏，平原上到处都是士卒们欢庆胜利的声音。

战场上的骑兵们开始陆陆续续寻找自己的战旗，集结到本部曲。

各部军候飞马赶到。

"大人，刚才是黄巾军主动邀战，射虎眼看事情危急，抢先发动了攻击。现在战事已经全部结束了。"

射璎彤领着射虎走到李弘面前，躬身说道。

李弘看到射虎的身上裹了两处布带，知道他受了伤，赶忙上前问道："虎子，伤重吗？"

射虎稚气不脱，尴尬地笑了笑，没有做声。

田重突然走上前，假装严肃地问道："虎子，是不是你先攻击的？"

射虎吓了一跳，慌乱地摇着双手道："不是，不是。小懒哥当时也在，你问他？"

大家看到他着急的样子，大笑起来。

"你们看到黄巾军的首领左校了吗？"李弘问道。

"他被长矛刺中，已经死了。"燕无畏颇为惋惜地回答道，"左校在黄巾军中很有名，人缘好，带兵也有办法。这三万士卒的强悍战斗力远远出乎我们的意料。如果其他的黄巾军队也这样难打，我们就麻烦了。"

李弘点点头，失望地说道："如果能把他俘虏就好了，至少可以不要死这么多人。"

他转目望着尸横遍野的战场，痛心地说道："何苦非要全部战死，投降难道不好吗？"

恒祭不屑地哼了一声说道："不重重一击，他们怎么知道我们风云铁骑的厉害？杀破了他们的胆，让他们听到我们就心惊肉跳，下次遇上仗就好打了。"

拳头更是很张狂地叫道："杀，每仗杀尽，敌人就会越来越少，我们就会越来越强。"

玉石望着拳头那双杀气腾腾的眼睛，无奈地摇摇头。

"去年皇甫将军在下曲阳坑杀十万黄巾降兵，对他们的刺激太大了。投降也是死，战死也是死，那还不如战死。现在黄巾军的战斗力剧增，估计就和他们这种想法有关。这仗，恐怕越来越难打，越来越残酷了。"

督亢亭之战，黄巾军左校部将士由于誓死不降，三万人全军覆没，无一生还。风云铁骑占尽天时地利，一击中的，大获全胜，军队伤亡一千两百多人。

当天夜里，军队驻扎在督亢亭平原上，连夜打扫战场。

第二天，军队带着大量战利品赶到距离督亢亭六十里的方城。李弘将大营驻扎在城外的山冈上。

自黄巾军攻打幽州以来，朝廷的军队每战皆负，步步退却，很快就退到涿城。如果涿城再失，涿郡也就全部丢失了。现在黄巾军大帅张牛角的十五万大军已经将涿城团团围住，攻城之战随时都要爆发。

就在大家惶惶不可终日、无计可施之际，突然传来豹子军李弘部在督亢亭全歼黄巾三万人马的消息。这个消息来得非常及时，极大地刺激和鼓舞了守城军民的斗志和信心。当天全城就像过节一样，欢庆胜利。

李弘部突然在小房山消失，这让张牛角精心准备的合围之计没有奏效。虽然他不知道豹子军突然撤走的原因，但他明白，现在在涿郡战场上，对黄巾军威胁最大的就是这支骑兵大军。如果消灭了李弘，黄巾军也就基本上把涿郡拿下了。

在进攻幽州之前，黄巾军并不知道这支军队的存在。隐藏在敌军阵营里的安定帅，是最近才把消息传来。这使得张牛角在排兵布阵上非常被动。最早他们曾经研究过怎么对付公孙瓒的骑兵。公孙瓒有五千精锐骑兵，这是天下皆知的秘密。但上个月公孙瓒突然离开了幽州，这着实让黄巾军的首领们高兴了一回。谁知还没有高兴几天，就冒出了这样一支庞然大军。

没有围住豹子军，张牛角心中非常不安，所以暂时没有展开对涿城的进攻。他想知道豹子军的确切位置之后，再考虑是先攻城还是先消灭豹子军。攻下涿城并不是什么难事。十五万大军攻打一万多人防守的涿城，也就是几天的事情。他认为，现在黄龙的三万军队已经赶到涿城北门，左校正在打方城。方城拿下之后，左校率部赶来会合，十五万大军全部聚齐，攻城就可以开始了。

豹子军全部都是骑兵，机动灵活，对大军的军需线始终都是一个巨大的威胁。豹子李弘本人更是一个极其可怕的人物。

他在鲜卑国大打出手，连续宰杀鲜卑国重要人物，惹得慕容风和拓跋锋同时使用黑木令牌追杀他。卢龙塞保卫战虽然汉军惨胜，却为他赢取了英雄的声名，因为卢龙塞就剩下他一个军官，所有卢龙塞军人获得的荣耀都给了他一个人。就在人们惊羡他的运气的时候，他带着军队连续奇袭，在刺史刘虞的指挥下，击败了入侵渔阳的鲜卑军队，击杀了鲜卑军的统率慕容绩。随后的战绩更加骄人，他率部坚守马城二十多天，逼退拓跋锋的大军，然后又一次利用他惯用的奇袭歼灭了鲜卑国的魁头大军，歼灭了入侵上谷郡的提脱大军，并且击杀了提脱。这个军功频传的北疆英雄，已经成了大汉国有志青年的榜样。这次要不是安定帅及时送来消息，估计黄龙的军队已经损失一半多了。这种善战的人手上有一万军队，比一个庸才手上有十万军队更加可怕。

所以张牛角一直想消灭这支军队，杀死豹子，永绝后患。在他看来，即使夺下了涿城，如果这个阴魂不散的豹子一直在涿郡神出鬼没，恐怕黄巾军还没有打到蓟城，他的后院就被豹子闹得鸡飞狗跳了。

涿城外，黄巾军的营帐密密麻麻、铺天盖地，将涿城的西门围了个水泄不通。

司马左彦急匆匆地走进了张牛角的大帐。

“大帅，涿城内锣鼓喧天、鞭炮齐鸣，好像在庆祝什么喜事。”

左彦和左校是同村人。他父亲在城里帮人做工，收入不错，自小就带他在城里陪同家主的子孙念书，希望他将来混出点名堂。左彦很聪明，十几年下来，学问上颇有成就。然而因为出身庶民，无论他怎么努力，最多也就是帮家主写写东西算算账，上不了台面，空有一身抱负却无法施展。后来，在左校的劝说下，加入了太平道。不久他的才华就被张角看中，负责教中的书记和财物，也算是张角的亲信了。去年在广宗，他随着张牛角一起逃到了太行山，辅佐张牛角。

左彦三十多岁，身材瘦弱，相貌平庸，短须长脸，唯独与众不同的地方就是他的人中特别长大，和整个面孔有点不协调。所以他特意在唇上留了一抹厚厚的黑胡须来遮丑。黄巾军的将领私下都叫他左髭，髭就是指嘴唇上的胡子。他的老师信奉谶纬，(汉代叫内学，庸俗经学和迷信的混合物)认为他的人中长得好，将来必定能出人头地。他一直相信老师的话，直到逃进了深山老林，他才发现这个什么谶纬之学真是害死了人。他本来想通过辅佐张角来改变自己的人生，没想到张角根本不是真龙天子，一切都成了泡影。

张牛角暗暗吃了一惊。

“可有线报？”

左彦摇摇头，小声说道：“想不通，不知道王濡在搞什么名堂。依我看，如果还是没有豹子的消息，干脆攻城吧，我们实在没有必要这么等下去。”

张牛角点点头：“我也这么想，如果明天我们再没有消息，后天就开始攻城吧。你看如何？”

左彦坐到案几的旁边，随口问道：“孙小帅的粮草大概什么时候能到？”

“差不多还有四五天。”

“左帅今天有消息吗？”

张牛角焦虑地摇摇头：“昨天夜里就没有消息来了，今天早上也没有。我已经派人去方城找他了。不知道他在方城出了什么问题？”

“一定是出了大问题。以左帅的小心谨慎，他不会轻易和我们断去联系。”张牛角叹了一口气，心情沉重地说道。

左彦笑着说道：“大帅尽可宽心。左帅的军队战斗力非常强，即使碰上豹子军的骑兵，也有一战之力。”

旋即他脸色大变，失声叫了起来：“豹子不会跑到方城去了吧？”

张牛角大惊失色，一把抓住长须，极力压制着心中的恐惧和不安。

看到清秀白净，温文尔雅的鲜于银，李弘开心地大笑起来。

“伯俊（鲜于银的字），近来好吗？”

自从涿鹿分手，两人有半年没有见面了。鲜于银高兴地抓住李弘的手，连声说道：“好，好。涿鹿一别，还没有几个月，你就打了好几场胜仗，太令人羡慕了。”

李弘笑着说道：“羡慕什么？打仗血腥残酷。你这样子应该做文官。”

鲜于银摇头道：“当然是上战场厮杀痛快了。一直跟着你就好了，可以打上好几仗。你被围马城的时候，我几次要求带兵去支援，都被太守大人拒绝了。”

李弘马上感激地说：“谢谢伯俊。”

“谢什么，又没有帮到你。不过你太厉害了，几千人硬是抗住了拓跋锋一万多人的攻击，守了二十多天，厉害，厉害。”

李弘不好意思地笑笑。他在马城和拓跋锋一仗未打，各人玩各人的，不但瞒过了许多人，还给自己挣足了声名，换回了一个大功劳。这件事的真相要不要告诉鲜于银？拳头和铁钺这两个大马贼明明已经烧死了，却突然出现在自己身边，应该怎么对鲜于银解释呢？

鲜于银没有注意到李弘的不安，还在兴高采烈地说着。

“大人在督亢亭一战全歼黄巾叛贼三万人，战绩骄人。”

“伯俊，你不觉得我杀的人太多了吗？”李弘问道。

鲜于银故意皱皱眉头，用力嗅了一下说道：“大人身上还有血腥味。现在整个幽州都会知道，豹子是一只血腥嗜杀的豹子，杀人杀得太多了。这难道有什么不好吗？”

李弘苦笑一下，摇摇头。

“你没有看到当时的情形。仗打到后来黄巾军士卒已经完全没有必要抵抗了，但他们誓死不降，直到全部战死。我打了许多仗，第一次杀死这么多人，而且还是在对手没有还手余地的情况下。我有些不能接受自己的残忍。”

“督亢亭一战，恐怕我这只嗜杀的豹子再也逃不掉被人唾骂的命运了。”

鲜于银笑起来。

“自古以来成大事者，手上无不沾满鲜血。你又何必自责呢？”

李弘无奈地摇摇头：“你还不知道我是什么人吗？”

“我知道。在桑乾河，如果不是你坚持让拓跋韬投降，估计拓跋韬和他的五千人早就死了。黄巾军的士卒都是一些穷苦人，按道理，大人更应该让他们投降。你在督亢亭一战直接杀死他们三万人，连一个俘虏都没有留下，虽然血腥是血腥了一点，但是和某些人比起来，你这个事就不值一提了。”

“是吗？谁？”他迟疑着问道。

“皇甫嵩将军在下曲阳坑杀十万黄巾降兵，你知道吧？”

李弘当然知道，他点点头。

“除了黄巾叛贼，你现在听到有人骂他吗？”

李弘点点头，表示自己能够理解，但他心中对这件事依旧耿耿于怀，不能释然。

“子民，渡河前，我接到刺史大人的手书。大人在手书中说，如果我的军队进涿城，就听王太守的指挥；如果和你的骑兵军会合，就听校尉大人的指挥。现在，我听你的，你说怎么办就怎么办。”

鲜于银和他闲聊了一会，谈到了正题。

李弘望着他，微微地一笑。

“我要你的军队立即加入风云铁骑军。”

“这没有问题。我带来了一千五百名骑兵，一千五百名乘马赶来的步兵。你都要吗？”

“当然，我全部都要，现在缺的就是士卒。代郡的步兵和骑兵差距不是很大吧？”

鲜于银吃惊地瞪大眼睛，摇着头说道：“校尉大人，差距当然大了。你又想故计重演，把步兵当骑兵用？”

李弘笑着点点头。

“不过，这次步兵就是步兵，我要把他们用在刀刃上。”

鲜于银眉头一跳，高兴地说道：“军队有行动？”

李弘笑而不语。

第二十二章
大汉最穷的校尉

张牛角的心在滴血。

黄巾军的悍将左校死了，连同他的三万名士卒全部战死，无一生还。

自从今年春天太平道教的大旗再度在太行山举起，黄巾军的发展和各项军事行动进行得都非常顺利。然而，就在黄巾军形势大好的时候，左校却死了，这不亚于晴天霹雳，炸响在黄巾军的首领和士卒们的头上。黄巾军的士气遭到了致命的打击。

张牛角已经一天都没有吃东西了。他接到左校部全军覆灭的消息后，一直待在大帐内思考涿郡的战局。

左校的至交好友黄龙已经三番两次前来请战，要求立即攻城，为左校和阵亡的黄巾兄弟报仇雪恨。司马左彦好说歹说，拉着黄龙走回自己的大帐内，劝他暂时冷静下来。这个时候，最要紧的是军心不能乱，要重新制定对策，争取在最短的时间内拿下涿城，重振黄巾军的士气。

晚上，张牛角派人请张白骑、左彦和黄龙到大帐议事。

现在黄巾军的右翼失去保护，涿郡的方城还在官军手里，而豹子军正在利用骑兵的优势，四处游弋，寻找继续打击黄巾军的机会。豹子军的威胁突然之间在涿郡战场上显得非常突出。打掉黄巾军的左校部，斩去黄巾军的右臂，这一招犀利毒辣，顿时让黄巾军感到疼痛难忍。

原定的夺取方城、遒国、再合围涿城的计划，因为左校军的败亡不得不做出修改。

遒国夺下，基本保证了巨马水一线的控制权，可以保证大军的军需畅通无阻。方城暂时不能夺取虽然影响了攻占涿城的计划，但不是决定性的影响。方城是涿郡的粮仓，它的存在可以给涿城以支援，但如果涿城没有了，方城的存在还有什么意义？失去了涿城的支援和依托，方城又能守多久？所以张牛角决定抛弃一切杂念，倾尽全力攻打涿城，务必按照原计划在本月底拿下涿城，夺取涿郡。

至于让他们恨之入骨的豹子军，因为很难捕捉到它的踪迹，所以只好任其所为了。

一切都在涿城。拿下了涿城，豹子军就和方城一样，没有了支援和依托，他们除了逃过圣水河，还能干什么？继续留在涿城附近，没有军需和后方，它就是死路一条。

听完张牛角的分析和决定，张白骑连连点头，黄龙拍案叫好。

左彦望着案几上的地图，缓缓说道："大帅，攻打涿城自然是重中之重。但豹子李弘对我们的威胁切切不可忽视。左帅的败亡告诉我们一个事实，豹子李弘给我们的威胁不是他的骑兵，而是他本人。"

"俊义（左彦的字），你能不能说清楚一点。"黄龙大声说道，"左帅的军队是被风云铁骑消灭的，不是被豹子砍掉的。"

左彦点点头，继续说道："安定帅送给我们的消息非常准确，李弘的确是在小房山附近准备伏击黄帅的军队，只不过我们的陷阱没有做好，被他发现了。但是李弘立即改变战术，利用骑兵的优势，半天一夜连续赶路三百多里，跑到督亢亭打了左帅一个措手不及，这在兵法上叫做声东击西。凭这一点，足可说明李弘深谙兵法。所以我说他的威胁不是他的豹子军，而是他本人。如果李弘不是估计到左帅毫无戒备，他敢连夜奔袭督亢亭？"

张牛角没有做声，他显得非常憔悴，冷峻的面孔上堆满了疲惫和忧虑。

"你说这话的意思，是不是担心我们的军需？"

"正是。孙小帅带着一万人押运粮草辎重，如果碰上李弘的风云铁骑，恐怕凶多吉少。他的军队人数太少，根本不是对手。"左彦语调平和，不急不缓地说道，"我们现在粮食还有十五天的存量。武器和攻城器械的储备却明显不足。十几万人攻城，其规模之大，消耗之多，所需武器、器械数量之大，都是惊人的。按照我的估计，连续攻城七八天之后，如果没有补充，军队很可能就要停止攻城。"

黄龙失声惊叫起来。

"俊义，你没有算错吧？如果真是这样，那批军需对我们就太重要了。"

左彦点点头，继续说道："打下故安之后，因为一再要求行军速度，所以我们只带了少量的粮草辎重赶到了涿城。本来孙小帅随时都可以把军需送过来，但因为豹子军的出现，使得我们的军需运输变得很困难。"

"这个豹子非常难缠。一般来说打仗最要紧的就是城池的争夺，所以大家都尽可能地增加攻城和守城的军队人数。但是这个人的打仗思路非常奇特，他采用的是胡人的游骑战术，不重视一城一地的得失，而是以歼灭敌人的军队为主要目的，所以我们很难抓住和他决战的机会，但他却可以轻易地袭杀我们的军队，尤其是押运军需的军队。"

"现在正在渡河的孙小帅可能就是他的下一个目标。"

黄龙一脸的愤怒，苦于自己不能率部前去，只能咬牙切齿，痛骂不止。张白骑趴在案几上，仔细地看着地图。

张牛角好像也曾考虑过这个问题，脸上看不出什么惊异的神情。

“大帅，我建议让方飚连夜赶回迺国，将留守城池的一万军队带出来，会合孙小帅一同押运军需东上。以加急快骑征调褚帅大军急速北上，立即赶到涿郡战场。”

看着左彦急切的眼神，张牛角转目望向一直没有做声的张白骑。

“左司马考虑得周到细密，他的意见我完全同意。我认为应该让褚帅带着他的飞燕军日夜兼程先行赶到涿郡，加强我们在涿郡战场上的实力，挤压豹子军的活动范围，最大限度地减少风云铁骑带给我们的危险。”

张牛角沉思良久，眼睛里露出几许无奈和悲凉。

“俊义，你亲自去见燕子。”

鲜于银就着凉水用力啃着一块厚厚的杂粮饼，一脸的苦相。

“校尉大人，你拿这个招待我，是不是太过分了。”

“伯俊，这里还有几块干肉，都给你。这伙食算不错了。”李弘乐呵呵地说道。

“前几个月在涿鹿，吃的就是这个。你打了几次胜战，缴获了许多战利品，还这么穷？”鲜于银不解地问道。

李弘指指外面绵延几里的大帐，笑着说道：“这么多兄弟，多少钱财都不够。”随即不好意思地拍拍鲜于银的肩膀，小声说道：“等我有钱了，一定请你吃馆子。”

鲜于银用非常怀疑的眼神望着他，摇摇头：“算了，还是我请你吧。你每个月的秩俸不是赏给部下就是充军饷发给士卒，要不然就给伤兵加餐，你什么时候会有钱？我算是看透你了，你就是一个穷命。换了别人，连打几个胜战，早就财富满车了。”

李弘顿时喜形于色：“一言为定。上次在蓟城，我吃了羽行兄一顿，又吃了伯珪兄一顿，过瘾。”

鲜于银奇怪地问道：“公孙大人？是离开幽州之前吗？”

“是的。我们和他分手没多久，他的军队就发生了兵变，有一半乌丸士卒跑回了辽东。”李弘惋惜地说道，“不知道他现在怎么样？如果到了长安，应该和我们一样，也是在战场上。”

鲜于银点点头，语气沉重地说道：“我大汉如今兵伐四起，国势日衰，多事之秋啊。公孙大人的事我在代郡也听说了。他一贯对胡人采取强硬手段，不论是非曲直一律刀剑相向，迟早都要吃亏的。”

“你对胡人的态度和他有天壤之别。你看看现在，你的部下基本上都是胡人，大家心甘情愿为你卖命，我真服了你。”

“胡人也是人，他们就是我们的兄弟。你把他们都当作兄弟看待，大家自然上下同心了。我就不明白，汉人为什么那么仇视胡人？就说你吧，你们鲜于姓过去都是胡人，归顺大汉国一百多年了。现在是渔阳郡的第一大姓，族内人才济济，渔阳首富，和我们土生土长的汉人有什么两样？如果都像公孙大人那样对待胡人，怎么会有你们渔阳郡的鲜于大族？大家都像兄弟一样生活在一起，互相帮助支持，有什么不好？为什么就这么难呢？”李弘皱着眉头感叹道。

郑信急匆匆地走进大帐。鲜于银和他在涿鹿时就处得非常好，彼此很投机。

“伯俊兄来了，我们风云铁骑的实力就更加雄厚了。”郑信紧紧地握住鲜于银的双手，高兴地说道。

“希望能够尽早打上几仗。几个月以来，我待在高柳城，总是听到你们捷报频传，很羡慕啊。”

“马上就要打仗了。”郑信说道，“这次你我兄弟并肩作战，肯定能遂了兄弟的心愿。”

鲜于银惊喜地问道：“真的？这次我来得这么巧？”

“伯俊总是感叹自己的运气不好。”郑信望着李弘笑着说道，“上次在涿鹿一仗未打就回去了，至今耿耿于怀，这次让他打个够。”

李弘笑着连连点头。

“斥候们回来了？可有什么消息？”

“天大的好消息，比你们想得还要好。”郑信挥手叫道，“黄巾军的小帅孙亲押运粮草辎重正在横渡巨马水！”

李弘低头向地图上看去：“多少人？”

“回报的几个斥候说，大概在一万人左右。十几万大军的军需，几千辆马车、牛车，庞大的车队。”郑信指着地图上的定兴渡口，兴奋地说道，“都在这里，全部集中在这里。我们可以连夜奔袭，打他个措手不及。”

李弘没有吱声，左手食指一下一下地轻轻弹在案几上，两眼直勾勾地盯着地图上的定兴渡口。

“守言，校尉大人原先是怎么设想的？”鲜于银悄悄问道。

郑信微微笑道：“大人准备直接杀到遒国，佯装攻城，引诱黄巾军调兵回援。遒国的位置很关键，直接关系到黄巾军需路线的安全。不出意外的话，张牛角肯定要抽调兵力回援遒国。这样一来，不但可以减轻涿城守军的压力，我们还可以伺机伏击他的援兵，直接威胁黄巾军的军需。”

鲜于银恍然大悟。

“现在黄巾军的军需就在巨马水。如果我们抢了他的军需，你说黄巾军攻打涿城是不是很吃力了？”

“恐怕他们攻城的时间要一拖再拖。”

李弘突然一拍桌子，愤愤地骂了一句。

郑信和鲜于银急忙围过来。

“子民，有什么不对吗？”郑信奇怪地问道。

“张牛角还没有攻城，后续军需却已经赶到了巨马水，由此可见这批军需对他们的重要性。我们想到的，难道张牛角想不到吗？他一定会加派人手护送的，我们恐怕很难有机会下手。”

“虎头！”李弘大声叫道。

颜良应声走进大帐。

“通知各部曲军候，立即到我这里来。”

清晨，太阳还没有升起来，天上的云彩又薄又稀。

涿城城楼上，高高矗立的黑色汉字大纛旗在晨风中剧烈地晃动着，不时发出巨大的响声。各色旗帜密密麻麻地插在城墙顶上，五彩缤纷，迎风飘扬，蔚为壮观。

幽州刺史部功曹从事鲜于辅和涿郡都尉吴炽一左一右陪着太守王濡大人在城楼上巡视。

城墙上堆满了各式各样的守城武器，大量的石块、檑木比比皆是。值夜的士卒们一夜未睡都很疲倦，但看到几位大人一路走来，一个个赶忙强打精神，一副小心戒备的样子。

太守王濡五十多岁，个子不高，稍胖，圆脸长须，虽然保养得不错但气色很差。都尉吴炽身材健硕，黑脸短须，一身戎装，顶盔贯甲腰悬长剑，和旁边衣着简朴身着普通甲胄的鲜于辅比起来，他显得气派威猛多了。

“李校尉今天有消息吗？”王濡问道。

“有，他和代郡的援兵、兵曹从事鲜于大人的军队已经在方城会合。”鲜于辅赶忙回道。

“最近他可有什么行动？”吴炽接着问道，“眼看黄巾贼马上就要攻城，如果他在城外没有继续打击敌人的机会，还是叫他回来帮助守城吧。多一万士卒，我们守住涿城的可能性就更大了。”

鲜于辅摇摇头。

“一味的固守城池是打不退敌人的。现在我们和李校尉的骑兵在涿城内外一攻一守，不但可以防守，也可以打击敌人，这样可以给黄巾军造成很大的威胁。”

“李校尉马上就要开始攻击行动了。”

王濡和吴炽的眼睛顿时亮了起来。

三个人站在城楼上，望着远处慢慢升起的一轮朝阳，心情沉重。

“羽行，城外有十几万蚁贼，声势庞大，我们这一万多人能守到下个月吗？”

望着王濡忧心忡忡的样子，鲜于辅安慰道：“大人怎么没有信心了？集中所有力量，在涿城和蚁贼决战，这是我们很早就定下的计划。近一个月以来，我们加固了涿城的城墙，储备了足够的粮食和武器，动员了几万百姓投入到准备工作中。即使士卒拼光了，我们还有几万百姓可以继续战斗嘛！”

“百姓？”吴炽冷冷一笑，望着鲜于辅道，“我可要事先警告你，这些人和城外的蚁贼都是一条心。你让他们在城里帮忙看看伤员，运运武器粮食可以，但是绝对不容许他们走上城墙。一旦他们临阵倒戈，涿城就完了。”

鲜于辅毫不在意地点点头。

“魏别驾已经动身了吗？”王濡说的魏别驾就是幽州刺史府的别驾从事魏攸。

“他已经动身了，随着快骑南下，估计再有十天左右就能赶到冀州的安平国。”

“希望冀州牧郭大人能够解救我们的燃眉之急啊。”王濡望着南面冀州的方向，喃喃自语。

涿郡太守王濡和鲜于辅经过商议，初步认定李弘的建议还是非常可行的，而且现在也是唯一的方法。幽州现在没有足够抵御黄巾军的军队，要想赶走张牛角，只有依靠冀州方面发动对黄巾军老巢的进攻，否则必定是死路一条。所以他们把意见写成文书，快骑送到蓟城。幽州刺史杨淳和中山国相张纯召集郡吏仔细商议之后，同意了这个方案。他们立即派遣刺史府别驾从事魏攸亲自赶去冀州，希望能够说服冀州牧郭典，出兵攻打赵国和常山国的黄巾军。

突然，几里之外的黄巾军大营里战鼓齐鸣，人喊马嘶，巨大的声音直冲云霄。

三人脸色大变，心脏剧烈地跳动起来。

敌人要进攻了。

风云铁骑迎着初升的朝阳在平原上狂奔。

李弘带着黑豹义从冲出大军队，驰向一处小山包。

山包上，田重带着后卫屯的士卒正在整理马上的东西。他现在身兼两职，不但是风云铁骑军的刺奸，还是后卫屯的首领军候。

由于代郡鲜于银的三千军队全部加入到铁骑军，军队的编制重新做了调整。代郡的骑兵补充到各部曲，填补军队在督亢亭战斗中的损失。剩下的一部分骑兵和一千五百名步兵，李弘让他们单独成立了一个曲，由鲜于银为军候，铁钺为假军候。为了联系方便，这个曲就叫燕赵曲。铁钺到燕赵曲担任假军候，这后卫屯没有了主管，自然不行，于是李弘让田重兼任了。

田重看到李弘，立即大叫起来：“大人，现在军队的人数已经上万了，但我们后卫屯还是三百人，实在忙不过来。”

李弘飞身下马，走到田重身边，笑着问道：“需要帮忙吗？”

“当然需要了。虽然各部曲成立了后卫队专门处理这些吃喝拉撒的事，减轻了我们的负担，但后卫屯的事确实太多了，人手太少。”

“你用号声召我来就是为了这事？”

“是的，这次军队带出来的粮食武器非常多，几千匹运输战马驮的都是这些东西，我们人手少，照看不过来，你暂时拨给我一些人吧。”

李弘看看四周的马群，又看看自己背后的黑豹义从，无奈地点点头，对田重说道，“这个问题我疏忽了。后卫屯对整个军队的重要性不言而喻，事情多，人少。为什么一直没听到你们提意见？”

田重淡淡的一笑。

“这都是校尉大人的好心造成的。”

李弘惊讶地笑起来：“老伯，对我有不满的地方你就说嘛，何必绕圈子。”

“的确是这样。你把卢龙塞战后幸存下来的大部分士卒都安排在后卫屯，还给他们发很高的军饷。结果后卫屯成了军队里最吃香的地方，打仗在最后面，拿钱最多，大家都羡慕。后卫屯的士卒们因此对大人心怀感激，人人努力干活，虽然很累，但没有人叫苦，所以你自然就听不到意见了。”

李弘笑起来：“等打完仗，我把后卫屯扩大。现在你们暂时克服一下。”

随即他回过头来对奔沉招招手。

“老伯，我让奔沉带三百人一路上给你帮忙，好不好？”

田重立即眉开眼笑了。

李弘看见了老拐，一边迎上去，一边大叫起来：“老拐，你来了？”

老拐三十多岁，是徐无山的猎户。李弘不知道他的名字，只知道他叫老拐，当年在斥候屯里，他的武功不错，有点小名气。卢龙塞保卫战中被砍去了一条胳膊。按照要求他不能继续从军，但他的亲人都在战祸中死去，无家可归。这样的人当时也有不少，伤残了，却又无家可归。李弘于是把尚能做事的人都放到了后卫屯，实在不能做事甚至不能自理的，李弘也没有办法，只能多给一点返乡的费用，任其自生自灭了。虽然心里很不忍，但他的确没有能力解决这事。为此，他心里一直都很不安。

老拐中等身材，强壮结实，长脸浓须，浓眉下有一双非常精明的眼睛。他剩下一只左手，虽然武功不行，但做一些普通的力气活不成问题。看到李弘喊他，老拐慌忙从马上跳下来，要给李弘行礼，给李弘一把拦住了。

李弘扶着他半边肩膀，笑着说道：“行什么礼，都老朋友了。最近好不好？”

老拐感激地望着他，连连点头。

李弘很为他可惜，如果不是因为少了一只手，现在他也是屯长了。本来李弘想提拔他做后卫屯的百人队队长，但因为老拐不识字，在后卫屯里如果不识字许多事都处理不了，所以只好放弃，到如今还是一个士卒。李弘觉得很对不住他。现在卢龙塞的老兵只要是身体好好的，基本上都是什长、百人队队长以上的低级军官了。

“我们那一批老兵还剩下多少？”李弘每次看到老拐，都要问这句话。

“不多了，这几次战斗都有伤亡。还有一百一十七人。”老拐也注意到李弘很关注老兵，所以每次战后都很细心地打听关于老兵阵亡的事情，如果碰到李弘问起来，也好有个答复。

“三百多人随我从卢龙塞出来，不到半年，战死了这么多人？”李弘吃惊地问道。

“许多人都是什长，百人队队长，所以……”老拐没有说下去。这些人都是战斗打响后冲在第一线的基层军官，死亡的机会当然大大增加。

李弘的情绪有些低落，他和老拐走到一边说着闲话。

田重指挥奔沉和三百名义从士卒帮忙收拾物资，准备立即开拔。

郑信飞马而来。

老拐、李弘和郑信去年都在里宋的斥候屯里，里宋受伤离开后就是程解带着他们。一年左右的时间内，经过战火的肆虐，如今已经物是人非。里宋、程解在战斗中先后死去，斥候屯里的战友现在活下来的也只有十几个。李弘运气最好，一路迁升不止，现在卢龙塞的老兵里，他的官最大，是行厉锋校尉了。而当年斥候队里的战友，比老拐还迟一段时间到卢龙塞的郑信，现在是军候，更小一点的小懒也是假军候了。如果说老拐看到这一切，心里没有想法，那是假话。仅仅因为缺了一只胳膊，升职的事再也和他没有关系，他心里很遗憾，也感到很悲凉。

郑信亲热地和他打招呼。碰到老拐，旧日的战友都很同情他。一场战斗下来，改变了太多太多。有的人死了，有的人升官了，有的人背着行囊回家了，有的人缺胳膊断腿成了废人。老拐是不幸的，不幸的是他缺了胳膊，将来如何生存下去成了一片黑暗；老拐又是幸运的，幸运的是碰到李弘，坚决地把他和一批遭遇相差无几的战友留在了身边，不至于流落街头乞讨为生。所以老拐特别看得开。他总是把自己和死去的战友比，活着，其实就是最大的幸福。至于当不当官，其实并不重要。只要活得开心就好。

看到郑信来找李弘，老拐知道他们有重要的事情要谈，随即告辞离去。

李弘看他上了马，拍拍他的大腿说道："你现在用左手好像比用右手还灵活一些。"

"快一年了，习惯了都一样。"老拐爽朗地一笑，打马而去。

李弘目送他消失在远处，长长地叹了一口气，转身问郑信道：

"有黄巾军的消息？"

"是的。斥候回报说，孙亲用运输武器的大车在定兴渡口摆了一个很大的防守车阵，非常不利于骑兵展开攻击。现在他的后续车队正在渡河。同一时间，他连续派人到遒国，到涿城黄巾大营，不知道是不是催讨援兵。"

"遒国方向有斥候回报吗？"

"有，回报说遒国方面暂时没有动静。"

"有涿城的消息吗？"

"今天还没有接到涿城的消息。我们清晨出发，到现在已经走了六十里。斥候从涿城赶到方城，再从方城追上来，恐怕要到下午。"

李弘来回走了几步，然后对站在远处的颜良做了一个手势。

颜良立即从马背上的行囊里掏出地图跑了过来。李弘坐在草地上长时间地看着地图不做声。

"张牛角和孙亲都会考虑到我们要打他们的军需运输。"郑信坐在一侧说道，"所以不会轻易给我们袭击的机会。他们只要有足够的人手保护好车队，就可以确保粮草辎重万无一失。"

“昨天你对大家说，即使我们打不掉黄巾军的军需，也要迟滞它到达涿城的时间。但现在看起来，这个孙亲不好对付，他大概已经接到左校被我们打掉的消息，所以非常小心，在定兴渡口做了精心的准备。我们现在直接赶到定兴渡口去打他，恐怕占不到便宜。”

李弘点点头。

“为了保护车队，孙亲的一万人马显然单薄了一点。如果张牛角从大营抽调兵力赶到定兴渡口去接应，会削弱攻城的力量。现在攻打涿城的黄巾军只有十一万人，以他们的实力，勉勉强强可以。而且从涿城赶到定兴渡口，有三百多里路，一路上随时都有可能被我们袭击，危险性太大，张牛角肯定不会冒险。”

“从范阳方向暂时没有黄巾军可以支援过来，留在巨马水以南的黄巾军人数很少。”

“现在唯独可以动用的就是留守迺国的一万军队。这支军队张牛角本来就是用来保护军需运输路线安全的。”

郑信看了地图一眼，摇摇头说道：“如果抽调这支军队，等于放弃了迺国。张牛角难道不考虑我们会趁机占领迺国？”

“孙亲在黄巾军里是三大年轻将领之一，骁勇善战，难道他就没有能力独自把这批军需送到涿城？”

李弘摇摇头，笑着说道：

“褚飞燕、孙亲、王当，虽然年轻善战，但三人在如今这种情况下，谁敢有胆子拍着胸脯说，我能打败一万铁骑。”

郑信和颜良看到李弘说得有趣，都笑了起来。

“至于迺国，弹丸小城，放弃就放弃，有什么大不了的。如果张牛角打下了涿城，把我们都赶到了圣水河以东，这小城不用打都是他的。何况我对那个小城根本就没有丝毫兴趣。”

“哦。”郑信奇怪了，“为什么？”

李弘没有理他，抬头对颜良说道：“子善，帮我把鲜于大人、玉大人和燕大人请来。”

颜良答应一声，带着几个侍从如飞而去。时间不长，鲜于银、玉石、燕无畏从三个不同的方向纵马驰来。

李弘招呼他们坐到草地上，把自己的分析说了一遍，然后总结道：

“我认为张牛角一定会放弃迺国，命令留守迺国的一万军队顺河而下，支援孙亲，所以我决定打掉这一万人。”

他指着地图说道：

“我准备分四路截击迺国支援孙亲的黄巾军。谁先拦住敌人立即通知其他三队。”

“伯俊，你带着燕赵曲以最快的速度插到蹄道坡。这里距离定兴渡口三十里，迺国八十里。从义，你领前曲赶到来荫亭，这里距离迺国五十里。无畏，你领中曲赶到句亭，这里距离迺国三十里。如果迺国的黄巾军顺河而下支援孙亲，这三处都是必经之路。我带其余三曲和黑豹义从直接赶到迺国附近。”

“从义和无畏的军队如果拦住他，立即展开冲杀，因为地形不好，所以你们不要恋战，冲杀即可。一路追赶到蹄道坡，再由伯俊的步兵实施阻击、你们进行冲杀，将他们彻底歼灭掉。”

“我的任务是等敌人出城后，一路尾随拦截，保证他们无法逃回城里去。”

“都明白了？不明白我再说一遍。”

鲜于银、玉石、燕无畏三人连连点头。

“如果他们待在迺国不出来呢？”燕无畏突然问道。

李弘头一低，故作沮丧地说道：“我们只好另想办法了。”

第二十三章
神出鬼没的黑豹

黄昏，天边惨淡的夕阳孤零零地挂在树梢上，睁大了恐惧的眼睛吃惊地望着涿城血肉模糊的战场。城楼上那面巨大的黑色汉字大纛旗在阵阵腥风里狂舞，发出巨大的响声。

黄巾军士卒正缓缓地从战场上撤下，单调而沉闷的鼓声、锣声不时地在军阵里响起，显得疲惫而凄凉。

大量损毁的攻城器械被丢在城下，随处可见沾满鲜血的石块和巨型檑木，黄巾士卒的尸体密密麻麻地铺满了城墙下五十步以内的死亡地带，更远的地方也是尸体，但要稀疏得多。战场上到处都是丢弃折损的武器、战旗。

几百个布衣短襦打扮的百姓分布在战场上各个角落，忙忙碌碌，或抬运尸体，或捡拾武器，正在打扫战场。

鲜于辅气喘吁吁地坐在城墙上，艰难地闭上眼睛。

从早上开始，黄巾军就对涿城发动了猛烈的进攻，中间没有任何停顿，连续不断，疯狂地进攻，直到刚才金锣鸣响的那一刻，黄巾军的进攻才渐渐停止下来。

鲜于辅一直坚守在城楼上，指挥士卒们顽强抵抗，所有能用上的守城武器、守城办法全部用上，只恨没有长出四只手了。但敌人实在是太多了，他们就像蚂蚁一样，又多又密，杀都杀不尽。去年许多发生黄巾暴乱的地方官员上书朝廷都用蚁贼来表示黄巾军，说的就是这个场景。守范阳的时候，黄巾军十万人攻城，几天的功夫就把鲜于辅杀得狼狈而逃。但是今天的战斗更加惨烈，他有好几次都差一点崩溃了。

城楼上到处都是黄巾军的士卒，任鲜于辅喊哑了嗓子，砍断了长剑，最后连长戟都刺在敌兵的尸体上拽不下来，但依旧没有杀退敌人。幸好每一次在他绝望的时候，都尉吴炽都能适时率领援军杀到。

整整一天，黄巾军竟没有一个士卒走过回头路，他们根本就不退却，他们就是攻，拼命地攻，直到战死。无论是死在城墙上还是死在城墙下，也无论是死在官军的长箭下还是死在官军的刀枪下，他们都丝毫没有惧色，好像生命本来就不是他们自己的。一条条的云梯吞噬了无数战士的性命，但无数的战士依旧前仆后继，勇敢地爬上云梯，用自己的鲜血和生命为战友铺垫进攻的基石。黄巾军这种纯粹消耗式的进攻，不但大量杀伤了守城官军的性命，也沉重打击了守城官军的士气。面对如此凶悍的敌人，没有人不感到胆战心惊。

一天的时间，鲜于辅仅仅吃了四个小饼，滴水未进。不是不想吃，而是没有时间吃。他身先士卒，带领士卒们顽强地打退了敌人一次又一次的进攻。杀到最后，他和战士们一样，不但举不起石头，就是走路都摇摇晃晃的。好在敌人终于中止了第一天的进攻，撤了下去。

鲜于辅累急了，他浑身上下鲜血淋漓，甲胄破烂不堪，没有一块完好的地方。肌肉由于过度用力，早就酸胀疼痛，双腿根本无法支撑自己的躯体。他的嗓子喊哑了，几乎不能说话，耳朵里的巨大轰鸣声越来越响，几乎听不到其他任何声音。

他已经坐不住了，即使靠在城墙上也坐不住了。他怕自己躺倒之后再也站不起来，极力睁开了眼睛。

耳中的轰鸣声突然失去，眼前是一片狼藉的战场，满目都是敌我双方士卒的尸体，他们以各种各样的姿势纠缠躺倒在一起，堆满了整个城墙顶部。地上的长箭和各式武器浸泡在已经逐渐凝固的褐色血液里。各色战旗随意丢弃在士卒的身体上，一片狼藉。疲惫不堪的战士有的已经躺下；有的找不到地方，干脆躺在尸体上呼呼大睡；有的士卒聚在一起喝水吃东西；更多的人在寻找受伤的战友，寻找死去的兄弟。帮助守城的百姓已经开始打扫战场，清理城墙顶部，准备明日再战。

几个军司马和军候先后走到鲜于辅身边禀报损失，需要补充的武器、器械。

一天血战下来，防守西城门的守城官兵死伤一千五百多人，折损巨大，长箭等各类武器消耗也颇为严重。

这时鲜于辅看到负责传递消息的斥候屯屯长跑了过来，赶忙问道：

“北城门有消息传来吗？”

“回大人，攻打北城门的黄巾军已经撤退。军司马王大人和兵曹掾史阎大人正在清理战场。”

“损失如何？”鲜于辅焦急地问道。他现在最关心的就是损失了多少人。士卒越来越少，守住城池的希望就越来越渺茫。黄巾军发力猛攻，战斗力之强远远超过了鲜于辅的想象。攻打范阳的时候，黄巾军士卒还没有这么厉害，难道他们故意隐瞒了自己的实力？鲜于辅有些疑惑不解。

“四百多人。”

鲜于辅心里顿时抖了一下。一天就损失将近两千人，如果天天这样打下去，不要说坚持到今年冬天下雪，恐怕这个月都支撑不下去。

“黄巾军攻打北城门只是佯攻，目的不过是分散我们的兵力，为什么会损失这么多人？”鲜于辅望着那个斥候屯长，像是问他，又像是自言自语。

“阎大人说，负责攻城的是黄巾军的黄龙，他是前两天死去的黄巾悍将左校的好友。黄龙督军猛攻，估计有挟恨报复的意思。”

鲜于辅点点头，随即问道：“阎大人还好吧。”

“阎大人勇猛剽悍，所向披靡，毫发未伤。”

鲜于辅笑了起来。他捋了一下自己的三绺长须，心情顿时好了许多。

张牛角望着坐在一侧不语的黄龙，心里非常愤怒。

今天北城门方向只是佯攻，但黄龙为了报仇竟然不听命令，督军强攻，造成军队死伤惨重。两个战场加在一起有近一万五千人的损失，大大超出了张牛角的预计。

黄龙和左校都是孤儿，两人自小就背着药篓子，跟在张角后面云游天下，救死扶伤。两人一起跟着张角的弟子学武功，忠心不二地追随着张角起兵造反。左校性格内敛，黄龙性情急躁。左校愿意跟在张牛角后面继续征战天下，黄龙不愿意，他一直带着军队在太行山附近烧杀抢掠，过着占山为王的土匪生活。是左校把他硬拽了出来。黄龙一直不安分，到哪里都改不了要抢一抢、乐一乐的毛病，而且经常违反军令，对张牛角那张冷脸也非常反感，更不买他的账。张牛角几次要惩治他，都被手下极力劝阻了。因为他是左校的兄弟，左校对张牛角忠心耿耿，不能抹了左校的面子。黄龙作战勇猛，对左校言听计从，用好了，还是一员不错的战将。

但现在左校不在了，谁能震慑黄龙？

张牛角开始总结今天的攻城得失，最后批评了黄龙，责怪他不听从命令，造成了无谓的损失。

左校的死，对黄龙的刺激很大。他一直要求独自率部追杀豹子李弘。对于这个失去理智的要求，张牛角当然不同意。黄龙心里非常痛恨张牛角，今天攻城，黄龙为友报仇，不顾军令，督军猛攻，结果损失惨重。此刻他的心情极度恶劣。

看到张牛角那张冰冷的面孔，黄龙的情绪终于失控，破口大骂起来。

大帐内除了他和张白骑两个小帅，还有各帅帐下的司马、从事、各部曲的军司马。他这么张口一骂，众人顿时大惊失色，大帐内顿时鸦雀无声，除了黄龙的吼叫。

张牛角面无表情地端坐几后，双眼炯炯有神地望着黄龙，看不出任何一丝怒意。

黄龙骂了几句之后，心里平静了一点。他望着张牛角，狠狠地朝地上吐了一口吐沫，大声说道：

“从现在起，你干你的，我干我的。你去打天下，我去找豹子，咱们各不相干。”

说完转身就走。走了两步，他觉得有点不对劲。他的部下没有一个站起来的。

黄龙猛地转身，指着自己的几个部下，放声大吼：

“你们想干什么？找死吗？”

众人目露恐惧之色，齐齐望向张牛角，眼含求助之意。

黄龙昏了头，在张牛角的大帐内公然叫嚣。叫嚣就叫嚣，他还公然要分裂黄巾军，拉着自己的军队单独干，这是要杀头的。但是黄龙一向狂妄，自以为了不起，以为张牛角绝对不敢拿自己怎么样。

张牛角只说了一句话。

“拖出去砍了。”

李弘被树林里的寒气冻醒了。他用力裹了裹身上的牛皮褥子，望着漆黑的天空，睡意全无。

昨天下午郑信得到了涿城送来的消息，张牛角开始攻打涿城了。

这个消息让大家都有些担心，毕竟张牛角的黄巾军到目前为止，尚没有什么失败的记录，而且攻守双方的兵力对比非常悬殊，指望一万多人守一个多月的确有些自欺欺人。现在要解幽州之围，全看冀州战场的动作快不快，打得狠不狠了。如果冀州方面不能理解黄巾军攻打幽州的目的，延迟、敷衍或者不出兵，这场战斗也就输定了。

不管涿城怎么样，涿郡怎么样，风云铁骑都要努力，要尽可能歼灭敌人，为涿城守军争取更多的优势。

李弘命令各曲军候们不要声张，以免影响士气，大家还是依照既定方案展开行动。李弘嘱咐手下们在加快行军速度的同时要密切注意军队的隐蔽性，不要被敌人的斥候发现了踪迹。

李弘翻身坐起来。

围在周围的侍从们三五成群地挤在一起睡得很熟。颜良靠在一棵大树上，身上的黑布大氅半边都掉了下来。李弘悄悄走过去，帮他把大氅重新盖好，把自己的牛皮褥子也盖在了他身上，然后缓缓走出了树林。

巡夜的士卒赶忙上前行礼。李弘一一拦住，和他们坐在草地上闲聊。

不久，东方的地平线上慢慢露出一丝鱼肚白。接着，天色越来越亮，黎明悄然来临。

急骤的马蹄声突然打破了清晨的宁静，远处一匹马飞速向山林奔来。

一名斥候带着浑身的露水出现在李弘的视野里。

斥候突然看到校尉大人站在哨兵旁边，吓了一跳，赶忙飞身下马，一边行礼一边气喘吁吁地说道：

“大人，黄巾军出城了。”

“什么时候？”李弘大喜问道。

斥候面色一红，有点心虚地说道：“半夜里他们就悄悄出了城。”

李弘一愣，看着斥候紧张的神色，随即笑了起来。

“你们不是一直在城池附近监视敌军的动静嘛，怎么没有发现？”

“黄巾军走西门出城的，没有走南门。我们一直守在南门附近，所以直到下半夜才发现。”

李弘点点头，疑惑地问道："难道敌人发现了我们？为什么他们半夜行军？按照速度，他们快到来荫亭了。"

斥候立即说道："回大人，敌人渡河了，到对岸去了。"

李弘顿时目瞪口呆。

"渡河了？"李弘自嘲地苦笑了一下，然后拍拍斥候的肩膀说道，"你辛苦了，到郑军候那里去吧。争取休息一下，马上我们就要行军了。"

斥候感激地行了个礼，上马离去。

"渡河了？"李弘连连摇头，赞叹道，"想出这个主意的人真是天才。"

黄巾军渡过巨马水，沿着西岸而行，一样可以赶到定兴渡口。只不过要再渡一次巨马水而已。但他们却避开了走巨马水东岸，可能遭到神出鬼没的豹子军伏击的危险。

李弘有点哭笑不得的感觉。这个领军的黄巾首领非常有头脑，他选择的那条路线比较复杂，路上花的时间要长一点，但却是极其稳妥、极其安全的路线。他这一招好厉害，不但让李弘的计谋全部落空，而且确保了军队准时到达定兴渡口和孙亲会合。

李弘信步而走。

背后的山林和远处的丘陵都笼罩在淡淡的晨雾里，朦朦胧胧，若隐若现，犹似仙境。略带寒意的山风轻轻地吹拂而过，风中夹带着浓郁的树木清香，沁人心脾。稍稍有些枯黄的草上沾满了露珠，晶莹剔透。

李弘心中平静若水，再也没有一筹莫展的感觉。

沉重的脚步声从李弘的背后响起。

李弘慢慢转身，看到了睡眼惺忪的颜良。颜良的手上抱着李弘的牛皮褥子。

"大人，你还是披上吧。早上天凉。"

李弘伸手欲拿，颜良一步跨到他的身后，轻轻给他披上。

"谢谢你，虎头。"

李弘笑笑，拍拍颜良的大手。

"你去通知各部军候，今天我们赶到定兴渡口。"

孙亲站在一辆堆满粮食的大车顶部，望着远方的风云铁骑军，心里沉甸甸的。

接到左校全军覆没的消息他很震惊。风云铁骑渡过圣水河，第一战就给了黄巾军当头一棒，而且还击毙了一位帅级大将，这是自今春黄巾军攻打冀州幽州以来最惨重的一次失败，也是今年的第一场失败。但是对黄巾军来说，这场失败重要的不是左校的阵亡和三万士卒的损失，而是对黄巾军士气的打击，这场失败在黄巾军首领和士卒们的心里都蒙上了一层不祥的阴影。

去年，黄巾军的首领天公将军张角就是在十月突然去世的，然后各地的黄巾军就像丢了魂魄一样，连战连败，最后导致了黄巾军在十一月的全面崩溃。这是一个巨大的阴影，一个烙刻在黄巾军所有官兵心里的痛苦而恐惧的印记。

在张牛角的指挥下，重新发展起来的黄巾军打了一个又一个的胜仗，每个人几乎忘却了那个恐怖的烙印。但督亢亭一战，官军的突然胜利就像一把铁锤重重地砸在每个人的心里，失败的阴影再次凸现出来。

一里之外的平原上，黑压压的骑兵正从北面的小山丘后面不断地飞驰而出，迅速集结到平原中央的几面巨大的战旗下。随着骑兵的增多，方阵越来越大，战旗越来越密集，雄壮威猛的气势越来越浓烈，凌厉骇人的杀气掺杂在紧张窒息的战争气氛中，慢慢地、无声无息地笼罩在定兴渡口的上空。

黑色的自然是大汉朝的旗帜，那面火红色的大概就是风云铁骑的战旗了。孙亲默默地想着。那些战旗中肯定还有豹子李弘的黑豹战旗，只是距离远看不清，更看不到威名远扬的李弘。他是怎样的一个人？

孙亲在渡口前面一里左右的地方，利用二千多部装满辎重的大车，纵横交错地排列成五道弧线障碍，纵深长达一百步。如果骑兵冲锋而来，会被五道障碍连续阻截，不但速度受到了彻底限制，而且骑兵们也会被车阵困住，完全暴露在车阵后方一万名士卒的长箭射程里面。

难道风云铁骑要强攻？孙亲有点不敢相信。他对自己摆下的阻击阵势非常有信心。既然你们找死，那就来吧。

孙亲转过身来，对着密密麻麻排列在自己身后的一万名黄巾士卒，突然展开双手，用尽全身力气高声叫道：

“擂鼓，准备应战……”

李弘被亲卫队的士卒们簇拥着，飞马赶到巨大的战旗下面。

玉石、胡子、燕无畏、恒祭、射璎彤、鲜于银五位军候看到李弘，一起迎了上去。

“大人，什么时候开始进攻？士卒们都等急了。”燕无畏大声叫道。

李弘笑容满面，挥手说道：“不急，不急。”

随即望着鲜于银说道：“伯俊，你到得最早吧？”

“我和玉大人、燕大人一起来的，比你早半个多时辰。”鲜于银说道，“按照你的要求，各部曲依次出现，陆续集结。”

“对面的黄巾军士卒看到我们的骑兵越来越多，腿都在抖了。”玉石笑着说道，“大人这个办法有意思，我们越聚越多，敌人越看心里越恐惧，士气低落，仗还没有打他们就先输了三分。”

“孙亲摆的这个车阵很大，我们很难冲起来。大家对这一仗有什么提议？”李弘指着对面黄巾军的车阵，大声问道。

几位军候摇摇头。这有什么好说的，大家拉开架势，冲上去杀就是了。

李弘一一望去，看见射璎彤面显忧色，于是指着射璎彤说道：“璎彤，你说说。”

射璎彤犹豫了一下。

“大人，如果强攻，我们的损失非常大。”

李弘笑起来，接着问道：“那你认为我们应该怎么打？”

射璎彤摇摇头：“除了硬冲，没有办法。”

“既然这样，我们就不打了。”

大家惊奇地望着李弘，不知道他是什么意思，一个个迷惑不解。

李弘不急不慢地解释道：“我命令你们赶到定兴渡口集结，只是想告诉孙亲，我们就在附近，随时可以打掉他。这样一来，孙亲只有两条路可选。要不留在定兴渡口；要不会合逎国的援军，击败我们，再大摇大摆地赶到涿城。”

“大人，即使孙亲会合了逎国的援军，也只有二万人，没有击败我们的可能。”胡子叫道，“孙亲只能待在这里，摆下车阵和我们僵持了。”

“如此一来，我们的目的不就达到了吗？”李弘挥动马鞭，轻松地说道。

“但是这样拖着，我们无法歼灭他们。”玉石无奈地说道。

“慢慢来，有机会的。”

黄巾军士卒看到风云铁骑突然撤走了，顿时松了一口气，随即欢声雷动。

孙亲忧心忡忡，望着远处渐渐消失在地平线上的骑兵，长长地叹了一口气。

他早就想到李弘不会冒险进攻。骑兵攻击这种严重迟滞速度的纵深防御，其伤亡是惊人的。一个擅长奇袭、多次以弱胜强的将领，不可能愿意以强对强，花巨大的代价取得胜利。士卒，尤其是骑兵，对幽州来说，现在太重要了。

但是，李弘今天没有攻击，并不代表他就放弃了。他就像一头饿极了的豹子，整天游弋在自己的周围，寻找最佳的机会攻击猎物。一旦给他击中，恐怕就和左校一样，是灭顶之灾。

如果就这样给李弘死死地盯着，这批涿城急需的粮草辎重怎样才能安全地送过去？

即使方飚把逎国的一万人马安全地带了过来，二万人马押运这么一个庞大的车队，路上还要时刻防备豹子骑兵的突袭，兵力还是略显不足。李弘诡计多端，防不胜防，一旦给他袭击得手，粮草辎重俱失，攻占幽州的事情就会耽搁，这个责任可就大了。

“孙帅，孙帅……”

孙亲从沉思中惊醒过来。

“孙帅，方司马派人送来消息，他的军队正沿着河西岸急速赶来，距离我们还有四十里。”

孙亲一愣，“河西？他怎么跑到对岸去了？”

连夜赶到逎国的方飚对豹子军的神出鬼没心有余悸。那天，豹子军在小房山一闪即没，随即奔袭三百多里赶到督亢亭袭击左校，就像幽灵一般，神秘而恐怖。所以他决意避开豹子军。在逎国和定兴渡口之间有一百多里，不管豹子军会不会出现，他内心里都很恐惧。他考虑了很长时间，最后决定舍近求远，渡河走巨马水西岸赶到定兴渡口和孙亲会合。

方飚的恐惧无意当中救了他一命。

方飚的军队在上半夜赶到了定兴渡口，随即他渡河赶到了对岸。孙亲亲自到河边接他。

方飚三十多岁，过去是钜鹿郡军队里的一个屯长。他身高体壮，面庞大，颔下浓须，耳边有一道伤疤。听到李弘的骑兵大军就在渡口的前面，方飚的头皮一阵阵发麻。

“孙帅，我们明天走不走？”方飚紧张地问道。

孙亲摇摇头。

“车队行军，前后距离长，兵力分散，一旦敌人来攻，我们毫无还手的机会。想来想去，我的确没有把握避开豹子的攻击，所以我们暂时还是屯驻渡口，再等援兵。”

“还有援兵？”方飚奇怪地问道。

“褚帅的军队前几天就到了奴卢城。今天早上，左司马大人从这里渡河。大帅命令他到中山国紧急征调褚帅的军队立即赶到涿城。如果不出意外，再过五六天，我们就可以和褚帅汇合了。”

张牛角杀掉黄龙后，立即命令张白骑接管了他的军队。此时涿城下，黄巾军有九万五千人，而城内的守军尚余九千多人。

张牛角再攻三天。

张白骑在北门佯攻，张牛角率主力在西门主攻。阎柔和军司马王侗领两千人守北门，鲜于辅和吴炽倾尽全力，坚守西门。

四天打下来，攻守双方死伤惨重，不得不暂时休战一天。

鲜于辅天天派人联络李弘，希望他立即展开实质性的行动，以解涿城的燃眉之急。现在城内守军已经严重不足，如果张牛角再猛攻几天，涿城恐怕守不住了。黄巾军的战斗力非常强，其凶悍的进攻弥补了士卒们素质和武器上的缺陷，斗志远远超过了鲜于辅拼凑了几个月的那支军队。鲜于辅和幽州的官员们一样，自信地认为自己的军队很有实力，瞧不起黄巾军，以为凭着城内的一万二千多人可以守上一个多月，结果为此付出了沉重的代价。守城官兵被黄巾军打得狼狈不堪，涿城岌岌可危。

然而派出去的人一个都找不到李弘和他的风云铁骑，他们就像空气一样，突然之间消失得无影无踪。鲜于辅心急如焚，心里七上八下，非常担心他们的安全。

孙亲和方飚打定了主意，等褚飞燕的军队赶到之后，一起启程，所以他们除了日夜戒备之外，连个斥候都不派出去。孙亲派人把他们的打算告诉了张牛角，希望得到张牛角的首肯。张牛角认为孙亲的考虑非常恰当，同意他们暂时不要离开定兴渡口，以防被豹子军突袭。

豹子军的斥候天天都很准时赶到定兴渡口，一天四趟，一次十几个人。他们远远观察瞭望一段时间，然后飞速离去。黄巾军也习惯了，就像没看到一样，理都不理。

张白骑急匆匆走进张牛角的大帐。

“大帅……”

张牛角正在看一些下属送过来的文书。他闻声抬起头来，招呼张白骑坐到自己的斜对面。

“杨凤和王当来书说，赵国和常山国的情况都比较好。燕子要到涿郡来，我打算让左彦留在中山国，给我们筹集粮草。”

“大帅，孙帅在定兴渡口怎么样？”

“他们和豹子李弘的军队一直僵持着，谁都不动。现在就看燕子的军队能不能及时赶到了。以燕子的性格，定然不会放过这个歼灭豹子的机会。”张牛角冷冷地说道。

张白骑笑着连连点头。

“这完全要看褚帅的军队能不能秘密赶到定兴渡口，再悄悄渡河了。如果他能做到神不知鬼不觉，孙帅再以粮草做诱饵，引诱豹子领军来袭，两军同时夹击，必能让风云铁骑烟消云散。”

“对。关键要做到隐秘，不能让敌人发现，否则左帅的仇就难报了。”

张牛角沉吟了一下，问道：“子荫，你看明天我们把主力悄悄放到北门如何？”

“大帅着急了。”张白骑笑道。

张牛角脸含笑意，颔首说道：“四天，我们损失了三万多兄弟，为的就是这一天能够一蹴而就，一举拿下涿城。”

“今天官军在西城门上忙碌了一天，鲜于辅费尽心机准备明天死守西门。如果他知道我们明天主攻北门，恐怕他要跳楼了。”张白骑喜笑颜开地说道，“城内传出来的消息也证实了我们的猜想，北门现在只有一千人防守，我们出动六万大军攻打，估计一个时辰就可以拿下北城。”

张牛角摇摇头。

“我在西门攻得猛一点，拖住鲜于辅。你在北门亲自督阵，半个时辰，不惜一切代价，半个时辰拿下。时间长了鲜于辅或者吴炽带人支援过去就麻烦了。”

张白骑轻轻拍了一下桌子，兴奋地大声叫道：“好。”

漆黑的深夜。天上没有月亮，只有零星的几颗黯淡的星星。

黄巾军的大营里寂静无声，除了高高的辕门上挂着的几盏牛皮灯，整个大营里没有一丝光亮。

张牛角站在一个稍高一点的斜坡上，看着自己的军队分批分批地走出大营。

现在距离天亮还有半个时辰，四万准备转移到北城门的大军已经走掉一半了。

想想今天军队即将攻破北门，大军杀进涿城的情景，张牛角的心情就特别好。只要打下涿城，涿郡就基本上是囊中之物，剩下的事就是打下方城，准备渡河攻打蓟城，占据广阳郡。假如豹子军能够逃掉褚飞燕和孙亲设下的圈套，还有一件事就是围追堵截豹子军替左帅报仇雪恨。

突然，北城门方向发出了一声巨响，响声之大，霎时间撕破了黑夜的宁静。

紧接着，低沉嘹亮的牛角号声冲天而起，响彻了漆黑的夜空。

第二十四章

善攻者，动于九天之上

黄巾军的北大营里灯火全无，漆黑一片。

在大营后方一里左右的地方，有一片树林。树林边上，张白骑骑在一匹毛色纯白的战马上，正在指挥源源不断的黄巾军士卒，按照不同的位置集结到大营后方。

现场除了战士们走动时的脚步声，什么声音都没有，显得非常寂静。

张白骑座下的战马有点不老实，总是在原地昂首扬颈，或者蹦蹦跳跳，显得烦躁不安。身后十几个侍卫的战马大概受到白马的影响，也心神不安，踢踏不停。因为嘴上套着布袋，所以都叫不出声，但它们一个个越来越频繁地仰首长嘶的动作还是非常显眼。

张白骑疑惑地抬头四处张望，心里有点不安。他的白马很温顺，很少像今晚这样反常。张白骑不停地抚摩战马的长鬃，意图让它安静下来。

忽然，黑夜里传来一阵隐隐约约的轰鸣声，模模糊糊的、若隐若现、不太真切。接着声音越来越清晰、越来越大，就像潮水一般，由远及近，轰鸣声瞬间震撼了整个北城门。

黄巾军士卒惊惶失措，内心里的恐惧达到了极点。黑夜里，什么也看不到，这更增加了黑暗的恐怖。远处像滚雷一般飞跃而来的神秘物体所带来的巨大危险像山一般横空砸向了每个战士的心底。

张白骑神色突变，神经质地张口狂叫起来："突袭，敌人突袭……"

声音嘶哑而慌乱，在寂静的黑夜里突然响起，显得格外的恐怖。

已经列好方阵的士卒们茫然失措，不知道发生了什么事；正在列阵的士卒们心慌意乱、队形零乱；飞速赶来的士卒们一时间还没有弄清楚情况，脚步不停地涌来。

"轰"一声巨响。

大营里传来了恐惧的叫喊声，继而，叫喊声冲天而起，霎时间响彻了整个军营。

张白骑浑身冰凉，眼睛里充满了绝望和无奈。这个时候被敌人袭营，简直就是灭顶之灾。

大营里的士卒还在睡觉，懵然不知；大营后方的士卒还在列队，混乱不堪。不论是大营里面还是大营后方的军队，现在都失去了指挥。

天色漆黑。现在正是黎明前最黑暗的一段时间，什么都看不到。这不但给士卒们心理上造成了巨大的恐慌，也减少了他们逃生的机会。

张白骑虽然纵声大叫不止，但他根本就找不到一个直接带军的军司马，所有的军司马都在自己的部曲里。现场混乱，几万人挤在一起，传令兵骑着马在人群里到处乱窜找不到东南西北，更不要说通知他们组织军队结阵抵抗了。

快，太快了。

张白骑待在树林边上，嘴里不停地下着命令，眼睛却看见自己的大营炸了锅。

数不清的士卒冲出了大营，像汹涌澎湃的浪潮掀起了巨大的浪头，狠狠地一下砸在了大营后方的黄巾军队列上。本来就没有稳住阵脚的队列立即被砸了个东倒西歪，还没有重新站好，又一个汹涌而来的浪头砸了下来。

“轰……”

一哄而散，彻底地、完全地一哄而散。

大营里的士卒找到了渲泄口，成千上万的人立即疯狂地叫喊着，四下奔逃。大营后方的几个队列顿时被冲得四分五裂，数不清的士卒身不由己，任由逃亡的士卒洪流挟带着，漫无目的地逃向了无边的黑暗。尚在路上行进的士卒看到无数的逃兵飞奔而来，又听到远处黑暗里的咆哮杀声，顿时吓得肝胆俱裂，发一声喊，掉头就跑。军官们开始还象征性地吼两嗓子，接着就被呼啸而至的逃亡大军裹带着，一冲而散。

张白骑看着炸营的大军，面色苍白，回天乏术，他就像一匹陷入绝境的野狼，对着黑暗，爆发出一声愤怒而绝望的长嚎。

战马奔腾的轰鸣声，逃亡士卒的呐喊声，在短短的时间内形成了一股巨大的声浪，惊天动地。

黑夜里，铺天盖地的铁骑就像决堤的洪水一般，以雷霆万钧之势，一路咆哮着，怒吼着，挟带着万重风雷，凶猛地杀了过来。

六曲铁骑以雁形冲锋队列展开，在战场上横冲直撞，他们对着疯狂逃跑的黄巾士卒展开了血腥的屠杀。

杀气腾腾的李弘在高速飞驰的战马上扭头对身后的号角兵狂叫：

“吹号，命令军队，杀！”

巨大的牛角号声冲破黑暗，仿佛一道闪电突然照亮了血腥的战场。号角声冲进所有逃兵的耳中，如同一支长箭射进了他们的心里。恐惧，无穷无尽的恐惧激发了他们最原始的求生欲望。黄巾士卒们更加疯狂地嚎叫着，奔跑着，慌不择路。

“杀……”

号角声连续吹响，风云铁骑的士卒们被刺激得热血沸腾，一个个神情激奋，杀气冲天，喊杀声一时间动地惊天、震耳欲聋。

张白骑被愤怒冲昏了头脑，不知死活地要冲上去。他的侍卫们立即冲到他旁边，有的拉住马缰，有的拉住他的胳膊，有的拽住他的大氅，大家架住连声吼叫的张白骑，打马如飞而逃。

黄巾士卒面对奔腾的战马，毫无抵抗之力，他们被肆意地撞击，被无情地践踏，没有人跑得过飞奔的战马。

风云铁骑的士卒们挥动各种武器，任意砍杀，酣畅淋漓。战刀带着一蓬蓬的血雨在空中飞舞，长矛吞噬着一条条敌兵的生命，长箭在黑夜里凄厉地啸叫，它们残忍地钉进敌人的身体，肆虐疯狂，就像追命的幽灵。

从黄巾军倒塌的北大营辕门开始，只要是风云铁骑越过的地方，一片狼藉，随处可见血肉模糊的尸体和躺在血泊中呻吟的士卒。

"杀啊……"

风云铁骑军的滚滚洪流，尾随着在逃亡的黄巾军身后，一路杀进了黑暗。黄巾军一溃千里。

张牛角痛苦地闭上了眼睛。

豹子，又是豹子。自从这个豹子出现在涿郡土地上，厄运就开始降临。难道这是天意？十月，又是十月。将军啊，你在天之灵张开眼睛，帮帮我们吧。

各种迹象都表明豹子军就在定兴渡口附近，虎视眈眈地盯着孙亲和他的粮草辎重。豹子军的斥候们还一天四趟，定时去渡口观察动静，原来这一切都是李弘玩的骗局。他的军队早就陆续赶到了涿城附近，盯上了北大营的黄巾军。

没有豹子军准确位置的时候，黄巾军的两个大营都是日夜戒备，尤其是晚上，斥候们都分散到十里之外，大营里额外加派五千人值夜，就是防备李弘率军袭击。他的夜袭每战必胜，从无败绩，这已经引起了黄巾军首领的高度重视，但是他们却在这个关键的时候，过分相信了自己的主观推测。大家都认为此时豹子军如果留在涿城附近，根本无助于城内守军。所以认为李弘的军队在定兴渡口，正在寻找机会摧毁黄巾军的粮草辎重。虽然黄巾军的斥候没有亲眼看到李弘军的大营，但他们都相信自己的判断，结果李弘却偏偏带着军队赶到了涿城。他也是无计可施，在定兴渡口附近和孙亲军队僵持，实在没有意义。

长期僵持，会把孙亲压制在定兴渡口龟缩不出，孙亲不出来，就没办法打他。只要孙亲带领车队长途行军，总能找到破绽，找到破绽就可以打他。而且双方僵持，对骑兵来说就是主动放弃了自己的机动性和灵活性，会丧失大量歼敌的机会。所以李弘命令雷子带着一屯人马留下，天天到渡口露露面，一则迷惑敌人，二则看看孙亲可有开拔的动静。一旦敌人有动静，就立即通知主力在沿途寻找机会相机歼敌。他自己则带着军队秘密返回到涿城附近，寻找机会。

军队在小房山附近的山区里游荡了两天。随即李弘就接到涿城双方停战的消息，他立即决定袭击黄巾军的北大营。黄龙给张牛角杀了，黄龙的部下给张牛角拉拢一下，可能还不说什么，但跟随黄龙的士卒们心里肯定有想法。现在这支军队由张白骑统率，攻打涿城北门四天之后，估计军队折损不少，士卒们也疲惫不堪，袭击的机会最是恰当，但是张牛角的西大营距离北大营只有五里，支援起来非常方便。李弘并不在意，一击即遁、绝不停留，张牛角动作再快，也只能望风而叹。

现在张牛角正是望风而叹。

张牛角以最快的速度集结了一万人马，避开疯狂逃回大营的士卒，稍稍绕了一点弯，然后直扑北大营。

逃回来的士卒虽然惊魂未定，但双脚站在安全的大营里，耳边是振奋人心的战鼓声，心立即就定了大半。在军官们的召集下，士卒们立即重整队形，准备出战。死了那么多战友，该是报仇的时候了。

李弘没有想到今天的收获这么大，从黄巾军的北大营到西大营，一路上全部都是黄巾士卒。逃兵冲散了一切，所有的黄巾士卒都像没命一般地狂奔，像没头苍蝇一般乱哄哄地纠缠在一起，密密麻麻地聚集在骑兵大军面前，像潮水一般退却、逃亡。他们这种毫无组织的逃法，反而延缓了他们的逃亡速度，死亡更快地降临到他们的头上。

奔腾的铁骑摧毁了一切，一切障碍，一切生命，只留下了恐惧和死亡。

“撤，撤出战场……”

李弘突然大叫起来。

急促而低沉的号角声惊醒了沉浸在血腥厮杀中的骑兵战士们，大家看着前面哭爹叫娘、狼奔豕突的黄巾逃兵，血红的眼睛里杀气腾腾，犹有不甘。

“右转，右……转……”

“撤，撤出战场……”

李弘声嘶力竭地叫着，恨不能声传四野。

看到一部分战士趁着战马减速的时候还在奋勇击杀，李弘不禁有些心急如焚。

今天的战场非常奇怪，黄巾军的士卒晚上不在大营内睡觉都在野外干什么？西大营的援军为什么还没有看到？不过通知军队集结的战鼓已经在西大营方向擂响多时，估计张牛角的援军也快到了。今天占了这么大一个便宜，还不走就傻了。

“撤……撤……”李弘不停地叫着。

牛角号剧烈地吹响，声音激烈，一声高过一声。

最外侧的左曲军队是胡子和拳头的军队，两个军候都杀得浑身血迹，正在兴头上。战马还没有跑上三四里，人还没有杀够，时间还没有几盏茶的功夫，就要撤退了。拳头顿时破口大骂，催马带着一部分战士就要急追。

胡子连喊两声没有叫住，盛怒之下，举刀就剁。拳头眼角瞅到，大吃一惊，狂吼一声，勒马扭身，举刀就挡。

“当……”一声巨响，拳头双臂一软，差一点从马上栽了下去。

胡子看都不看，纵声狂吼：

“右转……撤……立即撤出战场……”

左曲的骑兵们听到猛烈的号角声，知道事情紧急，不敢怠慢，纷纷调转马头，再也不顾战场上的黄巾逃兵，打马疾驰而去。

左曲战士的离去立即腾出了空间，随即前曲玉石部、中曲燕无畏部紧随其后，飞奔而去。其他各曲军队迅速离去。

李弘在颜良和一班侍卫的簇拥下，回头望了一眼从西面冲过来的黄巾士卒，得意地大笑起来，飞快地没入了黑暗里。

涿城守军被城外的巨响和厮杀声惊醒了，他们以为黄巾军来攻，全部涌上了城墙。

远处黄巾军的大营完全处在黑暗里，什么也看不到，不知道杀声震天的敌军阵营里到底出了什么事。

鲜于辅笑容满面，他一个劲地摇着头，指着敌军大营的方向，对身边的吴炽说道：“我们到处找他，他却就在这里。那就是豹子，张牛角遭殃了。”

吴炽心情大好，张口夸道：“豹子就是豹子，神出鬼没的，厉害厉害。可惜天太黑，看不到对面的情况。”

阎柔站在北城门上，举手狂呼。守城的士卒受他的感染，也是欢声雷动。

大家齐声高呼：“豹子，豹子……”

在大家焦急的等待当中，天终于亮了。

整个北大营已经荡然无存，除了遍地的死尸，坍塌的辕门，倒地的栅栏，一个帐篷都看不到，全部被铁蹄夷为了平地。

从北大营一直到西大营附近，到处都是敌兵的尸体。

鲜于辅、吴炽陪着太守王濡赶到了北门城楼。阎柔和军司马王侗跟在他们的身后。

三个人看到昨天还是旌旗飘扬、帐篷林立的黄巾军北大营，如今一片狼藉，就像是一个血肉模糊的屠宰场。他们惊呆了。

王濡看了一下，大概受不了令人作呕的战场和弥漫在空气中的血腥味，一连后退了好几步。

他望了身边的鲜于辅一眼，摇摇头，感慨地说道：“风云铁骑的威力，的确不是血肉之躯可以抵挡的。校尉大人用兵，神鬼莫测，非常人所能及。此人人如其名，就像一只凶狠的豹子，随时都要待人而噬。张牛角这下碰到对手了。”

旁边的阎柔笑着说道：“以拓跋锋、慕容绩、雄霸、提脱的厉害，都被他杀得铩羽而归，张牛角怎会是他的对手。”

“人人都晓得豹子擅长夜袭，却怎么都防不住他。黄巾贼这下子遭到重创，一夜死了几万人，估计张牛角暂时无法攻城了。”吴炽走过来，笑着说道。

“现在他考虑的不是能不能攻城的问题，而是能不能逃出涿郡的问题。”阎柔夸张地说道。

鲜于辅指着他说道："子玉，现在张牛角在涿郡战场上还具有相当的优势，你千万不要轻敌。"

"你们不相信我说的？"阎柔笑起来。

"校尉大人真有本事留下张牛角？"因为打了胜仗，暂时解决了涿城的燃眉之急，王濡的心情非常好。他看到阎柔自信的样子，不禁怀疑地问道。

"当然。上次我们和他一起夜袭鲜卑大军，解了渔阳之围后，渔阳的情况还是非常危险，没有得到丝毫的改善。子民一个人带着军队在长青湖一带打了几战，结果鲜卑人急急忙忙的就逃了回去，慕容绩和慕容侵还把性命都赔上了。当时子民手上只有两千不到的骑兵，现在他的风云铁骑有一万多人，打张牛角几万人还不是手到擒来。"

王濡轻松地笑起来。

"子玉大概忘记了校尉大人给我们的建议。"

鲜于辅望望远处的战场，叹了一口气，神色凝重地说道："子民一支孤军，偶尔袭击是能得手，但可一不可再，很难再有什么机会了。要想击退张牛角，把黄巾军赶出幽州，还是要靠冀州的军队解决问题。"

"可惜鞭长莫及，只能求天帮忙了。"吴炽小声说道。

张牛角坐在草地上，神情落寞。

张白骑神情沮丧，呆呆地望着树梢，不知道在想什么。

"如果夜里不调防就好了，也不至于损失这么大。"张白骑喃喃自语道。

"北大营还是要被他一扫而光的。死三万人和死二万人有什么区别？既然给他盯上了，损失总是有的。"张牛角站起来，心情沉重地拍拍张白骑，安慰道，"在涿郡战场上，我们还是占据明显优势。虽然攻城暂时有困难，但只要燕子的十万人马赶到，什么问题都能解决，包括这个豹子。"

两个人互相看了一眼，彼此都有些心有余悸。豹子，恐怖的豹子。

风云铁骑军在空旷的平原上飞奔，战马奔腾的巨大轰鸣声震耳欲聋。

李弘带着侍从们停在路边，谈笑风生。远处，各部曲军候们打马如飞而来。

"老伯，很累吧。"李弘看到田重，关切地问道。

"只要打胜战，天天不睡觉都可以。"田重高兴地大声说道，"不过，我们的军需不多了，必须想办法。"

看到部下们一张张兴奋的脸，李弘笑着说道："这次夜袭我们大获全胜，不折一兵一卒，也算是奇迹了。"

"大人，下一仗我们打谁？"拳头叫道，"这仗打得太过瘾了。"

"张牛角此次折损严重，攻城的事大概要耽搁下来了。"玉石笑吟吟地说道，"大人，我们是不是再去打孙亲？"

李弘摇摇头。

“为什么？现在黄巾军遭受重创，正是我们展开反攻的时候。”燕无畏一脸奇怪。

“黄巾军遭到重创，防守会更加严密，根本不会再给我们机会。我们暂时回督亢亭休整。”

“大人，才出来几天就回去？”鲜于银诧异地问道。

“是的。我们的目的基本上达到了，现在也没有什么更好的机会。军队连续行军作战，士卒们的体力消耗很大需要休息，军需现在也困难，需要补充。”

“黄巾军在短短几天的时间内连遭打击，折损严重。现在张牛角的军队虽然占据很大优势，但他们已不具备一战而定的能力。为了尽快拿下涿郡，他们必须增加兵力。所以我估计他们的援军马上就要赶到了。”

李弘轻轻拍了几下手上的马鞭，担心地说道：“孙亲留在定兴渡口不走，估计就和这批援军有关。如果援军赶到，和孙亲的车队一块赶往涿城，路上我们根本没有下手的机会。”

“我们一直处于劣势，即使赢了两战，也是如此。涿郡战场上双方兵力差距还是很大。你们都看到，黄巾军不好打，去年如此，今年也是一样。他们的援军一旦赶到涿城，形势对我们相当不利。”

“我们回督亢亭静观其变。命令雷子在渡口附近小心观察，尽可能过河探察敌人援军的消息。”

“大人，你说战局的发展对我们不利，是不是意味着我们不论怎么努力，涿郡都要失去？”玉石听完李弘的解释，打了胜仗后的喜悦不翼而飞。他立即接着李弘的话问道。

“是的。”李弘无奈地点点头。

“没有办法？”燕无畏问道。

李弘没有回答，他望着灰蒙蒙的天空，觉得自己实在是太渺小了，无能为力。

张牛角的军队只剩下了六万多人。

他们集中在西大营，停止了攻城。军队因为连番受挫，士气遭到了致命的打击，一蹶不振。

张牛角一日三书，催促褚飞燕大军急速北上。

孙亲接到涿城的消息，目瞪口呆。

九万人，为了攻打一个小小的涿城，几天之内黄巾军损失了九万人，而且还都是主力，令人不可思议的事情。

张牛角在涿城大败的消息，以最快的速度传开了。

幽州刺史杨淳激动万分。在他看来，官军几天之内就能消灭九万黄巾军，那么黄巾军的实力肯定很差，消灭张牛角或者把张牛角赶出涿郡，估计快了。他刚到幽州上任，就碰上黄巾军复起闹事，本来以为自己运气糟透了，没想到事情忽然之间起了翻天覆地的变化。黄巾军连战连败，看情形好像很难支撑下去。假如黄巾军被赶出幽州，自己的功劳可就大了，升职肯定不成问题。

但他也看得非常清楚，仅靠幽州一州之力是打不退黄巾军的。幽州做到如今这个样子，已经倾尽了全力。所以他再次命令快骑飞速赶到冀州，将这个好消息通知给冀州牧郭典，希望他尽早出兵，攻击黄巾军的后路。

褚飞燕和左彦接到张牛角的消息，都很震惊。

攻打幽州的军队损失一半多，这仗已经很难再继续下去。两人随即对是否增兵幽州发生了激烈的争执。

左彦当然要求褚飞燕率领大军继续前进。但褚飞燕不愿意。

今年夏天在常山，他就对张牛角在今年秋季攻打幽州持反对意见。他认为张牛角太急了，完全没有必要在根基未稳的情况下，冒险攻打幽州。褚飞燕、杨凤等一班将领认为张牛角轻视了幽州各郡的官府和军队，错误地认为幽州各郡不堪一击，轻易可拿下。对自己的实力估计过高，没有正确认识到当前黄巾军的真正实力和需要解决的问题。

他们认为今年黄巾军还是打基础的时候，实力脆弱，不宜耗力远征。军队人数虽然多，但真正能打仗的精兵少；攻占的许多县郡都没有建立府衙，无人治理，一片混乱；因为打仗造成了上百万的流民，这些人需要安排，需要粮食。今年的粮食都是抢来的，明年怎么办？明年的粮食必须要自己解决，再抢的话境内的百姓就要造黄巾军的反了。尤其是几百万流民，他们相信黄巾军是自己的军队，是能为他们带来温饱的军队，如果长时间解决不了这个问题，流民们就会闹事，就会疯狂地四下掳掠，百姓抢百姓，最后黄巾军不要官军打，自己就会失败。

所以褚飞燕等首领坚持认为，未来几年黄巾军在战略上还是以太行山为依托，牢牢掌握太行山附近的中山、常山、赵国、太原、上党等几个大郡，安抚境内百姓，恢复农耕手工生产，提高军队的战斗力，蓄积足够的力量，打下扎实的根基，然后再做其他的事。

以黄巾军目前的力量，即使打不过冀州军队，还可以退守太行山，保存实力。而远征幽州，一旦军队陷在幽州战场上，长时间不能取得胜利，就要连续投入大量的军队。这样一来作为后方的赵国、常山、中山就没有足够的防守力量。如果冀州军队趁机来攻，军队就会陷入两面作战的窘境，失败就是一件必然的事。其后果是，幽州不但打不下来，后方几郡也会丢失，而随着军队数量的剧减，黄巾军可能再一次失败。

如果一切如张牛角所想，军队一路所向披靡，从冀州的中山国一直打到幽州的渔阳，随之而来的问题就是因为路途遥远，粮草军需很难跟上；一路打下的城池，还要派军队驻守，攻击的兵力会越来越少，阻力会越来越大。北疆的冬天来得早，一旦大雪来到，十几万军队的军需立即成了头等大事，仅仅解决御寒的衣服都会成为问题。十几万军队想在贫瘠的、大部分地方都是荒无人烟的幽州抢东西过冬，恐怕是一件难上加难的事。

黄巾军到了完全陌生的幽州，到底能不能站住脚？用什么办法站住脚？这些问题如果不考虑清楚就盲目地去打幽州，是不是妥当？

张牛角和一班极力主张攻打幽州的将领不同意他们的意见，认为黄巾军应该吸取去年的教训。

去年各地的黄巾军在冬天来临之后纷纷失败，其中一个原因就是大家都处在中原腹地，容易受到围剿和攻击。如果今年碰到同样问题，军队守不住可能还要逃亡到太行山。带着成千上万的忠心追随黄巾军的百姓、流民躲在山上，不是饿死也是穷死，哪里有什么将来？

假如今年以主力开辟幽州战场，夺取幽州，黄巾军在北疆站住脚，那么黄巾军至少可以得到半年时间的发展和扩大。冬天，朝廷的军队和各地豪强的私军对远在幽州的黄巾军鞭长莫及，可能只好放弃剿杀。到了明年的春天，黄巾军在幽州扎稳了根基，就不用怕官军的围剿了。打下幽州，先割据一方。他认为凭着黄巾军的实力完全可以实现这个目标。况且，一旦这个目标实现，对黄巾军的发展和将来都具有决定性的意义。

张牛角在黄巾军的威信太大，唯命是从的人太多，他的话就像去年的天公将军张角一样，和皇帝的圣旨差不了多少，基本上没有人反对。他的意见得到了大多数人的拥护。

如果真能打下幽州，先解决了地盘问题，对黄巾军来说的确是个稳步发展的契机。幽州距离中原非常远，朝廷要出兵攻打也同样是一件很困难的事，黄巾军暂时可以躲避锋芒，得到喘息的时间。有了地盘，再解决吃饭问题就要简单得多。幽州人口少，可供开垦的无主土地多，这样几百万流民的吃饭问题就可以一次性解决掉。而冀州几个郡就没有幽州的条件。这几个郡本身人口多，土地少，加上从外地涌来的流民，吃饭问题就是想解决都很困难。没有土地可供耕种，说什么都是枉然。

褚飞燕和杨凤一班人见说服不了张牛角，只好抱着大帅肯定能够成功的念头，积极协助他展开远征幽州的准备工作。

褚飞燕在张牛角率部攻击幽州开始，就秘密率部离开赵国，赶到了中山国，准备给张牛角作后援。但他对冀州军队的动向一直非常关注，几乎天天和留在赵国的杨凤联系。

现在赵国只有杨凤、白绕的十万大军，常山只有王当、五鹿的十万军队，而且都不是主力，大部分士卒都是今年春夏的时候招募的流民。这种军队如果和官军的主力对战平原，不输就是奇迹了。仅仅有视死如归的精神是不够的。

他和杨凤最担心的就是冀州牧郭典召来援军，展开对赵国和常山的进攻。在黄巾军主力随张牛角远征幽州之际，郭典率军来攻，对黄巾军来说可是致命的一击。凭黄巾军的实力，不可能同时应付得了两个战场，那纯粹就是自取灭亡。

自从黄巾军主动在高邑、瘿陶和冀州官军的主力连番大战之后，官军的主力军队损失较大。张牛角就是要做到这一点，他才敢放心北上。但褚飞燕和杨凤不放心，冀州的官军损失大，郭典就会向朝廷求援，邻近的青州、兖州的官军如果及时支援过来，黄巾军同样会遭到猛烈的进攻，但张牛角很自信，他认为朝廷不会及时下旨调拨军队赶到冀州战场。因为现在西凉战场上，官军形势极度恶劣，北宫伯俊、边章、韩遂等叛军军队连战连捷，大军直接威胁三辅，威胁长安，朝廷对他们的重视程度远远高于冀州太行山附近的黄巾军。

就在张牛角命令褚飞燕率部北上支援的时候，杨凤送来了一个令人胆战心惊的消息。

甘陵相刘虞在青州平原郡太守刘定的帮助下，已经剿灭了当地的黄巾军刘盘子五万军队。现在甘陵国和平原郡的官军大约五千人正在北上钜鹿郡。另外从冀州牧府衙传来消息，朝廷已经下旨征调兖州的东郡、济北国、东平国三郡军队北上，三郡国加在一起大约也有五千军队。这个月冀州牧郭典和河间郡、渤海郡、安平国、魏郡等地方太守紧急招募了一万士卒，正在信都城临时集训，准备随时开拔战场。不出意外的话，下个月，郭典肯定要集结大约三万军队进攻黄巾军。

褚飞燕考虑了许久，压下了这个消息，没有传给张牛角。以张牛角的性格，就是听到这个消息，他也会置之不理，如今箭已离弦，没有回头路了。褚飞燕决定带领五万军队赶赴涿郡支援张牛角，剩下五万军队留在奴卢，以防不测。他无论如何都要去支援张牛角。不仅仅因为张牛角是黄巾军的首领，更重要的是张牛角就像他的父亲一样，一直照顾抚养他长大成人。

褚飞燕的父亲曾经和张牛角一起贩私盐，亲如兄弟。他父亲在一次逃亡中被官军杀死了，不久他的母亲也因病逝去，褚飞燕成了孤儿。张牛角带着年幼的褚飞燕流浪江湖，一直到他长大成人。他们亲如父子、感情深厚，这是黄巾军人人皆知的事情。黄巾军的一班大小首领都把褚飞燕当成张牛角的儿子，张牛角自己也这么认为。褚飞燕虽然不叫他爹，但他心里一直把张牛角当作自己的第二个父亲，一个养育自己长大成人的父亲。

他带着军队赶到中山国的蒲阴城时，司马左彦从前线匆匆赶来。听到左校全军覆没的消息，褚飞燕的心里顿时有了一种不祥的预兆。

豹子李弘的风云铁骑军赶到涿郡，成了幽州战场上的转折点。他的到来，给了黄巾军迎头一击。褚飞燕感觉到了来自幽州战场上的阻力，攻打幽州根本就不是张牛角想象的那样简单。现在涿郡战场黄巾军攻击受阻，而冀州钜鹿郡方向官军正在集结。战斗随时都可能在两个距离一千多里的地方同时打响。真要是这样，那就是黄巾军的灾难了。

等他们赶到樊兴亭的时候，接到了黄巾军在涿城城外被豹子军夜袭，伤亡惨重的消息。

褚飞燕立即命令军队停止前进。

左彦的意思很明了，现在并没有确切消息表明郭典有进攻黄巾军的意图，但涿郡已经剩下最后一击，打下涿城也就等于拿下了整个涿郡。

褚飞燕的意思更简单，打下涿郡干什么？如果不能拿下整个幽州或者至少幽州的三个大郡，根本解决不了任何问题。一旦赵国、常山被攻，黄巾军腹背受敌，如何应付？难道重蹈覆辙，还走去年的老路吗？

把军队在涿郡拼个伤痕累累，攻打广阳怎么办？攻打渔阳怎么办？黄巾军目前没有攻占幽州的实力，还是正视现实，从涿郡撤军，保留实力为上上之策。黄巾军没有军队就不是黄巾军，就是死路一条。

左彦眼见褚飞燕如此坚决，退而求其次。

他决定违抗军令，暂时不回中山国奴卢城为大军筹措粮草了。他决定亲自赶回涿城大营，把褚飞燕的意思禀告张牛角，让大帅决定是不是撤军涿郡，这件事也只有大帅才能决定。

他希望褚飞燕还是依从大帅的军令，率军急速北上。公然违抗军令是死罪，没有必要和大帅因为这件事翻脸。这件事关系到黄巾军的前途，大帅也是一个有勇有谋的人，不会置黄巾军的前途于不顾而一意孤行。另外，孙亲上次来书中曾经提到，希望援军秘密赶到定兴渡口，看看可有机会诱骗豹子军前来劫粮，趁机狠狠地打他们一下。李弘的军队最近连打胜战，士卒们狂妄轻敌，肯定会中计。

褚飞燕苦笑着说道："这个计划如果在大营没有被袭击之前施行，尚有成功的可能性。现在……"他连连摇头，"搞得不好弄巧成拙，连粮草都危险。"

左彦奇怪地望着褚飞燕，有点不相信。

褚飞燕二十四五岁，中等身材，长相斯文俊秀，略显文弱。不要被他的外表所蒙蔽，他的武功在黄巾军里出类拔萃，剑术，射术都非常高超。他本名叫褚燕。飞燕是他的外号，意思是说他武功好，身轻如燕。不知道的人都以为飞燕是他的本名。

"黄巾军主力受损后必定要求援兵。孙亲在定兴渡口长时间龟缩不前，突然大胆行军，只有一个可能，那就是后续援军赶到了。否则就是给孙亲一百个胆子他也不敢离开渡口一步。李弘这种擅长用兵的人当然不会上当。上当的只有想出这个白痴主意的人。"

左彦恍然，随即面色一红，心中暗暗佩服，自叹不如。

褚飞燕的手下樊篱飞一般冲了进来，手上拿着一卷用五道红绫捆扎的竹简。在黄巾军里，五道红绫加在文书上，代表最紧急的军情。

"褚帅，杨帅急书。"

褚飞燕和左彦神色剧变。

第二十五章
棋逢对手，匠遇良材

大汉国中平二年（公元185年）十一月。

冀州战事再起。

冀州牧郭典率军攻打栾城、九门，威胁真定；钜鹿太守冯翊率军攻打赵国的襄国县，直逼邯郸。

杨凤、白绕、王当、五鹿率军迎敌，双方战斗异常激烈。

褚飞燕立即下令，由樊篱率三万军队紧急赶回中山国奴卢城驻防。原留守奴卢的五万大军接到军令后，立即启程，日夜兼程赶到常山真定。

左彦带着侍从，一人双骑，带着杨凤的文书火速赶到涿城禀报张牛角。

褚飞燕率领余下二万人马快速赶到定兴渡口，接应张牛角大军回撤。

张牛角看完杨凤的加急文书，面无表情。

他望着左彦为难不安地表情，冷冷地问道："俊义，你没接到我的命令吗？怎么不在中山国反而回到了大营？"

"大帅……"左彦欲言又止。

"有什么事你说吧。"张牛角摸着竹简上的红绫，慢慢地说道，"是不是燕子不愿意来。"

"大帅……"左彦一路上想了许多说辞，做好了说服张牛角的打算。现在他坐在张牛角的对面，觉得自己想说的其实都是废话，竟然不知说什么好。

大帐内一片死寂。张牛角非常仔细温柔地抚摩着手里的红绫，神情专注。

"品朴，燕子也是为了黄巾军，为了天下苍生啊。"左彦长长地叹了一口气，打破了沉默，低声说道。

张牛角脸上闪过一丝怒色。

他望着手上的红绫，默默地盯着，神情越来越黯淡。

张牛角突然落寞地说道："俊义，我们多少年的朋友，你说，我们是不是做错了？"

左彦大惊，眉头紧锁，紧张地说道："品朴，你为什么这样想？"

"师父死前，我去看他。他躺在床上，病得非常重，几乎连话都说不出来。"张牛角语调低沉，缓缓说道，"他问我，他是不是做错了。"

"太平道组织严密，上下齐心，大家共同努力，精心准备了十几年，最后我们带领天下的百姓，揭竿而起，去和天下所有的恶人，去和天下所有的不平做生死搏斗，虽死亦不惜。我们没有什么私利，也没有什么宏图大愿，只想让天下苍生一天有三餐饭吃，一年有一件衣穿，活得长久一点，活得好一点，有一点希望。但我们最后给天下苍生带来了什么？"

"死亡，除了死亡还是死亡。跟着我们一块干是死，不跟着我们一块干也是死。"

"跟着我们一起干的，有打仗打死的，有跳河自杀的，有被敌人活埋的，当年三十六方大渠，六十多万人，除了我们这些还活着的，如今都已经尸骨无存。"

"不跟着我们干的，死得更惨。那些可怜的百姓，手无寸铁，却被敌人当作我们的同党任意杀戮，村村户户几乎都被杀光了，血流成河。打了一年的仗，结果田地荒芜，颗粒无收，幸存下来的百姓最后还是没有逃过死亡的命运，他们都饿死了，到处都是饿死的人。一年下来，死去了几百万可怜无辜的百姓。"

张牛角的脸色非常可怕，他咬牙切齿地拍着自己的胸脯问道：

"我们都做了什么？都做了什么？"

"我们原来以为我们这样做，可以让这些人活着，活得长久一点，活得好一点，但最后是什么？是死了几百万人，超过任何一次瘟疫，任何一次洪水，我们都干了什么？都干了什么？"

"为什么？俊义，你说为什么？为什么会是这样？我们做错了什么？"

"为什么我们杀不光那些恶人，杀不光那些抢去我们粮食，抢去我们一切的恶人，为什么？"

"苍天？苍天只保护那些恶人，有权有势有钱的人，从来都是残害我们这些可怜无辜的穷人。"

"苍天已死，黄天当立……"张牛角嘴里低低地念着，苦涩而悲痛，泪水浸湿了眼眶。

左彦再也忍不住，站起来转身黯然离去，泪水洒落衣襟。

李弘带着军队在督亢亭休息了三天。

他知道现在无论在郡府还是在刺史府，黄巾军都有内线，所以自小房山伏击的计策被泄露之后，他以骑兵行军一日三百里联络困难为由，拒绝向郡府通报军情。鲜于辅得到他的暗示，行事也非常小心谨慎。

这一天，他接到李弘的消息。黄巾军褚飞燕领二万人马赶到了巨马水定兴渡口，驻扎在对岸，没有渡河的迹象。渡口的孙亲随即将车阵前推了三里，也没有开拔的迹象。黄巾军的这种动作非常反常。两万人马支援涿城前线简直就是开玩笑，现有的黄巾军兵力根本不可能在短期内打下涿城。而前线急需的粮草辎重却在援兵赶到的情况下不运往前线，实在令人心生疑窦。

李弘觉得黄巾军肯定有什么行动。继续攻打涿城显然不现实，那么黄巾军既然不打，就有可能撤退。也就是说，冀州战场有动静了。否则就是他们另有攻城妙计。李弘猜测黄巾军可能和城内敌人配合，里应外合，打开城门。他提请鲜于辅密切注意城外黄巾军大营的动静，同时要派最可靠的人把守城门。

清晨，张白骑和左彦走进了张牛角的大帐。

张牛角一夜未睡，脸色苍白而憔悴。案几上堆满了文书，竹简散落一地。

“大帅……”张白骑不待落座，大声说道，“再下军令催促褚帅，命令他急速北上。我们出兵一个多月，眼看就要拿下涿郡了，这个时候撤军，放弃我们辛辛苦苦打下来的城池，是不是有点儿戏？怎么向士卒们交代？怎么对得起死去的左校，死去的几万兄弟？”

张牛角沉默不语，浓眉紧皱，双眼望着手里展开的一卷竹简。

“俊义，你是支持北征幽州的，现在怎么突然改变了主意？褚帅都给了你什么好处，你要帮他讲话？”张白骑转脸冲着忧心忡忡的左彦叫道。

左彦苦笑，摇摇头，一言不发。

“子荫，不要乱说话。”张牛角放下竹简，神情严肃地说道。

“我已经想明白了，北上攻打幽州这件事我们的确做得太冒险，即使没有豹子李弘的风云铁骑，我们也很难打到渔阳，失败是早就注定的。”

张白骑和左彦闻言大惊，诧异地望着张牛角。

“攻城前我曾接到安定帅的密书，他警告我注意冀州方向的动静。幽州刺史杨淳和几个太守联书冀州牧郭典，要求他出兵攻打赵国、常山，使我黄巾军腹背受敌，逼迫我退军。现在冀州军队已经开始进攻赵国、常山国。这说明前期我的判断是错误的。”

“郭典和我们之间的仇恨太深了。其实，即使没有幽州杨淳的要求，他也不会放过这个攻击我们的好机会。正如燕子所说，一旦腹背受敌，我们肯定失败，但这不是我们失败的原因。”

张白骑睁大双眼，看着张牛角因为过度气愤而微微涨红的脸，十分不解地问道：“什么原因？”

张牛角恨恨地拍了一下桌子，长长地叹了一口气：“去年，黄巾军分散各处，互相没有联系支援，结果被皇甫嵩、朱俊等人各个击破。今年，我们聚集在一起看上去好像抱成了一团实力大增，但其实不是这样，我们还是一盘散沙，这才是我们失败的真正原因。”

“由于黄巾军内部大小首领众多，帮派林立，大家在财产分配、战术安排上分歧较大，很难形成一个声音，一股力量，所以失败也是必然。这次北征幽州就是一个最明显不过的例子。按照我的设想，我们放弃赵国、常山，只留下少量兵力牵制冀州官军。然后我们破釜沉舟，集中全部兵力大约四十万人马攻打幽州，两个月就能完全拿下。”

“为什么做不到？”张牛角苦笑着说道，“大家各顾眼前的利益，舍不得放弃已经到手的城池、土地、财富。只顾贪图蝇头小利，哪里想到黄巾军的将来和发展。”

“燕子和王当几个人虽然没有什么私心，但他们太保守，只想着苟且偷安，根本没有长远的打算。他们总是说实力不够、实力不够。”

“我倒要问问你们，我们什么时候有过足够的实力？朝廷、官府、官军、各地的豪强霸主们，会给我们时间发展实力吗？幼稚啊。一旦朝廷喘过气来，大军压境，四处围剿，不要说发展，就是能不能在太行山生存下去都是问题。没有人会给我们发展实力的时间，实力完全要靠我们自己打出来。”

张牛角不停地摇着自己的头，痛心疾首，一副无力回天的样子。

“如果占据了幽州，身处边陲，一个漫长的冬天就可以给我们赢得足够的喘息时间。在北疆贫瘠之地，虽然大家穷一点，但可以生存下去，可以慢慢地发展起来。将来即使打不过官军，也还可以退出塞外。”

“今年夏天，我在常山反复向他们说明，但他们都强调困难，提出各种各样不同的理由。最后，虽然大家都勉强同意了我的北征计策，但这个计策已经面目全非了，没有人愿意舍弃一切，没有人愿意破釜沉舟，没有人愿意听我一个人指挥，这就是北征失败的根本原因，是我们自己打败了自己。”

张白骑和左彦低头不语，无话可说。

张牛角说的都是现实，但张牛角没有张角的绝对权威，这也是事实。他驾驭不了现在的手下，造成今天的局面，责任在谁？

“大帅，那你的意思是……”张白骑迟疑了一下，没有继续说下去。他实在摸不准张牛角现在怎么想。

“撤吧。”张牛角淡淡地说道，“顺便找个机会干掉豹子。”

李弘被颜良从睡梦中推醒。他同时接到了两个消息。风云铁骑的斥候传回来的消息说黄巾军张白骑率领二万士卒突然离开黄巾军大营，快速向巨马水方向移动。鲜于辅从城中传来消息，城外黄巾军正在收拾东西，有撤军迹象。但是冀州方面没有任何消息传到幽州。

“守言呢？”李弘坐在篝火边摊开地图，问颜良道，“是他送来的消息吗？”

“郑军候急匆匆就走了，说亲自去看看。”

“雷子有消息传来吗？”

“没有。”

“立即派人去找雷子，一定要他打探清楚，褚飞燕的军队是不是过河了。”

颜良转身飞跑而去。田重从火堆旁边坐起来，指着颜良的背影说道：“子善脚步重，跑起来像牛一样，吵死了。”

李弘笑道：“老伯，黄巾军要跑了。”

“跑？往哪跑？”田重疑惑地问道，随即反应过来，兴奋地说道，“张牛角要撤军？”

“是的。冀州方面肯定打起来了。褚飞燕只带来两万军队，显然是来接应张牛角撤过巨马水。”

“我们打不打？”田重立即问道。

“打，一定要打，不惜一切代价都要把张牛角的军队消灭在巨马水以东。”李弘笑道，“张牛角还剩下五万多人，如果他和定兴渡口的孙亲、褚飞燕部会合，就会达到十万人。这十万人都是黄巾军主力，我们根本没有能力打，只能任由他们离去。所以，我们一定要在他们会合之前，打掉张牛角。吃掉张牛角，黄巾军兵力剧减，我们就可以兵不血刃地收回范阳和北新城。否则，今年冬天我们不可能收回这两座县城。没有几万军队，根本打不下来。”

田重望着李弘被火烤得红扑扑的脸，担心地问道：“但是张牛角还有五万多人，很难打的。不会是张牛角玩什么花样吧？”

李弘笑起来。他冲着田重竖起大拇指：“老伯高见。张牛角果然有花样。他想吃掉我们。他这个花样玩得好。”

“哦。”田重奇怪地问道，“为什么？”

“他的军队如果抱成一团，时刻防备我们骑兵突袭，我们真还没有办法。这就像一群野狼围住一群野牛，野牛围在一起，都把角对着野狼，野狼也只好悻悻然调屁股走路，但现在张牛角想报仇，想挖个陷阱吃掉我们，机会就来了。”

“子民，你肯定？”田重虽然很佩服李弘的才能，但看到他好整以暇地坐在火堆边，和自己随意地闲聊着，好像开玩笑一样，不禁有点怀疑。

李弘大笑起来，非常开心的大笑起来。

风云铁骑现在的位置就在巨马水和涿城中间的九里亭。

九里亭是一处地势平缓的丘陵地带，山不大，树不多，既适合步兵展开阻击，也适合骑兵展开冲锋。

李弘决定把战场放在这里。

李弘认为，张牛角派张白骑带两万人先行，目的非常简单，就是诱使风云铁骑来攻。双方一旦纠缠，他的后续军队快速赶上，包抄围歼。两万黄巾军主力在准备非常充分的情况下，抵挡骑兵军一个多时辰的冲杀还是绰绰有余。

斥候传来的消息也证实了李弘的猜想。张白骑的军队和张牛角的军队相距四十里，两军行军速度很快。

“胡子和燕无畏的军队现在在什么位置？”李弘回头问道。

郑信立即策马走到他旁边，说道：“胡子的军队在济坪，燕无畏的军队在墩屯。按照大人的要求，他们一个跟着张白骑，一个跟着张牛角，一路设置路障，迟滞两军的行进速度。”

“涿城可有消息？”

“没有。不过，鲜于大人、阎大人和我们交情不薄，他们一定会答应大人的请求，率军跟随张牛角出城。这是个难得的机会，两位大人应该看得出来。”郑信很自信地说道。

李弘微笑点头道：“羽行兄和子玉兄一定会如期而至。雷子回来了吗？”

“还没有。不过好消息是褚飞燕的军队一直还在巨马水对岸。”

“守言，你可派人反复查看了？”李弘追问道。定兴渡口的四万黄巾军一直是李弘的一个心病。如果他们其中有一部分军队悄悄离开渡口，东上接应张牛角，从背后突袭风云铁骑，那就完了。

郑信肯定地点了点头。

“褚飞燕和孙亲两军分驻巨马水两岸，相比较两军行动的隐蔽性而言，褚飞燕的军队更好一点。所以你务必派最好的斥候悄悄渡河，密切注意他们的动静。”李弘心里总是隐隐约约不安，于是再次嘱咐道。

“你放心，我会派人盯牢的。”

“伯俊……平山（铁钺的字）……”李弘看到鲜于银和铁钺纵马飞驰而来，举手叫道。

“大人，这里就是我们燕赵曲的战场？”铁钺问道。鲜于银驻马而立，四下张望。

“对。这地方不错，我们的脚下就是九里亭的入口处，一个小山岗。前面三百步是九里河，现在是枯水季，河里没有什么水。这里整体上形成了坡形地势，适宜阻击。”

“我们一个步兵曲阻击张牛角三万人，是不是太少了一点？”鲜于银问道。

“鲜于大人和阎大人的军队马上就会赶到。你们占据地形优势，把张牛角死死地缠在这里。我们骑兵主力在十里之外的九里亭出口突袭张白骑，一旦将其彻底歼灭之后，我们就从九里河两侧包抄过来，围住张牛角，让他插翅难飞。”

铁钺高兴地打了鲜于银一拳，大声叫道：“伯俊，这下子你可以过足杀人瘾了。”

鲜于银没好气地笑道：“除了你们马匪，谁会以杀人为乐。”

李弘还是把马城的事告诉了鲜于银。他觉得鲜于银是兄弟，这些容易产生误会的事还是说清楚的好。假如因为这些小事影响了军候们的团结，耽误了打仗，那就不好了。

鲜于银对铁钺的印象很深，过去鲜于银带军队剿匪时两个人还交过手。因为李弘的关系，加上他也立了不少战功，鲜于银也勉强接受了。对于匈奴人拳头，鲜于银就颇有微辞了。拳头做马贼的时间长，在代郡地面上做了不少案子，罪大恶极。李弘很伤脑筋，解释了半天。虽然拳头是个罪人，但他剽悍勇猛，如果一直在军队里杀敌建功，也算是赎罪了。现在这样的士卒到哪找去。没有士卒，怎么打败黄巾军？鲜于银很不高兴，认为李弘脑子有点不正常，为了扩充军队什么事都敢干，疯了。

张白骑的军队快速越过九里河，进入九里亭地境。

士卒们排成长长的队列，整齐而快速地行进在大路上。因为要离开这个越来越冷的北方，大家的神情都很轻松愉快。走在中间的几十部辎重大车，在士卒们的连拉带拽下，艰难地翻上了山冈。

“张帅，风云铁骑的骑兵就在八里之外。”一个斥候飞马赶来，停在张白骑身边禀报道。

“他们可曾设置路障？”张白骑问道。

“没有。”

张白骑皱了皱眉，挥手示意斥候再探。

昨天，豹子军的前哨骑兵随处刨坑，在路面上丢弃巨型檑木石块，严重滞碍了军队的行军速度。到了夜里，黄巾军为了防备风云铁骑突袭，二万人分成两军，轮流值守上下半夜，轮流睡觉休息。今天，豹子军的前哨骑兵却突然改了性子，不但不设置障碍，还离他们远远的。

张白骑心里有点犯嘀咕，但他还是命令军队悄悄加快了速度，和后面的主力军队拉大了距离。要做诱饵，就要做得像一些。对于张牛角设计要消灭风云铁骑，张白骑和左彦是坚决支持的。不仅仅是因为报仇，这还直接关系到黄巾军的生存问题。

如果能在撤离涿郡之前，消灭或者重创幽州实力最强劲的风云铁骑，幽州就没有可以威胁黄巾军的军队了。这样不但可以继续守住范阳和北新城，也可以堵堵手下的嘴，回到常山、中山以后也不至于遭到许多人的冷嘲热讽，保留一点大帅的颜面。其次，因为幽州没有足够的兵力去夺取范阳和北新城，黄巾军只需要留下少数军队就可以守住范阳和北新城，中山国也就无需派驻重兵把守，军队的主力就可以支援其他战场，可以专心致志、一心一意地和冀州的敌人周旋，进行决战。

如果不打风云铁骑，就这样灰头土脸地撤回去，大帅的颜面是小事，几万军队滞留在范阳、北新城是大事。因为黄巾军一旦撤过巨马水，李弘的铁骑、幽州其他郡国兵就会衔尾追来。他们不但要收回范阳、北新城，还要南下打中山国，给冀州官军以支援。所以黄巾军只能以重兵守在范阳、北新城、中山国一线，忍受腹背受敌之苦。没有重兵支援冀州战场，恐怕赵国、常山的黄巾军也要遭到重创，这样一来，黄巾军的处境就非常非常糟糕了。所以必须要和李弘的骑兵军决战一场，即使付出相当的代价也在所不惜。

因为没有阻碍，也没有敌人骑兵骚扰，士卒们心里想着早点赶到定兴渡口和友军会合，又怕豹子军会随时出现袭击自己，所以越走越快，越走离后面的主力越远。

中午士卒们也不休息，从口袋里掏些干粮，边走边吃。

张白骑估计了一下军队和后军的距离，心里不由得非常着急。现在盼着风云铁骑出现，它却像幽灵一样，看不到影子。

“命令军队，停止前进，列队休息。”张白骑大声喊道。

你不出来，我还不走了呢。就在这时，从军队的后方，几个黄巾军的斥候打马飞奔而来，一路上不停地大呼小叫着。

张白骑的心脏突然剧烈地跳动起来，窒息的感觉顿时充斥了全身，粗重的呼吸声清晰可闻。

他瞪大双眼盯着越来越近的斥候。

“大帅在九里河被围。”

张牛角站在九里河河堤上，冷峻的脸上闪过一丝喜色。

豹子李弘的风云铁骑到底出现了。

对面的山冈上，几千官军依顺地势，列队组成了一个纵深很长的巨大防御阵势。全副武装的士卒们各执武器，严阵以待，密密麻麻的一直排到山冈的后面。

张牛角在迎风飘扬的五彩缤纷的战旗中看到了几面熟悉的战旗，有鲜于辅的，有阎柔的，他甚至看到了阎柔。阎柔骑在一匹火红的战马上，穿着一身火红的大氅，非常易于辨认。

在九里河两侧的河堤上、河床上、河谷里、二里以外的地方，在隐约可见的无数面战旗的掩映下，在此起彼伏连续不断的号角声指挥下，数不清的风云铁骑军的战士们列成了八个冲锋方阵，做好了对黄巾军攻击的准备。

黄巾军的传令兵骑着战马，在河堤、河床、河谷之间往来穿梭。

“大帅，车阵已经布列完毕。”

“大帅，密集防御阵势已经列队完毕。”

“大帅，突击分队列阵完毕。”

……

张牛角转目四顾。

三万身着麻衣黄巾的黄巾军战士依托辎重车阵，在九里河两岸的河谷上，九里河的河床上，列成三百多个不同形状的小方阵，组成了一个巨大的长方形防御阵势。在这块长宽各不足千步的狭窄地带，各个兵种的战士们按照不同的方位列队组合，显得既拥挤而又错落有致，纹丝不乱。

士卒们虽然被围，但除了略显紧张之外，一个个精神抖擞，士气如虹。如果人有死志，的确无所畏惧。

左彦从河床上驱马上岸，跑到张牛角身边，笑着说道：

“大帅，一切准备妥当。”

张牛角指指四周，感慨地摇摇头，望着左彦说道：“我们都说过，如果这一仗在九里河打就非常完美。今天我们如愿以偿。”

停顿了一下，张牛角又说道：“不知道李弘是个什么样的人物。我们想着打他，他也想着打我们，就连战场都选在同一个地方。他很了不起。”

左彦会心地笑了起来，“大帅是不是想见见他？”

张牛角抬起头来，望着对面的山冈，望着山冈上火红色的黑豹大旗，摇了摇头。

他高举双手，纵声狂吼：“擂鼓……”

几十面大小战鼓霎时间同时敲响，低沉、猛烈、浑厚、激昂的鼓声冲天而起，犹如惊涛骇浪一般惊天动地。

一直望着对面山冈的左彦，突然面色大变，他睁大了一双眼睛，发出了一声狂呼：“大帅……”

第二十六章
古之白起

张白骑带领军队一路狂奔。

豹子没有按照他们的设想，率先发动对张白骑的围攻，反而攻打实力更为强大的张牛角，这让张白骑觉得有点不可思议。但不管豹子打哪一个，只要另外一支黄巾军迅速包抄过去，就能重创风云铁骑，就达到了黄巾军的目的。

张白骑命令军队放弃辎重，轻装前进。二万黄巾军士卒在平原和山林之间飞跑。张白骑为了鼓励士卒，放弃了骑马，他和大家一样拿着武器，气喘吁吁地跑在队伍的最前面。现在时间太宝贵了。能早一点赶到战场，就能拯救更多黄巾士卒的性命，就能杀死更多的敌军骑兵。

这支黄巾军过去都是张白骑的老部下，纪律严明，训练有素。士卒们在太行山上待久了，体力特别好，这种长时间的高速奔跑他们竟然也能勉勉强强地支撑下来。

看到九里亭渐渐出现在视野里，大家兴奋地叫起来。

张白骑实在坚持不下去，两条腿像灌了铅一样沉重。他在侍从们的催促下，艰难地爬上了白马。他驱马赶到一座小山包上，回头望去。军队就像一条长长的粗壮的灰龙，看不见头也看不见尾，大汗淋漓的士卒们低着头大步奔跑着。

他激动地喊了起来："兄弟们，九里亭到了。再赶一段路，我们就要和大帅会合了。"

"杀尽豹子铁骑，为死去的兄弟报仇。"

士卒们连续奔跑了四十多里，一个个面色煞白、手脚酸痛、疲惫不堪、体力严重透支。现在不要说去打仗，就是叫他们列队都成问题。

张白骑看到士卒们摇摇晃晃，上气不接下气，好像武器都抓不住了，心里很发虚。这个样子赶到九里河战场，除了去送死还能干什么？现在全指望大帅了。如果他们和敌人打得激烈，一个多时辰下来，双方肯定死伤惨重，难以维计。这个时候突然冲过去，不论怎么打，都能收到奇效。

“张帅，翻过这座山冈，是不是让士卒们休息一下？”司马黄庭小声问道。

“不。”张白骑坚决地说道，“歇下来大家可能气衰而竭，再也跑不动了，就这样一直跑下去，一直跑到战场为止。敌人突然看到我们援兵出现，士气会大减，而我军则会士气大振，此消彼长之下，敌人想不败都难啊。”

突然，风中传来几声牛角号声。

张白骑眉头深锁，转头望向九里亭方向。

前面的山冈上，枝叶已经枯萎凋零的树木一行行排列整齐，在山风中轻轻晃动，就像无数的战士列队于山冈之上。在山风的呼啸声中，隐隐约约传来厚重低沉的轰鸣声。

张白骑疑惑地望了黄庭一眼。黄庭正在紧张地四处张望。距离战场还有七八里，号角声怎么会传到这里？紧接着张白骑座下的白马忽然不安起来，随即扬蹄长嘶。

张白骑面色大变，连声高吼：

“擂鼓，擂鼓，准备应战……”

黄庭立即想起风云铁骑劫营的那天晚上，黑暗里传来的恐怖声音，他几乎不假思索地大声叫起来：“敌袭，敌袭……”

正在奔跑的士卒突然听到结阵的战鼓声，有些茫然失措。随即他们就听到了战马奔腾的轰鸣声，感觉到脚下的地面在抖动。不用说也知道是敌人来袭，而且还是大家恐惧的豹子铁骑军。

最前面的黄巾士卒们心惊胆战，发一声喊，掉头就往回跑。在战旗和鼓声的指挥下，大家竭尽全力，迅速往中军集中。中军的战士就地展开队形。后军的士卒还不清楚前面发生了什么事，但看到前军士卒像潮水一样往回狂奔，本能地感觉到危险和血腥。大家争先恐后地加快速度，激起体内最后一丝余力，向中军跑去。

密集结阵。只有密集结阵才能对抗骑兵的冲锋。

士卒们都快累瘫了，人人几乎都喘不过气来。但心中对风云铁骑的恐惧，对生存的渴望，让大家无不歇斯底里地吼着、奔跑着，为自己寻找最后一线希望。军队为重结阵势，陷入了一片混乱。二万人拥挤在山冈下的平原上，东奔西窜、大呼小叫、乱成一团糟。

巨大的轰鸣声越来越大，越来越近，转瞬即至。

张白骑看着自己乱成一团的军队，目瞪口呆，一脸的绝望。

快。这是他第二次感觉到豹子军的快，太快了。自己的士卒还没有集中到中军形成最基本的阵势，急骤的马蹄声已经在耳边像狂风暴雨一样震响了。

他没有想到李弘胆大如斯，在自己和张牛角近在咫尺的时候，他会拼尽全力伏击自己。难道他不怕张牛角一路打过来，抄他的后路？难道官军另外来了援兵？但是，李弘这一招狠辣无比，恰恰打在自己的要害上。为实现张牛角内外夹击豹子军的目的，自己率部长途跋涉一路飞奔四十多里赶到了九里亭，此时士卒们精疲力竭，军队已经是强弩之末。

就在这时，李弘杀出来了，必杀的一招。

张白骑由绝望而愤怒，他高举长刀，纵声狂吼："兄弟们，杀……啊……"

话音未落，巨大的牛角号声突然自山冈冲天而起，激昂嘹亮的冲锋号声重重撞击着战场上每一个人的心。随着一声惊天巨响，无数的骑兵战士冲出了山冈，冲出了树林，冲向了乱糟糟的敌军，直冲云霄的喊杀声震耳欲聋，遮盖了战场上的一切。

"杀……"

张牛角几乎不敢相信自己的眼睛。

他转头看向左彦。左彦的一双眼睛瞪得比他还大。

铁钺高举着一杆白旗，从山冈上飞奔而下。

"鲜于辅是不是疯了？"左彦大声说道，"他竟然派人来劝降。"

张牛角的嘴角漾起淡淡的笑容："鲜于辅动作很快，跑到了我们的前面。但你看山冈上，他最多也只带来了五六千人，还包括一直待在方城的代郡鲜于银的军队。加上豹子的一万骑兵，这基本上就是圣水河以西官军的全部兵力了。我们有三万人，即使他有铁骑，若想通过阵地战击败我们，恐怕他的军队也要死伤殆尽。"

张牛角冷冷一笑。

"好。他既然想劝降，我们就和他好好谈谈。"

"大帅，鲜于辅一定知道四十里之外的张白骑随时可能支援过来，官军应该着急进攻才是，怎么会有闲功夫和我们在这里扯淡？他们是不是有什么阴谋？"左彦望着越来越近的白旗，担心地说道。

"他们的兵力就这么多，任他有天大的本事，又能变出什么花样。"张牛角望望远处的骑兵，十分不屑地说道："派个人迎上去，能拖多长时间拖多长时间。只要张白骑即时赶到，今天这仗我们就赢定了。"

牛角号声突然自天际之间响起，远处的风云铁骑吹响了准备进攻的号角。

正在和铁钺说话的左彦吓了一跳："什么意思？想偷袭啊？"

铁钺一脸的坏笑，一看就没安什么好心："左司马，左司马，稍安毋躁，稍安毋躁。你知道豹子军里胡蛮子多，许多人不听号令，很难管教的。"

左彦没理他，仔细看了远方一眼，确定对方骑兵没有移动之后，这才回身继续说道："你小子一看就不是什么善类，你这个军候是不是假的，骗我们？"

铁钺一听，大怒："左髭，不要给脸不要脸。我们大人是心痛黄巾士卒无辜冤死，不想多造杀孽，这才好心劝降。你是不是成心找打？"

左彦微微一笑，摸着唇上的大胡子，慢悠悠地说道："我不和你谈，你资格太差，找一个和我差不多，说话有分量的人来。比如你们校尉大人。"

铁钺一撇嘴，挑衅似的说道："校尉大人说了，他不愿意谈，他要进攻。"

"鲜于辅也可以。"

铁钺哈哈一笑："好，我这就回去问问。"

鲜于辅看到铁钺打马如飞而回，笑着对身边的阎柔、鲜于银说道："子民这个主意不错。如果我们和张牛角就这样纠缠下去，拖一个时辰都行。"

"恐怕我们愿意，张牛角不愿意。"阎柔笑道，"时间一长，张牛角肯定怀疑其中有鬼。"

"如果张牛角突然醒悟中计了，他马上就会发动进攻，以最快的速度突破阻截，快速向张白骑靠拢。"鲜于银看看身后的士卒，接着说道："我们人少，虽然占据地形优势，但想挡住黄巾军，恐怕非常困难。"

鲜于辅很自信地说道："只要子民围歼了张白骑，任他张牛角如何厉害，这九里亭都是他的葬身之地。"

"这次张牛角输惨了，十几万主力一次赔了个精光。此战过后，冀州黄巾军的败亡之日也就不远了。"阎柔感慨地说道，"自子民兵渡圣水河开始，形势就急转直下。千军易得，一将难求，古人诚不我欺。子民一到涿郡战场，胜仗一个接一个，十几天下来，黄巾军竟然落得要撤军而逃的地步，实在不敢想象。"

鲜于银立即接道："本朝高祖曾经盛赞淮阴侯韩信，一人可抵十万大军。但淮阴侯这种兵法几百年我们都遇不到一个。现在子民以一人之计歼灭黄巾军十万以上，我看他就是一个几百年一遇的兵法大家。假以时日，他的成就肯定非常了不起，也许能超过淮阴侯。"鲜于银由衷地赞叹道。

"子民听到了，一定高兴死了。伯俊，看不出来你箭射得好，这奉承人的功夫也不错嘛！"鲜于辅大笑起来。

鲜于银白净的俊脸立即涨得通红。

"不过你说的也不错。自从卢龙塞大战之后，子民带兵打仗也有一年多了，但一战未输，这就是个奇迹。我记得战国时期秦国有个名将叫白起，就是在长平坑杀赵国四十万大军的白起。他一生领兵打仗无数，共歼灭其余六国军队一百余万，攻六国城池大小七十余座，从未打过败仗。我想子民将来的成就超过淮阴侯恐怕不太可能，但战绩超过白起倒是非常有希望。"

阎柔指着鲜于辅，望着鲜于银道："伯俊你听，羽行兄的奉承话就比你说的含蓄多了，水平明显高一截嘛。"

三人大笑。

"事前我曾担心你们不能赶来，但子民非常信任你们，丝毫不怀疑你们对他的承诺。"鲜于银接着说道，"他能连续打胜战，和他真诚豁达的性格有很大关系。如果你们一直和他在一起，恐怕军功已经很多了，最起码羽行兄可以升到都尉。”

鲜于辅无所谓地摇摇头。

阎柔却连连点头，颇为惋惜地道：“年初，要不是何太守一再挽留，我肯定和他一起去上谷了。升不升官是次要的，关键是可以打仗，而且连续打胜仗，过瘾。”

鲜于辅佯作诧异地望了阎柔一眼，说道：“子玉到郡府许多年了，还是改不掉嗜杀的毛病吗？”

“不是嗜杀，是好战。”阎柔纠正道，“所以这次我们接到子民的求援，立即赶来参战。和他一起打仗，痛快。”

“这次恐怕够你痛快的了。”鲜于辅指指密布在九里河周围的黄巾军，神色凝重地说道，“阻击敌人，而且还是这么多敌人，要血战啦。”

“对了，子民有消息传来吗？”他突然想起什么，问鲜于银道。

“没有。估计张白骑距离九里亭还有一段很长的距离。”

“那小子先前过九里亭的时候，跑得飞快。现在又要飞快地跑回来，累死了。”阎柔笑着说道。

“正是要他筋疲力尽，否则打起来以后纠缠不休，半天解决不掉，事情就麻烦了。时间拖长了，如果让张牛角冲过去，死的就是我们。”鲜于辅说道，“这九里河战场，就看我们能否守住这个山冈。守住了，堵住了张牛角，我们就赢了；守不住，我们不死也要脱层皮。”

铁钺打马而回，破口大骂。

“派人告诉田老头，没事的时候不要瞎吹什么号。他是不是想我早死啊？”

鲜于银赶忙迎上前，幸灾乐祸地笑道：

“你死了也没有什么不好。怎么，黄巾军的人要杀你？”

“那倒没有。不过吓了我一跳。田老头突然一吹号，假如黄巾军的人以为我们要进攻，举箭就射，我不成了靶子？”

鲜于辅和阎柔颇有兴趣地望着眼前的这个年轻人。现在风云铁骑军里，像他这样年轻的军候有五六个，小懒和射虎的年纪最小，只有十六七岁。鲜于辅和阎柔都很佩服李弘，刚刚长大成人的毛孩子他都敢用，他还有什么人不敢用。当鲜于银告诉他们，铁钺就是代郡有名的马贼头子时，两个人丝毫不奇怪。

“鲜于大人，黄巾军的司马左彦说要和你谈谈。”

“可以。你再跑一趟，告诉他我要和张牛角亲自谈。”

铁钺答应一声，拨转马头，高举白旗，再次冲下山岗。

李弘带着黑豹义从冲在最前面。颜良紧紧地贴在李弘的左侧。

督亢亭一战，让自负的颜良感觉到自己的武功实在不值得炫耀。看到李弘杀人不眨眼、犹如疾风一般骁勇威武，他自叹弗如，差距太大。那日要不是战友和李弘拼死救助，他恐怕已经命丧黄泉。在战场上，个人的武功再厉害也没有用。所以他现在非常注意和战友之间的配合。颜良开始时不喜欢黑豹义从的鲜卑士卒，但自从鲜卑战友救了他性命，他就开始主动结识他们、熟悉他们，渐渐和弧鼎、弃沉成了朋友。黑豹义从的骁勇剽悍深深震撼了颜良。虽然他不会鲜卑话，义从们多半也不会说大汉的话，但他们照样可以在一起用手势和简单的语言交流、说笑。战友之间的感情深了，战场上的配合自然也就默契了。

他是李弘的亲卫队首领，应该时刻护卫在李弘的身边，但上次却是李弘和战友们救了他的命，他并没有尽到一个贴身侍卫的职责。所以这次他告诫自己无论如何都要守在李弘身边，绝不乱跑。

李弘看到眼前混乱不堪的黄巾军，一颗悬在嗓子眼的心顿时放了下去。

他最怕给黄巾军缠上陷入乱战。一旦黄巾军阵势严整、士气高涨，和左校的军队在督亢亭一样，大家誓死鏖战，与骑兵展开血腥厮杀，那就糟了。当日斩杀左校部三万人花去了两个时辰，假如今天遇上同样的情况，恐怕也要这么长时间。这样一来九里河方向的张牛角就有充裕的时间突破步兵的阻击，翻越九里亭，直扑自己的背后。在黄巾军的前后夹击之下，歼敌已经不可能，能保证军队安然无恙地撤出去就已经很不错了。

一切如他所料，黄巾军由于心急赶路，一路飞奔，造成体力严重透支。士卒们疲惫不堪几乎丧失了战斗力。虽然黄巾军的士卒们还在奋力奔跑、列阵，但他们身心俱疲，心力交瘁，在这种情况下，失败已成必然。

本来他们是诱饵，一个精心准备、非常危险的诱饵，但给李弘这么一折腾，成了一个任人宰割，手无缚鸡之力的猎物。

李弘高举黑色钢枪，用尽全身力气，纵声高呼：

“杀……啊……”

黑豹义从们神情激奋，高举武器，竭力狂吼：“杀……啊……”

恒祭、射璎彤的两曲军队在右，玉石、胡子的两曲人马在左，紧随黑豹义从后面的就是燕无畏的大军队。

九千多人就像突然从山林里涌出的幽灵，铺天盖地，满山遍野，遍布了整个山冈。他们好似黑色的猛虎，冲出了羁绊他们的樊笼，一路咆哮着、呼啸着、张开血盆大口，咬向了四下逃窜、战栗发抖的猎物。

九千多人同声高呼：“杀……啊……”

奔腾的马蹄声，惊雷般的怒吼声，激昂的号角声，汇成了一股巨大的犹若实质的声浪，它就像水面上刮起的飓风，掀起了千尺巨浪，然后狠狠地砸向了地面。

巨响，惊天的巨响。

黄巾军的士卒们恐惧到了极点。

他们看见的都是杀气腾腾的骑兵，明晃晃的武器，横冲直撞像狂风一般席卷而来的战马；感受到的是从地面上传来的剧烈震动；杀声和轰鸣声充满了双耳，他们已经听不到任何其他的声音。

战场上的气氛极度紧张和窒息，压得人无法喘气，死亡的沉重气息紧紧地缠绕着每一个士卒的心。

在一连串的巨响声中，在惊天动地的杀声中，黄巾军的士卒们很快崩溃。

又是一声巨响，一声恐怖至极的尖叫，撕心裂肺的尖叫，黄巾军的士卒们就像被捅开了的马蜂窝，两万士卒瞬间四分五裂。仿佛一颗巨石被扔进波涛汹涌的河面，溅起千重浪，迸射出数不清的水花。不曾接触，已作鸟兽状散去。

张白骑还想迎着敌人冲上去，但被疯狂的逃兵冲得寸步难行，随即就被逃兵裹挟着，没命一般逃窜，连东南西北都分不清，就那么糊里糊涂地打马狂奔。

黄巾士卒身心俱乏，虽然拼尽全力逃亡，但无奈双腿如同灌铅，就像不是自己的一样，失足摔倒者数不胜数。摔倒了爬起来再跑，再摔。战场上还没有看到血腥，就已经看到被踩死的士卒了。

李弘心里一痛。

他看到一个头发花白的老兵，就像田重一样的老兵，摔倒后就再也没有站起来。几千只逃命的脚毫不留情地从他的躯体上踩过。

“杀……”颜良狂吼一声，虎头大刀抡起，一刀两命。两具失去头颅的躯体还在拼命地狂奔，虽然鲜血喷射，却速度不减，直到被随后赶上的怒马撞得飞了起来，才重重地跌落尘埃。

李弘看到了死去的老兵。老兵的脸被踩得血肉模糊，已经不成人形。

李弘猛踢马腹。黑豹长嘶一声，从老兵的尸体上高高跃起，纵身而过。

黑豹义从的士卒们全部超越了李弘。战刀在他们手中号叫，长矛在空中欢呼，长箭撕裂空气发出阴森森的厉啸，成片成片的黄巾军士卒就像被割倒的秸秆，一层层地罗列在地。

弧鼎和奔沉一左一右紧紧护在李弘的身边，而颜良已经失去了踪迹。他正带着亲卫队、黑豹义从杀在最前列。

左右方向的骑兵战士们已经冲进了战场，正从敌人的两翼迂回前进，展开猛烈的追杀。

左翼玉石的前曲士卒，右翼射璎彤的后曲鲜卑士卒斜斜地冲进敌阵，随即展开穿插，肆意残杀拦路的敌人。而胡子的左曲骑兵，恒祭的右曲乌丸骑兵沿着黄巾军的逃亡方向展开了追击，意图超越黄巾军的逃亡士卒，拦住敌人，彻底全歼。

李弘看到上天无门、入地无路的黄巾军士卒在战场上惨嚎着、哭叫着、无助而漫无目的地奔跑着。

他突然想起来督亢亭战场，他仿佛看见眼前的敌兵都被自己的部下杀戮尽毙，全部躺在鲜血淋漓的战场上。

“吹号，命令敌人投降，命令他们投降……”

李弘回过头来冲着身后的号角兵连连大叫。

“命令胡子、恒祭加速，立即加速，合围敌军。”

“命令玉石、射璎彤不要和敌人周旋，全力穿插，分割敌军。”

“无畏……”

燕无畏率领中军部曲最后一个接触战场，部曲士卒正在扇形展开，准备横扫战场。他正好从李弘的身边冲过，被李弘大声叫住了。

“大人……”

“无畏，你率部直接冲到敌阵尽头，一路上命令各屯士卒尽可能受降俘虏，按俘虏多少领赏。”李弘焦急地大声叫道。

“大人……”

“不要再杀了，他们只不过是一群逃兵。”李弘看到燕无畏迟疑的样子，吼了一句。

“命令黑豹义从，给中曲让出路，快，快！”

燕无畏看到李弘发火了，不敢怠慢，回头大声叫道：

“兄弟们，随我杀啊……”

战场上，左翼的左曲骑兵、右翼的右曲骑兵听到号角声，陡然加速。他们就像两支呼啸的长箭，以接近战马极限的速度狂奔起来。

逃亡的黄巾军士卒也看出来官军正在他们的两翼高速移动，企图包抄他们。大家互相叫喊着，加快了奔逃的速度。张白骑带着一帮侍从、亲卫队、十几个骑马的军官，总共一百多骑，形成了逃兵的箭头。

三支利箭顿时展开了角逐，大家互不相让，叫喊声一声比一声高。

张白骑手上的马鞭狠命地抽打在马臀上，上身几乎全部趴在了马背上。

快，快，冲出包围，就是抢回了一条性命。

鹿欢洋、拳头各自在左右两边的骑兵队伍里召集了一帮神箭手，在高速奔驰的战马上，引弓张箭，准备射击。

黄巾军的步兵已经被甩在四五百步之后。

左右两侧的骑兵战士开始向中间靠拢，合围开始。

负责穿插的玉石部和射璎彤部不敢违抗军令，立即命令手下不要过分纠缠厮杀，先行完成横向分割敌军的任务。

催促敌军士卒投降的号角声自从李弘下达命令之后就没有停过，一遍又一遍地吹响着，随风回荡在整个战场上。

被分割围住的黄巾军士卒开始投降。他们实在跑不动，站都站不住。他们丢下手里的武器，就在官军的眼皮底下，不是躺倒就是趴倒，也不管对准他们的是什么武器。他们只想歇一下。

燕无畏带着士卒们一路狂奔，沿途遇上的敌兵就像见到鬼一样，不待他们靠近，立即散开，自动让出大路，任由他们飞驰。接到李弘的命令后，这些士卒们也不敢大开杀戒，只是紧握武器，时刻防备有负隅顽抗的敌人扑上来。

他们一路狂呼，碰到己方士卒就高叫“抓俘有赏”，碰到敌人就高喊“投降不杀”。

黄巾军的士卒们眼看逃走无望，只好选择投降。不管结局如何，即使是被坑杀，他们也认了。他们太累，许多士卒除了喘气已经什么事都做不了，更不要说和如狼似虎的骑兵搏斗了。

还有一部分黄巾士卒在狂奔，但他们看到官军的铁骑已经在前方逐渐合拢了。

“放……”鹿欢洋大吼一声。

几十枝长箭发出刺耳的破空厉啸之声，射向几十步之外的黄巾军官。张白骑和他的部下们全然不顾，奋力打马飞驰。

几个落在后面的军官身中长箭，惨叫着摔落马下。几匹战马也被射中，吃痛之后突然加快了速度。其中一匹战马正中要害，惨嘶一声随着惯性飞出十几步之外仆倒于地。马上骑士被摔出更远，重重砸落地面后一连翻滚了几十下才止住，眼看是不能活了。

拳头带着手下紧紧地贴在逃兵的一侧，和他们平行狂奔。他们全身伏在马背上，仿佛和奔腾的战马已经合为一体。

他们之间的距离越来越近了。

张白骑猛然回头，看到追兵距离自己仅仅只有二三十步，不由急得狂吼一声，重重一鞭打在白马的腹部。

白马一声短嘶，好像感觉到主人的心意似的，竭尽所能，再次加快了速度。

张白骑身后的侍从们看到越来越近的追兵，知道这样跑下去，迟早都要被追上。一旦追上，自己这帮人一个都跑不掉。干脆拼了，好歹也要让主帅逃掉。他们在侍卫队首领的吼声中，突然四散，卡住了追兵的路线。

拳头激怒攻心，抬手射出一箭。顿时，更多的长箭像雨一般飞射出去。张白骑的侍卫们措手不及，纷纷中箭坠于马下。但他们四散奔逃的战马却迟滞了追兵的速度。

拳头和鹿欢洋眼看已经难以追上，只好放弃了。

张白骑带着十几骑狼狈而逃。

胡子和恒祭的两曲军队顺利完成对黄巾军的合围，随即对包围圈内的敌人展开了穿插分割围歼。

燕无畏的军队赶到之后，立即加入到围歼战中。

战场上到处都是策马狂奔的战士，高举双手跪在地上乞求投降的敌兵。偶有的抵抗被铁骑士卒们奋力围杀消灭平定。

随着时间的流逝，战场逐渐地安静下来。

各部曲纷纷吹响胜利的号角，低沉有力的旋律在战场上此起彼伏。

战斗在半个时辰之后结束。

军队全歼黄巾军张白骑部二万人，黄巾军死伤接近七千人，其余一万三千人投降。

风云铁骑折损三百多人。

李弘立即重整军队，火速赶往九里河。他命令玉石、小懒率前曲骑兵打扫战场，看守俘虏，并尽快押运俘虏赶到九里河会合主力，参加对张牛角军队的攻击。

灰蒙蒙的天，厚厚的云层，没有太阳，这个冬日的天空显得沉闷而晦涩。

九里河山岗上的风狂放而粗野，空气中弥漫着作呕的血腥味。远处飘扬的战旗高高屹立，巨大的各色旌旗在风中狂舞，发出哗啦啦的巨大声响。

鲜于银连声怒吼，手上的战刀飞舞着，狠狠地砍向了敌人的脖子。

敌兵大吼一声，毫不退让，长矛凶猛地刺进扑来的官兵胸口。同一时间，鲜于银的战刀剁在了敌兵的脖子上，入肉半分。顿时鲜血迸射而出，喷了鲜于银一头一脸，白净的脸庞立时成了一张紫褐色的花脸，恐怖骇人。

三四个黄巾军士卒踩着战友的尸体，狂呼杀来。鲜于银怒睁双目，飞步迎上去。他抡起鲜血淋漓的战刀，劈头盖脸地横砍下去。在他的身后几个官兵各执武器，竭声吼叫着，补到他的位置上，和汹涌扑来的敌人短兵相接，恶斗在一起。

长约百步的山冈上，密密麻麻地满布着敌我双方的士卒。官军占据坡上，稍据优势。黄巾军从坡下往上进攻，稍嫌吃力。几千名士卒纠缠在坡面上，激烈厮杀，酣呼鏖战，战况空前激烈。

鲜于银飞起一脚踹在正面敌兵的胸膛上，手上战刀顺势捅进了背后敌人的腹间。

一柄长矛突然钻出，迅捷无比，直插鲜于银的胸口。鲜于银大惊失色，躲无可躲，张口发出一声厉叫。不远处的铁钺刚好抬头看见，他想都不想，抖手飞出手上战刀。战刀在空中飞舞着，带着几丝血珠，发出沉闷的“呼呼”声，凌空斩向了执矛进攻的敌兵。就在长矛即将戳进鲜于银胸口的刹那间，那个毫无防备的敌兵被一刀穿胸而过，身躯随着战刀所带起的巨大惯性力连退两步，仰面栽倒。

鲜于银身上的冷汗这时候才猛地冲出体外，顿时寒意袭人。

鲜于银侥幸捡回一条性命，不但不见惧色，反而更加疯狂。他身形不变，腰部用力，战刀带着一蓬血雨，狂啸着，随着他的惊天巨吼，凶猛地剁向对面尚未站稳的敌人。敌兵措手不及，被连人带刀击中，惨嚎着跌倒血泊之中。

鲜于银这才回头朝铁钺看去。铁钺已经捡起一把丢在地上的战刀，像一只矫捷的灵豹凶狠地扑向了敌人。

他转目四顾，山冈上塞满了捉对厮杀的士卒，根本看不出双方战线的位置。战鼓声、呐喊声、惨叫声，充斥了整个血肉模糊的战场。死去士卒的尸体横七竖八铺满了这片土地，血淋淋的断肢残臂随处可见。

远处，战旗下，一字排开的十几面巨大战鼓被同时擂响，发出惊雷一般的炸响。

“兄弟们，杀啊……”

鲜于银热血沸腾，举刀狂呼。

第二十七章
虎将颜良

阎柔脱去了红色大氅，露出一身黑红色的皮甲。

现在皮甲已经被敌人的鲜血溅得面目全非，战刀在吞噬了十几条鲜活的生命之后，更加耀眼夺目。

阎柔一马当先，冲杀在右翼防线的最前面，挡者披靡。他带领士卒们挡住了敌人一拨又一拨的疯狂进攻。

他的亲兵、侍从都是他过去的马帮兄弟，许多年的战斗生涯让他们亲如兄弟，在战场上彼此之间配合非常默契。他们紧紧地抱成一团，就像一块巨石，牢牢地挡在敌人的前面，坚决不退半步。

敌人换上了一批生力军，再次呼叫着杀了上来。

阎柔冲入敌阵，双手握刀，左砍右劈，吼声如雷。杀红了眼的黄巾军士卒毫不示弱，三五成群，一拥而上。

阎柔拦腰砍倒一个敌兵，跟上去一拳砸在另外一个敌人的鼻梁上，就在他准备一刀结果敌人性命时，他看见自己的一个兄弟被敌人三把长矛洞穿而死。那个士卒临死前的惨呼撕心裂肺，显得痛苦之极。

阎柔顿时怒火攻心，睚眦欲裂。他虎吼一声，战刀横拖，立时将自己面前的敌兵斩杀。随即他奋力跃起，连劈二人，冲到执矛冲杀的三个敌兵身侧。

“杀……”阎柔狂吼一声，不待其中一人反应过来，战刀已经搂头劈下。那人躲闪不及，连人带矛被劈得横飞出去，胸腹被刀锋破开，鲜血伴着内脏霎时喷泻而出。另外二人看到阎柔凶猛，战友惨死，立即被激起了最原始的血性，他们丢下正在应战的官兵，嚎叫着扑向阎柔。

阎柔怒睁双目，再吼一声，迎着两支犀利的长矛就冲了上去。他卡准时机，一把抓住其中一支长矛，手中刀直刺执矛的敌兵，全然不顾另外一支刺向自己的长矛。同时间，阎柔发疯般地吼起来，声若惊雷，仿佛他的这一吼足以把敌人吓死似的。

阎柔的刀插进了敌人的身体，洞穿了敌人的腹部，一戳到底，直到刀把为止。

敌人的长矛临体，矛尖已入腹部。说时迟，那时快，从空中凌空飞来一双腿，一双沾满鲜血的战靴狠狠地蹬在了敌人的胸膛上。只听到胸骨断裂的脆响，敌兵的惨嚎，接着就看到长矛随着凌空飞起的敌兵躯体倒射而去。

救下阎柔的战士身不由己，跌落地面。顿时几把战刀、三四杆长矛几乎不分先后落了下去。

血肉横飞。那名士卒连叫都没有叫出声来，就被乱刀分尸，立时死于非命。

阎柔疯了。死去的都是和他朝夕相处的兄弟。

他恨不能一刀砍去所有的敌人，他一刀剁下敌人的头颅，纵声怒吼："兄弟们，杀啊……杀尽他们……"

鲜于辅手执短戟，狠狠地将一个敌人钉在地上。

前面是敌人，密密麻麻无穷无尽的敌人。黄巾军发狂了，他们面对山冈上的官兵发起了最凶猛的攻击，无休无止的攻击。

鲜于辅完全失去了优雅的风度，沾满了鲜血的三绺长须随意地粘在脸颊上，头发上、身上无处不是褐色的鲜血，有凝固的，有湿乎乎的，看上去狼狈不堪。

他被汹涌扑上来的敌人压得几乎喘不过气来。他不知道自己杀死了多少敌人，也不知道周围有多少战友倒下，他甚至连抬头的功夫都没有。他只看到迎面扑上来的杀不尽的敌人，看到鲜血飞溅断肢横飞的敌兵一个接一个地倒下，听到耳边全部都是杀声、喊声、一直没有停歇过的战鼓声。他感觉自己身上的力气正在一点一点地消失，动作越来越僵硬，越来越缓慢，他觉得自己支撑不下去了。伤口虽然还在不停地渗血，但他已经完全失去了疼痛的感觉。

他守在山冈的正中间，率领士卒们阻击数倍于己的敌人。黄巾军以山冈正面的平缓地带作为自己的主攻方向，他们发起了潮水一般的凶猛进攻，不给死守高地的官兵们一丝一毫的喘息时间。

他看到山冈下又冲上来一拨敌人。

他想喊，想告诉士卒们又有一拨敌人冲上来了，但他已经喊不出来，甚至连张嘴的力气都没有。他苦笑，他常常以自己的武功而自傲，现在却被敌人杀得连说话的力气都没有。随即他发现自己连苦笑都笑不出来了。由于过度用力，他的脸部肌肉都僵硬了。他手捉短戟，单腿跪在血泊里，垂下了头。他在等，等敌人冲上来，等自己重新蓄积起最后一点杀人的力气。

鲜于银和阎柔几乎同时发现中路的敌人突然退了下去。随即他们瞪大了眼睛，惊骇地吼了出来：

“支援，支援中路……”

“靠拢，向中路靠拢……”

战鼓急促而猛烈地敲起来，紧张而血腥的气氛顿时压得士卒们几乎都要窒息了。

鼓槌凶狠地敲击在每一个防守士卒的心上，震撼而痛苦。

敌人退下去了，让出一块几十步的空间。在这个空间的后面，竟然只有零零散散的士卒，他们手拿武器，无畏无惧地站在堆满尸体的战场上。

中路的防守军队被打光了。怪不得敌人要稍稍退一下，以便重新聚积力量发动最后一击。

左翼和右翼的士卒都看出了危险，不用军官们催促，他们齐齐发出一声震天怒吼，然后就像发了疯一样飞跑起来，他们高举着武器，拼命地叫喊着，以最快的速度冲向中路。

阎柔和鲜于银、铁钺夹在士卒们中间，不停地高呼着、飞奔着、声嘶力竭地吼叫着。

敌人冲上来了。

他们也看出了机会，看到了希望，他们更加疯狂地奔跑着、叫喊着，恨不能肋生双翅飞起来。

山冈上，霎时间杀声如雷，声震云霄。

此时，敌人已经杀近了中路阵地，而两翼的增援军队距离中路尚有一段距离。

鲜于辅吃惊地抬起头来。他茫然四顾，突然发现山冈上的防御阵势由于中路守军的过度消耗，已经出现了致命的漏洞，崩溃在即。要想两翼援军能够及时赶到，就必须从正面阻击冲上来的黄巾军，为他们争取时间。

他突生无穷力气，猛地站了起来，他转身面对身后的士卒，高举双手放声狂吼：“兄弟们，我们杀上去。”

鲜于辅一把拔下一柄插在敌兵尸体上的长矛，高举过顶，对着跑向自己的士卒再次放声狂吼：“杀上去……”

“杀……”

士卒们义无反顾，跟在鲜于辅后面，勇敢地冲向了迎面扑来的黄巾军士卒。

“轰……”一声巨响，两支队伍撞到一起，发出一声沉闷的响声。这声巨响盖过了战鼓声，盖过了呐喊声，响彻战场。

战刀撞击声，刀刃破肉声，长矛穿透身体声，吼叫声，惨叫声，刹时间汇成震耳欲聋的轰鸣。

鲜于辅什么都听不到。他也不需要听到声音，他只要杀死敌人就行。他尽展所能，勇猛地杀进敌群。

敌人太多，就像一个接一个的浪头，汹涌澎湃。

鲜于辅飞快地蚕食着敌人的生命，同时也看到自己的战友被更多的敌人吞噬。周围的战友一个接一个地倒下，消失。

“杀……”

鲜于辅怒吼一声，手中长矛准确无误地刺进一个大汉的身体，随即就像一条吐芯子的毒蛇，狡猾无比地闪动了一下，扎在了旁边敌兵的咽喉上。鲜血尚未喷出，长矛晃动间已经扫到另外一个敌兵的胸口上。三个人几乎同时栽倒在鲜于辅的脚下。

鲜于辅抬腿踢飞了一个敌兵的战刀，转身横扫，再毙两敌。

“杀……”

鲜于辅再吼一声，举矛迎面架住劈来的一刀，矛断。刀未至，短矛已经扎进了敌人的咽喉。鲜于辅劈手夺过战刀，顺势后扎，刺死一人。接着他就看见了一支长枪，一支黑森森的长枪。

鲜于辅连退两步，战刀闪躲间，再斩一人。长枪死死地盯着他，飞进的速度越来越快。鲜于辅再退，一脚踩在了尸体的头颅上。

他控制不住身体的平衡，仰面摔倒。

鲜于辅大吼一声，身体在栽倒之前，对准长枪脱手掷出战刀。长枪猛然抖动，闪弹之力立即崩飞了凌空斩落的战刀。

长枪气势不减，如飞刺入。

鲜于辅身体倒在半空中，脸上露出一丝苦笑。

他疲惫地闭上了双眼，心里平静如水，任由身体栽向地面，任由长枪戳入身体，再不做挣扎。

一个刺耳的厉啸之声破空而至，像利箭一般刺进鲜于辅的耳中。

鲜于辅重重地摔到地上。

战马奔腾的巨大轰鸣声突然清晰地传进他的耳中。他听到声音了，他听到身后的战场上传来了惊天动地的欢呼声。

他猛地睁开双眼。

黑斧。一把漆黑的小斧。

小斧发出夺人心魄的厉啸，像闪电一般从鲜于辅的眼前飞过。

气势如虹的长枪带着凌厉的杀气呼啸而至。突然，它在鲜于辅的心脏上方停了下来，接着跳动了一下。

鲜于辅用尽全身的力气掀起身体。就在半边身体离地的刹那间，长枪狠狠地扎下，入地三寸，长长的枪杆剧烈地抖动着。

鲜于辅侧目望去。

一个黄巾将领驻枪而立，怒睁双目，死死地盯着对面。那柄小黑斧半截插在了他的胸口上，鲜血正缓缓地渗出衣服。忽然，他脸上闪过一丝痛色，随即松开紧握枪杆的大手，轰然倒地。

鲜于辅心神一松，顿时失去了知觉。

风云铁骑军的士卒们杀声震天，一个个像离弦的箭一般，尾随在黄巾军士卒的后面，杀下了山冈，杀向了河谷。

霎时间，杀声震天。

李弘飞身跃下战马，连滚带爬，一把抱起鲜于辅，疯狂地摇着他的身体，纵声狂吼：

“羽行，羽行兄……”

李弘的心在滴血。每战都要失去兄弟，都要失去战友，这仗为什么这样残酷，这样血腥。

“羽行兄……”

鲜于辅听到李弘痛苦的叫声，突然觉得现在自己就是死了，但有这样一个生死相知的兄弟，也值了。他任由李弘猛烈地摇动着自己的身体，泪水涌出了眼眶。

李弘身后的一名侍从发现了鲜于辅的异常，大声叫起来：“大人，大人，鲜于大人还活着，他受伤了，你不要再摇了。”

李弘一愣，赶忙停下来，仔细看去。

鲜于辅吃力地睁开眼睛，勉勉强强地看了一眼李弘，终因失血过多，再次昏了过去。

李弘一颗心顿时落了下去。

他紧紧抱住鲜于辅，好像生怕他一松手鲜于辅就会死去一样。

铁骑军的战士们还在飞奔，河谷的战场上双方士卒还在鏖战。

颜良、弧鼎、奔沉三人冲在最前面，他们带着黑豹义从，像一柄尖锐的利剑，准确无误，犀利无比地插进了黄巾军的心脏。

河堤上狂风暴雨一般的密集而猛烈的战鼓声震撼了战场。

黄巾军士卒们被势不可挡的铁骑一冲而散，虽然他们极力抵抗，但身形庞大，速度奇快的战马岂是血肉之躯所能抗衡的，黄巾军就像洪水里的庄稼，被肆虐的洪水无情地冲撞、碾压、淹没，没有任何反抗的能力和机会。他们被铁骑席卷而去。

颜良的大刀呼啸而至，面前的三个敌人根本挡不住这横扫千军的一刀，他们被斩去头颅，被削去臂膀，被开膛破肚，惨嚎着跌落人丛。

“虎头，冲进车阵，冲进去……”

弧鼎大吼着，舞动着血迹斑斑的狼牙棒，奋力向前。

前面就是敌人的车阵。混杂在一起的双方士卒一层层地纠缠在一起，不要说无法推动大车合拢车阵，就是想撤回自己的士卒都不可能。

河堤前面的战场仿佛一锅热气腾腾的沸水，激烈而血腥。

河堤上的弓箭手在张牛角的指挥下，对准骑在战马上的骑兵任意射击。

奔沉长矛飞出，迎面洞穿一个挥刀杀来的敌人，随即他弃矛拔刀，左手拿起腰间的牛角号吹响了弃马步战的号角声。这个时候骑兵已经没有任何作用，大家挤在一起，寸步难行。骑在马上，就是给敌人的弓箭手当靶子。奔沉一边不停地吹着，一边飞身下马。黑豹义从的几个号角手随即紧跟其后，连续发出号令。短短一瞬间，战场上突然失去了凶神恶煞一般的髡头战士。他们纷纷跳下战马，一手拿刀，一手拿盾，三五成群，扑向车阵的缺口。

颜良随手丢掉大刀。面对密密麻麻的敌兵，大刀完全失去作用，反倒是累赘。他拔出腰间战刀，嘴里怒喝一声，飞身上前击杀一名突袭弧鼎的敌人。

“杀……杀进车阵……”

弧鼎抡起大棒，一边任意乱砸，一边扯开嗓子大吼起来：

“杀……杀进去……”

弃沉就在弧鼎几步远的地方。他一手执刀，一手拿盾，带领一帮士卒，像锥子一样扎向车阵缺口。

黑豹义从的左右两翼分别是中曲的燕无畏和雷子。他们也看到了黄巾军车阵的缺口。要想迅速击败张牛角的大军，突破这个口子恐怕就是关键。只要突破车阵，拆除车阵，骑兵毫无阻碍地冲起来，黄巾军就完了。

“命令军队，不惜一切代价，冲击两侧车阵，掩护黑豹义从撕开敌人的口子。”燕无畏回头对身后的号角兵大声叫道。

雷子听到燕无畏的命令，纵声狂吼：“兄弟们，灌进去哪，灌哪……”

冲锋的牛角号冲天而起。乱哄哄的战场上，两翼的骑兵开始加速，冲刺。

燕无畏和雷子两人一左一右，带着战士们连续冲击敌阵，悍勇无惧，声势惊人。车阵后的黄巾士卒不得不暂时停下对车阵缺口方向的支援，专心对付骑兵的冲杀。

颜良第一个冲到马车的旁边，一路上他被敌人砍中三刀，伤口虽然不深，但鲜血淋漓。

“拉开大车，拉开……”颜良冲着身后的战士不停地吼着。

随着一声怒叫，弃沉的圆盾砸飞一名中刀受伤的敌人，摔到了另外一侧的马车旁边。

黄巾军士卒疯狂了。他们怒吼着，蜂拥而上。不堵住这个缺口，随之而来的后果就是灾难性的。

颜良一拳砸开一柄刺来的长矛，手上战刀已经穿透了对面敌兵的胸膛。他顺手夺了敌人的战刀，将旁边那人连人带矛一起斩断。

“去你娘的……”

弧鼎头都不抬，劈手一棒砸死敌人。紧接着四五柄长矛同时朝他刺来。弧鼎不得不弃棒急退。身后两个战士立即补上他的空位，刀盾齐上。

张牛角默默地站在河堤上，望着山冈上风云铁骑军正在号角声的指挥下，重整队列。只要正面的车阵被打开，他们就要一泻而下了。

张牛角转目望向那道缺口，缺口正在扩大。张牛角并不在乎那道缺口，他本来就无意把它堵上。

缺口附近有个浑身浴血的战士，高大威猛，冷酷残忍，他每刀出手，必杀一人，从不失手。张牛角注意看了一下，心内非常震骇。如此嗜杀之人，当真如沙场屠夫一般。他突然发现自己不但认识他，还和他交过手。他是常山虎头。

张牛角抬头看看灰蒙蒙的天空。

快到黄昏了，胜利就要到手了。

黄巾军士卒越打越少，折损非常严重。

九里河东岸河谷上的黄巾军士卒在各部军官的指挥下，迅速向河床集结。早先布阵在河床上的军队已经全部赶到了河堤上，大部分士卒已经杀进了战场。

张白骑的军队到了九里亭吗？豹子是不是接到鲜于辅的求援，放弃了伏击张白骑？豹子的骑兵回援得非常及时，如果再晚上半刻，那道山冈现在就是黄巾军的了。

张牛角默默地想着，面无表情，好像眼前杀声震天的战场根本不存在。

张牛角当然不会和鲜于辅见面谈判。

铁钺和左彦两人先是闲扯，接着感觉彼此想法差不多，都是没事找事拖延时间，于是两人干脆闲聊起来。

铁钺说自己过去是个马贼。左彦很吃惊，你这种人也能从军入伍，还做军候？你应该加入黄巾军才对。铁钺看他不相信，就把葬月森林的伏击战告诉了他，然后说，豹子李弘不是你们想象的那种心狠手辣的人，他很善良，甚至有点……他指指脑子说，李弘就和传言的一样，失去了过去的记忆，所以有些做事方法很奇怪，一般人很难理解。铁钺认为如果黄巾军投降，李弘绝对会给他们一个出路，不会像皇甫嵩那样，残忍嗜杀。左彦不做声。铁钺接着就给他介绍李弘所指挥的战斗，其中哪些人被俘虏后没有杀，哪些人参加了风云铁骑。左彦竟然也听得津津有味。

大约过了一个时辰，张牛角看见两人还在胡搅蛮缠，觉得有些不对劲。

李弘和鲜于辅迟迟不发动进攻，说明他们一定另有倚仗。

张牛角随即喊回左彦，和他商量这事。官军到底耍什么诡计？

张牛角认为，无论李弘用什么计策，他只有一个目的，那就是吃掉自己。现在李弘知道张白骑的军队正在赶来，却迟迟不攻，说明他极有可能是想把我们拖在这里，主力却趁机去突袭张白骑。现在远处的那些骑兵十有八九都是幌子。如果远处的骑兵确实是李弘的全部主力，那么只要自己突围，他的骑兵就必须参战，即使阵地战损耗大，他也不得不打。打起来了，也有利于张白骑一路安全地赶来。如果不是，那就说明李弘已经带着骑兵伏击张白骑去了。

如果李弘要伏击张白骑，他必须要考虑我们会不会突围？如果我们突围，这几千步兵就成了我们的囊中物，他不会放弃不管。何况我们突破了他的阻击，对他的骑兵也是个巨大的威胁。所以他的伏击地点应该距离这里不会太远。一旦我们发动突围战，他就可以及时回援。

李弘的军队不在这里，眼前就是我们消灭鲜于辅和阎柔的机会。歼灭他们之后，军队快速前进，争取时间和张白骑会合。如果李弘在半路上伏击张白骑，他和张白骑的二万人马肯定要纠缠一段时间。只要我们及时赶到，完全可以围歼豹子。

按时间来算，张白骑已经快到九里河。现在我们发动突围战的时机最为恰当。不论这仗豹子如何设计安排，现在我们都是必胜之局。

随即他命令军队发动了攻击。

鲜于辅虽然早有准备，但还是被黄巾军打得晕头转向。六千人守在山冈上，被三万人的军队连续狂攻，其境遇可想而知。

“俊义，我们还剩下多少人？”张牛角回头问左彦。

“两万人差一点。”左彦斜躺在马车的轱辘上，懒洋洋地说道。

“我们再攻，死死缠住豹子的骑兵，你看如何？”

左彦站起来，有些胆怯地看了一眼列队在山冈上的风云铁骑军，然后回头看了一眼集结到河床上的军队，很慎重地说道：“用一万人攻一下，希望这个狡猾的豹子能上当。”

李弘驻马立于山冈之上，居高临下，战场看得一清二楚。

阎柔、鲜于银策马如飞而来。

“子玉、伯俊，你们都好吧。”李弘迎上去，关切地问道，“羽行受了伤，我让人抬下去了。”

两个人听到鲜于辅安然无恙，心情顿时轻松起来。

“子民，张白骑的事解决了吗？”阎柔着急地问道。

“侥幸，侥幸。都解决了。”李弘笑道，“从义和小懒押着俘虏往九里河方向去了。等一下合围歼敌的时候，他们将从河对岸发动攻击。”

“你们打得太苦了。”李弘看到两人的样子，安慰道，“士卒们伤亡情况怎么样？”

“打完了。”鲜于银苦笑道，“基本上打完了。”

阎柔摇头笑道：“还剩下一千人不到。如果你们不及时赶回来，恐怕我们见不到面了。”

李弘预料到会是这个样子，但亲耳听到阎柔说出来，心里还是一沉。

“子民，动用骑兵啃这么大一坨子敌人，恐怕伤亡惨重啦。”阎柔指着九里河方向的黄巾军，担心地说道，“现在风云铁骑可是整个幽州的主力军队，如果这一战损失巨大，未来几个月的战局我们就更难应付了。”

“打掉张牛角，幽州就没有什么战事了。成功与否，就在此役。”李弘坚决地说道。

鲜于银嘴角动了一下，想说什么又没有说。

“伯俊，有什么话要说吗？”李弘笑道。

“如果张牛角死守，我们半天攻不下来，事情就有点麻烦。定兴渡口的敌人最迟明天下午可以赶到这里。”

“我们争取明天早上解决问题。”李弘自信地说道。

黄巾军的战鼓声突然声若惊雷，炸响在血腥的战场上。

一队队的黄巾士卒犹如出水蛟龙，他们高声怒吼着，冲上河堤，冲进战场。

正在战场上厮杀的铁骑战士好像被人拦腰一棍击中，顿时站不住脚，连连倒退。

颜良连声虎吼，右手战刀，左手长矛，交替进攻，拼死挡住像潮水一般涌上来的敌人。弧鼎已经重新抢回自己的大棒，他左右横扫，无人可以近身，挨上者非死即伤。

“盾牌上前，盾牌上前，阻击，阻击……” 弧鼎眼看抵挡不住蜂拥而来黄巾士卒，大叫起来。

弃沉吼一声，沉步用力，左手圆盾飞速挡住十几支刺向自己的长矛，右手刀疾速划过矛柄，斩去十几支矛头。矛柄冲击势头不减，同时撞上圆盾。弃沉如遭重击，圆盾碎裂，身形倒飞而起。三四个战士同时扑上去，挡在了他的前面。

弃沉连滚带爬，窜入后面的战马肚子下，侥幸逃过死劫。他随即吹响了求援的号角。急促而慌乱的号角声瞬间划破嘈杂的战场，直冲云霄。

“马阵，列马阵，挡住敌人。”

“圈马，圈马，挡住……”

弧鼎用尽全身力气，声嘶力竭地吼着。如果不用战马排成阵势，临时迟滞一下敌人的攻击速度，恐怕今天大家都要死在这里了。

燕无畏和雷子的骑兵同样抵挡不住敌人的凶猛攻击，无奈之下骑兵们立即圈马列成了一个个的桶形阵势，一边连续射击，一边飞速后撤。

李弘突然听到了弃沉的号角声。弃沉的号角略带尖锐之音，特别容易辨认。

“命令燕无畏、黑豹义从立即撤出战场。”

“命令恒祭、射璎彤部弓箭手全部上前，阻击追兵。”

“子玉，你代我指挥。”

阎柔刚想喊住他，李弘已经像飞一般纵马冲下了山冈，十几个侍从紧随其后。

“弓箭手，出列……”

阎柔打马在阵前狂奔，放声大吼。

张牛角手指一群从山冈上飞奔而来的骑兵，对身边的左彦说道：“当头一人应该就是豹子李弘。”

左彦疑惑地望了一眼张牛角，奇怪地说道：“这么远，你能看清楚？”

张牛角神色凝重地点点头：“我感觉得到，那里面一定有豹子。那个大个子你看到了吗？”

左彦顺着张牛角手指的方向望去。一个身形魁梧的大汉披头散发，一手刀，一手矛，所向披靡，正掩护自己的战友撤往身后的马阵。

“你认识？”

“对，他叫颜良，外号叫虎头。当年他在太行山捕杀了我们不少兄弟。”

“他好厉害。”左彦颇为心寒地说道。

“哼。”张牛角冷冷一笑，继续说道，“他武功就算天下第一，无人能敌，今天我照样叫他死无葬身之地。”

他朝身后招招手。他的亲卫队首领跑过来。张牛角指着颜良说道：“多带些人，杀了他。”

燕无畏看到李弘纵马飞来，大声叫道：“大人，我们撤了……”

李弘对他挥挥手，高声叫道：“压住阵脚，准备弓箭阻击。”

正在逐步后退的黑豹义从们突然看见李弘出现在他们中间，无不神情激奋，欢声雷动。

李弘心急如焚，焦急地对士卒们连声叫道：“撤，撤，快撤……”

“前面还有谁？还有谁？”

一个鲜卑士卒回道：“颜大人和两位屯长还在前面。”

李弘二话不说，打马向前飞奔而去。

第一道障碍很快就被愤怒的黄巾士卒砍得血肉模糊，上百匹战马惨嘶着轰然倒地，意犹未尽的士卒们对着尚未死透的战马疯狂地劈剁。障碍后的几十个战士立即就被汹涌扑来的敌人淹没了。

弧鼎、弃沉和十几个士卒紧紧地靠在一起，以颜良为箭尾，边战边退。

黄巾军士卒瞬间摧毁了第二道障碍。所有拿刀的士卒都冲在最前列，他们举刀剁去战马的四条腿，干净利索。士卒们吼叫着，像潮水一般扑向了正在急速后撤的骑兵战士们。

李弘一手执刀，一手拿斧，带着几十个战士毫无惧色，奋勇杀了上来。

李弘刀斧并用，拳脚俱上，对阵的敌兵纷纷栽倒，十几具血迹斑驳的尸体倒在了李弘的身后。跟在他后面的士卒被他的神勇所激励，一个个士气如虹，吼声如雷，他们就像一群陷在狼群的野牛，疯狂地冲击、杀戮。

弃沉率先看到了李弘。他激动地狂叫起来：“大人……”

“兄弟们，大人杀来救我们了……”

拖在最后面的颜良已经多处受伤，浑身乏力，头晕眼花，神智迷迷糊糊的。面对数不清的敌人，他已无力应付，快要崩溃了。就在这时他突然听到了弃沉的喊声，这声巨吼犹如当头一棒，给了他重重一击。他的心脏好像失去控制一般剧烈地跳动起来，一丝寒意霎时间掠过他的全身。正在飞快失去的力气好像洪水倒流一般，再度涌进他的身体，瞬间灌满他的全身。颜良猛地清醒过来。

颜良大吼一声，战刀再现，立时剁下刺向胸口的长矛，堪堪救了自己一命。颜良知道自己不行了，但身后就是战友，就是死也不能退。

李弘杀到，“虎头，退回去。”李弘大步冲到颜良的身前，吼声如雷，战刀连劈，一连砍死几人。

李弘的话就像是救命的圣旨，颜良二话不说，连退数步。他退到战友的中间，剧烈地喘息着，几乎就要栽倒。

李弘顶在他的位置上，且战且退。他的凶猛犹胜颜良，杀得敌人胆战心惊。

就在这时，他看见了颜良的大刀。

李弘欢呼一声，突然斜冲出去，战刀闪动之间，连毙三个措手不及的敌兵，小斧顺势斩去一个敌人的脑袋。黄巾士卒肝胆俱裂，最靠前的几个人转身就逃。李弘趁机连跑几步，俯身捡起了大刀。长柄大刀呼呼抡起，顿时气势大振，挡者无不命丧当场。

就在这时，雷子率领一帮铁骑如飞而至。战马奔腾，战刀飞舞，吼声如潮，犹如一阵狂风呼啸杀到。

李弘哈哈大笑，举刀狂吼："兄弟们，杀啊……"

随即举步飞奔，一路高呼，跟在战马后面，向敌人杀去。

弧鼎、弃沉、颜良和一帮正欲趁机退回山冈的士卒们顿时目瞪口呆，大惊失色。

雷子和部下们稍稍遇上阻碍，立即打马四散而逃。

李弘刚刚冲了十几步，就被数不清的敌人围了上来。随即他就被长矛戳中了好几下。李弘怪叫一声，怒声痛骂，随即拔腿就跑，再也不管身后有多少兵器砍来。

黄巾士卒发一声喊，几百人疯狂地杀了过来。

李弘拖刀狂奔，狼狈不堪。

弃沉等人正要冲上去接应，看见李弘亡命一般返身逃命，立刻再度后退，转身往山冈方向跑去。

"射……射击……"李弘纵声狂吼。

燕无畏迟迟不敢下令。

敌人和跑在最前面的李弘只差几步，怎么射。李弘看见燕无畏没有反应，破口大骂。他偷眼回顾，顿时吓得面无人色。身后全部都是敌人愤怒的脸，高举的武器。

情急之下，李弘飞起一脚踢起一张丢弃在地上的圆盾，圆盾腾空而起，在空中飞快翻滚。李弘紧跑几步飞身抓住，再次大吼："射……射啊……"

燕无畏心领神会，回首狂呼："放……"

顿时，几百支长箭迎着敌人呼啸而去。

李弘一手拖刀，一手举盾，飞速狂奔。十几支长箭狠狠地钉到他的盾上，巨大的撞击力撞得他差点跪倒在地。李弘虎吼一声，用尽全身力气顶着圆盾大步向前。

他身后的敌兵遭到重击，立即倒下一片。

河堤上，黄巾军的战鼓擂得更响了，仿若地动山摇一般震撼有力。

受到冲锋战鼓的激励，更多的黄巾士卒高呼着，毫不畏惧空中厉啸而来的长箭，前面的士卒倒下了，后面的士卒踩着战友的身体，勇往直前。

李弘费尽力气，终于跑出长箭的射程。他随手丢掉钉满长箭的圆盾，向着小山岗狂奔而去。

颜良已经恢复了一点力气，他从侍从手上接过黑豹的缰绳，拉着它飞速迎了上去。

李弘举手大叫："走，快走，快走……"

山冈下的骑兵弓箭手根本挡不住蜂拥而来的敌人，在山冈上连续催促撤退的号角声中，燕无畏带着他们打马飞撤。

李弘飞身上马，大刀丢给颜良，放声大吼："撤，快撤……"

黑豹义从和侍卫们看到李弘无恙跑回本阵，齐齐欢呼一声，一窝蜂地打马上山。

敌兵紧紧地追在后面，杀声震天。

山冈上的阎柔狠狠地骂了一句，高声吼道："放……"

黑压压一片密集的长箭如乌云般冲天而起，撕扯空气的刺耳啸叫声响彻了半空。

黄巾军士卒的勇气实在令人敬佩，他们面对呼啸而来的长箭视若无物，好似一群脱缰的野马一般，气势汹汹地扑向山冈。

"哗……"一声，满天的长箭灌顶而下，许多飞奔的士卒顿时中箭，惨叫声不绝于耳，更多的士卒们接二连三地倒了下去。

箭射三轮，黄巾士卒已经冲到了半山腰。在他们身后的山坡上躺下了几百个敌兵，许多受伤的士卒在地上滚动哀嚎。

牛角号声再起。

布阵山腰的弓箭兵立即打马向两侧跑去，让出了中间的空地。

山冈上，早就按捺不住的恒祭、射璎彤率领两曲骑兵，策马扬鞭，犹如决堤的洪水一般，咆哮着，怒吼着，一泻而下。

"杀……"

第二十八章
父子之情，存亡之理

张牛角看到自己的士卒被敌人的铁骑肆意砍杀，毫无还手之力，心如刀绞。他下令敲响金锣，命令河谷上的战士迅速撤回车阵之内。

山冈底部到车阵的百步范围之内，没有来得及逃回的士卒立即被豹子军的骑兵杀戮一空。

山冈上的李弘看到骑兵即将冲进黄巾军的弓箭射程范围之内，立即命令吹响停止进攻的号角。

黄昏已至。暮色苍茫的大地渐渐地被一层薄薄的雾霭所笼罩，黑幕即将拉起。

山坡上、河谷上，遍地都是死尸。浓烈的血腥味随着萧瑟的寒风随处飘浮。

“子民，张牛角利用地形优势，用辎重大车搭建的这个防御车阵很牢固。要想彻底歼灭他，最好是用步兵撕开缺口。用骑兵攻坚，我们的损失太大了。”阎柔望着黄巾军的阵地，无奈地说道。

“黑豹义从和燕无畏的军队追在敌人的后面一路猛攻，却没能破掉他们的车阵，反而被打了回来，可见张牛角对这一战是有准备的。他对这个车阵下了一番工夫。”李弘指着九里河上的黄巾军阵地，对站在自己身后的一帮军官说道，“你们看，此处坡长一百步，下面的河谷有两百步。但河谷被他的车阵占去一半，留给我们的冲击距离只有两百步，而且还有一百步是在他的弓箭射程之内。纵向距离和横向距离都不适合我们骑兵展开攻击。”

李弘笑道：“诸位可有什么破敌妙计？”

胡子满脸怒气，大声叫嚷道：“我们在广宁的时候，曾经训练过步兵作战。我们把一半骑兵改成步兵，步骑配合，同时攻击，肯定能拿下。”

鲜于银立即反驳道：“不行。我们不能和他们打消耗战。骑兵的优势是长途奔袭，冲锋陷阵，而不是攻打敌人的堡垒。现在我们用骑兵去打黄巾军的车阵，简直是自寻死路。”

铁钺说道：“我也同意鲜于大人的意见。现在我们占据绝对优势，没有必要和敌人拼消耗。黄巾军一直试图攻占山冈进行突围，经过长时间的激战，他们的损失远远比我们大。按照我的估计，他们最多还剩下一半人，你们看看战场上的死尸就知道了。现在前面好像连插脚的地方都找不到。我们可以一直围下去，直到把他们饿死在这里。”

燕无畏接道：“这样围下去也不是办法。一旦定兴渡口的黄巾军赶到，我们很被动。打援军，没有兵力围张牛角。打张牛角，又会被敌人援兵攻击。”

阎柔点点头说道：“的确很被动。张牛角正在收缩车阵，显然是因为兵力损耗太大。但他的车阵收得越小，我们就越难攻。现在黄巾军就像一只缩头乌龟，我们无从下手。”

李弘笑起来：“对，对。就像我们啃牛骨头。啃吧，累得慌，不啃吧，里面还有骨髓，表面还有一点牛筋能嚼吧嚼吧，丢掉实在可惜。”

大家看他一副滑稽的样子，顿时哄然大笑。

“大人很爱啃牛骨头吗？下次我请你。”拳头叫起来。

这时，颜良匆匆地跑来。

“黑豹义从伤亡如何？”李弘立即问道。

颜良满脸悲凄，低声说道：“折了两百多兄弟。”

李弘吃了一惊。

短短的一个照面，黑豹义从加上燕无畏部曲，折损了五百多人。虽然敌人付出了更大的代价，但李弘还是非常愤怒，他大吼一声：“打。”

张牛角望着渐渐暗下来的天色，心情越来越沉重。

张白骑一定给豹子吃掉了，否则，他就是爬也爬来了。

“品朴，子荫好像出事了？”同样感觉不妙的左彦长长地叹了一口气，轻轻说道。

张牛角摇摇头，好像要把满腔的心事都抛出脑外。

“天黑了，你对豹子打算怎么办？”张牛角眼射寒光，冷森森地问道。

左彦悲伤地看着眼前尸横遍野的战场，没有吱声。

“俊义？”张牛角略略提高音调，喊了他一声。

左彦缩了缩脑袋，好像抵挡不住河堤上冷瑟的寒风，走到了大车的侧面。张牛角目不转睛地望着他，等着他的回答。

“我们从中山国出发时，十五万人，浩浩荡荡的。”左彦苦笑一下，自嘲地说道，“现在就剩下我们这一万多人。即使杀了豹子，灭了他的骑兵，我们也是惨败，全军覆没的惨败。”

张牛角愤怒地瞪了他一眼，大声说道：“俊义，我们还有方飚的一万人嘛，什么全军覆灭？只要我们消灭了豹子，全军覆没的就是幽州的军队。等到明年，明年春天我们就可以重整旗鼓去攻占幽州。”

左彦好像懒得和张牛角罗嗦，一个人坐到车轱辘下闭上了双眼。

张牛角嘲讽地望了一眼左彦，继续说道：“我们现在就像一只鲜血淋漓、奄奄一息的山羊，李弘就像一只饿极了的豹子，围着我们团团乱转。他现在等的就是一个能够一击致命的机会，彻底结束我们的生命。”

张牛角嘴角掠过一丝杀气，“现在正是他最疏忽的时候。”

左彦猛地睁大眼睛，惊喜地问道：“还有办法？”

李弘准备再攻。

鲜于辅听阎柔说，李弘执意开始步骑联合攻击，鲜于辅大吃一惊，勉强支撑着赶到了前线。

山冈上，密集的牛角号声此伏彼起，响彻了战场。各部曲的战旗在飞速移动，交错换位。骑兵分列两翼，步兵集结正中，黑压压地站满了整个山冈。大战即将来临的紧张气氛压得人几乎喘不过气来。

夜幕即将拉上。

黄巾军的车阵内，战士们个个满腔怒火，精神抖擞，各自站在自己的防御位置上，严阵以待，誓死要与风云铁骑拼个鱼死网破。

李弘浑身血迹，披头散发，左手拿盾，右手拿刀，站在步兵突前军队的最前列。

鲜于辅打马狂奔而来，身上的伤口由于剧烈的颠簸全部迸裂，鲜血渗出，染红了早就血迹斑驳的衣服。

“子民，不可莽撞，还是缓一缓。你这一仗打完，我们幽州几乎没有什么骑兵了。短期内再想筹集这么多骑兵根本没有可能。”鲜于辅神情激动，大声说道，“你不考虑幽州的将来，我要考虑。虽然我命令不了你，但你不要忘了你对刘大人的承诺。刘大人临行前希望你组建一支骑兵，一支保护北疆的骑兵。但这支骑兵不是你私人的，是大汉朝的，是幽州的。你为了眼前的一万多人，一个张牛角，要把风云铁骑拼个精光，你到底是为了自己的军功，为了自己的声名，还是为了幽州。”

“我们消灭了黄巾军三万多人，目的已经达到。张牛角即使带着这一万多人退回范阳也无大碍，他的主力已经打完了，想一直留在涿郡非常困难。假如冀州方面的军队打得凶，打得猛，他还是要撤出涿郡的。他必须回到黄巾军的老巢常山和中山两国，为黄巾军的生存保留一块地盘。”

李弘看到鲜于辅发火了，赶忙笑着说道，“现在消灭干净了不是更好吗？你不要发火嘛，我保证天亮之前全歼张牛角。”

“不行。”鲜于辅斩钉截铁地说道，“我们为了配合你作战，把从涿城带出来四千名战士，几乎全部拼光了。现在幽州的军队数量非常少，我们不能为了一场无关大局的战斗再损失四五千人马，绝对不行。子民，算我求你了，给幽州边军留点种子吧。”

鲜于辅是幽州刺史府全权负责兵事的官吏，他的意见代表的就是刺史府的意见，自然不能不重视。李弘被他劈头盖脸地一顿数落，心里有点恼火。

“羽行，把张牛角灭了，幽州就没有战事了。军队还可以重建嘛。”

“子民，冀州的情况现在我们一无所知，不知道他们是不是攻击了黄巾军，不知道他们有多少人马，更不知道冀州方面是不是答应了我们的要求。现在黄巾军突然撤军，原因不明。各种各样的原因都是我们的猜测，没有任何根据。如果不是冀州方面的原因，也许是他们内部发生了什么问题，造成张牛角撤军呢。”

“我们决不能因小失大，为了确保万一，我们必须保留足够多的兵力以应付突发情况。这不仅仅是你指挥军队打仗的问题，更是关系到幽州安全的问题。”

李弘明白了鲜于辅的意思。自己考虑的是能不能全歼敌人，能不能在最短的时间内夺回整个涿郡，为了这个目的他可以不惜一切代价。但鲜于辅考虑的是整个幽州，他必须要从整个幽州的角度来考虑这个仗是不是要打，怎么打更有利于幽州的将来。

李弘无话可说，他很钦佩鲜于辅的学识。几句话说明了现状，点明了要害。的确，张牛角为什么突然撤军，大家都不知道原因。现在凭着自己的猜测，即使消灭了张牛角又怎么样？黄巾军还有许多首领，还有许多军队，他们照样可以攻打幽州，长驱直入。

战役目的已经达到，的确无需再战。

“好，听你的。”李弘战刀回鞘，用力拍拍鲜于辅，笑着说道，“你洗了把脸，立即就恢复了原状，我服了你了。”

鲜于辅长吁一口气，感激地说道：“谢谢你救了我的命。”

李弘无所谓地摇摇头：“那么下次你记住要救我。”

随即转身大声叫道：“命令各部曲，立即包围张牛角，严密监控，防止他夜间突围。”

“派人通知玉军候，把俘虏交给后卫屯的田军候，暂停进攻。”

“告诉郑军候，立即撒出斥候。三十里内密布斥候。”

他正说着，就看到郑信打马狂奔而来。

“守言，你要下山单挑张牛角吗？”李弘看郑信丝毫没有停下战马的意思，大声叫道。

“子民，情况危急，褚飞燕的军队突然出现在九里亭。”

李弘的笑容顿时僵在了脸上。

李弘勃然大怒。

他一再嘱咐郑信密切注意巨马水西岸褚飞燕的动静，结果一疏忽对方偷偷跑了过来，而且还是到了自己的鼻子底下才发现。

他张口想骂，但看到郑信懊恼的样子，他又骂不出来。

他狠狠地把手上的圆盾砸到地上，仍感不解气，再飞起一脚将圆盾踢得腾空而起。

“命令军队，立即撤离，全速撤离。”

“带上所有伤兵，一个都不准丢下。”

急促的牛角号声霎时间冲天而起。

正在各处集结的骑兵战士突然加快了速度，大家就像被马蜂追赶一样，一个个火烧火燎，纷纷打马向两边的小树林里跑去。

“虎头，虎头……”

颜良飞步跑来。

“你和弧鼎、弃沉立即带上黑豹义从，赶到九里亭方向，迟滞敌人行进速度。”

“大人，那你……”颜良迟疑了一下，心想我是你的侍卫，这个时候你叫我到处乱跑，这是什么道理？

李弘当然明白他的意思，立即恨恨地骂道：“你哪一次打仗在我身边？你那把刀还是我帮你抢回来的。滚吧，自己小心点。”

颜良答应一声，转身飞跑而去。

黑豹义从早就集结完毕，正准备撤走休息。接到命令，弧鼎、弃沉和颜良立即带着三百多兄弟，趁着夜色向九里亭方向狂奔而去。

李弘默默地看着黑豹义从消失在远处的树林里。

“子民，这也没什么可生气的，我们的主要目的都已达到，撤军也无不可。”鲜于辅看他情绪平静了一些，走到他身边说道。

“侥幸。”李弘回过头来，感慨地说道，“如果我现在带着军队正在冲杀黄巾军的车阵，短时间内就很难撤回来。一旦给褚飞燕堵上，损失一定惨重。”

随即他笑道：“是你有运气，还是守言有运气？”

郑信站在鲜于辅的身后，看到李弘情绪稳定下来，一颗忐忑不安的心才放了下来。他长时间和李弘待在一起，知道他脾气发起来非常大，但立即就会雨过天晴，和没发生过一样。

“我有什么运气？”郑信奇怪地问道。

“我一再嘱咐你这事，但你还是没有做好。你是一个老斥候了，应该知道这件事的重要性。我们既然能偷偷跑去袭击左校，褚飞燕当然也能偷偷跑到九里河来袭击我们。这个失误太可怕了，可一不可再。你没有发现褚飞燕的军队偷偷过河，我不怪你，毕竟路程太远。但褚飞燕的军队秘密潜行到九里亭，你才发现，这就是你的责任。”

“侥幸的是我们没有和敌人纠缠在一起，进退自如。虽然九里亭距离只有我们五里，但我们尚有足够的撤退时间。如果我们正在和敌人激战，你现在才把消息送来，我们岂不要被敌人前后夹击，大败而逃。”

“因为你们斥候的失误导致军队被敌人包围，如果战败，我不杀你杀谁？”

郑信看到李弘严肃的表情，心里顿时一颤。兄弟归兄弟，如果打了败仗，死了许多士卒，看样子李弘还是会毫不留情地杀了自己。军法无情。

“子民，褚飞燕颇会用兵，今年黄巾军在他的指挥下，横扫常山，攻城拔寨，战无不胜，攻无不克，是个非常厉害的黄巾军首领。郑军候的手下按照常规方法侦察，可能被他欺骗了。”鲜于辅随即替郑信开脱道。

李弘望望郑信，这个和自己同生共死的兄弟一年多来历经大战，比去年在卢龙塞的时候成熟多了。李弘想起两人跳进濡水河相携而逃的情景，随即又想起了死在河边的小刀、吴八等战友。

李弘心里一痛，勉强挤出几丝笑容对郑信道："去查查。下次要注意了，今天你运气好。"

郑信赶忙答应一声，飞身上马，疾驰而去。

李弘帮助鲜于辅上了马。鲜于辅看他没有上马的意思，赶忙问道："子民，你什么时候走？"

李弘朝他挥挥守，笑着说道："羽行兄，你先走吧，我等子善、弧鼎他们回来一起走。"

鲜于辅看了他一眼，没有说什么，打马离去。

李弘看看站在一边的侍从、传令兵、号角兵，突然双手一拍，大声叫道："我们来吓吓张牛角，你们看怎么样？"

大家奇怪地望着他，不知道他什么意思。

"吹号，吹冲锋号。张牛角一听，肯定紧张。"

十几个人被他的神情逗笑了，紧张的心情立即一扫而空。

黄巾军士卒等了很长时间，都没有看到敌人冲下山冈，心里都很诧异。但敌人骑兵的厉害实在太让人恐惧，所以大家不但没有懈怠，反而更加戒备了。

天色就在等待中悄然变黑，对面山岗上的敌人慢慢地被黑夜吞噬了。又是一个漆黑的夜晚。

张牛角和左彦站在河堤上，一动不动，竖起耳朵仔细听着远处黑暗里的动静。

突然，牛角号声再度响起。

黄巾军士卒心脏一阵狂跳。张牛角和左彦也顿时紧张起来。随即两人互相交换了一个狐疑的目光。此时山冈上响起的并不是冲锋号，而是报警号，密集而急促的报警号。然后就是人喊马嘶的巨大嘈杂声，渐渐远去的战马铁蹄声。

难道豹子突然撤走了？

左彦面露喜色，大声叫道："是不是褚帅的军队赶来了？"

张牛角摇摇头："不会。他应该在半夜出现。"

左彦顿时有些泄气，嘴里嘟噜道："会不会是张白骑打来了？"

"如果他们的脚步慢一些，豹子再派一支军队阻击一下，倒是有可能。"张牛角沉吟着说道。但是他们谁都不知道发生了什么事，这个时候，张牛角更不敢主动出击，所以，只有等待。

天色越来越黑。刚刚开始还能看到几十步远的地方，后来却只能看到十几步了。左彦在河堤上来回踱步，心里非常着急。张牛角一动不动，像山一样。

山冈上突然再次传来巨大的冲锋号声，一声接一声，夹杂着凌乱的马蹄声。

左彦吓得一哆嗦，大声叫起来："大帅，这次敌人真的进攻了。"

张牛角冲他摇摇手，神色凝重地说道："不是，好像是豹子军在山头上重新集结。"

"不是我们的援军来了？"左彦失望地问道。

漫长的等待。时间似乎很慢很慢。

黄巾军的阵地上鸦雀无声，战场上死一般的寂静。偶尔有几匹马在黑夜里轻嘶几声。

黑夜和豹子军所带来的恐惧深深地印记在每一个黄巾士卒的心底。他们睁大了双眼，极力望向黑夜深处。即使身在车阵里，他们也没有丝毫的安全感。

突然，黑夜里传来惊天动地的战鼓声。

战鼓声浑厚而激烈，重重地撞击着黑黑的天幕，传遍了荒野和夜空。

士卒们紧张得几乎崩溃的神经突然受到刺激，顿时如遭重击，差一点窒息过去。

张牛角皱着眉头，脸色极其难看。左彦大口大口地喘着粗气，极力平息自己心里的紧张。

"大帅……"

夜空里终于传来巨大的叫喊声。那是十几个人同时叫喊才能发出的巨大声音。

"褚帅到了……"

张牛角面色如土，沮丧地低下了头。

左彦闭上眼，一个劲地摇着头，他感觉自己浑身无力，几乎站不住了。他赶忙一把扶住身后的车轱辘，撑住自己的身体，仰天长叹。

黄巾军士卒先是惊愣，接着就像炸了营一样发出了一声巨响，巨大的吼声几乎把黑夜撕了个粉碎。士卒们不停地叫着、吼着、跳着，任由泪水倾泻而出。许多士卒无力地跪在地上，失声痛哭起来。巨大的压力几乎摧毁了他们的意志。

张牛角瘦多了，面色焦黑，眼窝深陷，看上去非常憔悴，一副心力交瘁的样子。

褚飞燕心里一酸，眼眶顿时红了，泪水差点滚了出来。

他跪在了地上。

张牛角缓缓走过去，拍了拍他低垂的头，脸上露出了一丝难得的笑容。

"你来早了。"

褚飞燕没有做声，趴下去恭恭敬敬给张牛角磕了三个头。

张牛角没有阻挡。等他行礼完毕，张牛角把他扶了起来，继续说道："你来早了。"

褚飞燕苦笑了一下，说道："大帅，我遇见了张帅。"

张牛角眉角一挑，冷笑一声，淡淡地问道："他人呢？他的军队呢？"

褚飞燕退后一步，躬身说道："大帅息怒。我让他赶回定兴渡口，帮助孙帅看押粮草辎重去了。"

张牛角面色一暗，非常痛苦地望了一眼身边的左彦。一切如他们所料，张白骑全军覆没。褚飞燕不提张白骑的军队，却说他让张白骑去了渡口，很明显是怕自己盛怒之下杀了张白骑。张白骑丢失全军两万人独自逃生，依军律当然斩首。

左彦神情黯淡，有气无力地问道："张帅是在什么地方被伏击的？"

"就在九里亭入口处，距此大约十里。战场上阵亡士卒的遗骸尚未掩埋。"褚飞燕低声说道，"张帅心悬大帅安危，督促士卒连续奔跑四十里，结果士卒们体力不支，被豹子军伏击，全军覆没。"

张牛角冷冷地"哼"了一声，愤怒地说道："所以你也心悬我的安危，一路跑来。"

褚飞燕望了一眼张牛角，不敢做声，低下了头。

"我就这么无能吗？我就守不到半夜吗？张白骑全军覆没，并不影响我们的计策，你为什么还要这么着急赶来，以至于功亏一篑？"

"你看看战场上，几万人就这样白白死了，你为什么要这么做？"

张牛角激动地挥舞着双手，怒不可遏。左彦赶忙上前拉住张牛角，小声劝了两句。

左彦下午已经知道了张牛角的计策。虽然他不同意张牛角如此行险用计，但他还是很佩服张牛角的用兵。

张牛角想消灭李弘，于是自己设下圈套，故意把大军分成两拨撤退，诱使李弘上当来攻。暗地里他偷偷征调褚飞燕部秘密赶到撤退路线上埋伏，也就在这九里河附近。这是撤退路线中途，前后都可以兼顾。

李弘攻击任何一部，只要被缠住两三个时辰，另外两路都可以及时赶到，包围他的骑兵再加以围歼。他们也考虑到了张白骑可能抵挡不住铁骑的打击，迅速被击溃。所以他们还留了一手。

当李弘转而全力攻打张牛角，根本不防备自己的背后时，褚飞燕率军半夜悄悄赶到。此时无论双方是在交战，还是李弘的骑兵围着张牛角，李弘都要遭到致命的一击。即使李弘不死，他的骑兵也会所剩无几。

这本来是一个没有漏洞的奇计，却因为褚飞燕不顾命令，心悬大帅安危，飞速赶来，结果形迹暴露，在黑夜即将来临的时候，惊走了李弘，功亏一篑。

张牛角心痛，张白骑的两万人，自己这边一万五六千人，都因为褚飞燕的提前行动，白死了。如果褚飞燕不是他一手带大的，他真怀疑褚飞燕是不是故意的。

他的军队和褚飞燕的军队、杨凤的军队都是黄巾军的主力，他的军队人数最多，大约十二万人。现在他的军队除了守常山国的王当手上还有三万人，就剩下孙亲的一万人，自己手上的一万多人，其余全部葬送在涿郡。他的军队如今只有五万多人，实力大减。在黄巾军中，他现在说话的分量要大打折扣。没有实力，谁会听你的话。

他带了十五万人攻打幽州，现在只剩下三万人左右，其余将近十二万人全部战死。左校部三万人，黄龙部三万人，自己部下六万多人全都战死，惨败啊，基本上也就是全军覆没。现在自己手上还有两万多人，黄龙旧部方飚一万人，这就是北征军的全部了。

如果撤走之前，能够消灭掉李弘的豹子军，也算是报了仇，给自己挽回了一点颜面，并且基本上摧毁了幽州的军队，这对明年攻打幽州来说是一个巨大的好处，然而，一切都成了泡影。他的计策彻底失败，不但没有消灭掉豹子军，反而遭到了更大的损失，军队不但打光，颜面丢尽，而且自己在黄巾军的首领地位也随着这次北征的失败而变得岌岌可危。现在就算其他黄巾军首领不提这事，他也自觉无脸继续坐在这个位子上。

褚飞燕再次跪倒在地。

张牛角慢慢地平静下来。

山冈上、河谷里、河堤上，黄巾军士卒点燃了几百堆篝火，一则为了照明，二则为了取暖。士卒们在经过了最初的喜悦之后，开始打扫战场，掩埋战友的遗骸。

“燕子，你说说，为什么？”张牛角轻轻问道。

褚飞燕心情沉重，无话可说。他能说什么？在路上他也想到了这种可能。李弘跑了，士卒们白死了，大帅陷入困境，黄巾军也会因为大帅的问题而陷入困境。但他心里却有一个非常顽固的念头，他要救出大帅。

李弘的厉害不是谁能预测到的，所有轻视他的人现在全部都死了，都败了。大帅制定的计策之所以冒险，就是因为他是以自己的想法来揣测李弘，也就是说，他在心底里还是认为李弘不是一个够强的对手。轻视对手往往死得都很惨，所以褚飞燕非常担心。

如果李弘杀了大帅，那怎么办？自己将如何面对黄巾军几十万将士，将如何面对张牛角的在天之灵。那个时候，即使突袭成功，杀了李弘，又有什么意义？黄巾军立即就会分崩离析，就像去年张角突然死去一样，历史将再一次重演，命运将再一次戏弄黄巾军，所以他听完张白骑的话，二话不说，立即带领军队飞速赶往九里河。就是死，也要救出张牛角，因为在他的心里，张牛角就是他的第二个父亲。

世上的事情就是这样出乎意料。你想得再多，做得再多，往往最后也就是一句话的事。

“为什么？”张牛角看他一直跪在那里，一句话也不说，像个白痴一样，终于忍不住厉声大吼。

“几万兄弟都死了，难道你连一句话都没有吗？”

褚飞燕再也忍不住，泪水夺眶而出。

他抬起头来，用尽全身力气，大声叫道：“爹……”

“爹……我只是想救你，只是想救你。我不想你死，不想你死啊……”

张牛角霎时间瞪大了眼睛。

他吃惊地望着褚飞燕，泪水立时就涌了出来。

李弘站在黑夜里，望着九里河上的火光，默默地想着心事。

颜良拿着李弘的牛皮褥子，轻手轻脚地走过来。

“大人，夜里冷，早点歇着吧。”

弘紧紧地裹了裹牛皮褥，笑着道：“谢谢你。虎头，你去睡觉吧。”

“大人还不睡？”

李弘望望远处的火光，突然问道：“虎头，你说现在张牛角正在干什么？”

“肯定在睡觉。”颜良脱口说道，“他累了一天，当然要睡觉了。”

“他现在一定没有睡觉。”黑暗里一个声音笑着道。

鲜于辅和田重走了过来。

“听说大人给黄巾军打得拖刀而逃，可是真的？”田重笑着打趣道。

李弘大笑起来。颜良有点不好意思地走到一边。

“子民，张牛角睡不睡觉，对你很重要吗？”鲜于辅随口问道。

“他睡了，说明他已经想通了，直接回中山国。没有睡，说明他对涿郡还有想法。不过张牛角的确厉害，他竟然舍得用几万士卒的性命来打我风云铁骑。本来他是必胜之局，如果褚飞燕现在赶到九里河，我们死定了。可为什么褚飞燕出现的时机那么不恰当呢？”

李弘皱着眉头，摇着脑袋十分不解地问道。

“如果他对涿郡还有想法，我们岂不是很麻烦？”田重说道，“现在我们军队这么少，怎么攻城？”

李弘好整以暇地笑起来。

“不用攻城，我也有办法把他们赶出幽州。”

后 记

本书在出版期间，好友血色珊瑚虫帮我修改了所有的文稿，冥翘儿书友帮我制作了地图，kinglighting、九笑、红河、THD和古木山人等诸多书友也给了我无私的帮助，谢谢你们，感激不尽。

我尤其要谢谢好朋友血色珊瑚虫，一直以来，他给了我许多的帮助和支持。本书文稿的最后修改全仰赖于他，各章的章节名也是他取的，另外诸如故事梗概、历史背景、汉末的外族描述等文章和资料，也是他帮助撰写和收集的，在此我向他表示最衷心的感谢。

本书在写作过程中，受到了风刃缚封杀、放纵、黑冰、晦石、三心小草、阳明贪狼星君等诸多书友的指正、帮助和鼓励，在此表示衷心的感谢。

本书在起点网站连载期间，受到了编辑TZG、蛋清、猪猪、小队长、锐利、痕水长天的支持和帮助，在此深表谢意。

我要感谢搜狐读书频道的大海，没有大海的努力和帮助，也就没有《大汉帝国风云》这套书的出版，同时也非常感谢阿门和今夜我独醉等诸多编辑们，谢谢你们。

再一次感谢所有支持、帮助和鼓励我的朋友，感激不尽。

·猛 子·

·后文预告·

瘿陶大战，官军和黄巾军实力悬殊，李弘将如何击败张牛角？褚飞燕能否逃出命运的诅咒，带领黄巾军打出一片崭新的天地？西凉战场上，边章、韩遂、北宫伯玉连番攻击，官军处境艰难，此时李弘奉旨率军急赴西疆，战局将会发生怎样的变化？欲知后事，请看《大汉帝国风云之燕赵风云》。